W0023957

AXEL GORA

Die Versuchung des Elias Holl

PASSIONEN Augsburg 1614. Der Baumeister Elias Holl erhält den Auftrag seines Lebens – er soll ein neues, epochales Rathaus entwerfen. Der Zenit seiner Karriere, endlich wird er als kreativer Künstler anerkannt werden und nicht nur als besserer Maurermeister. Sein Rivale ist der Architekt Matthias Kager, der ebenfalls um den Zuschlag für den Neubau des Augsburger Rathauses kämpft. Kager, anfangs noch ein guter Freund und Kollege, wird zum Konkurrenten, wobei er Unterstützung vom Kaufmann und Auftraggeber Anton Garb erhält. Doch Gefahr droht nicht nur durch die Intrigen seines Widersachers. Auch die Liebe zu der blutjungen Lia scheint ihm zum Verhängnis zu werden, da er zum einen mit Rosina verheiratet ist und mit ihr mehrere Kinder hat, zum anderen birgt Lias Vergangenheit ein schreckliches Geheimnis. Immer tiefer gerät Elias in einen Strudel Leidenschaft, Angst und Lüge …

Axel Gora, geboren 1963 in Bad Waldsee, Kreis Ravensburg, lebt und arbeitet heute in Augsburg. Seit seinem zehnten Lebensjahr betreibt er aktiv Budo, seit seinem 16. Lebensjahr Zen. Nach Abi und Lehre war er drei Jahre als Fremdgeschriebener Zimmergeselle auf der traditionellen Walz in Frankreich, Spanien, Portugal, USA, Mexiko und Indien. Seit 1989 betreibt der Budomeister und Dipl.-Fachsportlehrer in Augsburg eine Fachschule für japanische Kampfkünste. »Die Versuchung des Elias Holl« ist nach »Das Duell der Astronomen« sein zweiter historischer Roman im Gmeiner-Verlag.

Bisherige Veröffentlichungen im Gmeiner-Verlag:
Das Duell der Astronomen (2011)

AXEL GORA

Die Versuchung des Elias Holl

Historischer Roman

GMEINER *Original*

Besuchen Sie uns im Internet:
www.gmeiner-verlag.de

Im Ehnried 5, 88605 Meßkirch
Telefon 07575/2095-0
info@gmeiner-verlag.de

1. Auflage 2012

Lektorat: René Stein
Herstellung: Julia Franze
Umschlaggestaltung: U.O.R.G. Lutz Eberle, Stuttgart,
unter Verwendung des Bildes » Maria van Bourgondië« von
Michael Pacher; http://commons.wikimedia.org/wiki/File:Maria_van_
Bourgondië_(Michael_Pacher_attr.)(c.1490).JPG sowie http://commons.
wikimedia.org/wiki/File:De_Merian_Sueviae_027.jpg
Druck: GGP Media GmbH, Pößneck
Printed in Germany
ISBN 978-3-8392-1276-9

Meinen Geschwistern
Harro, Anke und in Memoriam Kristine

Come puoi trovare te stesso in un mondo di perduti?

*

Perché è così difficile spogliarsi della corazza
e toccare il cuore dell' altro con il proprio?

Wic kannst du dich selbst finden
in einer Welt der Verlorenen?

*

Warum ist es so schwer
seine Rüstung abzustreifen
und das Herz des andern
mit seinem Herzen zu berühren?

Lia Angelosanto, 1601 – ?

α

Die Schwingen nachtblau und gespreizt wie die Fächer der venezianischen Hofdamen, schwebte der Rabe auf die Piazza hinab und machte einer Katze, das Fell staubgrau und struppig, einen Kanten trockenes Brot streitig.

Das Mädchen, der Haarzopf lang, dick und schwarz wie der Arm eines Mohren, beobachtete das Schauspiel, eilte heran und brach den Kanten entzwei.

Einmütig fraßen Rabe und Katze ihre zugeteilten Stücke.

Das Mädchen hatte zwei neue Freunde gewonnen.

Freie Reichsstadt Augsburg, 1. März 1614

1

Schneeflocken. Tag für Tag. Woche für Woche. Abermillionen und überall. Vom Wind gepeitscht taumeln sie durch die Luft und wehen in Gesicht und Nacken, trotz hochgeschlagenem Kragen, die Mütze tief in der Stirn. Sie legen sich auf unsere Köpfe und Schultern und setzen sich auf die Werkzeugkisten, die Mauersteine und den Sand in den Kübeln.

Ich stand oben auf dem Baugerüst, rieb mir die Hände und sah über den Perlachplatz hinweg mit wachsendem Groll – die feinen Herren ließen auf sich warten. Vermutlich saßen sie noch gegenüber in der Herrentrinkstube am warmen Ofen, während meinen Gesellen der Rotz in den Bärten klebte und sie mit blauen Fingern die Kelle führten. Einige fluchten darüber, die meisten aber schwiegen – manche aus Entkräftung, andere aus Einsicht: Warum klagen über den Maurerberuf? Besser nur Frostbeulen davonzutragen, aber dafür in Arbeit und Brot zu stehen, statt aus dunklen Häuserecken als Eisleiche fortgekarrt zu werden oder dem Tod im Kampf gegen den Hunger zu begegnen – fromme Menschen finden anders ihr seliges Ende.

Zur Baustelle hingewandt, rief ich den Gesellen zu: »Wer von Euch den Mörtel schneller vermauert, als ihn Hieronymus herschaffen kann, darf sich solange am Speisfeuer aufwärmen, bis der nächste Kübel antanzt!« Ein Kniff zum Antreiben, den ich aus Lehrzeiten bei meinem Vater übernommen hatte. So zogen die Behänden schneller die Lagen hoch und standen öfter am Feuer, die ausgetreckten Arme gegen die Flammen, während die Behäbigeren bis zur Mittagspause durchzumauern hatten. Und Hieronymus Thoman, der Lehrling, musste sich ins Zeug legen, um für alle Gesellen Mörtel und Steine herzuschaffen.

Den Fischgatter Hans, meinen Polier, hatte ich angewiesen, den Männern dreimal am Tag Weinbrand auszuteilen. Jeweils zwei Schlucke für jeden, nicht mehr. Zum einen war der Tropfen, den ich aus eigener Tasche zahlte, teuer, zum anderen konnte ihr Augenmaß darunter leiden – Remboldt läse *mir* die Leviten für schief gemauerte Wände; dafür wäre *ich* es dann, der den Gesellen darüber den Buckel mäße. Zum dritten war ich gezwungen, der Grobschlächtigkeit entgegenzutreten, die unter den Arbeitern herrschte und nicht nur Billigung erfuhr: Ich war mitsamt dem Stadtzimmermeister, dem Lechmeister und dem städtischen Brunnenmeister zum Rat vorgeladen worden und mit Strafe belegt, weil auf unseren Baustellen gegen das ›Verbot des Schwörens und Fluchens‹ verstoßen worden war. Wir hatten ein Gesuch um Nachlass der Strafe aufgesetzt, indem wir dem Rat schilderten, dass es bei der stattlichen Zahl von fünfhundertfünfzig Arbeitern auf Augsburgs Baustellen unmöglich anginge, kein einziges derbes Wort zu hören. Es handele sich – das sei zu bedenken – meist um grobe Arbeiten, die nur von ebensolchen Mannsleuten zu bewerkstelligen seien. Deren Sprache sei naturgemäß derb, was man wissen und akzeptieren müsse. Das Gesuch war verdammt nochmal abgelehnt worden von diesen verfluchten Hurensöhnen …

Es war mir unmöglich mit dem Bauen auf wärmere Tage zu warten. Das galt sowohl für das Gymnasium Sankt Anna, für das Schießhaus in der Rosenau und erst recht für den Neuen Bau. Gutes Wetter mochte sich erst zum Mai einstellen. Bis dahin mussten hier die Wände stehen. Die Zimmerleute hatten die Hölzer bereits abgebunden und warteten darauf, die Deckenbalken einziehen und den Dachstuhl aufrichten zu können. So hielt uns auch der Frost mit seinen sinnlosen Schneeflocken nicht auf. »Sinnlos?«, hatte Professor Höschel, mir guter Freund und Mentor, eingewendet, als ich jüngst über sie hergezogen war. »Jede einzelne von ihnen ist ein Mysterium der Natur, ein Wunderwerk der Geometrie und unendlicher Vielfalt: Keine gleicht der anderen! Allesamt sind es sechseckige Sterne, die Ihr, mein lieber Holl, Euren Lebtag nicht an Vielzahl und Pracht am Reißbrett zu konstruieren vermögt.« Wie er nur so etwas Kühnes behaupten könne, hatte ich ihn gefragt. Dem bloßen Auge, sähe es noch so nah und scharf, erschlösse sich nichts anderes als weißes Gefluder. Klaube man eine Handvoll davon auf, so zerrönne es einem zwischen den Fingern oder schmölze ins Nichts hinfort. Worauf er mir geantwortet hatte, er selbst könne es nicht beweisen, aber: Er wisse aus ernsten Gesprächen mit seinem Kollegen Georg Henisch und aus Briefen seiner Wissenschaftsgenossen Johannes Kepler und Thomas Harriot* um das Mysterium der Schneeflocken. »Es mögen Wunderwerke sein, werter Professor«,

---

* Thomas Harriot, 1560–1621, englischer Naturphilosoph und Astronom

hatte ich entgegnet und eingeräumt, mir stünde es nicht an, das Wissen der Gelehrten in Frage zu stellen. Doch jeden Winter erschwere das Gestöber unsereins die Arbeit. »Meinen Männern und mir«, gab ich ihm zu bedenken, »ergeht es nicht wie Euch und Euresgleichen. Ihr müsst zum Verrichten des Tagwerks nicht zwingend nach draußen. Studien, das weiß ich aus eigener Erfahrung, lassen sich bequem in der beheizten Stube betreiben.«

»In Eurem Atelier ist der Ofen heißer geschürt als bei mir in der Bibliothek.«

»Wohl! Und das mit Recht! Zum Ausgleich für die eisigen Baustellen. Wie will ich Großes aufs Papier bringen, wenn mir Zirkel und Feder vor Kälte aus den Fingern fallen?«

Da stand ich wartend, sechs Mann hoch über den Köpfen der Gesellen, um mich, wenn der Besuch endlich eintreffen wollte, demonstrativ zu ihm hinunterzubegeben. Ein symbolischer Akt gewiss und vom Usus der Obrigkeit abgeschaut, doch nicht ohne Effekt. Ich fror und wartete nutzlos, anstatt mich um den Bau zu kümmern, schlimmer noch, ich sinnierte … über Schneeflocken. Wenn das Rosina wüsste. Ihr allein und sonst niemandem durfte ich die Handvoll Gedanken schuldig sein, denen ich nicht meiner Bauwerke wegen nachhing. Es war nicht so, dass ich meine Frau über die viele Arbeit vergaß; gerade jetzt, wo sie der Geburt unseres fünften Kindes entgegenfieberte, spukte sie öfter, länger und gewaltiger in meinem Kopf, als es mir die vielen Tabellen, Rechnungen und Konstruktionspläne gestatteten, die mein Hirn und Herz Tag und Nacht in Beschlag nahmen. »Macht

Euch keine Sorgen um Eure Frau«, hatte mich Adelgund, die Amme, letzten Abend zu beruhigen versucht, als ich Rosina mit einem Tuch den Schweiß von der Stirn tupfte, »das Kind braucht dieses Mal eben mehr Zeit.« Bereits auf gestern früh hatten wir die Niederkunft erhofft, doch Adelgund musste den ganzen Tag wie auch die Nacht bis auf das Wechseln der Kräuterumschläge und das Bereiten der Dampfbäder unverrichteter Dinge ausharren. »Heut wird's gewiss«, hatte sie mich bestärkt, als ich mich in der Früh verabschiedete. »Ja, mit Gottes Hilfe«, hatte ich geantwortet und versucht, den Zweifel aus der Stimme zu nehmen.

»Meister«, rief Hans das Gerüst hinauf und riss mich aus den Gedanken, »die Herrschaften zur Bauvisite sind da!«

»Wurde auch Zeit! Neun war abgemacht, nicht viertel nach!«

Achtsam stieg ich vom Gerüst – vor einer Stunde erst war Bartholomäus, ein junger Geselle aus dem Ravensburger Land, auf den von Schnee und Eis ummantelten Bohlen ausgerutscht und hatte sich das Kinn aufgeschlagen. »Herrgottsakrament, Drecksglump verreckts! Iberall der soichnasse Scheiß!«, hatte er in bester Schwabenmanier geflucht – so viel zur Wirksamkeit des Verbots – und die Kelle ins Eck geworfen. Barthel reichte ich einen zusätzlichen Schluck; nicht fürs Fluchen und Maulen, dafür setzte es eine Rüge, sondern weil er schon bald mit einem Verband ums Kinn wieder oben beim Mauern stand und rief: »Speis, Hieronymus! Speis a mi na, und it wenig!«

Ich strich den Mantel glatt, nahm Haltung an und schritt

auf die Unpünktlichen zu. Jeden begrüßte ich mit Handschlag, erst Marx Welser und Matthias Kager, dann Anton Garb, der naserümpfend als letzter den Bau betrat. Ihre Hände, im Gegensatz zu den meinigen mit keinerlei Schwielen versehen, waren wohlig warm. Ich hatte richtig gemutmaßt, jedoch verkniff ich mir eine Bemerkung darüber.

In der Poliernische, einem überdachten Unterstand, zog ich den Grundriss aus dem Köcher. Ich breitete ihn, mit dem Handballen darüber streifend, auf dem Tisch aus und beschwerte die Ecken mit vier Flusskieseln, einst von Maria, eines meiner Töchterchen, von der Wertach mitgebracht. Die Arme auf das Pergament aufgestützt, begann ich meine Ausführungen.

»Der sechsachsige Bau in welscher Manier* ist vierundsechzig Schuh** lang, zwanzig breit und wird vierzig hoch …«,

»Meister Holl!«

Marx Welser fiel mir ins Wort, kaum hatte ich den ersten Satz gesprochen.

»Ja, bitte?«

»Das wissen wir bereits. Herr Garb wünscht lediglich eine Beschreibung der *Fassade*. Oder, Anton? Ich hatte dich doch richtig verstanden?«

»Allerdings. Ist kein kleines Sümmchen, das ich hier investiere. Ich will wissen, was jetzt am End rauskommt, wo Ihr schon ein halbes Dutzend Visierungen verworfen habt.«

---

* Stil der italienischen Spätrenaissance

** Augsburger Werkschuh = 29,5 cm. Das Maß ist in Eisen an der Westseite (Frontfassade) des Augsburger Rathauses angeschlagen

»Es waren lediglich drei Verwerfungen«, korrigierte ich ihn.

»Wollt Ihr bitte die Güte haben?«

Natürlich sollte Garb als gewichtiger Teilhaber wissen, was ich Neues ersonnen hatte. Abermals zum Köcher gegriffen, zog ich die Visierung heraus, eine kunstvoll von Matthias aquarellierte Kreidezeichnung, und legte sie über den Grundriss.

»Wie Ihr seht, habe ich den Entwurf nochmals verbessert. Die Fenster im Erdgeschoss sind jetzt eingefasst von rustizierten dorischen Pfeilern. Die Eingänge für die Kramläden haben wir nach der vierten und sechsten Achse umgesetzt und zudem mit Vitrinen versehen. Das Mezzanin*, an dem wir gerade arbeiten, deckeln wir zum Obergeschoss ab mit rundgeschlossenen ...«

»Huaaatschtiiieh!«

Garb nieste mir sabbernd wie ein räudiges Hundsvieh in meine Ausführungen. Auf das »Gesundheit!«, fast zeitgleich aus unseren Mündern, folgte kein Dank, stattdessen ein Fluchen über »die Saukälte, die verdammte!« Bauernlümmelgleich wischte er sich den Rotz in den Ärmel und fragte mich, ob ich wohl einen Schluck – »nur einen winzigen« – meines Weinbrands über habe, der da unten aus dem Korb herausluge.

»Was für Euch einfache Maurersleut recht ist, kann für uns Geschlechter** nur billig sein, oder, Holl?«

Ich schwieg. Schon beizeiten hatte ich mir angewöhnt, Garbs tumbe Provokationen nicht mehr zu parieren. Ihm

* Zwischengeschoss

** Damalige Bezeichnung für die Patrizier

den Schluck abzuschlagen, wäre ebenso despektierlich erschienen wie Garbs unverfrorene Selbsteinladung. Ich griff unter den Tisch und reichte ihm den Krug. Garb tat alles andere als ein Schlückchen. Den Krug vom Großmaul abgesetzt, sprach er: »Das ist bei diesen unchristlichen Temperaturen das einzig Wahre. Obwohl … besser noch, als sich hier den Arsch abzufrieren, wär's, sich zwischen dem Schenkelspeck einer schönen Frau warm zu suhlen.«

»Hörte ich eben ›einer‹ oder ›meiner‹?«, fragte Marx Welser.

»FÜRS OBERGESCHOSS …«, erhob ich die Stimme, um dieses unsägliche Geschwätz zu unterbinden, »haben wir hohe Rechteckfenster auf Sohlbänken …«

»Natürlich ›meiner‹, wo denkt Ihr hin? Ich bin doch kein Ehebrecher.«

Ich hielt inne und atmete tief. Lust überkam mich, Garb abzuwatschen; der walzte fettwampig daher, schmarotzte, belästigte uns und log obendrein – ein Ehebrecher war er wohl. Anstatt einen ernsthaften Blick auf meine Arbeit zu richten, behelligte uns der arrogante Kaufmann mit seiner ungeschlachten Art. Musste ich, der Stadtwerkmeister!, mir so etwas von diesem Menschen, zugewandert und sich in die Geschlechter eingeschleimt, bieten lassen, nur weil er mir, was er wieder und wieder betonte, ab und an Arbeit verschaffte? Zudem stieß mir sauer auf, dass Marx Welser, mit Johann Jacob Remboldt zusammen oberster Stadtherr und mir stets gut geneigt, sich herabließ, auf Garbs Anmaßung noch zu reagieren.

»Fürs Obergeschoss haben wir hohe Rechteckfenster

auf Sohlbänken mit Dreiecksgiebeln erdacht«, wiederholte ich und fuhr laut und deutlich fort: »Diese sind, wie Ihr hier seht, jeweils durch ionische Pilaster getrennt.«

»Und das? Da in der Mitte?«, fragte Garb und tippte mit dem Wurstfinger auf die Visierung, »was soll das da?«

»Das interessiert Euch nicht wirklich, Garb.«

»Was?«

»Wie Ihr uns alle habt wissen lassen, steht Euch der Sinn mehr nach Kopulation als nach der Architektenkunst.«

Garb sah mich streng an. »Mich deucht, die viele Arbeit mit leblosem Stein scheint Euch den Sinn fürs schöne Geschlecht verdorben zu haben. Und das, wo Ihr mit der Reischlerin ein solch graziles Frauchen zum Weibe habt.«

»Ich wüsste nicht, was Euch das anginge, nur weil die Eurige Euch an Masse in nichts nachsteht.«

»Vielleicht kocht die Eure nicht besonders. Wenn's nicht schmeckt, ist leicht rank sein.«

»Meine Herren!«, unterbrach Marx Welser. »Wir sind nicht zum Streiten hier hergekommen.«

»Also, Holl! Was ist das da jetzt?«, kam es nun schon deutlich ungehaltener aus Garbs Mund, was mich kalt ließ. Garb war reich und besaß Einfluss, mich jedoch konnte er damit schon lange nicht mehr fangen.

Ich nickte zu Matthias. »Sag du's ihm.«

»Eine bronzene Wappenkartusche.«

Garb hob die Brauen, zuckte mit den Schultern und machte ein selten dämliches Gesicht. Mit dieser Antwort wusste er nichts anzufangen, was auch Matthias bemerkte. Der ergänzte: »Sie setzt den Akzent auf die Mittelachse des Bauwerks und …«

»... verleiht ihm nuancierte Erhabenheit«, fiel ich Matthias ins Wort, benutzte mit der ›nuancierten Erhabenheit‹ sogar die seinigen, die er sonst zu gebrauchen pflegte, wenn es galt, seine Kunst ins rechte Licht zu rücken, und schloss die Erklärung kurzerhand an seiner Stelle ab. Das war vielleicht etwas unredlich, doch Matthias war nicht allein mit Kunstverständnis beschlagen! Vor fünfzehn Jahren schon hatte ich Garbs Haus beim Weinstadel umgebaut und neu gestaltet mit Arkaden und Laubengängen, mit schönen Stuben, Kammern und Küchen, mit stilvollem Stuck an Decken und Kaminen, eigens von mir entworfen und angebracht. Da hatte in Augsburg noch kein Matthias Kager existiert. Der war erst Jahre später hinzugestoßen. Ich hatte mir damals anhören müssen, die Entwürfe entstammten Joseph Heintz'* erfinderischem Genie und ich sei lediglich deren Ausführer. Doch das war nur Geschwätz aus Neidermaul gewesen. Niemals verhehlte ich, dass Joseph mir ein guter Lehrer gewesen war. Lange vor meiner Venedigreise hatte er mich mit der Kunst der Meister aus dem Welschland zusammengebracht. Und ebenso stimmte es, dass der gute Joseph – wie auch jetzt Matthias – weit mehr als ich die Malerei und das Zeichnen beherrschte und mir bei den Visierungen geholfen hatte. Letztlich hatten sie beide das Malerhandwerk von Grund auf erlernt, während ich mir das Zeichnen, das über das Grundwissen der Lehre hinausging, selber beibrachte. Was jedoch das Wissen um die Architektur anlangte, war ich beiden überlegen. Joseph Heintz lag seit fünf Jahren unter der Erde – Ehre seinem Andenken – und jetzt war

* Joseph d. Ä., 1564–1609, Maler und Zeichner für Architektur

es nurmehr ich, dessen große Aufgabe und Würde es war, Augsburgs städtisches Antlitz als prächtige Reichsstadt zu formen.

»Nuancierte Erhabenheit«, wiederholte Garb und schüttelte dabei den Kopf. »Was Ihr Euch immerzu ausdenkt. Bisweilen gelingt es Euch annähernd, unsereins ein Gefühl der Minderwertigkeit zu verschaffen. Zum Glück nur bis zu dem Moment, in dem wir wieder gewahr werden, dass *wir* es sind, die Euch das mit unserem Geld gestatten.«

Fatzke!, dachte ich, hast dich in den ganzen Jahren keinen Deut gebessert. Ganz der Großkotz, der sich weltmännisch glaubt und uns diesen Irrglauben immerzu aufs Neue bestätigt. Was hast du schon geleistet? Hast die Rehm'sche Veronika geheiratet und dir dein Vermögen zusammengeschachert, indem du unerfahrene Handelsmänner übers Ohr gehauen hast – auf den Messen zu Frankfurt bin ich nicht mit dabei gewesen, das weiß ich nur vom Hörensagen, aber in Venedig habe ich dich kennengelernt. Die ganze Truppe, zehn Mann hoch, war dir gefällig und deinem Wort gefolgt, weil du sie alle freigehalten hast. Nur Matthias und mich konntest du nicht vereinnahmen. Während du mit den Huren das Geld versoffen und verfressen hast, haben wir die Kunst und die Bauten der Lagunenstadt studiert. Dass du damals keinen Einfluss auf uns ausüben konntest, hast du bis heute nicht verwunden.

»Sagt an, Kager, die Bilder am Weberhaus, die habt Ihr doch hingezaubert, nicht?«

»Ja, die Fassaden sind ganz allein mein Werk.«

»All die Jahre geh ich tagein, tagaus dran vorbei und

immerfort frage ich mich nach deren genauen Bedeutung.«

»Ist das Euer Ernst, Garb?«, entgegnete Marx Welser, »das lernt doch jedes Kind hier auf der Schule!«

»Ach!« Gift schoss in Garbs Blick und Stimme und dergestalt, wie er mich zuvor angesehen hatte, sah er jetzt Welser an. »Ich bin aber nicht hier zur Schule gegangen. Vielleicht ist hier der Moment, diesen Makel zu tilgen?«

Garb kam aus Genf, was er, als er hier vor fünfzehn Jahren eingewandert war, jedem unter die Nase gerieben hatte. Anfangs hatte er in seine Wichtigtuereien so viele französische Wörter eingespeichelt, bis selbst unsere Sprachgelehrten die Nase rümpften. Auch hatte er sich überall mit ›Antoine‹ vorgestellt und betont, dass das deutsche Anton gegenüber der französischen Form doch recht hölzern, ja fast bäuerlich klänge. Bei Anton denke man unweigerlich an einen feisten Landmann mit roten Pausbacken, hatte er gescherzt. Ein Landmann ist er nie gewesen, die Pausbacken aber, mal mehr mal weniger rot, hatte er sich schon lange angefressen. Und den roséfarbenen Antoine, den hatte er sich mit der Zeit auch abgeschminkt, nachdem alle Welt sich darüber lustig gemacht hatte.

»Nun, Kager? Wollt Ihr mir etwas von Euren Malereien erzählen?«

»Selbstverständlich. Es freut mich immer, wenn sich jemand für meine Kunst interessiert. Ganze zwei Jahre haben die Fresken mich beschäftigt. Vorgabe war, die Geschichte der Weberzunft abzubilden. Ich habe, wie es meiner Künstlerseele entspricht, diese natürlich mit wichtigen Augsburger Ereignissen, mit mythologischen Erzählungen und Allegorien, mit Zeit- und Weltgeschichte verknüpft. Ein schlechter Künstler wäre ich, hätte ich das nicht gemacht. Als Jünger der Musen sind wir dem Höheren nicht nur zugetan, sondern auch verpflichtet. Wir stehen in der Gunst …«

»Ja! Mein Gott, Kager, verschont mich mit Eurem Schöpfergeschwafel. Ihr seid fürwahr ein großer Künstler. Womöglich der größte, den Augsburg zu Zeit aufzubieten vermag. Doch bitte, Eure Philosophie ein andermal. Erzählt mir kurz und bündig, was am Weberhaus zu sehen ist!«

»Kurz und bündig … zu *sehen*, hm …«, wiederholte Matthias, »wie meint Ihr das?«

»Na wie wohl? Ich möchte wissen, was Ihr da abgebildet habt, was halt da *zu sehen* ist, nicht mehr und nicht weniger.«

»Also gut, … was gibt es zu *sehen*«, wiederholte Matthias und rieb sich den Bart. Seine Stimme hatte plötzlich die Kälte des Wetters angenommen ob dieser Schmähung seiner Kunst. »Wenn Ihr Euch die Südfassade anschaut, so *seht* Ihr im Erdgeschoss Venezianer beim Warenverkauf an Augsburger Kaufleute und Warenkauf der Venezianer bei den Osmanen. Im ersten Obergeschoss *seht* Ihr die Vier Zeitalter und die Sieben Lebensbereiche sowie Römerinnen bei der Tuchbeschau.«

»Und die anderen Fassaden?«

»Über dem Eingangsportal der Ostfassade *seht* Ihr Justitia mit Waage und Richtschwert, von vier Putten umgeben. Im ersten Obergeschoss Ulrich und Afra. Im zweiten *seht* Ihr die siegreiche Rückkehr des Heeres aus der

Schlacht auf dem Lechfeld. Daneben die Verleihung des Wappens an die Weber. Ganz oben, im dritten Obergeschoss, *seht* Ihr Szenen aus der Schlacht selbst.«

Ich stöhnte. Nicht, weil mir jedes dieser gehäuften und verdrossenen *seht* aus Matthias' Mund wie ein falscher Ton ins Ohr ging, und auch nicht, weil diese reißbrettartige Aufzählung seiner Kunst nur ein schwaches Schlaglicht bot, das deren Tiefe niemals auszuleuchten vermochte, sondern weil man ursprünglich hier zusammengekommen war, um über Körper und Gesicht meines neuen, nicht unerheblichen Bauwerks zu sprechen. Mochte es nicht so imposant sein wie Stadtmetzg und Zeughaus, die ebenfalls meine Ausführungen waren, so handelte es sich doch um ein Bauwerk, mit dem ich das Bild des Perlachplatzes, des bedeutendsten Ortes der Stadt, gestalten sollte. Eben dieses Bauwerk hatte Garb mit wenigen Sätzen zur Nichtigkeit herabgesetzt. Mit seiner plumpen Fragerei nach der Bemalung des Weberhaus' hatte er mir das Heft entrissen und es Matthias in die Hand gespielt. ›Kager, Ihr seid womöglich der größte Künstler, den Augsburg zu Zeit aufzubieten vermag …‹, blabla. Nichts als Bauchpinselei. Matthias' Fresken, so meisterhaft sie sein mochten, interessierten Garb einen Dreck. Er veranstaltete dieses Szenario allein, um mich vor den anderen ein wenig in den Staub zu drücken – seit der Venedigreise vor vierzehn Jahren waren wir, gelinde gesprochen, einander nicht gut Freund. Wir standen lediglich noch in Geschäftsbeziehung; dass diese irgendwann ein Ende haben würde, war abzusehen.

»Die Westfassade zeigt die fünf Erdteile, fünf Statuen mit Weberwerkzeugen und die fünf Tätigkeiten des Weberhandwerks. Die Schildkröte symbolisiert die Häuslichkeit der Weber. Und der Fackelträger steht als Allegorie für deren Fleiß bei Tag und Nacht.«

Ich hatte es geahnt. Matthias konnte nicht umhin, doch noch zwei Erklärungen beizufügen, obwohl Garb sein Desinteresse gegenüber der hohen Kunst der Symbolik unmissverständlich geäußert hatte.

Gewiss, Matthias' Malerei war kunstvoll und zeugte von Gabe. Aber was war mit mir? Was war mit meiner Kunst? Was brauchte es alles, um Häuser, Türme, ja Burgen und Kirchen zu *bauen*? Nicht nur zu zeichnen? Angefangen vom Grundriss bis zum Hochmauern der Wände bedurfte es großen Wissens, großen Verstandes und großer Geschicklichkeit. Es schien jedoch, dass Auge und Herz des gemeinen Mannes, einerlei welchem Stande er angehörte, gemalten, das hieß, mit bloßer Farbe aufgetragenen Figurenszenen eher angetan sein mochten, als von dem Werk, das ihre Existenz erst ermöglichte: die bloße Architektur dahinter. Das Wahre wurde verkannt, das Lob flog dem Gefälschten zu, der Betrachter zeigte sich fasziniert von der dahingepinselten Illusion der Dreidimensionalität, statt die wahrhaftige, in Lot und Waage gemauerte, zu honorieren; ein Umstand, der mir, wie wohl jedem anderen nachdenklichen Kopf, ein Schütteln abverlangte.

»Meister Holl!«, tönte eine helle Stimme vom Perlachplatz herüber, »Meister Holl!«

Ein Junge kam in den Bau gehetzt. Der Atem stieß mit Dampf hervor, die Wangen feuerrot.

»Hier hinten!«

»Eure Frau! Das Kind!«

»Na endlich! Was ist es? Ein Bub? Ein Mädel?«

»Weiß nicht. Ihr sollt kommen!«

»Ich kann hier jetzt nicht weg! Wir haben wichtige Dinge …«

»Aber Ihr müsst! Eurer Frau geht es schlecht!«

Garb platze hervor: »Ich weiß von keinem Weib, dem es bei der Niederkunft gut ginge.«

Halt doch *einmal* nur dein blödes Maul, Garb, war mir auf der Zunge gelegen. Ich eilte zum Ausgang, der Junge hintendrein. Beim Hinausgehen hörte ich Garb noch spotten: »Seht nur, wie der Holl rennen kann.« Ich hielt abrupt an, um sogleich weiterzumarschieren – jetzt war nicht die Zeit für eine Fehde.

»Was ist los daheim?«, fragte ich den Jungen, während wir übers zugeschneite Pflaster den Hinteren Perlachberg hinunterschlitterten.

»Der Arzt ist da und sie haben was vom Herrn Pfarrer geredet!«

Gott im Himmel, was sprach der Bub da. Rosina hatte bereits vier Kinder zur Welt gebracht. Keine der Geburten war für sie eine leichte gewesen, wie die Ammen oder Rosina selbst mir später erzählten*, jedoch war immer alles glücklich verlaufen: Rosina war ins Wochenbett gelegt, das Kind gebadet und ihr an die Herzseite gegeben worden. Hernach hatte sie eine gute Mahlzeit bekommen und mit der Amme und den Nachbarinnen gefeiert, während ich mit Freunden im Gasthaus ›Zur goldenen Sonne‹ auf ein paar Krüge Bier gegangen war. Drei Tage später war die

* Die Männer waren i. d. R. von den Geburten ausgeschlossen

feierliche Taufe gefolgt und wir hatten alles getan, um das Kind zu halten. Das war uns bislang vier Mal gelungen, sollte es uns beim fünften Mal verwehrt bleiben?

Wir rannten durch den Schnee die Sterngasse entlang, einmal rutschte der Bub aus, einmal ich, gerieten an den Vorderen Lech und waren in wenigen Minuten an meiner Wohnung in der Bäckergasse. Am Antritt zum Treppenhaus gab ich dem Jungen einen viertel Kreuzer in die Hand, klopfte den Schnee von Mantel und Hosenboden, zerrte hastig die tropfnassen Schuhe von den Füßen und stieg – zwei Stufen auf einmal nehmend – nach oben. Flüchtig bekreuzigte ich mich vorm Kruzifix über dem Türstock und trat in die Wochenstube. Hitze und der Geruch von Kreuzkümmel und Myrrhe waberten durch den dunklen Raum, schlugen mir ins Gesicht und machten mich schwanken. Ich fand Halt am Bettpfosten.

Gottlob, das Kind lag bereits gewickelt an Rosinas Herz. Adelgund und Doktor Häberlin standen bei ihr. Der Pfarrer war nicht zugegen. Ich atmete auf und schloss kurz die Augen.

»Sie schläft. Tief und fest, Meister Holl. Geht zu ihr, das wird sie spüren.«

Doktor Häberlin wies auf den Stuhl am Bett. Ich setzte mich neben Rosina und nahm ihre Hand. Kalt wie die meinige war sie, obwohl Rosina in mehrere Laken gehüllt war. Still saß ich neben ihr und sah sie an.

»Meister Holl.«

Die Schwangerschaft hatte sie arg mitgenommen. Sie war bleich, das Haar, sonst so glänzend, ganz stumpf.

»Meister Holl …«

Mit jedem Streicheln über ihre kalte Hand wurde mir dumpfer ums Herz. Das Atmen fiel mir mit einem Mal schwer.

»Meister Holl, hört Ihr …«

Ich spürte eine Hand auf meiner Schulter und wandte mich um.

»Wollt Ihr bitte mitkommen? Es ist nur für einen Moment.«

In der Wohnstube offenbarte Doktor Häberlin mir, dass Rosina dieses Mal bedenklich viel Blut verloren habe. Sie leide unter starkem Fieber und sei geschwächt wie nach keiner ihrer vorherigen Geburten.

»Euer Weib war bislang eine der zähesten im ganzen Sprengel. ›Nach der Geburt aß sie für zwei und trank wie ein Mann‹, hat Adelgund sie immer gelobt.«

»Mein Weib war die einzige, die so wohlauf war, dass sie bei der Taufe zugegen sein konnte!«

»Mit dem fünften Kind, scheint eine Wendung eingetreten. Das Kind selbst ist gesund. Es ist größer und stärker als die vorigen. Das ist der Grund, warum es Eurem Weib so schlecht geht. Das Kind hat ihr die ganze Kraft genommen.«

»Aber sie wird sie doch wieder zurückbekommen?«

Doktor Häberlin schwieg.

»Was muss ich tun, damit es ihr bald wieder besser geht, Doktor?«

»Ruhe und beten ist das oberste Gebot. Stündlich Kräuterwickel, viel Hühnerbrühe und getrockneter Ingwer; Adelgund weiß Bescheid. Sie wird noch eine Woche bleiben, dann müsst Ihr um ein Haus- und Kindermädchen schauen, unbedingt. Mich wundert ohnehin, dass noch keines bei Euch in Diensten steht. Bei Eurem Stand ist ein Hausmädchen längst anempfohlen.«

»Rosina wollte nichts aus der Hand geben. Sie sagte immer: ›Bei uns zuhause hatten wir das auch nicht.‹ Und bislang hat sie ja auch alles bestens bewerkstelligt. Jedes unsrer vier Kinder ist wohlauf.«

»Jetzt wird sie aus der Hand geben müssen. Zumindest für die nächste Zeit. Da führt kein Weg vorbei.«

»Ich werde mich umgehend um eine Hilfe kümmern. Wann, meint Ihr, wird es Rosina wieder besser gehen?«

»Ich meine gar nichts, werter Holl. Außer unsrem lieben Herrgott weiß das niemand.«

»Aber sie wird doch nicht … Ich meine …«

»Wir wollen es nicht heraufbeschwören. Aber ausschließen können wir es nicht.« Doktor Häberlin legte seine Hände auf die meinen. »Betet fleißig zu unserem Herrn und er wird Euch erhören.«

»Als ich kam, war ich heilfroh, dass der Herr Pfarrer nicht zugegen war, jetzt spricht er aus Euch heraus.«

Die Instrumententasche umgehängt, schritt der Doktor aus der Tür und verließ das Haus. Ich sah aus dem Fenster und ihm nach, wie er im Trippelgang durch den Schnee die Werbhausgasse hinunterschlitterte. Lange noch blieb ich am Fenster stehen, den Blick erhoben von der weiß bedeckten Gasse nach oben über die Fassaden der Häuser hinweg, über die Gesimse, die Dachfirste und Kamine. Ich blinzelte in den milchweißen Himmel und sah Schneeflocken. Abermillionen und überall. Vom Wind gepeitscht taumelten sie durch die Luft. Höschels Worte tauchten auf. »Rosina«, sprach ich leise und strich mir die Tränen von der Wange.

2

»Grüss Gott die Herrschaften. Scho' was ausg'sucht?«

Die stämmige Wirtin vom Gasthaus ›Zum Eisenhut‹ beim Obstmarkt stand wartend am Tisch, die Fäuste gestemmt in die beschürzten Hüften. Das krause Haar hatte sie unter einer Leinenhaube verdeckt, deren lose Bänder in die massige Oberweite ihres Ausschnitts baumelten, von einer vom Bratenfett verschmierten Kordel zusammengehalten.

Remboldt zeigte zur Holztafel an der Wand, auf der mit Kreide geschrieben drei Gerichte zur Auswahl standen: Schweinsbraten, Tellersulz, Bohnensuppe.

»Ein gestauchtes Dunkles*, Theresa, und den Schweinsbraten. Holl, was nehmt Ihr?«

»Mir auch ein gestauchtes Dunkles und nur die Bohnensuppe, bitte.«

»Bloß die Supp? Des is fei net viel. Wollt Ihr net au von der Sau kosten? Mit deftige Semmelknödl?«

»Die haben hier den besten Schweinsbraten von Augsburg, Holl«, unterstützte Remboldt die Wirtin.

»Lasst gut sein. Mein Appetit ist zurzeit nicht allzu groß.«

»Man sieht's Euch an. Ihr wart schon mal besser beieinander. Wollt Ihr nicht doch den Schweinsbraten …?«

Ich schüttelte den Kopf. Die Wirtin zuckte mit den

* Angewärmtes, dunkles Bier

Schultern und wandte sich ab. Den Hals gereckt, sah Remboldt ihr nach, wie sie mit ihrem breiten Gesäß an den Tischen vorbei in die Küche schwappte.

»Mei, die Theresa, ein Ackergaul von einem Weib. Aber was will ich sagen, die meinige hat mit den Jahren auch ganz schön zugelegt. Anders die Eurige, die ist nach wie vor zart wie eine Ricke.«

Ich verschwieg Remboldt meine Sorge um Rosina. Er war zu wenig mitfühlend, als dass man ihn mit persönlicher Seelennot strapazieren durfte; sein Interesse an den Menschen war begrenzt – »Ich bin weder Pfarrer noch Arzt. Allein die Stadt ist mein Schützling!«, lauteten seine Worte, mit denen er jedwedes Leidklagen eindämmte, das sein überschaubares Quantum an Anteilnahme zu überschreiten drohte. Zusammen mit fünf Ratsherren bildeten er und Marx Welser die Spitze des Augsburger Ämtergefüges. Dieser Stand wollte mit gebührlicher Distanz demonstriert sein. Obgleich Remboldt seinem Gegenüber stets nur ein begrenztes Maß an Interesse entgegenbrachte, so erhob er doch den Anspruch, dass man sich ihm stets mit ungeteilter Aufmerksamkeit zu widmen habe, wenn er ausschweifend über seine mannigfaltigen Aufgaben und deren einhergehende Sorgen sprach; das konnte mal mehr mal weniger interessant sein, immer jedoch waren seine Ausführungen langatmig, zeitraubend und wenig bis gar nicht ergiebig. Natürlich hatte er viel zu erzählen; als Träger des höchsten städtischen Amts – in einer Freien Reichsstadt, einer von Fürsten unabhängigen Stadtrepublik, einzig dem Kaiser Untertan – traf er sich fast nur mit Vertretern der Freien Stände, des Adels und der Kunst. Das ergab Anekdoten in Fülle.

»Prost die Herrschaften!«

Theresa stellte die angewärmten Steinkrüge auf den Tisch. Wir stießen an und tranken. Ich verschwieg Remboldt meine Hoffnung darauf, dass Rosina zunehmen möge – die ›zarte Ricke‹ war zum todkränkelnden Kitz abgemagert –, worüber ich täglich betete in unserer Kirche Sankt Anna, in der wir geheiratet hatten und alle Kinder getauft. Nur mehr Haut und Knochen, behielt Rosina kaum die Suppe, die ihr Adelgund einträufelte, und wenn, dann schwitzte sie bis zum nächsten Teller alles wieder aus sich heraus. Vier Tage waren seit der Entbindung vergangen. Gestern früh war die Taufe gewesen, das erste Mal ohne die Mutter. Das war mir arg. Unser Bub hatte auf Rosinas Wunsch den Vornamen Hieronymus erhalten. »Wenn der kleine Hieronymus auch mal so eifrig wird, wie der große bei uns«, hatte ich ihr beigepflichtet, »dann dürfen wir uns freuen.« Der große, bereits fünfzehn, war sein Namensvetter Hieronymus Thoman und würde nächstes Jahr die Gesellenprüfung absolvieren. Bereits mit zwölf Jahren, ein Jahr früher als üblich, hatte ich ihn zu mir in die Lehre genommen, nicht weil er kräftiger und klüger gewesen war als die anderen Buben, sondern weil er als einziges Kind, der Vater gestorben, für seine schwache Mutter zu sorgen hatte. Was für ein Christenmensch wäre ich, hätte ich ihm nicht geholfen?

Remboldt wollte sich aus einem hoffnungsträchtigen Anlass mit mir zum Mittagessen treffen, wie er mich bereits vor Tagen hatte wissen lassen – und rätseln, worum es sich handeln sollte. Gern den Geheimnisvollen gebend, rückte er auch jetzt nicht gleich mit dem Grund unseres Hierseins heraus. Er erzählte mir, nachdem Suppe und Braten kamen und wir uns guten Appetit gewünscht, Tratsch über den Großen Rat. Im Grunde wusste er, dass mich das nicht interessierte, obwohl ich ihm ebenfalls angehörte.

Die ersten Stücke Fleisch zwischen die Zähne geschoben und den Geschmack überschwänglich gelobt, fuhr er fort mit den Unwichtigkeiten: »Imhof ist mir immer noch Gram wegen des Herkulesbrunnens. Ihr wisst doch, diese …«

Ich vermied es, ihn dabei anzusehen. Der Anblick von eingespeicheltem Fleisch- und Knödelbrei zwischen schwefelfarbigen Schiefzähnen und Spuckefäden machte mich schaudern. Schon als Kind hatte mir das Gänsehaut beschert und nie hatte ich verstanden, warum allerorts die Menschen bei Tisch mit vollem Munde redeten; es konnte doch nicht angehen, dass niemand außer mir daran Anstoß nahm. War mein ästhetisches Empfinden zu zart für alltägliche Unzulänglichkeiten?

»… alte Geschichte. Wie kann man nur so starrköpfig sein? Zu allem Überfluss haben sich jetzt auch noch seine Frau und die Rehlingerin eingemischt. Als ob Weibsbilder damit was zu schaffen hätten. Ihr glaubt nicht, was mir das an Magendrücken heraufbeschwört. Jeden Morgen spüre ich dieses unsägliche Gefühl, als ob ich Wackersteine in meinem …

Remboldts müßige Plauderei verblasste mit jedem weiteren Wort und waberte ungehört mit dem Dunst des Bratenfleischs durch die Wirtsstube. Die auf mich plätschernde Einförmigkeit seines Monologs zwang mich geradezu, mich auf den Löffel Suppe zu konzentrieren, den ich im Munde hatte, und dabei an Rosina zu denken. Bei Maria – Gott habe sie selig –, meiner ersten Frau, war es auch so angegangen; und was war dann geschehen? Von der Geburt unseres achten Kindes hatte sie sich nicht mehr erholt … Ihren Todestag, den 30. Januar vor sechs Jahren, würde ich meinen Lebtag nicht vergessen. Ich hatte erneut und zum neunten Mal – der Tod meiner Mutter, der Tod meines Vaters und die Tode von sechs Kindern – schwere Zeiten der Trauer durchlebt. Allein die bis an Besessenheit grenzende Flucht in die Arbeit ließ mich den Schmerz vergessen und Erinnerungen niederhalten, die sich mir aufzuzwingen suchten. Ich wäre nicht der Sohn meines Vaters Hans Holl gewesen, hätte ich nicht für meine beiden verbliebenen Kinder Johannes und Rosina nach einer neuen, liebevollen Mutter geschaut, die auch mir ein gutes Weib sein wollte. Noch mehr als mein Sohn hatte sich mein kleines Töchterchen gefreut, als ich nach der zehnwöchigen Trauerzeit ein neues Eheweib ins Haus brachte – rief man sie doch beide mit dem gleichen Vornamen. Rosina war nicht nur meinen beiden Kindern eine fürsorgliche Mutter, sie gebar mir bis zum heutigen Tag fünf weitere. Sie führte den Haushalt mit Freude und war mir auch eine seelische Stütze. »Wir können froh sein, dass du so viel Arbeit hast. Andere müssen Hunger leiden!«, hatte sie mich bestärkt, als ich in schwachen Momenten darüber grübelte, dass mir die ganze Rennerei über den Kopf wüchse: Von den Baustellen zum Amt, vom Amt zu den Baustellen, von dort zum Atelier. Vom Atelier zum Amt und von dort wieder zu den Baustellen und zurück und dann wieder von vorne. Ich selbst hatte nie Hunger leiden müssen. Schon als kleiner Bub hatte Vater mich an die Arbeit gestellt, und später in der Lehre mich angetrieben, niemals weniger oder schlechter zu arbeiten als die anderen. Ich sollte stets nach dem Fleißigsten schauen und versuchen, diesen zu übertreffen. Wenn ein Lehrling im vierten Jahr zwölf Steine trug, sollte ich, gerademal im ersten Jahr, sechzehn tragen, wenn einer einen Kübel Speis vermauerte, mussten es bei mir anderthalb, besser zwei sein. »Du bist des Meisters Sohn, das schafft Neid von Haus aus«, hatte er mir eingebläut, »guck, dass dir niemals einer am Kittel flicken kann. Sei rege und tu immer mehr, als das, was man dir anschafft!« Daran hatte ich mich alle Tage gehalten. Und der Erfolg gab mir Recht. Ich erreichte es, mit Verstand, Disziplin und nicht zuletzt mit meiner bloßen Hände Arbeit ein wohlhabender Mann zu werden, den man manierlich auf der Straße grüßte. Was jedoch nützte mir Geld, was Ansehen, wenn der Herrgott schon wieder drohte, mir meine Liebe zu nehmen – mein Eheweib und Mutter von fünf Kindern? Was hatte ich begangen, dass er mich erneut zu züchtigen suchte? Kümmerte ich mich zu wenig um Rosina und die Kinder? War ich ein schlechter Ehemann und Vater? Suchte ich fleischliche Befriedigung im Frauenhaus? Ging ich zu wenig in die Kirche? War ich gar ein Sünder? Nein und nochmals nein! Beileibe nichts von alledem! Niemals! Ich arbeitete viel, sehr viel! Über die Maßen und immer bis tief in die Nacht, manchmal sogar bis zum Morgengrauen. Doch ich wusste: Arbeit ist ein Geschenk Gottes! Hatten wir doch lange schwere Zeiten durchzustehen gehabt, da

Handwerker die Obrigkeit um Arbeit ersuchen mussten. Das war jetzt nicht mehr so. Unser Augsburg strebte auf. Alle Welt sollte von uns erfahren. Wir hatten die vermögendsten Kaufleute und Geschlechter bei uns versammelt: die Fugger, Welser, Imhof, Paler, Rehlinger, … Sie waren es, die uns Aufträge gaben und Wohlstand brachten. So wollte ich die Arbeit stets in Ehren halten und überdies ein Gutmensch sein.

»… ist es nicht so, Meister Holl? … Meister Holl! IST ES NICHT SO?«

»Äh? Was?«

»Ihr nickt die ganze Zeit und es kommt kein Wort der Gegenrede. Also, wie lautet nun Euer Vorschlag?«

»Genickt? Habe ich …? Mein Vorschlag? Ja, … mein Vorschlag! Natürlich …«

»Eure Entwürfe liegen doch schon seit Jahren bei Euch im Atelier. Immer wieder habt Ihr mich damit bedrängt und jetzt, wo die Zeit gekommen ist, druckst Ihr herum? So kenne ich Euch gar nicht.«

»Verzeiht, ich war in Gedanken.«

»Ah? Ihr hört mir also nicht zu?«

»Meinem Weib ergeht es nicht gut.«

»Wie bitte? Der Große Rat zählt, Euch eingeschlossen, dreihundert Mitglieder: Hundertvierzig Gemeine, achtzig Kaufleute, sechsunddreißig Mehrer und vierundvierzig Geschlechter. Glaubt Ihr, dass nur ein einziger darunter wäre, der mir nicht mit ganzem Ohr zuhörte, nur weil es seinem Weib ›nicht gut‹ erginge?«

Es trat ein, was ich zu vermeiden suchte; ich hatte Augsburgs obersten Amtmann in seiner Ehre gekränkt. Das war bitter. Doch würde ich nicht zu Kreuze kriechen. Remboldt war wohl ein Herr des höchsten Dienstes und stand über mir, doch ich war nicht weniger ein Mann, der um seine eigenen Fähigkeiten und Ämter wusste. Freilich sprachen zwei Dinge gegen mich: Ich gehörte den oft nicht nur vom römischen Klerus ungeliebten Protestanten an und ich war nur von einfachem bürgerlichen Stand. Remboldt wusste das, doch niemals hätte er es ins Feld geführt. Er war nicht der klerikalen Obrigkeit ein Diener, sondern der weltlichen und ebenfalls nicht von Adel.

»Das mag angehen, werter Remboldt. In diesem Fall ist es aber das Weib des Stadtwerkmeisters. Es gibt nur einen und der bin ich! Vor zwölf Jahren von den drei Baumeistern Wolfgang Paler, Constantin Imhof und Johann Bartholomäus Welser gewählt, und damit aufgestiegen zum Oberherrn des bedeutendsten Ressorts des reichsstädtischen Baumeisteramtes. Ich bin de facto für das komplette reichsstädtische Bauwesen verantwortlich!«

Ich erzählte in einem fort, so, wie Remboldt es für gewöhnlich tat, und tischte ihm die große Palette meiner gängigen Aufgaben auf, angefangen vom Begutachten von Gebäuden mit Anordnung des Abrisses oder der Erhaltung, über die Planung neuer Projekte mit Vermessen von Grundstücken, dem Erstellen von Material- und Handwerkerlisten und der Kostenvoranschläge, zusätzlich dem Anfertigen von Aufrissen und Visierungen und der Konstruktion von Baugerüsten, Flaschenzügen und Lastkränen, letztlich meine Verpflichtungen zum bestmöglichen Ankauf und zur gewissenhaften Bewertung aller Materialien wie Steine, Sand, Kalk, Eisen, Holz zu deren sachgerechte Lagerung, gründliche Kontrolle und Verwaltung.

»Ich renne Sommer wie Winter auf den Baustellen umher und bin mir nicht zu schade, mitanzupacken. Ich sorge dafür, dass Augsburg mit jedem Bau, den ich vollende, ein neues Meisterwerk erhält und sein reichsstädtisches Antlitz mehr und mehr verschönert. Ich arbeite achtzehn Stunden am Tag und ich ...«

»Ja, Holl! Ist ja gut! Es reicht! Ich weiß das alles! Ich weiß aber auch, Ihr seid wie kein Zweiter an Konditionen gutgestellt: Zweihundert Gulden Jahresgehalt* – Euer Vorgänger Eschay bekam bloß achtzig. Einen Gulden Wochengeld, fünf Gulden für Arbeitskleidung und zehn Gulden für Euren Hauszins. Dazu fünf Pfund Forellen und sechs Pfund Karpfen pro Jahr. Und nicht zu vergessen die freien Rationen aus den Kalkhütten und die zwölf Klafter Holz aus dem städtischen Forst. Zusätzlich bekommt Ihr Gratifikationen für Sonderleistungen. Die Verdienste für Eure privaten und außerstädtischen Arbeiten bringe ich gar nicht zur Sprache. Was also Eure Vergütung angeht, seid Ihr ganz weit vorn.«

»Selbst wenn ich das Doppelte bekäme ... Ich habe nur dieses eine Weib, das todkrank im Bett liegt und, wenn es sich zum Schlechten wendet, *sterben* wird. Dann steh ich wieder allein da, und diesmal mit fünf Kindern. So seht's mir nach, wenn ich abwesend war. Fasst in einem Satz zusammen, um was es geht. Ich werde sofort im Bilde sein.«

---

* Zum Vergleich: Der Wochenlohn eines normalen Maurermeisters betrug einen bis anderthalb Gulden

Remboldt hob die Brauen, schwieg einen Moment, trank aus dem Steinkrug und sah mich an.

»Also darum keinen Appetit … Holl, ich bin kein Unmensch, lasst Euch das gesagt sein. Als frommer Katholik weiß ich das heilige Sakrament der Ehe zu würdigen und auch die Gunst eines holden Weibes. Zudem besteht ein Unterschied zwischen ›nicht gut ergehen‹ und ›im Sterben liegen‹. Ihr hättet mir davon erzählen können.«

»Ich wollte Euch nicht damit behelligen.«

»Ihr müsstet mich gut genug kennen, um zu wissen, wann bei mir das Maß in punkto Behelligung erreicht ist. Ein paar Worte der Aufklärung und die Bitte um Verständnis hätten genügt. Also erzählt.«

Ich fasste mich kurz. Remboldt nickte bestätigend; für einen Moment glaubte ich sogar Anteilnahme in seinen Augen aufblitzen zu sehen. Als ich das Problem mit der Haushilfe ansprach, bekannte er, wie schwer es sei, eine nützliche und zuverlässige zu bekommen. Es helfe ja nichts, gab er mir zu bedenken, irgendeine anzustellen. Es müsse eine sein, die mit kleinen und großen Kindern umzugehen wisse, die Besen und Feudel beherzt in die Hand nähme, den Ofen schüre, günstig und gut Essen kaufe und schmackhaft zubereite.

»Sie muss das Plätteisen beherrschen«, pflichtete ich ihm bei, »und ebenso den Umgang mit Nadel und Faden. Kinder zerreißen ständig was, da springt man nicht immer zur Näherin.«

»Ich sag's Euch, Holl, entweder taugen sie nichts oder sie stehlen. Die meisten schleppen Krankheiten an.«

»Ihr macht mir Mut.«

»So ist es aber. Bei mir waren fünf im Haus, bis die richtige kam.«

»Dann hab ich noch drei gut – gleich am Tag der Geburt habe ich zwei in der Unterstadt aufgesucht, die mir die Amme empfohlen hat. Von denen hab ich mich verabschiedet, noch ehe drei Worte gesprochen waren. Die erste war noch magerer als mein armes Weib, die zweite war übersät mit Pusteln.«

»Ein gutes Mädchen kommt von und mit Gottes Gnaden.«

»Mir bleibt nicht mehr viel Zeit, bis die Amme geht. Dann muss ich eine gefunden haben.«

Remboldt zeigte mehr Mitgefühl als ich erwartet hatte, er überraschte mich geradezu: »Eigentlich geht es mich nichts an, aber ich halte die Ohren für Euch offen, Holl.«

Sein Schulterklopfen mochte ein Zeichen der Ermunterung sein, war aber wohl eher als Signal zum Themawechsel gemeint. Er setzte die Fingerkuppen beider Hände gegeneinander, spreizte die Finger, führte sie zur Nasenspitze und hob an.

»Holl, Ihr wisst, wie gut es mittlerweile um unsere schöne Stadt bestellt ist. Sie hat in ihrer langen Geschichte viel Schlechtes erfahren: Blattern, Franzosenkrankheit und die Pest, Zauberei und Hexenwahn, Neid und Missgunst bis zum Krieg, Hungersnöte, Feuersbrünste, Hochwasser. Über den schwelenden Konfessionszwist möchte ich gar nicht reden. Aber: Augsburg ist dabei nicht zugrunde gegangen! Im Gegenteil, stark ist unsere Stadt geworden. Mächtig sogar! Sie birgt bald an die fünfzigtausend Menschen. In den letzten hundert Jahren hat sich – trotz aller

Widrigkeiten – unsere Bürgerzahl verdoppelt. Nach Köln und Nürnberg ist Augsburg die drittgrößte Stadt des Heiligen Römischen Reiches. Und sie hat das Zeug dazu, die größte zu werden! In unseren Warenstraßen vom Roten Tor über Spital-, Bäcker- und Heilig Grabgasse bis zu unseren zahlreichen Märkten reißt der Verkehr nicht ab. Mit der Macht der Fugger und der Welser hat Augsburg seinen wirtschaftlichen Siegeszug bis in die Neue Welt angetreten. Und wir, Holl, ziehen mit! Ich und Ihr: Wir werden dafür sorgen, dass unsere Freie Reichsstadt ein Gesicht zeigt, das nicht nur ihren Status ehrt, sondern ihresgleichen sucht! Mit den Brunnen haben wir einen Anfang gemacht, doch sie sind nur ein Teil im großen Ganzen. Wichtiger sind die Bauten. Das Gymnasium Sankt Anna und die Bibliothek mit dem astronomischen Studierzimmer lassen sich nicht nur für die Gelehrten gut an. Mit dem Städtischen Kaufhaus, dem Becken- und dem Siegelhaus sind Euch große Würfe geglückt, die Ihr mit der Stadtmetzg und dem Zeughaus noch übertroffen habt. Und ich bin mir gewiss, der Neue Bau wird ebenfalls ein gelungenes Werk!«

Remboldt war mir stets geneigt und ich wusste, dass er meine Arbeit schätzte, doch so viel Lorbeer unter vier Augen hatte er mir noch nie aufs Haupt gesetzt. Er tat einen kräftigen Schluck aus dem Krug, schob den leeren Teller zur Seite und breitete die Arme aus wie der Pfarrer auf der Kanzel.

»Holl! Die Zeit ist gekommen für unser heroisches Projekt! Ihr wisst, was ich meine.« Remboldt sah mich erwartungsvoll an.

Ich zögerte. »Das neue Rathaus?«

»So ist es. Die Zeit ist reif! Die Stadtkasse ist mit vierhunderttausend Gulden immer noch reichlich gefüllt, dank unsrer rigorosen Spar- und Steuerpolitik. Für den Rathausbau haben wir eigene Rücklagen geschaffen; einen Teil davon verdanken wir der Ablehnung von Kagers und Heintz' Loggiaentwürfen, gegen die Ihr seinerzeit Gott sei Dank auch gestimmt habt.«

»Die Loggiaentwürfe waren welsche Manier erster Güte, nur die beiden Herren Maler sind in ihrem Überschwang damit weit übers Ziel hinausgeschossen.«

»Ein paar Träumer im Rat wollen bis heute eine Loggia auf dem Perlachplatz sehen. Wie stellen die sich das vor … ein offener Säulenbau, tz … Bei unseren Wintern … Der sollte dann zum Repräsentieren taugen und gegenüber stünde das eigentliche Rathaus als heruntergekommener Verwaltungsbau, notdürftig renoviert. Was ist denn das für eine Politik, frage ich Euch? Und was die welsche Manier angeht, diese in aller Ehren, Holl, und ohne sie scheint es nicht zu gehen, wie ich mich nicht nur von Euch schon des Öfteren belehren ließ. Trotzdem sage ich, wir brauchen ein eigenes Bild für den Perlachplatz und keine Theaterkulisse, die Rom oder Venedig nachäfft.«

»In jeder Kunst lässt man sich von Vorgängern inspirieren. Und das Welschland ist dafür nun mal die erste Inspirationsquelle.«

»Inspiration ist eine Sache, Holl, kopieren eine andere. Wir bauen keine Werke nach. Wir schaffen Eigenes!«

Remboldt war – im Gegensatz zu David Höschel, Marx Welser, Georg Henisch und mir – kein Anhänger des stundenlangen Studierens von Büchern, Visierungen und Stichen. So entging es ihm, dass Inspiration und Kopie des Welschen bei meinen Bauten enger beisammen lagen, als ihm womöglich Recht gewesen wäre. Zu Beginn meiner Laufbahn hatte ich mich erst wahllos an allem orientiert, was ich an Stichen von Bauwerken aus dem Welschland in die Hände bekam. Später begrenzte ich mich auf wenige begnadete Baumeister wie Andrea Palladio, Sebastiano Serlio und Donato Bramante. Mehr als die bloßen Abbildungen ihrer Bauwerke, so brillant sie auch gestochen waren, beeinflussten mich die Originale, die ich in Venedig mit Matthias besucht und eingehend studiert hatte; dort konnte ich dreidimensional und lebensgroß erleben, was ich zuvor nur als gedruckte und verkleinerte Abbildungen auf Pergament und Papier in Augenschein nehmen durfte. Fürs Bäckerzunfthaus war Palladios Convento della Carità in Venedig mein Vorbild und beim Neuen Bau hielt ich mich an je ein Vorbild* der beiden Künstler. Die Synthese ihrer Entwürfe ergab das Gesicht meiner eigenen Schöpfungen; von Georg Henisch wusste ich, dass schon die Eklektiker bei den alten Griechen so verfahren hatten. »Es ist kein Frevel, anfangs alle Eindrücke und Strömungen in sich aufzunehmen, um hernach, wenn man routinierter und erfahrener geworden ist, Neues und Originäres zu erschaffen«, hatte er mich gelehrt.

»Na gut, werter Stadtpfleger, wie lautet Euer Plan?«

»Euren ersten Vorschlag, nur die Fassade des alten Rathauses zu renovieren und die Innenräume neu aufzuteilen, hatten wir aus guten Gründen seinerzeit schon komplett

* Bramantes Palazzo Caprini und Palladios Palazzo Civena

verworfen. Der zweite Vorschlag war mir schon besser eingegangen, ein Neubau, bei dem Kaisererker, Wanduhr und Glockenturm erhalten blieben.«

»Meine Reminiszenz an Vergangenes, gewiss, aber auch ein unglücklicher Kompromiss. Mit diesem Entwurf war ich damals schon nicht glücklich und bin es heute noch weniger. Die baufälligen Wände hätten wir nur zum Teil beseitigt, und die Proportionen der Achsen hätten nicht gestimmt, weil ich mich an den alten Grundriss hätte halten müssen. Zudem, den dürftigen gallischen* Glockenturm stehen zu lassen, wäre ein riskantes Spiel, auch er ist inzwischen von Wind und Wetter zerfressen.«

»Ergo?«

»Das alte Rathaus gehört abgerissen, werter Remboldt, und ein neues her! Ein imposantes, eines, das Augsburgs Stand in der Welt Ehre macht, wo selbst gekrönte Häupter achtungsvoll staunen! So eines bau ich Euch: wohlproportioniert, größer und schöner als das vorige!«

»Ich weiß, dass Ihr das könnt. Und so eines will auch ich, wie ich mich Euch wohl unmissverständlich erklärte. Aber was ist mit dem alten Pferdefuß? Der Rathausturm mag ›dürftig‹ sein, er ist dennoch der ehrenvolle Hort der Ratsglocke! Und diese ist wie kein zweites akustisches Insignium unserer weltlichen Macht! Die Ratsglocke ist die wichtigste, wichtiger noch als die Sturmglocke im Perlachturm und die Glocken der umliegenden Kirchen. Seit Jahrhunderten stehen die Menschen mit ihrem Schlag auf, richten sich bei den Arbeits- und Brotzeiten nach ihr und gehen mit ihr zu Bett. Die Ratsglocke ist für

* Damalige Bezeichnung für gotisch

uns alle Ankündiger von weltlicher Freud wie Leid – kein großes urbanes Ereignis ohne deren Läuten! Keine Stadt kann ohne sie sein.«

Remboldt zog die Stirn in Falten. Das tat er immer, wenn er um eine Lösung rang, sich ihm aber keine zu bieten schien.

»Was, Remboldt, wenn ich einen Ort fände, an dem die Ratsglocke noch besser präsent ist als jetzt?«

»Die Glocke wiegt mächtige fünfundvierzig Zentner, so viel hatte zumindest die städtische Heuwaage angezeigt; dazu kommt noch das eiserne Schlagwerk. Wo wollt Ihr einen geeigneten Platz für dieses Monstrum finden?«

»Lasst das meine Sorge sein. Ich will nur eines wissen: *Wenn* es mir gelingt …?«

»Ich wiederhole mich: Die Zeit ist reif! Löst das Glockenproblem, Holl … und ein neues Rathaus wird gebaut!«

»Hand drauf?«

»Hand drauf!«

Ich hielt ihm den ausgestreckten Arm entgegen. Remboldt schlug ein und zuckte unter meinem starken Zugriff; nach den ganzen Jahren endlich die Gelegenheit für den Bau eines neuen Rathauses zu bekommen, durchströmte mich dermaßen mit der Kraft der Freude, dass ich an mich halten musste, ihn nicht geradewegs zu umarmen.

»Ihr habt eingeschlagen, Remboldt. Jetzt gibt es kein Zurück mehr.«

»Pacta sunt servanda*. Das gilt für mich und für Euch auch!«

* Lat.: Verträge sind einzuhalten

»Ihr verzeiht mir, wenn ich jetzt gehe? Ich brenne, Euch meine Lösung zu präsentieren!«

»Geht, Holl, geht! Und präsentiert mir! Ich bin gespannt!«

Ich trat aus der Tür und eilte durch den Schnee über den leeren Obstmarkt direkt nach dem Neuen Bau. Dort meinen Zollstock und einen Bogen Pergament aus der Poliernische geholt, machte ich Hans' neugierigen Fragen eine hoffnungsträchtige Andeutung, und strebte geradewegs zum Perlachturm.

Niemals zuvor war ich fiebernder die engen und niedrigen Stufen bis nach oben unter den Dachstuhl geeilt. Es lag auf der Hand, dass nur hier und nirgendwo anders der neue ehrenvolle Hort der Ratsglocke sein konnte. Nachdem ich die Maße der Höhen, Breiten und Tiefen, die Stärken von Wänden und Balken abgenommen hatte, fertigte ich noch oben im Dachstuhl bei eisigen Graden mit meinem Silberstift, den ich stets bei mir trug, eine Skizze an; sie würde mir neben alten Zeichnungen im Atelier für die neue Visierung dienen. Der Perlachturm barg bereits die Sturmglocke, für die Ratsglocke samt Schlagwerk war kein Platz. Beide Glocken waren aber vonnöten, so blieb mir nur, den Turm zu erhöhen. Ich musste ihm ein neues, zusätzliches Stockwerk aufmauern – eigens für die Ratsglocke! Mindestens zwanzig Schuh hoch musste es sein und würde mit einem gefälligen Kuppeldach abschließen. Das vertrug sich bestens mit Remboldts Wunsch nach mehr Erhabenheit Augsburgs; der Perlachturm würde mit einer erneuten Aufstockung über sich hinauswachsen und noch mehr Größe und Würde ausstrahlen. Die

Wandstärke jedoch, die mir als Fundament für den Aufbau dienen musste, betrug nur fünfzehn Zoll*; wenig für ein massives und offenes Glockenhaus, dass das ›akustische Machtsymbol‹ für alle Zeit beherbergen sollte, doch es musste reichen.

Als ich den Perlachturm verließ, dämmerte es bereits. Ich ging geradewegs nach Hause, um mich an die Visierung zu machen. Am Eingang zum Atelier im Hinterhof unseres Hauses, die Klinke bereits in der Hand, blieb ich stehen. Sollte ich vorher noch hoch gehen und nach Rosina schauen? Ich rieb mir das Kinn. Die Zeit drängte. Adelgund war ja bei ihr. In Gedanken an Rosina bekreuzigte ich mich und trat ein.

Das Atelier war ausgekühlt. Im Ofen schwelte nur noch ein Rest Glut. Ich warf ein paar Späne ein, die sogleich entflammten, und legte neue Buchenscheite auf. Mit großen Decken verhängte ich die Fenster und legte eine zusammengerollt gegen den Türspalt; die Kälte kroch durch alle Ritzen.

Auf dem Zeichentisch entzündete ich sämtliche Kerzen – zwölf an der Zahl, in einem elliptischen Bogen von den Stirnseiten über die hintere Längsseite angeordnet – und zog alte Risse und Visierungen des Perlachturms aus dem Kartenregal. Diese als Vorlage hergenommen, zeichnete ich zwei Dutzend Entwürfe des neuen Glockenhauses. Das erste Dutzend verwarf ich komplett; nichts davon gefiel mir, noch zu sehr war ich der alten Form des Turms verhaftet. Ich musste Neues wagen, musste mich loslösen

---

* 1 Zoll = in Bayern circa 2,5 cm; die Maße variierten regional. Die Wandstärke betrug demnach 45 cm

vom Althergebrachten; doch mir war auch bewusst, allzu kühn durfte mein Gestalten nicht sein, zu leicht wären konservative Räte vor die Stirn geschlagen und mir der Auftrag abgelehnt. Die ersten Entwürfe des zweiten Dutzends waren mir schon eingängiger, ich orientierte mich an Konstruktionen von Türmen, die ich bereits erbaut hatte, wie den der Sankt Anna Kirche oder den des Wertachbrucker Tors. Die letzten drei Entwürfe brachten dann die Ergebnisse hervor, die mein Gemüt erhellten und von denen ich überzeugt war, einer hiervon fände den einmütigen Anklang des Rates. Diese drei unterschieden sich nur noch in Details; ich legte mich fest auf einen achteckigen Grundriss mit dorischen Säulen.

Die zahlreichen Skizzen, einschließlich der Visierung, die den besten Entwurf zeichnerisch exakt darstellte, hatten mich Stunden gekostet. Die Uhr schlug bereits Mitternacht. Ich war müde, doch an Schlaf war jetzt nicht zu denken; mit der Visierung war es nicht getan. Sie war wohl recht hübsch anzusehen und würde die Ratsherren bestimmt überzeugen, mir aber noch nicht den Zuschlag für den Neubau garantieren. Das eigentliche Problem musste ich jetzt angehen: Wie löste ich es technisch, die Glocke von A nach B zu transportieren, sie vom alten Rathausturm abzunehmen und im neuen Obergeschoss des Perlachturms aufzuhängen? Wir hatten es bei der Glocke mit einem echten Koloss zu tun. Ich musste ein Gerüst für ein Zugwerk konstruieren, das dieser Aufgabe gerecht wurde. Ich zeichnete von neuem.

Als die Uhr fünf in der Früh schlug, hatte ich den letzten Zeichenstrich getan. Die Konstruktion des Gerüstes aus Eichenhölzern, verstärkt mit eingeblatteten Fuß- und Kopfbändern, würde die Aufgabe erfüllen. Ich hatte die Hölzer so großzügig dimensioniert, dass ich Gefahr ausschließen konnte – nicht auszudenken, wenn das Gerüst unter der Last der Glocke zusammenbräche und Umstehende erschlüge. Elias, dachte ich, denke nicht so etwas; schon Vater hatte mir, wenn ich Skepsis am Erfolg eines Vorhabens hegte, gesagt: »Der Zweifel vergiftet das Gemüt und sitzt dem Gelingen wie ein Alb im Nacken. Darum zweifle nicht!«

»Wenn es dennoch scheitert?«

»Dann hast du dich verschätzt, vertan, verrechnet, getäuscht. Das ist lediglich ein Zeichen, beim nächsten Mal besonnener zu sein und alles noch einmal zu prüfen, hörst du?«

»Aber ist es nicht der Zweifel, der mich alles wieder und wieder prüfen lässt, bis ich dem Vorhaben traue und ans Werk gehe?«

»Nein, es ist nicht der Zweifel. Es ist die Erfahrung!«

Auf weitere Diskussionen hatte Vater sich niemals eingelassen. Bis dato hatte ich seiner Meinung nie ganz zustimmen können. Obwohl ich weiß Gott über Erfahrung verfügte, ein schmaler Spalt Zweifel klaffte stets zwischen Hoffnung und Glauben.

Ich rollte Gerüst- und Glockenhausentwurf zusammen, steckte beide – mit ein paar verworfenen – in meinen Umhängeköcher, blies alle Kerzen aus, zog mir Winterrock und Mütze über und machte mich auf den Weg zu Remboldt. Es war halb sechs in der Früh und noch dunkel; zu Bett zu gehen lohnte sich nicht mehr, ich bekäme ohnehin vor Ungeduld kein Auge zu. Remboldt, so hoffte ich, würde wohl kein Langschläfer sein.

Wenig später klopfte ich an sein Tor. Mehrmals musste ich das tun und immer lauter, bis mir unter mäkelnden Worten Remboldts Haushilfe öffnete. Was um Himmels Willen in den Stadtwerkmeister gefahren sei, um diese Zeit Einlass zu erbitten? Es sei wichtig und dringend, gab ich ihr Bescheid und scheuchte sie, den Hausherren zu wecken: »Sag ihm, ich will ihm die Lösung präsentieren! Schick dich, dein Herr erwartet mich!«

Zwei Glockenschläge – eine geschlagene halbe Stunde – ließ Remboldt mich warten, bis er mich geschniegelt und parfümiert empfing. Angesäuert, dass er mich so lange hatte warten lassen, wo es mir doch glutheiß auf den Nägeln brannte, begrüßte ich ihn schnodderig: »Oh, im Talar, der Herr Stadtpfleger? Das hätte meinetwegen nicht Not getan.«

»Gemach, Holl. Euretwegen ist es nicht. Um acht ist Ratssitzung. Aber, was ist mit Euch? Wie seht Ihr aus? Ihr habt Ringe unter den Augen und Euer Haar steht wirr. Schickt sich das für den Stadtwerkmeister?«

Dass ich, die ganze Nacht durchgearbeitet, nichts gegessen, nichts getrunken, ihm wohl keinen erbaulichen Anblick, stattdessen einen starken Kontrast zu seinem herausgeputzten Ich in Amtstracht bot, spiegelte sich in seinem Gesicht. Als Zugeständnis fuhr ich mir zweimal durchs Haar, was nicht sehr ersprießlich sein mochte.

»Ich sehe aus, wie halt einer aussieht, den der Schlaf nicht holen kann, weil ihn der Erfindergeist umtreibt!«

Anders als er, der wohl in der Bettstatt selig geschnarcht und gefurzt hatte, hatte ich gearbeitet.

»Ihr könnt's halt nicht lassen, Holl. Euch genügt's nicht, von einer Idee eingenommen zu sein, sie beherrscht Euch geradezu, im wahrsten Sinne des Wortes, mit Haut und Haar.«

»So ist's. Und ich bin nicht Gram darüber. Nur so lässt sich wahrhaft Großes leisten. Und dann schickt es sich auch für den Stadtwerkmeister, mal nicht wie aus dem Ei gepellt zu erscheinen.«

»Solange es Eure Arbeit ist und nicht Luzifer oder Weibervolk, die von Euch derart Besitz ergreifen, lass ich's mir eingehen. Das nächste Mal dürft Ihr trotzdem ein wenig an Euch halten und mich wenigstens eine Stunde später aufsuchen.«

Remboldt hieß die Gehilfin das Feuer im Küchenofen anfachen. Wir begaben uns nach nebenan in die Stube. Remboldt entzündete zwei Talglichter und bot mir Platz an. Ich erzählte ihm von der einzig wahren Lösung, die Ratsglocke in den Perlachturm zu hängen. Dort sei sie in unmittelbarer Nähe des Rathauses. Das Umhängen ginge einher mit einer Aufstockung des Turmes, die wiederum dem Turm und damit der Stadt besseres Ansehen verschaffe, was letztlich ja unser Ansinnen sei. Remboldt war gespannt auf die Entwürfe.

»Also, Holl, ich bin bereit. Präsentiert!«

Ich zog alle Pläne aus dem Köcher, streckte Remboldt aber zuerst die verworfenen Skizzen entgegen. Ich wollte sehen, wie er reagierte. So ernst mir die Sache war, doch wie stets der offene Spalt des Zweifels in mir weilte, so flackerte immer auch ein Schelmesflämmchen in mir, das meist zur Unzeit sich anschickte aufzuglimmen. Vater hatte mir die Schelmereien mit Ohrfeigen auszutreiben versucht; es gehe nicht an, damit Unmut zu erregen, damit Leute zu vergrätzen und wiederum dadurch sogar Aufträge zu verlieren. Meine Streiche zu unterlassen, war eine der wenigen von Vaters Lehren, die ich nicht beherzigte. Mutter hatte meinen Witz immer schon an mir gemocht und mir geraten, diesen niemals zu verlieren, was auch kommen möge. Für diesen Rat war ich ihr immer dankbar.

Remboldt nahm mal diese, mal jene Skizze in die Hand, wiegte den Kopf, kratzte sich am Hals, wiegte den Kopf. Ich stand neben ihm, erwartungsvoll.

»Und?«

»Hm, … ich will Euch nicht zu nahe treten, Holl, aber … wie soll ich sagen?«

»Ich bin ganz Ohr!«

»Nun, … Ihr wisst, um was es geht. Wir wollten *Großes* schaffen.«

»Gewiss! Das hab ich wohl verstanden. Ich bin weder tumb noch taub.«

»Das hatte ich nie behauptet, nur …«

»Ist es Euch nicht gewagt genug? Zu sehr am Alten hängend?«

»Ja! Ja, Ihr sagt es! Es ist … verzeiht mir, wenn ich's so offen … es ist … langweilig.«

»LANGWEILIG? Was meint Ihr damit?«

Ich riss ihm die Entwürfe aus der Hand. »Meint Ihr einfallslos? Unschöpferisch? Oder alltäglich? Meint Ihr gar BANAL?«

»Holl! Meine Güte! Seid doch nicht gleich beleidigt! Sie sind … na ja, nicht schlecht, Eure Entwürfe. Aber dafür, dass Ihr Euch die ganze Nacht, um die Ohren geschlagen habt …«

»Ja? Was?«

»… hätte ich etwas anderes von Euch erwartet. Warum habt Ihr nicht etwas mehr gemacht?«

»›Etwas mehr‹? Was soll das heißen, ›etwas mehr‹? Vielleicht könnt Ihr Euch ein wenig präziser …?«

Remboldt sah mich streng an. Ich hatte ihn an seinem zweiten wunden Punkt getroffen; so wie man sein Mitgefühl nicht überfordern durfte, durfte man seine Wortwahl nicht abwerten. Es war Zeit, mit dem Unfug aufzuhören.

»Werter Remboldt, Ihr habt recht gesprochen! Ganz und gar recht!«

Remboldt merkte auf.

»Ein elender Stümper wäre ich, hätte ich nichts anderes als das da zuwege gebracht, ein Nichtskönner und Lump, der mit Schimpf und Schande davongejagt gehört!«

Remboldt schürzte die Lippen, ich breitete die gut armlange Visierung aus.

»Seht her! So hab ich's mir gedacht: Ein Oktogon, mit dorischen Säulen. Mit Zwiebelkuppel, goldenem Knopf und ganz oben die Stadtgöttin Circe!«

Remboldt stand auf und beugte sich über die Visierung. Er stellte die Talglichter noch näher heran und nickte. Es schien mir ein bestätigendes Nicken. Nachdem er eine gute Weile lang die Visierung studiert hatte und sich erneut am haarlosen Hinterkopf gekratzt, setzte er sich wieder in seinen Stuhl und sah mich mit altväterlicher Strenge an.

»Holl, Ihr verdammter Hurenbock!«

Ich schluckte. Solche Worte hatte er mir gegenüber noch nie geäußert.

»Verzeihung?«

Er blinzelte, seine Lippen verzogen sich zu einem Schmunzeln, die Stimme kam gelassen. »Ihr habt mich genarrt.«

Jetzt wiegte *ich* den Kopf. »Ja, ich geb's zu. Gönnt mir den kleinen Spaß; quasi als kleine Entschädigung dafür, dass ich die ganze Nacht daran geackert habe. Doch jetzt im Ernst, was sagt Ihr?«

Remboldt erhob sich, strich sich über den Pelzbesatz seines Talars, ging ein paar Schritte durch die Stube und verschränkte die Hände hinter dem Rücken, so wie es Höschel meistens tat, wenn er mir in der Bibliothek einen Vortrag hielt.

»Holl, Ihr seid ein fähiger Mann! Ihr habt Großes geschaffen! Ihr seid ein wahrer Schöpfergeist!«

Ich wuchs.

»Ihr habt das Werk Eures Vaters nicht nur ehrenvoll vertreten und weitergeführt, …«

Ich wuchs mit jedem Wort seines Lobes. Schultern und Kinn nahm ich nach hinten, die Brust schob ich nach vorn.

»… Ihr seid weit über sein Können hinausgewachsen!«

Meine Haltung schwoll zu aristokratischen Ausmaßen an. Der schwere und edle Lehnstuhl, in dem ich Platz genommen hatte, schien durch meine erhabene Präsenz zu einem schäbigen kleinen Küchenstuhl geschwunden, die windigen Lehnen, auf denen meine herrschenden Hände ruhten, drohten unter meinem raschen Anwachsen wie dünne Holzleisten zusammenzubrechen.

»Nur, Holl, … hier … es tut mir aufrichtig Leid, aber … hier …«

Er schüttelte den Kopf, wie ich Remboldt ihn selten hatte schütteln sehen, was mich ganz kribbelig machte. Herrgott nochmal, Remboldt, kommt auf den Punkt!

»… habt Ihr … kläglich … versagt!«

»Aber …«

»Hörte ich vorhin nicht von Euch selbst, Heintz und Kager seien bei den Loggiaentwürfen über das Ziel hinausgeschossen? Sind deren Entwürfe nicht von allen – bis auf ein paar Träumer – im Rat abgelehnt worden?«

Die Brust fiel mir ein.

»Das gleiche wird Euch hiermit passieren! Es ist viel zu pompös!«

Das Kinn rutschte nach vorn, die Schultern sackten herab. Remboldts Worte trafen mich wie Faustschläge in die Magengrube, dennoch gab ich Widerstand.

»Pompös? Was in aller Welt soll da pompös sein? Die Verzierungen sind schlicht und wohlproportioniert! Ich habe beim Wertachbrucker Tor und bei Sankt Anna nichts anderes getan. Ihr findet dort ebenfalls ein Oktogon mit Kapitellen, Pilastern und …«

»HOLL! Wir wollen Ehrfurcht wecken und nicht Spöttern mit einem muselmanisch anmutenden Gebetsturm die Hand reichen! Ihr werft mich aus dem Bett mitten in der Nacht, um mir *so etwas* zu präsentieren? Das soll *die Lösung* sein? Ein freistehender Turm von dieser Höhe, ohne ein starkes Schiff an das er sich anlehnen kann, wie bei den Kathedralen?«

»Aber im Welschland findet Ihr viele solcher freistehenden Türme. Sie heißen dort Campanile und bis jetzt …«

»Ich bin des Welschen mächtig! Ich kenne das Wort für Glockenturm.«

»… ist noch keiner umgekippt oder zusammengebrochen!«

»Als ob ausgerechnet Ihr das wüsstet. Glaubt Ihr, wenn sich so ein Trauerspiel ereignete, man es Euch sogleich zugetragen hätte? Kommt da ein Vöglein geflogen und pfeift es Euch?«

Ich schrumpfte mit jedem Wort seines Tadels und versuchte dennoch weiter Widerstand zu leisten.

»Nachrichten aus dem Welschland erreichen uns per Kurier in drei Tagen. Sollte ein Turm einstürzen, sind wir Architekten es, die es als erste erfahren.«

»Das mag sein oder auch nicht! Hier geht es einzig um Euren Größenwahn und was Missliches daraus erwachsen ist! Schmeißt Euren Entwurf ins Feuer! Er ist lächerlich. Wir wollen heroische Präsenz und nicht welsche Verspieltheit! In welchem Anflug von Kindslaune habt Ihr das zusammengeschustert?«

Ich war zum Gnomus geschrumpft. Ein bucklig Männlein, mit Augenringen und Struwelhaar, gezeichnet von einer am Reißbrett durchkämpften Nacht, geschmäht vom obersten Ratsherrn, saß da, verloren in einem riesigen Thron, die kleinen Fingerchen weißgekrampft in die Lehnen, weit wie

Haussparren, und verzog die Lippen zu einem einzigen Strich. Remboldt stand vor mir; ein Riese mit Glutschlieren in den kürbisgroßen Augen und einem geifernden Maul, die Zähne gefletscht – ganz wie früher der Vater, der mich als kleiner Bub auf der Baustelle zusammengestaucht hatte. Wir sahen uns an. Zwei Blicke – ein eisiger, ein verstörter – schossen aufeinander zu, trafen sich mitten im Raum, verschlangen einander und lösten sich auf. Schweigen, durchwoben vom Prasseln und Knacken des Ofenfeuers, lag wie dichter Tüll über uns. Das Atmen fiel mir schwer.

»Hahaha! Zu köstlich! Einfach zu köstlich! Holl, Ihr solltet Euch sehen!« Remboldt klatschte sich auf die Schenkel, seine Augen blitzten. »Euer Anblick … Mir fehlen die Worte!«

Augenblicklich richtete ich mich auf.

»Ich verstehe nicht.«

»Holl! Ich hab's Euch heimgezahlt! Und nicht schlecht, wie es scheint. Das kommt davon, wenn man den guten alten Remboldt narrt.«

Er ging auf mich zu, räusperte sich und nahm Haltung an. »Verzeiht mir die kleine Komödie, aber es musste sein. Ich hoffe, Ihr gönnt mir ebenfalls die Revanche?«

Ich nickte, noch immer betreten.

In bester Landsknechtsmanier klopfte Remboldt mir auf die Schulter. »Jetzt sind wir quitt, Holl. Reicht mir die Hand!«

Ich stand auf und nahm die seinige entgegen. Beherzt griff er zu. »Und jetzt mal ohne Schmarrn: Herzlichen Glückwunsch! Euer Entwurf ist perfekt! Damit krieg ich alle im Rat.«

»Ich habe noch einen zweiten gemacht, vom Ger…«

»Nein, Holl, lasst ab! Ein zweiter tut nicht Not. Ihr habt Eure Arbeit getan. Geht nach Hause und ruht Euch aus. Jetzt bin ich an der Reihe. Und ich versprech's Euch: In drei Tagen habt Ihr den Zuschlag fürs neue Rathaus. Mein Ehrenwort!«

Ich bedankte mich, rollte Skizzen und Gerüstplan säuberlich zusammen, steckte sie zurück in den Köcher und schwang ihn um die Schulter.

Remboldt brachte mich an die Tür und hob die Hand zum Abschied. »In drei Tagen, Holl! Und grüßt mir Eure Frau.«

Als ich den ersten Schritt auf die Gasse gesetzt hatte, rief er mir hinterher: »Ach, Holl! Augsburgs Stadtgöttin heißt Cisa, nicht Circe!«

Ich hob die Brauen. »Hatte ich das nicht gesagt?«

Remboldt schüttelte den Kopf und verschwand im Portal.

Den Blick starr aufs eingeschneite Pflaster gerichtet, schritt ich in Gedanken an Remboldts groteske Inszenierung nach Hause. Ich hatte ihn ein wenig gefoppt, schon, eine harmlose Schelmerei; aber er hatte es mir doppelt, ja dreifach retourniert, der Hund, und ich war ihm wie ein Lehrbub auf den Leim gegangen, Wie hochnotpeinlich. Vielleicht hatte Vater ja doch Recht gehabt? Ich hatte, so verblüfft wie ich war, versäumt, Remboldt zu sagen, dass das unter uns zu bleiben hatte. Jetzt konnte ich nur hoffen, dass er selbst so viel Anstand bewahrte, es nicht beim Ratstreffen zum Besten zu geben. Die Chancen standen schlecht; Remboldt wollte stets brillieren, da war es ihm im Grunde einerlei, wer dafür herhalten musste. Und hatte ich tatsächlich Circe gesagt? Das fiel mir schwer zu glauben, ich konnte doch wohl unsere Stadtgöttin und die griechische Zauberin auseinanderhalten. Egal, jetzt zählte nur eines: Remboldt hatte meine Lösung akzeptiert, mehr noch, er war begeistert von ihr! Die Arbeit hatte sich gelohnt! Eine Nacht! Nur eine gottgefällige Nacht konzentrierter Arbeit, gebettet in Fleiß und Ausdauer, hatte ich gebraucht für einen entscheidenden Schritt: Das neue Rathaus! In drei Tagen schon würde ich den Auftrag erteilt bekommen und endlich den lang ersehnten, größten und schönsten Bau meiner Karriere schaffen. Das musste ich unverzüglich Rosina erzählen!

Von Euphorie getragen, eilte ich die Treppe nach oben zur Wohnstube. Ich durfte Rosina keinen Moment länger warten lassen. Die freudige Nachricht würde ihr mithelfen, einen Teil der verlorenen Kräfte zurückzugewinnen.

Adelgund wies mich an der Zimmertür zum Wochenbett zurück. »Geht nicht hinein. Eure Frau ist müde.«

»Aber ich muss ihr Wichtiges erzählen.«

»Nein, Meister Holl. Ich bin froh, dass sie ihren Teller Suppe gegessen – und behalten! – hat. Sie soll jetzt schlafen.«

»Dann schläft sie eben ein paar Minuten später.«

»Habt Ihr schon vergessen, was Doktor Häberlin gesagt hat? Ruhe ist die oberste Pflicht! Erzählt es ihr morgen oder besser erst in ein paar Tagen.«

»Dann ist es keine Neuigkeit mehr.«

»Für Euch nicht, aber für jeden anderen, der nicht

davon weiß, schon. Es gibt sogar ein Wort dafür ... wie heißt es nur? Der Doktor spricht immer davon.«

»Ich weiß nicht, was du meinst.«

»Na, gerade hab ich es gesagt, für Euch ist es jetzt ganz neu und für Eure Frau erst, wenn Ihr es ihr erzählt. Es ist also beides neu, nur jedes Mal anders.«

»Ach so, du meinst ›relativ‹.«

»Ja, rellatief, so sagt der Doktor immer. ›Alles ist rellatief.‹«

Ich fühlte, wie die Freude in Enttäuschung umschlug; wem, wenn nicht meiner Frau sollte ich die gute Nachricht antragen? Sie war immer die erste, der ich erzählte, wenn sich etwas Neues ergeben hatte. Aber ich verstand auch Adelgund, die gute Seele. Wie war ich froh, sie im Haus zu haben. Wenn sie nicht hier wäre ... Gott im Himmel ... nicht auszudenken.

»Meine Zeit hier geht zu Ende, Meister Holl. Habt Ihr schon eine Haushilfe gefunden?«

»Nein, leider nicht. Deine Empfehlungen entpuppten sich als Reinfall. Ich muss weitersuchen. Kannst du nicht noch ein paar Tage bleiben?«

»Ich glaube nicht. Doktor Häberlin braucht mich.«

Ich senkte den Kopf. Ich hatte die Tage verstreichen lassen, ohne mich auf die Suche nach einem Kindermädchen zu begeben. Stattdessen hatte ich von morgens bis abends meine Zeit im Atelier, im Amt und auf den Baustellen zugebracht.

»Kopf hoch, Meister Holl. Drei Tage bin ich noch hier. Bis dahin könnt Ihr eine finden.«

Ich nickte und dachte an Remboldts Äußerungen über

die schlechten Chancen. Doch gänzlich Unrecht hatte Adelgund nicht.

Als Adelgund aus dem Haus war – sie musste zum Eiermarkt –, ging ich zur Wochenstube. Ich öffnete eine Handbreit die Tür, schaute durch den Spalt und sah Rosina schlafen. Ich schlich mich ins Zimmer, setzte mich an ihr Bett und betrachtete schweigend ihr Gesicht. Es war etwas Farbe in ihre Wangen zurückgekehrt, und das Grau um die Augen würde wohl auch bald verschwinden. Ich fuhr mit der Hand unter die Decke und hielt die ihrige. Sie fühlte sich schon viel wärmer an. Das machte mich glücklich.

3

ZUM ELFTEN MAL ÜBERPINSELTE MATTHIAS den Vorhang des Freskos – eine Replik Raffaello Santis *Sixtinischer Madonna* –, das er auf die Westwand seines Ateliers übertragen hatte. Nur diese Wand war für das Kunstwerk der geeignete Ort, selbst wenn er dafür den Kamin hatte verlegen müssen. Die Westwand wurde an klaren Morgen von der Sonne durch die beiden großen gegenüberliegenden Fenster so kraftvoll beschienen, dass dies dem Gemälde eine noch gewaltigere Dominanz verlieh. Ursprünglich hätte er das Fresko schon letzten Monat vollendet haben wollen; sein klerikaler Förderer Matthäus Rader, wie dessen Vertrauter Caspar Scioppius und ein holländischer Gelehrter namens Corvin van Cron, den sie als Begleitung angekündigt hatten, brannten darauf, es endlich in Augenschein nehmen zu dürfen. Sie hatten aber auch Verständnis gezeigt dafür, dass er es ihnen nicht präsentieren mochte, bevor er nicht selbst vollständig damit zufrieden wäre. Ende Februar, hatte er ihnen versichert, dürften sie exklusiv zur Enthüllung erscheinen. Er war schon eine Woche überfällig. Die Einladung lag geschrieben auf dem Tisch, nur das genaue Datum fehlte noch:

… möchte ich hochlöblichen Herrschaften, den ehrwürdigen lieben Pater Matthäus Rader, Professor am Sankt Salvator Kollegium, den Philologen Caspar Scioppius und den Doktor der Theologie und Astronomie Corvin van Cron,

gegenwärtig Gastdozent an der Theologischen Fakultät der Universität Dillingen, zur Enthüllung des Freskos Die Sixtinische Madonna *am … in meinem Atelier des Domkapitels Auf unser Frauen Graben zwischen Dom und Frauentor gelegen, mit diesem Schreiben meine Einladung aussprechen.*

Für leibliches Wohl an Speis und Trank ist gesorgt.

Mit hochachtungsvollem Gruß
Johann Matthias Kager, Kunst- und Freskenmaler in Augsburg

Augsburg, den 12. Februar 1614 AD

Matthias hatte sich ganz bewusst für eine Replik dieses Bildes und dieses namhaften welschen Meisters entschieden, nicht weil er sich von möglichen Assoziationen an seine ehemaligen Lehrer am Bayrischen Herzogshof Friedrich Sustris, Peter Candid und Hans Rottenhammer zu distanzieren suchte, und auch nicht, weil er unfähig gewesen wäre, eine eigene Komposition zu schaffen und eindrucksvoll zu inszenieren – sein Können hatte er im Grunde schon an den inneren Tortürmen und am Weberhaus bewiesen. Raffaels Sixtinische Madonna war überall bekannt und wurde wie keine zweite bewundert; gerade auch von denjenigen, die sich in den Schönen Künsten sachverständig glaubten, doch darin nicht wirklich wissend waren, geschweige denn technisch ausgebildet. Es gab außer Raffael genügend andere welsche Künstler, von Federico Barocci und Michelangelo Merisi da Caravaggio über Antonio da Correggio bis zu Marietta Robusti,

Tintorettos ältester Tochter, deren Kompositionen einer Sacra Conversazione* der des Raffaels an Ausdruckskraft und ikonografischer Brillanz sehr wohl das Wasser reichen konnten. Raffael jedoch hob sich von ihnen durch wenige untypische Stilmittel ab. Ob das der Grund war, weshalb sich alle Welt um ihn und seine Sixtinische Madonna scherte, darüber konnte Matthias nur mutmaßen. Allein die außerordentliche Wertschätzung, die man dem Maler entgegen brachte, war Matthias' Grund, sich dieses berühmten Werks als Vorlage für seine Replik zu bedienen, und damit seinen Stand als Augsburger Kunstmaler auf einen festen Sockel zu stellen, mehr noch, von diesem Sockel aus endlich zum hiesigen Mäzenat vorzudringen und die Chance zu erhalten, zum offiziellen Stadtmaler ernannt zu werden – Hans Müller, der jetzige, wurde diesem Titel nicht mehr gerecht; sein Augenlicht war schwach geworden und seine Hand zitterte, letztlich malte er grauenhaftes Zeug, und Matthias fragte sich immer wieder, wie lange Protektion allein den alten Mann noch in diesem Amt halten mochte. Matthias wusste um die Gunst der Protektion – dass er und seine Frau Ibia so zügig das Augsburger Bürger- und er zudem das Handwerksrecht erhalten hatten, als sie vor elf Jahren von München hierher übergesiedelt waren, war einzig einem entsprechenden Schreiben Herzog Wilhelms** zu verdanken. Mit dem Ausscheiden aus den dortigen Diensten hatte Matthias diese Quelle der Förderung versiegen lassen.

* Italienisch für heilige Unterredung. Bezeichnung für die Abbildung der Madonna mit dem Jesusknaben in Gesellschaft von zwei oder mehr Heiligen

** Wilhelm V., Herzog von Bayern (1548–1626)

Nicht nur Hans Müller hatte seine Karriere gedrosselt, ärger noch war ihm Joseph Heintz im Weg gestanden. Der hatte sich seinerzeit dermaßen geschickt mit den höheren Augsburger Kreisen verwoben, dass es für Matthias ein Schweres gewesen war, auch ein Schläufchen des Geklüngelteppichs zu erheischen. Das berechnende sich Infiltrieren in den Elitärfilz war dem Basler Meister besser als Matthias gelungen, nicht nur, weil er älter an Jahren gewesen war, über mehr Berufserfahrung verfügte und einiges länger in Augsburg weilte, sondern weil er es bravourös beherrscht hatte, der oberen Eitelkeit ergebenster Diener zu sein. Erst nach Heintz' Tod, durch Garbs Gunst und dank Raders Fürsprache war Matthias ein allmählicher, doch für sein Empfinden beschämend langsamer Aufstieg gelungen. Rottenhammer, ihm zu Münchner Zeiten noch voraus gewesen, hatte erst vier Jahre nach ihm das hiesige Bürgerrecht erhalten und war meist auswärtig beschäftigt; der bot keine Gefahr.

Matthias legte den Pinsel ab, rieb sich die Kniegelenke, hauchte sich in die Hände und schritt wieder zur Mitte des Ateliers, um das Fresko in seiner Ganzheit wahrzunehmen; das war der Tribut an großformatige Bildnisse, man musste in den vielen Stunden des Malens tausende Schritte hin- und hergehen, um Inaugenscheinnahme und anschließendes Fortfahren zu verbinden. Die Stimmungen der Gesichter des Figurenensembles waren ihm vortrefflich gelungen; die Fürsorge der Madonna, die Ängstlichkeit des Jesuskindes, die Erhabenheit der Heiligen Barbara und die Demut des Papstes Sixtus II., die Tiara abgesetzt, das schüttere Haupt entblößt. Nicht nur deren Physiognomie hatte er originalgetreu wiedergegeben, auch stand das Augenspiel der einzelnen Figuren der Vorlage in nichts nach; Madonna folgte dem Fingerzeig Sixtus II., während die Heilige Barbara auf die beiden Putten sah, die wiederum ihren Blick erwiderten. Stolz war er auch, die Farben aller Bildelemente selbst in kleinsten Nuancen getroffen zu haben: das elfenbeinige Sand im aus jungen Engelsköpfen bestehenden Himmel, das bernsteinerne Honiggold des päpstlichen Chormantels, das tintige Nachthimmelblau und scharlachrote Purpur des Madonnengewandes, und das moosige Waldlichtgrün des Vorhanges, der die Komposition zum oberen Rand hin geometrisch abschloss. Allein Verdruss bereiteten ihm immer noch die Faltenwürfe. Rottenhammer hatte ihn schon seinerzeit gelehrt, dass Gesichter einfach, Faltenwürfe jedoch am schwersten zu malen seien, und Recht hatte er bis heute behalten. Es half nichts; Matthias musste die ganze Kraft seines technischen Könnens in den Schlag der Falten legen und nicht eher ablassen, bis deren Ausführung dem Fresko genau den glanzvollen Rahmen schenkte, das es verdiente, aber auch brauchte, um Ehrfurcht bei seinen Betrachtern zu erwecken, die ihm nur dann weitere Gönnerschaft entgegenbrächten.

Die Zeit drängte. In sieben Tagen würde er die Enthüllung vornehmen, ein Unding, die drei Geladenen länger warten zu lassen. Er schritt zum Tisch, griff sich eine der zahlreichen Federn aus dem Becher, tunkte sie ins Tintenfass und setzte *13. März* in die Einladung ein, die er noch heute abgeben würde. Somit zwang er sich, alles daran zu setzen, rechtzeitig mit der Freske fertig zu werden. Mit einem Ziehen in den Knien strebte er zurück an die Wand, nahm den Pinsel auf und machte sich an die dritte Falte von links des rechten Vorhangs.

»Matteo!« Ibia rief von draußen und trat wenige Augenblicke danach ins Atelier, den kleinen Matthias, ihren Sohn, im Arm.

»Gott, wie kalt es hier wieder ist! Man sieht jeden Atemhauch. Du wirst mich eines Tages noch unterm Malen zur Witwe machen und unseren kleinen Matteo zum Vaterlosen!«

Ibia schlug das Schultertuch übers rußschwarze Haar und drückte den Kleinen noch näher an die Brust. Schon öfters hatte Ibia Matthias vorgehalten, dass er nie einheize – der Ofen im Atelier fasste mehr Holz als der in der Wohnstube, und Scheite lagerten genügend draußen unter dem Verschlag –, doch stets vertieft in seine Arbeit, vergaß er es schlichtweg oder wollte sich nicht aus seinem schöpferischen Akt durch so etwas Banales wie heizen herausreißen lassen. Lieber fror er, als auch nur einen Moment eines kreativen Aktes – und das konnte manchmal nur ein einziger Pinselstrich sein – verlustig zu werden. Als Ibia für die Madonna seiner Replik Modell gestanden hatte – sie war das einzige lebende Modell, sonst malte er nach einer Vorlage, seinerzeit aus Rom mitgebracht –, war ihm der Ofen nur deshalb nicht erloschen, weil sie ihn immer wieder darauf hingewiesen hatte; so vertieft war er in ihr Gesicht gewesen, so verliebt in sie, die wie keine andere Frau aus dem Welschland der Sixtinischen Madonna glich. Am liebsten hätte er Madonnas braunem Haar unter dem ockerfarbenen Kopfschleier Ibias Schwarz gegeben, aber diesen Kunstfrevel zu begehen, traute er sich nicht, bei aller Liebe zur Fantasie und zu seiner Frau.

Matthias hielt inne und beobachtete, wie Ibia sich geschickt mit nur einer Hand am Ofen zu schaffen machte, während sie den Kleinen sicher mit der anderen weiter an die Brust drückte. Ihm gefielen ihre flinken Finger und ihre behänden Bewegungen; obwohl sie ihm manchmal Muße war, so war sie ihm mehr noch seine Muse. Um das Feuer zu entzünden, legte sie das in ein Tuch gehüllte Kind auf den Tisch, nahm es aber sogleich wieder in die Arme. Matthias ging auf die beiden zu und gab erst Ibia, dann seinem Söhnchen einen Kuss.

»Na, mein kleiner Scheißer!«

Der Bub strahlte. Das rührte Matthias, doch er ließ sich nichts anmerken. Er wollte nicht, dass seine Frau zu oft seine weiche Seite spürte. Sie liebte ihn der anderen Seite wegen.

»Gerade war ein Bote der Stadtpfleger da. Du sollst morgen um acht im Rathaus sein, der Geheime Rat trifft sich.«

»Du meist den Großen Rat, dem gehöre ich an. Dem Geheimen Rat werde ich es zeitlebens nicht.«

»Ich habe mich nicht verhört, der Bote sprach vom Geheimen Rat. Außerdem weiß ich sehr wohl den Unterschied, du hast ihn mir oft genug erklärt.«

»Was hat er noch gesagt?«

»Der Stadtwerkmeister habe das Problem mit der Ratsglocke gelöst. Sie käme in den Perlachturm. Jetzt könne man endlich ans Werk. Das könne für dich sehr interessant sein. Alles Weitere morgen.«

Der kleine Matthias fing zu schreien an.

»Er hat Hunger. Ich gehe wieder mit ihm hinüber.«

Ibia gab Matthias einen langen Kuss, rieb ihm dabei den Hosenlatz und hauchte ihm ins Ohr: »Der kleine Matthias will ein Geschwisterchen. Also komm bald.«

Sie trat aus der Tür. Bevor sie sie schloss, mahnte sie Matthias: »Leg Holz nach! Ich brauche einen gesunden Mann.«

Matthias wusch die Pinsel aus. Was er sonst mit Hingabe machte – er liebte es, zu sehen, wie die Farbe sich von den Borsten löste und im Wasser zu Schlieren verfloss –, tat er jetzt gedankenversunken; hatte Elias es tatsächlich geschafft. Wie oft war er Matthias in den Ohren gelegen damit, dass er nicht ablassen werde, bis die Entscheidung für das neue Rathaus falle. Das Geld säße locker für den Prunk, man verfüge über genügend; in ein paar Jahren könne das vorbei sein, hatte er gesagt und dabei die Prognosen des hiesigen Kalendermachers und Astronomen Georg Henisch zitiert; der sähe nichts Gutes für die Zukunft – Krieg, Pest und Hungersnöte sollten uns mehr denn je heimsuchen. Immer wieder schicke der Herrgott Zeichen, nur würden diese entweder nicht wahrgenommen oder wenn doch, als Schwarzmalerei, gar Hysterie abgetan oder komplett missachtet werden. So in Gedanken, schabte Matthias die restliche Farbe von der Palette und strich sie in die tönernen Gefäße, die er mit Korkdeckeln verschloss. Er war in guter Stimmung; die ferne Zukunft war zu weit weg, als dass sie ihn bekümmern mochte. Ihn trieb der Gedanke an die nahe Zukunft zur Freude – es sollte sich tatsächlich anschicken, dass er morgen bei der

Sitzung des Geheimen Rats zugegen sein durfte. Das war noch nie der Fall gewesen. Wenn es in Augsburg darum ging, Visierungen für Fassaden neuer Bauwerke zu zeichnen, war er bislang einzig von Elias dazu beauftragt worden. Elias hatte ihm exakt bemaßte Skizzen überreicht, die er veredeln sollte. Wenn es fein und kunstvoll sein musste, hatte sich Elias immer an ihn gewandt. Nicht, dass Elias nicht auch etwas aufs Papier brachte; aber bei ihm war es ein totes Zeichnen, angewandte Geometrie mit Zirkel und Winkelmaß, da lebte nichts. Malerei war etwas anderes.

Matthias fragte sich, warum er diesmal mit eingeladen wurde. Sollte das Erhoffte eintreten? Stand seine Ernennung zum Hofmaler an? Hatte Marx Welser das für ihn lanciert? Der Patrizier und er verstanden sich gut, beide waren überzeugte Katholiken, und nicht umsonst war Welser Taufpate bei seinem Sohn gewesen. Oder waren sie gar auf seinen Loggiaentwurf zurückgekommen? Seinen begnadeten Entwurf? Dieser war der einzige, der ganz aus seiner Feder stammte, ohne Elias' Vorgabe. Der Loggiaentwurf war ein Meisterwerk; vom Format eines Palladios. Elias hatte sich damals gegen den Entwurf gewandt, er sei viel zu teuer, das Material zu schwierig zu bekommen, die Bauzeit würde zu viel Zeit in Anspruch nehmen, der Bau sei zu welsch und passe nicht ins Stadtbild et cetera et cetera. Matthias glaubte damals, Elias sei neidisch auf ihn, da der Rat nicht einhellig für seine arg nüchternen Ideen gestimmt hatte, sondern einige Mitglieder den Loggiaentwurf befürworteten. Dabei wäre es doch Elias gewesen, der die Loggia schließlich in Stein und Marmor verwirklicht hätte. Matthias hatte nur seinen Genius aufs

Papier gebracht. Bloße Zeichnungen. Was gab es dagegen zu tönen? Und jetzt? Was war jetzt geschehen? Hatten sie sich also besonnen und gedachten des genialen Schöpfers. Gut, Heintz' hatte ihn darauf gebracht, und auch dessen Entwurf war recht ansehnlich, doch der lebte ja nun nicht mehr … Matthias, deine Zeit ist gekommen! Mit jedem weiteren Gedanken spürte er Kräfte in sich aufsteigen. Sein Loggiaentwurf für das neue Rathaus würde ihn unsterblich machen. Der Titel des Stadtmalers käme dann ganz von allein. Eine zusätzliche Gratifikation.

Eine Siegeshymne summend faltete Matthias die Einladung für Rader, versiegelte sie und steckte sie in die Umhängetasche. Mit raschen Bewegungen zog er sich an und machte sich auf den Weg zum Sankt Salvator Kollegium. Jedem, der ihm entgegenkam, einerlei ob er ihn kannte oder nicht, hob er die Hand zum Gruß; heute waren ihm alle Menschen Freund. Das Summen begleitete ihn bei jedem Schritt. Er musste an sich halten, nicht in Singen auszubrechen, obwohl es ihm gebührte, ihm, dem Schöpfer des neuen Loggia-Rathauses.

In wenigen Minuten war er beim Kollegium im Georgsviertel angelangt. Nach dreimaligem Klopfen an der schweren Eichenpforte am Ostflügel wurde ihm geöffnet. Ein junger Mann, ganz in dunkelbraunem Tuch, mit gedrungenem Körper, rosa Wangen und Wulstlippen unter der kantigen Nase, gab ihm Bescheid: »Professor Rader ist nicht zugegen. Er lehrt am Münchner Kolleg bei Sankt Michael und besucht uns nur sporadisch zu besonderen Anlässen.«

Vor zwei Jahren hatte Herzog Maximilian Rader zu

sich geholt. Der Herzog war durch seine Publikationen auf ihn aufmerksam geworden. Rader lehrte seitdem dort als Professor für Rhetorik und Humaniora*. Ein ›besonderer Anlass‹ bot sich Rader durch die Enthüllung der Madonna.

»Kommt er nicht nächste Woche wieder für mehrere Tage hierher?«

»Das ist richtig. Ein holländischer Astronomieprofessor wird uns beehren. Zudem muss Professor Rader hier einige wichtige Unterredungen führen. Morgen wird ein Kurier nach München reisen, um ihm vorab Auskünfte zu überbringen.«

»Dann darf ich Euch bitten, ihm diesen Brief mitzugeben. Professor Rader weiß Bescheid.«

Der Wulstlippige nahm die Einladung entgegen und sah auf das Siegel, das die Rückseite des Briefes verschloss.

»*JMK* steht für …? Nur, damit ich es in die Liste eintragen kann.«

»Johannes Matthias Kager. Ich bin hiesiger Kunst- und Freskenmaler.«

»Oh, Ihr habt die Fresken am Weberhaus gemalt.«

»Ja, sie sind mein Werk.«

»Sie sind wunderschön. Professor Rader hat sie mit uns angesehen und uns die Symbolik erklärt. Er hält große Stücke auf Euch. Er findet es schade, dass Ihr immer nur auf das Weberhaus begrenzt werdet, wo Ihr doch noch das Heilig Kreuz- und das Frauentor bemalt habt.«

»Und nicht nur die. Meine Arbeiten sind weit umfangreicher. Das Weberhaus liegt eben zentral, man kommt

* Die (Pural), das griechisch-römische Altertum als Basis der Bildung

nicht an ihm vorbei. Will man meine anderen Arbeiten sehen, muss man sich nach München, Zwiefalten oder nach Hall in Tirol bequemen.«

Der junge Jesuit verabschiedete sich ehrfurchtsvoll und schloss lautlos die Pforte. Matthias machte sich auf den Nachhauseweg. Er summte erneut, seine Stimmung war durch dieses kurze Gespräch noch gestiegen.

Im kalten Atelier zog er die alten Loggiaentwürfe hervor und nahm sie mit in die warme Wohnstube, um sie dort noch einmal im Detail zu studieren. Ibia hatte die Stube stärker als gewöhnlich geheizt, weshalb sie zum Kleid ohne Wolljacke und nur im weißen Leinenhemd sein konnte. Matthias knöpfte sich das Wams auf, setzte sich an den gedeckten Tisch und erzählte Ibia vom Wiederaufgreifen der Loggiaidee. Dabei sah er sie an, wie sie schräg zum Herd kniete und Holz im Ofen nachlegte. Die Flammen spiegelten sich auf dem Halbprofil ihres Gesichts und der bernsteinfarbene Schimmer ihrer Haut gab Ibia etwas Göttliches. Ihr Haar, sonst zu einem Turm nach oben gesteckt, trug sie offen, es glänzte wie gewässert im Licht des Ofenfeuers. Matthias schien, als ob Ibia gar Gesichtsfarbe auf Wangen und Lippen gegeben hatte. Auch hatte sie üppiger als sonst zum Nachtmahl aufgetischt. Es gab Fisch und den Wein unverdünnt. Ibia füllte die Teller und wünschte guten Appetit. Sie sprachen das Tischgebet.

»Ein Festmahl heute. Ist es wegen morgen?«

»Ja, auch.«

»Du glaubst also, dass sie meinen Entwurf nehmen?«

Ibia verzog das Gesicht, eine Miene, die Matthias nicht

recht zu deuten wusste. Er aß kaum und trank nicht vom Wein, auf den Ibia ihn immer wieder hinwies. Zu vertieft war er in seine Visionen über den morgigen Tag. Er redete nur noch davon und Ibia, die anfangs miteingestimmt hatte und längst zu Ende gegessen, wurde zusehends stiller, bis sie am Ende schweigend am Tisch saß. Es dauerte eine Weile, bis Matthias ihr Verstummen wahrnahm.

»Was ist, cara mia?«

»Wie wär's, wenn du für heute mal die Entwürfe vergisst und dich auf was anderes besinnst? Du hast den ganzen Tag Zeit für deine Malereien und Zeichnungen gehabt!«

»Aber Liebes ... verstehst du denn nicht? Ich versuche dir die ganze Zeit zu erklären, was das neue Rathaus für uns bedeutet. Wenn morgen der Auftrag in meiner Tasche steckt, haben wir es geschafft! Es bringt uns Geld und Ansehen. Wir können ein eigenes Haus erwerben ... in der Frauenvorstadt auf dem Domberg. Das hast du doch schon immer gewollt! Du kannst dir neue Kleider kaufen und Schmuck; sogar Parfüm, wie Antons Frau.«

»Das ist alles sehr schön und ich freue mich für dich wie niemand sonst auf der Welt, aber ...«

»Aber was?«

»Hast du keine Augen im Kopf?«

»He, ich bin Maler! Wer sollte besser wahrnehmen als ein Künstler?«

»Dann nimm mal wahr! Was soll ich denn noch anstellen, Stupido?«

Ibia stand auf und verschwand in der Schlafkammer. Matthias hatte verstanden. Er würde seinen ehelichen

Pflichten auch fraglos und liebend nachkommen, nur ... ein letztes Mal noch die Pläne studieren, es war wirklich zu wichtig ... dann würde er zu Ibia ... nur noch einmal über die herrlichen Entwürfe schweifen, dann ...

Als Matthias endlich in die Schlafkammer kam, saß Ibia aufrecht im Bett, das Federkissen im Rücken, die Arme über der Brust verschränkt, das Haar streng nach hinten gezogen, zu einem Zopf geflochten. Ihr Gesicht wirkte wie aus Stein, der Blick war scharf nach vorne gerichtet. Matthias zog sich aus und schlüpfte zu ihr unters Laken. Er wusste, dass er etwas gutzumachen hatte. Er wusste aber auch, dass Ibias welsches Temperament, derentwegen er sie ja so liebte und sie geheiratet hatte, ihm das in solchen Situationen sehr schwermachen konnte. Wenn Unbill sich in ihr breitmachte, wandelte sie sich zu einer unbestimmbaren Größe: Versuchte er es mit Schmeicheleien, konnte es angehen, dass sie ihn als Lecchino* beschimpfte; ließ er versöhnende Worte weg und ging ihr sogleich an die Wäsche, setzte es eine Sberla, eine Ohrfeige, und es folgte die vorwurfsvolle Frage, wo er seinen christlichen Anstand gelassen habe. Gott sähe alles, vor allem seine schmutzigen Hände, mit denen er sie überall befingere! Da sie bereits unter dem Laken steckten, für alle Blicke – auch für die schaulustigen des Herrgotts da oben – verborgen, sah Matthias gute Chancen für die wortlose Strategie. Er entschied sich für das bewährte, moderate Hinübergleiten zu ihren Brüsten. Ibia liebte es, wenn er mit dem angefeuchteten Finger über ihre kastanienbraunen Warzenhöfe strich. Das Schlimmste, was diesen durchaus geschickten Einstieg

---

* Schleimer

vereiteln mochte, war, dass Ibia ihm mit einem begleitenden »Smettila!«* die Hand wegschob. Dann brauchte er drei, manchmal vier, schlimmstenfalls fünf Anläufe, bis die anschwellenden Höfe die wegdrängende Hand lähmten und Ibia milde Wonneschauer durchfuhren. Das erste »Smettila!« ertönte schon, die Hand tat das Erwartete. Das beruhigte ihn; bestätigte es doch seine Frau in ihrer Berechenbarkeit, was ihn wiederum in Sicherheit wiegte und zum zweiten Anlauf ermutigte. Und tatsächlich, schon nach dem zweiten »Smettila!« war sie besänftigt und ließ ihn gewähren. Dem feuchten Finger über dem linken Warzenhof folgte der feuchte Finger über dem rechten, folgten zwei feuchte Finger gleichzeitig über beide Höfe, in gleichmäßigen Kreisen, mal rechts mal links herum, gleich- oder gegenläufig. Matthias kreiste variantenreich in Druck und Tempo und flocht in unregelmäßiger Folge ein spielerisches Schnippen der Fingerkuppen gegen die steifgewordenen Nippel ein, was Ibia ihm mit Schluchzen, einem Grätschen der Schenkel und zielsicherem Griff in Matthias aufgewühlte Leisten dankte.

Es nahm seinen Lauf. Allerdings einen ungewollt holprigen. Matthias wusste mit einem Mal nicht, wie ihm geschah, stoßend zwischen Ibias weit geöffneten Schenkeln. Er grunzte wie ein Keiler, schwitzte und stank wie ein ruchloser Gerberknecht. Die Bettlade, ruckelnd und quietschend, holperte synchron mit jedem seiner Stöße gegen die Wand. Ibia keuchte. Ihr Dutt hatte sich gelöst, das schweißnasse Haar klebte ihr wie ein Kokon im Gesicht. Matthias fühlte sich mit jedem Stoß, den er seiner Frau

* »Lass das!«

versetzte, seltsamer. Er war wohl in ihr, doch nicht bei ihr und auch nicht bei sich. Er war weg …

Nicht das Festkrallen ihrer Fingernägel in seinem Rücken ließ ihn aufschreien und den Akt mit einem Aufschrei zum Höhepunkt kommen, sondern ein Wort, ein einziges Wort machte alles zunichte.

»LOGGIA!«, schrie Matthias wie im Wahn und mit diesem Ausruf endete abrupt der Akt.

»Du Scheusal!«

Ibia versetzte ihm eine Sberla. Ein roter Abdruck blieb. Matthias holte aus und wollte parieren, doch er zog entsetzt die Hand zurück. Ibia strampelte ihn von sich weg, wandte sich ab und heulte. Matthias war fassungslos.

Die halbe Nacht hatte Matthias zugebracht, um die Wogen zu glätten. Selten hatte er sich so um die Gunst seiner Frau bemüht. Er wusste, er hätte sich ganz anders aus der Affäre ziehen können, ihr mit drei, vier rauen Sätzen Bescheid stoßen, ihr Vorwürfe machen über ihr Unverständnis und fahrlässiges Verkennen der Situation, dann sich anziehen und ins Wirtshaus gehen, im ›Prinz von Oranien‹ bekäme er auch noch spät nachts ein Bier. Doch das wollte er nicht. Hier hatte er gefehlt, hatte er der Frau, die er liebte, Unrecht getan. Einzig an ihm war es, das wieder ins Lot zu bringen.

Sie lagen nebeneinander im Bett. Einen erneuten Liebesversuch unterließen sie, doch hielten sie einander die Hand.

»Wieso kommst du eigentlich auf den verrückten Gedanken, die wollten deine Loggia bauen?«

»Bitte?«

»Sie haben sie damals alle abgelehnt. Du hast mir die Gründe lang und breit erklärt. Erst hast du gewettert und alle im Rat als nichts wissende Stronzi bezeichnet. Dann hast du es nach und nach eingesehen. Elias war's doch, der dich überzeugt hat, dass die ganze Sache ein Luftschloss war!« Ibia machte eine kurze Pause. »Was ist jetzt eigentlich mit seinem Weib? Geht's Rosina wieder gut?«

»Mein Entwurf ist vor vier Jahren abgelehnt worden. Und auch nicht ›von allen‹. Elias hat seitdem einen Kunstbau nach dem anderen hochgezogen. Der Rat trachtet die ganze Stadt zu veredeln. Augsburg soll *die* Prachtstadt im Reich werden. Was meinst du, Ibia, wieso sie die Metzg verlegt haben? Stinkendes Fleisch macht sich in heißen Sommern nicht gut, wenn die feinen Leut vor dem Augustusbrunnen flanieren. Dort, wo Elias jetzt den Neuen Bau errichtet, hätte ursprünglich die Loggia hinsollen. Das geht jetzt nicht mehr, darum kommt das alte Rathaus weg und meine Loggia dort hin. So einfach ist das.«

»Das glaube ich nicht. Die Abfuhr kam nicht nur wegen des Platzes. Die Loggia war denen viel zu venezianisch und das Geld in der Stadtkasse ist in den letzten Jahren nicht mehr, sondern weniger geworden. Das hat Garb mir erzählt.«

»Was soll ich dann morgen da auf der Sitzung? Wenn alles beim Alten bliebe, bräuchte ich nicht hinzugehen. Dann bekäme ich meine Aufträge nach wie vor vom Baumeisteramt über Elias.«

»Was du da sollst? Überleg doch mal selbst. Deine Stärke sind nach wie vor die Fresken. Die paar Fassadenentwürfe, die du gemacht hast … Die waren ja eh nie ganz allein von dir. Entweder hat Heintz dir die Vorlagen gegeben oder Elias.«

»Das heißt was?«

»Sie wollen, dass du das neue Rathaus mit Fresken bemalst. Die Malerei am jetzigen Rathaus ist ja nicht üppig. Der Rat will etwas ganz Besonderes, so wie du es beim Weberhaus gemacht hast, bloß noch mehr, richtig grandios. Du bist der Maler, der das kann!«

Matthias schwieg. Diese Möglichkeit hatte er nicht bedacht. Ibia hatte es trotz ihres welschen Bluts nüchtern auf den Punkt gebracht. Herrgott nochmal, wie konnte es sein, dass dieses Weib ihn immer wieder derart klar und deutlich eines Besseren belehrte? Er presste die Lippen zusammen. Ein dumpfes Gefühl fühlte er in sich, eine Form von Trauer, so wie sie ihn manchmal heimsuchte, wenn er die grenzenlose Liebe Ibias zu ihrer beider Sohn beobachtete. So etwas hatte er und sein Bruder Hans nie erfahren – seine Eltern hatten außer Arbeit nichts im Sinn gehabt – und er zweifelte, ob er jemals so viel Liebe schenken konnte, wie es Ibia vermochte. Ibia schien seine Enttäuschung zu spüren. Sie legte ihren Kopf auf seine Brust und strich ihm sanft durchs Kräuselhaar. Lange fiel kein Wort.

»Matthias, soll ich dir zum Einschlafen noch etwas Gutes tun? Ich meine etwas ganz Gutes?«

Er nickte. Ibia verschwand unter der Decke. Nach einer Weile kam sie wieder hervor – ohne Erfolg. Sie wischte sich mit dem Laken über den Mund, küsste Matthias auf die Stirn und drehte sich wortlos zur Seite. Nach wenigen

Minuten hörte er ihr Schnarchen – ein weiterer Grund, weshalb er bis weit in die Nacht kein Auge zubekam.

Bereits um viertel vor acht stand Matthias am nächsten Morgen im Sitzungssaal des Rathauses und strich sich die Kleidung zurecht. Er war allein, ein Bediensteter hatte ihn eingelassen und geheißen zu warten, die Herrschaften geruhten jederzeit einzutreffen. Er ging zu einem der Fenster, legte die Hände auf das Sims und sah hinaus gegen die aufgehende Sonne. Es hatte aufgeklart, seit Tagen zeigte sie sich zum ersten Mal wieder über der Jakobervorstadt. Ihre Strahlen fielen noch matt und in einem flachen Winkel auf ihn und den großen Eichentisch hinter seinem Rücken, auf dem vor noch leeren Stühlen dreizehn venezianische Gläser standen und an dem in den nächsten Stunden wohl Augsburger Stadt- und Kunstgeschichte geschrieben würde. Er hatte seine Referenzmappe mit den Abbildungen der Weberhausfresken und weiteren Entwürfen auf eine der drei Sitztruhen gelegt, er wollte nicht, dass man seine Nervosität an den Abdrücken seiner Schwitzhände auf dem hellen Leder entlarven konnte. Um sich abzulenken, besah er sich die Konterfeis der Stadtältesten – allesamt Kupferstiche, die meisten von den Gebrüdern Kilian – und suchte vergebens nach handwerklichen Mängeln, als die hohen Herrschaften nacheinander eintraten. Zuerst schritten die beiden Stadtpfleger Marx Welser und Johann Jacob Remboldt zur Tür herein. Sie trugen obligat den pelzbesetzten Talar, Amtskette und Mühlsteinkragen. Es folgten die Geheimräte Jeronimus Walter, Conrad Peuttinger, Bernhard Rehlinger, David

Welser und Hans Fugger der Jüngere. Deren Talare zierten zwar ebenfalls Pelzbesätze, doch fielen diese wie auch die Mühlsteinkragen und Amtsketten nicht ganz so üppig aus. Danach betraten Constantin Imhoff, Wolfgang Paller und Bartholomäus Welser als Ädile den Saal. Sie waren am wenigsten schmuck gekleidet, allein die Farbe schwarz vom Scheitel bis zur Sohle und nur ein einfacher weißer Kragen zierten ihren Staat. Zuletzt erschienen Elias und, zu Matthias' Überraschung, Anton Garb, der seines Wissens kein reichsstädtisches Amt bekleidete. In letzter Zeit sah Matthias ihn öfter mit Marx Welser zusammen. Das hatte Gründe, nur welche?

Es wurde nach Sitzordnung Platz genommen, Remboldt und Marx Welser saßen an der Stirnseite, die Längsseiten wurden rechts und links nach Reihenfolge des Eintretens besetzt. Garb begrüßte Matthias mit Handschlag und setzte sich neben ihn, beide saßen Elias gegenüber. Elias nickte Matthias zu und Matthias erkannte deutlich dessen Erstaunen über sein Hiersein, wenngleich es Matthias schien, als suche Elias es zu verbergen.

Zwei Bedienstete brachten Wein und Wasser herbei. Es wurde zugeprostet und gemeinsam getrunken. Remboldt stand auf und eröffnete die Sitzung. Nach Verlesung der Anwesenden erzählte er in ausschweifenden Worten über das stete Voranschreiten Augsburgs trotz seiner schwierigen Geschichte.

Als er nach vielen Sätzen mit seiner Einleitung zufrieden schien, nahm er sein Glas und prostete erneut allen zu.

»Bei der letzten Sitzung vor drei Tagen«, sprach er, »hat der Rat den einhelligen Entschluss verabschiedet, das alte

Rathaus noch im Sommer abzureißen und ein neues zu bauen.«

Remboldts Worte wurden von heftigem Knöchelklopfen auf den Tisch begleitet. Remboldt rollte ein Pergament aus, zeigte es in die Runde und kommentierte die darauf befindliche Zeichnung. Es war ein Entwurf von Elias. Er zeigte den neuen Perlachturm. Recht ansehnlich, doch nicht wirklich etwas Besonderes. Man habe in punkto Glockenproblem und dessen Lösung schon alles im Geheimen Rat ausführlich diskutiert, fuhr Remboldt fort, weswegen er hier nur kurz darauf eingehen werde. Er verlor ein paar Sätze über die Aufstockung, für die gänzlich der Stadtwerkmeister verantwortlich zeichne, um zum eigentlichen Thema der Sitzung zu gelangen: Man habe sich hier und heute getroffen, um über den Modus operandi bei der Entwurfserstellung des neuen Augsburger Rathauses übereinzukommen. Damit meine er nicht irgendeinen Allerweltsentwurf, sondern einen wahrhaft großen, ja einen geradezu heroischen. Das neue Rathaus müsse das alte nicht nur übertreffen – was im Übrigen bei dem alten Kasten, so ehrbar er sei, keine Kunst wäre – sondern alle Rathäuser im ganzen Heiligen Römischen Reich! Die Mienen der Anwesenden spiegelten selten gesehenen Ernst. Remboldt trank einen Schluck und fuhr fort. Mit dem allseits bekannten und hochgeschätzten Stadtwerkmeister Elias Holl *und* dem Freskanten Matthias Kager, einem Kenner der welschen Kunst, wie er vor Jahren mit seinen Loggiamodellen eindrucksvoll unter Beweis gestellt habe, verfüge die Stadt über zwei herausragende Sachverständige, die wie niemand anders sonst befähigt seien, einen solchen Entwurf zu kreieren. Matthias merkte auf. Er sollte tatsächlich das neue Rathaus entwerfen. Es kribbelte in ihm. Die Worte Remboldts hallten nach. Er versuchte, den Überschwang der Gefühle zu zügeln. Garb reichte ihm die Hand herüber und sprach ihm flüsternd seine Gratulation aus. Matthias antwortete nur halbherzig, er sah hinüber zu Elias. Der schaute ihn gar nicht an, sondern stierte zu Remboldt. Selten hatte Matthias ihn mit solch starrem Blick gesehen.

Remboldt erhob sich.

»Werte Herren Architekten. Der Rat ersucht Euch, die ersten Entwürfe bis zum achtundzwanzigsten Tag dieses Monats einzureichen. Wir gehen davon aus, dass die alten Entwürfe gut aufbewahrt wurden. Die räumlichen Gegebenheiten des Perlachplatzes haben sich nicht geändert, es kann also auf die gleichen Maßvorgaben zurückgegriffen werden.«

Nach Remboldt sprach Welser noch einige erläuternde Worte. Er betonte, dass sehr wohl und unverkennbar welsche Manier in die Entwürfe einfließen sollte, man aber auf ein eigenes Augsburger Stadtgesicht zu achten habe. Er wünsche sich eine fruchtende Kooperation zwischen den beiden Architekten und dem Rat. Mit Gottes Willen sei nicht nur der Stadt und seinen Vätern, sondern auch allen seinen Bürgern und künftigen Gästen ein Rathaus beschieden, wie es kein zweites im Reich anzutreffen sei.

Man erhob noch einmal gemeinsam die Gläser und Remboldt schloss die Sitzung. Die Ratsmitglieder gratulierten einander und wünschten den beiden Architekten viel Inspiration und gute Ideen.

Elias selbst blieb wortlos und konnte sich nur ein Nicken abringen. Auch als Matthias und er sich die Hand reichten, schwieg er.

Bis auf Elias und Remboldt verließen alle den Saal. Unten vor dem Rathaus löste sich die Gruppe auf, die Mitglieder verließen einzeln oder zu mehreren den Platz. Es blieben nur mehr Marx Welser, Anton Garb und Matthias.

Marx Welser wandte sich Matthias zu. »Na, Meister Kager, damit habt Ihr nicht gerechnet, hm? Ihr seht, Eure Leistung wird nicht nur wahrgenommen, sie wird auch honoriert. Wir sind sehr auf Eure Entwürfe gespannt.«

Garb blinzelte gegen das Sonnenlicht, das über dem Rathausdach hervorschien. »Endlich Sonne!« Er wandte sich Matthias zu: »Und, Kager, was Euren Auftrag angeht … wir Handelsleute sagen schon immer: Konkurrenz belebt das Geschäft. Ist schon recht, wenn nicht immer nur dem Holl alles zugeschanzt wird.«

Inzwischen erschienen Remboldt und Elias vor der Tür. Remboldt sah in die kleine Runde, verabschiedete sich mit erhobener Hand und ging in Richtung Weinmarkt. Elias stand allein und sah auf den Boden. Matthias ging auf ihn zu.

»Ich soll Dir und Rosina schöne Grüße von Ibia ausrichten. Sie fragt, wie es ihr geht«, log er. Es war allerdings nur eine halbe Lüge – die Frage hatte Ibia ja gestern tatsächlich gestellt, nur der Gruß war von ihm vorgeschoben. Erst nach wenigen Augenblicken antwortete Elias gedämpft.

»Wir suchen ein Kindermädchen.«

Die Antwort war unzulänglich, doch Matthias wusste,

jetzt war nicht Zeit und Ort, darauf einzugehen. Garb und Marx Welser kamen dazu. Als Marx Welser erwähnte, Remboldt habe ein paar dezente Äußerungen hinsichtlich Rosina gemacht, erzählte Elias über ihren schlechten Zustand. Die ersten Worte holperten ihm über die Lippen, doch dann sprach er in einem monotonen Fluss. Er sprach, anders als sonst, langsam und leise, und er erzählte unerwartet viel, wohl mehr als die Umstehenden gewünscht hätten. Er klagte sein Leid und es schien ihm einerlei, ob man ihn bemitleidete oder nicht.

»Ich werde mich für Euch umhören«, versprach Marx Welser Elias und selbst Garb, der noch vor wenigen Tagen so derbe auf dem Neuen Bau gesprochen hatte, stellte ihm Hilfe in Aussicht. Bei den Geschlechtern habe jeder Kindsmägde und man wisse gute herbeizuschaffen. Morgen schon, spätestens übermorgen, habe er eine im Hause, versprach ihm Anton.

»Das ist sehr ehrbar von Euch, aber das kann ich nicht annehmen. Ich finde schon selber eine. Es ist ja nicht so, als ob ich niemanden kennte.«

Anton wiegte den Kopf. »Holl, Edelmut ziert, doch warum Hilfe abschlagen? Ihr seid kein Bittsteller, also was soll's? Ich gebe Euch mein Ehrenwort, morgen habt Ihr eine!«

In Welsers Blick deutete Matthias Wohlwollen. Elias war ein Eigenbrötler, der seine Probleme allein lösen wollte, doch auch er kam, wie kein Mensch auf der Welt, nicht gänzlich ohne fremde Hilfe aus.

Die vier verabschiedeten sich per Handschlag und gingen in verschiedene Richtungen. Matthias ging nicht nur, er schritt wie ein Fürst – er hatte den offiziellen, vom Rat beschiedenen Auftrag erhalten, das neue Rathaus zu entwerfen. Er, der nicht einmal einen Titel wie Stadtmaler innehatte, wurde vom Rat als Architekt bezeichnet – sehr zum Leidwesen Elias'. Der Münchner Kunst- und Freskenmaler Johannes Matthias Kager war auf einmal dem großen Augsburger Stadtwerkmeister Elias Holl zum Konkurrenten geworden, wo dieser ihn bislang nur mehr als besseren Handlanger ausnutzte. Jetzt hatte sich ein nicht unwichtiges Blatt gewendet und Elias musste sehen, wie er damit umzugehen gedachte. Wo stand geschrieben, dass es alleinig an Elias war, zu entwerfen und zu konstruieren? Nur weil dieser bis jetzt alles an sich gerissen hatte und keinem, der unter ihm stand, die Chance ließ hochzukommen. Die viele Arbeit am Loggiaentwurf hatte sich also doch gelohnt. So enttäuscht er damals über die Ablehnung gewesen war, jetzt konnte er die Lorbeeren ernten. Er würde ein epochales Rathaus entwerfen, eines, das Elias vor Neid zergehen ließe. Elias würde nichts Großes, nichts Besonderes zuwege bringen. Er war ein guter Techniker, hatte sich viel angelesen und selbst beigebracht, doch was die Gestaltung anlangte, kupferte er doch schamlos alles von den großen welschen Meistern ab. Ein eigener Schöpfergeist wohnte ihm nicht inne. Joseph war gestorben, den konnte Elias nicht mehr fragen, und Welsers Worte über eine fruchtende Kooperation zwischen den Architekten war nur ein frommer Wunsch. Die reale Welt sah anders aus. Dass es Rosina so schlecht erging, dafür konnte Elias nichts, aber auch Matthias und Ibia hatten schlechte Zeiten. Nur wer solche durchzustehen imstande war, der zeigte, ob er fürs Leben taugte.

Je näher Matthias seinem Zuhause kam, umso weniger interessierte ihn Elias und umso euphorischer wurde er.

Ibia brauchte nicht einzuheizen oder sich besonders für ihn zurechtzumachen. Statt einem Schwall rauschhafter Worte, nahm er sie bei der Hand und führte sie in die Schlafkammer.

Seinen Faux-pas der gestrigen Nacht machte er mehr als wett.

4

Nachdem ich mich von Matthias, Marx Welser und Garb vor dem Rathaus verabschiedet hatte, schritt ich den Eisenberg hinab, um den Eindruck zu erwecken, ich ginge nach Hause. Doch dahin zog es mich nicht. Ich strebte über die Sterngasse hinter dem Rathaus dem Perlachturm zu. Der Schlüssel zum Aufgang hing wie immer versteckt hinter einer Blende am Haken, für Unwissende nicht zu sehen. Bis ganz nach oben ging ich. Ich wollte allein sein und weg von den Menschen. Hier oben war ich beides, zudem hatte ich alle anderen zu Ameisen gemacht. Die Sonne war bereits ein Stück weit nach Süden vorgedrungen. Ich blickte hinab auf den Neuen Bau; Hans sah ich, wie er den Gesellen die Schnapsration reichte. Zwar schien die Sonne, aber es war immer noch alles gefroren. Es würde solange einen guten Tropfen für die Männer geben, bis der erste Schnee wegtaute, hatte ich mit ihm ausgemacht. Er hielt mir die Treue und auch sein Wort, anders als Remboldt. Ich solle an mich halten, hatte der mich oben im Sitzungssaal geheißen. Als Heißsporn, der ich immer noch sei, obwohl schon einundvierzig Jahre alt, neige ich zu spontanen Wutausbrüchen. Mir wäre gut geraten, mich im Zügeln meines Temperaments zu üben, denn das verneble mir manchmal die wahre Sicht auf die Dinge. Um Klarheit zu schaffen, sage er es mir noch einmal in aller Deutlichkeit: Er habe mir versprochen, dass ich das neue Rathaus baue und dieses Versprechen werde er halten, bei seiner Ehre als Stadtpfleger! Er habe nicht gesagt, dass ich der Einzige sei, der es entwerfe. Zudem: Der Vorschlag, einen zweiten Architekten hinzuzuziehen, stammte nicht von ihm, sondern vom Kleinen Rat und wenn dieser einhellig etwas bestimmte, gäbe es kein Dagegenreden. Dass ich mich an der Betitelung ›Architekt‹ für Kager stieße, sei irrelevant und meiner persönlichen Herabminderung dessen Person geschuldet, die er nicht teile. Kager habe zur Genüge bewiesen, dass er entwerfen könne. Ich hätte die Freiheit, den Beschluss zu akzeptieren oder auch abzulehnen; die Tragweite einer Ablehnung aber solle ich jedoch in ihrer Tiefe ermessen: Es mache einen nicht unerheblichen Unterschied, geistiger Schöpfer eines unsterblichen Baudenkmals zu sein oder dessen Erbauer. Ich könne beides werden, wenn ich den besten Entwurf brächte. Diese Chance würde ich vergeben, wenn ich die Entwurfseingabe ablehnte und das Feld einem anderen, in diesem Fall Kager, überließe. Ich sei mir darüber wohl bewusst, hatte ich ihm geantwortet, letztlich war es bei der Fassade der Metzg und dem Zeughaus nicht anders gewesen; Heintz hatte da gewaltig seine Finger im Spiel gehabt; er hatte mich geschulmeistert und Matthias' Entwürfe abgekanzelt. Remboldt bemerkte, seines Wissens hätte ich mit Kager stets gut kooperiert, er verstünde nicht, weshalb ich beim Rathaus so einen Zinnober veranstalte.

»Holl, ich erwarte mit mehr als nur Neugier Eure Entwürfe. Es ist mir vollkommen egal, ob diese, wie Marx Welser es angesprochen hat, in fruchtender Kooperation mit Kager entstehen oder im Alleingang. Die Sache ist zu dringlich, als dass ich auf solche kindischen Muskelspielchen eingehen könnte. Mir ist nur eines wichtig: In zwei

Wochen liegen die ersten respektablen Zeichnungen und Visierungen auf dem Ratstisch!«

Mit diesen Worten hatte er die Unterredung beendet und sich jeglichen weiteren Disput darüber verbeten.

Ich rieb die Hände mit waschenden Bewegungen über Nase und Gesicht, nicht weil es hier oben frostig zog, oder ich mir die Müdigkeit fortwischen wollte, sondern um meine Gedanken zu glätten, die sich mir heiß und unruhig auf die Wangen legten. Natürlich hatte Remboldt Recht gehabt – bislang hatte ich mich stets mit Joseph und Matthias arrangiert. Aber das wollte ich nicht mehr, zumindest nicht bei diesem Projekt. Es konnte nicht angehen, dass ich nach all den Jahren und den vielen Bauten immer noch Hilfe beim Entwerfen brauchen sollte oder mit anderen kooperieren. Ich musste mich ein für alle Mal davon loslösen. Die großen Meister Palladio, Serlio und Bramante waren auch einmal an den Punkt gekommen, wo sie keines anderen mehr bedurften, sie hatten alles aus sich selbst heraus geschöpft. Das wollte auch ich erreichen. Es ging mir nicht um einfache Bauwerke wie Wasser- und Wehrtürme, um profane Bauten wie Wohnhäuser, Speicher- und Markthallen, die hatte ich schon lange im Einzelgang gemeistert. Das Rathaus! Einzig das Rathaus musste es sein. Ein mächtigeres und über alle Maßen imposanteres Gebäude würde in Augsburg nicht mehr errichtet werden. Und wenn dieses erst einmal stand, dann für immer und ewig. Es sei denn ein Unglück, schrecklicher als alle zuvor, mochte kommen und es niederreißen – doch das lag allein in Gottes Hand. Wenn der Herrgott dem Schöpfer und Erbauer des neuen Rathauses wohl gesonnen war, schützte er ihn und sein Werk bis in alle Ewigkeit. Ich wollte und konnte, mehr noch, ich *musste* sowohl dessen geistiger Schöpfer als auch dessen Erbauer sein, ganz wie Remboldt es ausgedrückt hatte. Kein Zweiter durfte mir da ins Handwerk pfuschen. Kager war gut, das stritt ich nicht ab, aber er war bloß ein Maler, kein Architekt. Er konnte schöne Visierungen zeichnen und Wände mit Figuren beleben, aber was wusste der von Achsenaufteilung, Symmetrie und Proportionen? Was von Grundrissen und Mauerstärken? Natürlich, er konnte sich kundig machen, wie er es früher schon getan hatte, und es war sicher, dass er sich die große Chance nicht entgehen ließe und mir mein Anrecht auf den alleinigen Ruhm streitig machte. Er würde sich mir in den Weg stellen, wie er es schon einmal in Venedig getan hatte, selbst wenn er im Nachhinein alles beschönigte und betonte, dass alles nur zu meinem Guten geschehen wäre. Dieses Mal musste *ich* Matthias aus dem Feld schlagen, ob er mein Freund war oder nicht! Ob mir das gelingen würde? Kaum hatte ich mir diese Frage gestellt, dachte ich an Vater. Er würde mich dafür schelten und mir den Ausspruch vom Zweifel zitieren, dass dieser das Gemüt vergifte und dem Gelingen wie ein Alb im Nacken sitze.

Ich stieg den Perlachturm hinab und besuchte die Baustellen, um mich abzulenken. Das gelang mir nur leidlich; die Poliere hatten alles im Griff, sodass ich zumindest für diesen Tag nicht mehr groß in Beschlag genommen wurde.

Als es dämmerte, strebte ich nach Hause. Das Atelier suchte ich nicht mehr auf, ich betrat gleich die Wohnung. Adelgund stand am Herd in der Küche und kochte.

»Wie geht es Rosina heute?«

»Meister Holl, Ihr werdet es kaum glauben, Eure Frau behält das Essen! Es muss jetzt auch nicht mehr nur Suppe sein. Heute Morgen hat sie zum ersten Mal wieder etwas Brot gegessen.«

»Kann ich zu ihr?«

»Ja, geht hinein, sie wird sich freuen, Euch zu sehen.«

Rosina lag wach und begrüßte mich mit einem milden Lächeln. Ihre Augen waren rot unterlaufen und grau war ihr Gesicht. Es mochte ihr wohl besser gehen, doch nicht so, wie ich nach Adelgundes Worten erhofft hatte. Rosina war immer noch sterbenskrank. Ich setzte mich zu ihr, küsste sie auf die Stirn und nahm ihre Hand.

»Adelgund hat dich gelobt! Du hast heut sogar Brot gegessen. Das ist ein gutes Zeichen!«

Rosina nickte, noch zu geschwächt für viele Worte. Ich spürte ihre knochigen Finger in meiner Hand und nahm meine andere dazu, um sie wie in einem wärmenden Kelch einzuschließen.

»Du wirst sehen, Liebes, mit jedem Tag wird es besser und besser. Heute hat seit langem wieder die Sonne geschienen. Bald ist Frühling, dann schmilzt der Schnee. Und wenn die ersten Weidenkätzchen treiben, bist du wieder mit den Kindern draußen an der Wertach.«

Rosina lächelte und drückte meine Hand. Mir wurde schwer ums Herz dabei. Sie war am gesunden und dennoch spürte ich ihre unsägliche Schwäche. Was, wenn sie einen Rückfall erlitt?

»Gibt … es … Neuigkeiten … von … der … Arbeit?«

Seit Tagen hatte ich ihre Stimme nicht mehr gehört. Es

war erschreckend, wie gebrechlich Rosina klang und wie sie um Worte ringen musste. Die Pausen zwischen den einzelnen Worten zogen sich ins Unendliche. Ich unterdrückte meinen Drang, ihr von der neuen Rathausplanung zu erzählen.

»Der Neue Bau geht wohl voran. Und auch die anderen Bauten gedeihen. Alles läuft gut.«

»Das … freut … mich … für … dich! Lass … dich … umarmen.«

Ich beugte mich zu Rosina hinab und als sie versuchte, ihre dünnen kraftlosen Arme um mich zu legen, spürte ich zum ersten Mal wieder ihre Nähe. Sie war so fragil geworden. Ich hatte Angst, sie zerbreche unter meiner Last. Ich spürte, wie es mir flau im Magen wurde und mir der Schweiß hinter den Ohren rann; eben dieses Gefühl hatte mich heimgesucht an Marias Sterbebett. Ich war gefangen zwischen Fortgehen und Verweilen. Ich wollte Rosina nicht loslassen, niemals mehr, aber ich konnte es nicht ertragen zu bleiben. Ich zitterte, als ob Frost sich meiner bemächtigt hätte. Rosinas Schwäche schwächte auch mich. Ich würde nicht imstande sein, auch nur einen einzigen geraden Strich aufs Papier zu bringen, wenn ich noch länger bei ihr bliebe.

»Ich muss noch ins Atelier.«

Ich versuchte meine Stimme stabil zu halten. Weinerliches brachte keinen Mut hervor.

Rosina nickte. »Tu … das, mein … Liebster … Ich … muss … jetzt … schlafen. Bis … Morgen.«

»Ja, bis Morgen.«

Allein dieses ›Bis Morgen‹ machte mich schlucken und

mir die Augen tränen. In ihrer leidvollen Not dachte sie an unser morgiges Wiedersehen, schöpfte Trost und Hoffnung aus der Kraft des Schlafes und dachte nicht daran, aus ihm nicht mehr erwachen zu können. So stark war sie. Ich wünschte mir diese Stärke zu besitzen. So wie ich auf dem Bau und bei allem im und um ihn herum dominierte, so schwach und hilflos war ich in solchen Momenten. Ich nahm ihre Hände an meinen Mund, küsste sie lange und legte sie sorgsam unters Laken. Rückwärts verließ ich das Zimmer, den Blick auf meinem geliebten Weib, das schon die Augen geschlossen hatte. Ich bekreuzigte mich und trat aus der Tür.

Adelgund hatte mir einen Teller Fleisch und einen Becher Wein aufgetischt. Beides wollte ich nicht anrühren.

»Ihr müsst etwas essen, Meister Holl, sonst brecht Ihr mir auch noch zusammen, und dann?«

Ich zwang mich zu jedem Bissen. Das Kauen fiel mir schwer. Als ich mit Mühe die Hälfte von Teller und Becher gelehrt hatte, ging ich nach unten ins Atelier. Dort heizte ich ein, zündete die Kerzen an, legte ein schönes neues Papier auf und setzte mich an den Tisch.

Eine lange Weile starrte ich nur auf den Bogen. Mir wollte nichts einfallen. Obwohl ich mir eine zweite Jacke übergezogen hatte, fror ich. Es glomm nur noch im Ofen. Ich legte Scheite nach und stierte ins Lodern. Nur langsam geriet Wärme in die klammen Hände. Ich wünschte mir den Sommer herbei, sah Rosina und mich an der Wertach im Gras sitzen und die Kinder im seichten Wasser herumtollen. Das Bild verblasste und wollte nicht zurückkehren.

Ich setzte mich wieder an den Tisch, legte mir Lineal, Feder und Zirkel zurecht und begann das Raster aufzuzeichnen. Kaum ein paar Linien gezogen, warf ich die Feder hin. Es hatte keinen Zweck. Ich wusste nicht, wo anfangen, was zeichnen mit einem Kopf voller Sorgen. Ich sollte das neue Rathaus entwerfen, einen heroischen Bau von epochaler Größe, während meine Frau nur wenige Klafter von mir entfernt zwischen Tod und Leben schwebte. Ich rieb mir die Nasenwurzel. Müde war ich, sehr müde, und eigentlich hätte ich mich schlafen legen müssen, doch Scham überkam mich und ließ es nicht zu; ich schämte mich wie zu Kinderzeiten, wenn Vater mir etwas aufgetragen hatte und ich damit nicht zurechtgekommen war. Hier war es nicht Vater, es war einzig ich; ich schlug Hilfe aus, ein Hausmädchen zu bekommen und hatte außer dem läppischen Gang in die Unterstadt dahin gehend nichts weiter unternommen. Wie konnte ich nur? Ein Tag blieb mir noch, dann wäre Adelgund aus dem Haus und ich gänzlich allein auf mich gestellt. Es sei denn wirklich, dass Garb … Nein, der machte doch nur Sprüche … Aber Marx Welser? Der hatte doch auch Hilfe zugesagt. Ich musste einen erbärmlichen Eindruck bei denen erweckt haben. Der große Holl ganz klein und hilflos. Das durfte nicht sein. Ich griff Mantel und Mütze und verließ das Atelier.

Die Turmuhr schlug zehn, als ich im Dunkel über den Weinmarkt schritt. Kein Mensch querte meinen Weg über die kalten Gassen, nur Katzen und Ratten sah ich, die sich fauchend und fiepend über den Unrat hermachten. Schwarz standen die Häuser. Aus einem drang spärlicher Schein durch die geschlossenen Fensterläden; dorthin strebte ich, zum ›Prinz von Oranien‹. Thorwald Jannsen, der ursprünglich aus Hamburg stammte, hatte vor Jahren die Wirtschaft eröffnet. Ich besuchte sie – meist mit Auftraggebern oder Amtsleuten – nicht nur, weil ich mich gut mit Thorwalds hanseatischer Art vertrug, sondern weil er mir immer mal wieder Neuigkeiten aus dem Augsburger Leben erzählte, die mich sonst nicht erreichten. Als ich eintrat, waren noch fünf Gäste zugegen; drei würfelten, einer schlief, den Kopf im Genick, der Mund offen wie ein Ofenrohr, und einer steckte bis zu den Ohren zwischen den kindskopfgroßen Brüsten einer Hübschlerin.

Der ›Prinz von Oranien‹ und der ›Walfisch‹ beim Milchberg waren die einzigen Gaststätten mit einer Sonderschankkonzession bis um Mitternacht, weil sie auch Zimmer an Pilger vermieteten, die eben oftmals spät eintrafen.

»Ah, der werte Meister Holl noch zu so später Stunde!«

Thorwald wischte sich die Finger an der Schürze ab und wir reichten einander die Hände.

»Solltet Ihr jetzt nicht im Atelier sein, beim Entwerfen? Ich weiß schon Bescheid … ein paar Ratsmitglieder haben heut Mittag beim Essen darüber geredet.«

»Mach mir ein gestauchtes Dunkles, Thorwald, und setzt dich kurz zu mir her!«

Mit einem »Wohl bekommt's« brachte er das Bier und rückte zu mir auf die Bank.

»Was steht an, Meister Holl?«

»Ich will nicht lange rumreden, ich brauche ein Hausmädchen. Du kennst doch Gott und die Welt. Weißt du mir jemand?«

»Ich wüsste Euch gleich drei, nur ob Ihr *die* haben wollt, weiß ich nicht.«

»Was ist mit denen?«

»Sind ehemalige Huren, die es dick haben, von jedermann wie Vieh hergenommen zu werden; die wollen wieder anständig leben und arbeiten.«

»Ein redlicher Vorsatz. Wo ist das Problem?«

»Das müsst Ihr doch am besten wissen – Theorie und Praxis; bei Euch auf dem Plan sieht alles ganz gut aus, auf der Baustelle zeigt sich dann die Wahrheit. Bei denen ist's ebenso: Einmal Hure, immer Hure. Zwischen Wollen und Wollen besteht ein Unterschied. Wenn die merken, dass sie fürs Geld richtig was tun müssen, dann stehen die schnell wieder in dunklen Häuserecken … oder stecken beim Hausherren unterm Laken, wenn die Frau außer Haus ist …«

»Vorurteile hast du keine, hm?«

»Holl, Ihr seid ein Edelmensch, aber ich weiß Bescheid übers Leben und die Weiber … Und die Hurenweiber, die sind eine ganz besondere Sorte.«

»Mag sein, damit kenne ich mich nicht aus. Jemand besseres weißt du nicht? Ich hab keine Zeit mehr. Bis Morgenabend brauche ich eine!«

»Tut mir leid, sonst weiß ich niemand. Aber … geht doch mal rüber zum Freisinger Georg, der könnte Euch weiterhelfen.«

»Der Wirt vom ›Mohrenkopf‹ am Predigerberg? Der hat doch schon zu!«

»Von Amts wegen ja, aber bis zwölf wird heut gewürfelt. Ihr müsst zur Hintertür und viermal klopfen, sonst macht der nicht auf.«

»Warum sind die drei Würfler da drüben am Tisch nicht bei ihm?«

»Beim Georg geht's um Geld, und die da haben keines.«

Freisinger entpuppte sich ebenfalls als Reinfall. Der freute sich, als er auf mein Klopfzeichen hin öffnete, dachte er doch, mit mir sei ein letzter, gut gepolsterter Mitspieler gekommen. Umso enttäuschter war er dann, als ich nur wenige Minuten blieb und nicht einmal ein Bier bei ihm trank. Für Genuss hatte ich keine Zeit und auch keine Lust, mir brannte es unter den Nägeln.

Mit Ärger im Gemüt ging ich zurück nach Hause. Ich fluchte darüber kein Kindermädchen herzubekommen. Augsburg war voller Weibsbilder, es konnte doch nicht angehen, dass diese alles nur Huren waren, Kranke oder gar Aussätzige.

Meine Bitte, noch länger bei uns zu bleiben, schlug Adelgund am nächsten Morgen aus.

»Mei, Herr Holl, wegen mir gern. Aber im Sprengel sind zwei Ammen ausgefallen, da geht beim besten Willen nichts. Doktor Häberlin braucht mich. Zum Abend bin ich weg.«

»Ich geb dir einen Kreuzer extra, wenn du noch eine Woche bleibst!«

Adelgund verzog den Mund und schüttelte den Kopf.

»Adelgund, zwei Kreuzer!«

»Mir ist's nicht ums Geld, Meister Holl. Mir ist's um die anderen Frauen. Die brauchen mich ebenso wie die Ihre und die haben auch Ehemänner, die deswegen leiden.«

»Dann geh! Geh meinetwegen, ich komm schon zurecht!«

Ich zog mich an mit fahrigen Bewegungen und verließ das Haus.

Bevor ich mich auf den Weg zur Baustelle am Sankt Anna Gymnasium machte, richtete ich meine Schritte zum ersten Wohnhaus der Wintergasse in der Oberstadt. Den Klingelzug in der Hand, atmete ich tief und nahm mir vor, das armselige Bild, das ich gestern abgegeben hatte, wieder zurechtzurücken.

»Guten Morgen, mein Herr, Ihr wünscht?«

Was ich mir wünsche? Eine tüchtige Dienstmagd wie dich, lag mir auf der Zunge, als mir eine junge, noch dazu adrette Haushilfe öffnete.

»Ist der Hausherr zugegen?«

»Ja, das ist er, wen darf ich melden?«

»Sag ihm, Elias Holl, der Stadtwerkmeister sei da und wünsche ihn zu sprechen.«

»Oh, so tretet bitte ein. Ich gebe sogleich Bescheid.«

Die Dienstmagd führte mich in den Innenhof und bat mich, dort zu warten. Ich verspürte ein komisches Gefühl, als Bittsteller zu weilen in jenem Hof, dessen Arkaden ich geschaffen hatte. Und wäre meine Liebe zu Rosina nicht und nicht die Not, die unser Leben mit ihrem Leid heimsuchte, ich hätte den Weg in dieses Mannes Haus nicht angetreten.

»Na, das ist mir eine Überraschung!«, tönte es im klebrigen Überschwang vom oberen Gang in den Hof hinunter. »Der Herr Stadtwerkmeister höchstpersönlich macht mir seine Aufwartung, und das, wo er nicht einmal einen Auftrag von mir zu erledigen hat!«

Anton Garb stand an der Balustrade, die Hände aufgestützt und sah im wahrsten Sinne des Wortes auf mich herab. Dass er keine Anstrengung unternahm, sich zu mir hinunterzubegeben, bestätigte mich in all meiner Abneigung, die ich gegen überheblichen Popanz hegte.

»Was verschafft mir die Ehre?«

»Ich bin gekommen, um das Versprechen eines Edelmannes einzulösen«, gab ich zurück. »Das seid Ihr doch, ein Edelmann?«

»Man behauptet es zumindest. Weiß man's, ob was dran ist?«

Eine passende Antwort hätte ich parat gehabt, doch ich besann mich. »Garb, Ihr wisst, es bereitet uns beiden Freude, uns ein wenig bissig zu begegnen, doch heut will ich diesem Spaß ausnahmsweise einmal absagen.«

»Ihr habt damit angefangen ... mit Eurem zynischen Edelmann.«

»Verzeiht, wohl ein Versehen aus Gewohnheit. Ich möchte es dabei belassen.«

»Schade, wo ich mich gerade darauf gefreut hatte. Spitze Zunge schärft den Geist. Nicht bei allen muss ich mich in der Konversation so anstrengen wie bei Euch.«

Ich wusste, es war an mir, geradeheraus mein Anliegen auszusprechen. Kein einziges »Äh«, nicht der Hauch eines Ringens um Worte, gar eines mildtätigen Ersuchens durfte mir aus dem Munde kommen.

»Ich komme wegen des Kindermädchens. Ihr habt mir eines versprochen. Kann ich es sogleich mitnehmen?«

Das war forsch, doch die einzige Sprache, die Garb verstand. Mir war es einerlei, ob ich damit seine Hilfe verwirkte oder damit in seiner Schuld stehen würde. Mehr, als dass er sein großmäuliges Wort bräche, könnte nicht geschehen.

»Das Kindermädchen … Ja, ich erinnere mich. Ihr seid wahrlich in Nöten. Das Holl'sche Haus droht der Verwahrlosung anheimzufallen, ohne eine nette kleine Person, die man scheuchen kann …«

Ich atmete tief. Zu gerne wäre ich nach oben gegangen, um diesem fetten Widerling die Faust ins Labermaul zu stopfen oder den Schuh bis zum Knöchel in den Fettarsch zu rammen, dass es ihn über die Balustrade lupfte und er satt und schwer wie ein Mastschwein mit einem dumpfen Schlag im Hof auftraf.

»So arg ist es nicht um uns bestellt. Mir geht es einzig darum, Euch beim Wort zu nehmen, dass Ihr mir gegeben habt.«

»Habe ich das? Und wenn, glaubt Ihr, ich hätte ein Hausmädchen bei mir auf Abruf in der Besenkammer stehen?«

»Ich sehe schon, es hat keinen Zweck. Ihr seid kein Edelmann«, sprach ich und schritt zum Ausgang, bemüht Ruhe zu bewahren. Das »Holl, wartet!« konnte mich nicht aufhalten. Ich nickte mit einem recht gequälten Lächeln Garbs Dienstmädchen zu, die mir vorauseilte, um die Tür zu öffnen.

Fest trat ich auf und schritt über die Gassen. Heute Abend würde ich also mit meiner todkranken Frau und fünf Kindern, davon eines ein Säugling, allein auf mich gestellt sein. Und das, wo ich neben meiner vielen Arbeit noch keinen einzigen Federstrich für das neue Rathaus gezogen hatte. Ich schritt an den Gaststuben vorbei, ›Zum weißen Lamm‹, ›Zur Goldenen Traube‹ und ›Zum Silbernen

Becher‹ – sollte ich einkehren und mich besaufen? Groll und Missmut in Bier und Wein ertränken? Und dann? Das Elend dadurch noch verschlimmern? Nein, so dreist, so töricht war ich nicht. Es galt einzig einen kühlen Kopf zu bewahren und mit Klarheit zu überlegen, welche Möglichkeiten sich mir noch böten. Auf meine beiden Brüder konnte ich nicht zurückgreifen, Jonas war mit seiner Familie nach dem schwäbischen Ravensburg gezogen, um dort am Landvogteischloss zu arbeiten, und Esaias war nach dem nordischen Blumenthal umgesiedelt, nachdem seine Entlassung aus dem Geschworenenamt bewilligt wurde. Welser! Marx Welser hatte mir ebenfalls versprochen, ein Hausmädchen zu besorgen! Hatte er es versprochen oder nur in Aussicht gestellt? Was hatte er genau gesagt? Ich konnte mich nicht mehr an den Wortlaut erinnern. Während ich vor mich hinstapfte – und sicherlich den einen oder anderen Gruß nicht wahrnahm – versuchte ich verbissen, die Welser'schen Worte zurückzuholen. Nein, ein Versprechen konnte es nicht gewesen sein; mir fiel wieder ein, vor denen hütete er sich, ihretwegen, besser, des Bruches selbiger hatte er sich manchen geschäftlichen Ärger eingehandelt, wie man erzählte. Und selbst wenn er es mir versprochen hätte, würde ich nicht die Stirn besitzen, ihn gleich Garb in seinem Hause aufzusuchen. Marx Welser gab sich den Baumeistern und Künstlern gegenüber zwar loyal und interessiert, doch tatsächlich war unsereins kein standesgemäßer Umgang für ihn. Das Welsergeschlecht wie das Fugger'sche war im Grunde unnahbar für Leute wie mich, die nicht deren Stand innehatten.

Im Eilverfahren handelte ich alle Probleme auf den Baustellen ab, um wieder zurück zu Hause zu sein, noch ehe Adelgund fort wäre. Ich hastete geradezu durch die Oberstadt, um auf der Höhe des Merkurbrunnens von einer jungen Stimme aufgehalten zu werden:

»Meister Holl, so wartet!«

Es war Garbs Dienstmädchen, das ganz außer Atem mir hinterher eilte und mich bat, mit ihr ins Garb'sche Haus zu kommen. Ihr Herr habe mir etwas zu sagen. Ich dachte mir schon, was es sein würde; eine Maßregelung wegen meines ungebührlichen und respektlosen Benehmens. Ein Mann wie Garb würde das nicht hinnehmen und sich beim Baumeisteramt oder noch besser beim Kleinen Rat, am besten bei Remboldt persönlich über mich beschweren. Sollte ich mir das antun? Ich hatte doch ohnehin schon gefehlt, die Beschwerde würde mich so oder so erreichen, warum mich zweimal verdrießen lassen? Als ob das Quantum Not nicht schon groß genug war.

»Sag deinem Herren, die Strafpredigt kann er sich sparen. Ich habe andere Sorgen als mir das anzuhören!«

»Aber nein! Es ist wegen des Kindermädchens! Es wartet auf Euch!«

»Was?«

Abrupt blieb ich stehen. Das Mädchen schloss auf. Es erzählte mir, ihr Herr habe es geheißen, mich zu suchen und mir mitzuteilen, er sei sehr wohl ein Edelmann und er halte seine Versprechen. Ich solle kommen und das Hausmädchen abholen. Es warte auf mich mit gepackten Sachen.

Ich kratzte mich im Genick. Das kam überraschend.

»Sprichst du die Wahrheit?«

»Aber mein Herr! Ich lebe die Gebote!«

Also folgte ich der Dienstmagd. Die wenigen Minuten zu Garbs Haus fragte ich sie nach seinem Namen, wie lange sie schon bei Garb in Diensten stünde, ob er ein guter Herr sei und natürlich, ob sie etwas über das Kindermädchen wisse, das bei mir Anstellung finden sollte.

Es heiße Florence, antwortete sie, und käme wie ihr Herr aus Genf. Seit vier Jahren arbeite es schon bei den Herrschaften und stünde recht wohl damit. Über das neue Mädchen wisse sie nicht viel, außer, dass Herr Garb gleich, nachdem ich das Haus verlassen hatte, gegangen sei, es zu holen. Es heiße Mechthild und sei ... naja, sie wisse nicht recht ... sie wolle nicht unhöflich erscheinen ... es sei etwas ... stämmig. Dies war die letzte Information, die ich von ihr erhielt, bevor wir ins Haus traten.

Mechthild wartete bereits im selben Hof, in dem ich zuvor gewartet hatte. Unwillkürlich rieb ich mir übers Kinn, als ich sie sah. Sie war nicht nur ›stämmig‹ – sie war dick. Mächtig dick. Im Grunde fett wie eine trächtige Sau. Sie übertraf noch Theresa, die massige Wirtin vom ›Eisenhut‹. Ich fragte mich, wie man sich in unseren mageren Zeiten so viel Speck anfressen konnte, wenn man nicht den Wohlhabenden angehörte. Teiggesichtig und hamsterbackig saß sie auf einer Sitztruhe und hatte ein großes Bündel und zwei Taschen neben sich stehen.

»Nun, Holl ... habe ich zu viel versprochen?«

Garb kam im feinsten Werktagsstaat die Treppe herunter, stellte sich neben Mechthild und legte altväterlich seine Hand auf ihre Schulter. »Mechthild! Unser bestes Pferd im Stall ...«

Sollte wollte ich das wörtlich nehmen? Neben ihr gab sich Garb geradezu schmal aus.

»Mechthild, dein neuer Dienstherr: Meister Holl, der Stadtwerkmeister …«

Mechthild erhob sich schwerfällig und machte einen plumpen Knicks. Ich nickte.

»Sie kann alles. Sie wäscht, putzt, kocht, stickt, plättet, schürt, …«

Wiehern?, kam es mir unwillkürlich in den Sinn.

»… und für Euch – oder Euer Weib, wie man's nimmt – nicht unwichtig: Sie kann auch stillen.«

Garb bat mich kurz mit ihm zu kommen, bevor ich mit Mechthild das Haus verließe, es gäbe noch ein paar Dinge zu besprechen. Wir gingen in ein Zimmer nebenan. Garb schenkte uns Wein in edle Gläser, reichte mir eines und bot mir Platz an. Ich setzte mich in einen schweren, mit Brokat bezogenen Eichenstuhl.

»Also Holl, Ihr habt es ja schon gesehen, Mechthild hat großen Hunger, um nicht zu sagen, einen sehr großen, ja, einen enormen Hunger. Den hat sie immer. Sie isst für drei, und dass muss sie auch, sonst bricht sie zusammen. Also erschreckt nicht, wenn sie wagenweise die Fressalien ankarrt; es trifft bei Euch keinen Armen.«

»Gibt es noch etwas anderes, was ich wissen sollte?«

»Mechthild arbeitet langsam, sehr langsam – verständlich, bei dem Gewicht … Also übt Euch in edelmännischer Geduld. Ich sage das nur, weil Euer rauer Ton bekannt ist.«

»Den schlag ich nur dort an, wo es Not tut … auf den Baustellen. Hat Mechthild auch Vorzüge?«

»Oh ja, natürlich. Sie ist eine wahre Fee in der Küche. Ja, die Küche ist ihr Himmelreich. Ihr werdet es merken.«

»Und sonst?«

»Sie arbeitet gründlich und gewissenhaft. Sie lebt sich schnell ein und Ihr braucht Euch um nichts mehr zu kümmern.«

Garb endete mit diesem Satz und ließ keinen weiteren Folgen, stattdessen sah er mich an. Ich versuchte, seinen Blick zu deuten, es schien mir, er erwarte etwas. Ich verstand.

»Ihr habt Euer Versprechen gehalten, Garb. Entschuldigt mich, dass ich daran gezweifelt hatte.«

Ich hätte noch mehr sagen können, ihn mit Dankeshymnen einlullen – er wusste ja nicht, wie heilfroh ich um Mechthild war, selbst wenn ich mir mit ihr einen kleinen Elefanten ins Haus holte – aber ich wollte seinem Dünkel nicht über Gebühr förderlich sein.

Garb saß bequem im Stuhl und spielte mit der Unterlippe, er zog sie dauernd mit Daumen und Zeigefinger nach vorne, um sie mit einem kaum hörbaren Plopp wieder zurückschnellen zu lassen, dabei sah er mich unentwegt an.

»*Die* Angelegenheit wäre erledigt. Was macht der Entwurf?«

»Fürs Rathaus? Ist im Gange«, log ich.

»Wie weit seid Ihr?«

»Entwurfsphase. Erst mal grob die Ideen sichten. Ein paar Dutzend habe ich schon.«

»Oh? So fleißig?«

Mir war es einerlei, ob mir Garb diese unverfrorene Lüge abnahm. Wenn er mir das wirklich glaubte – was ich mir nicht vorstellen konnte, so töricht konnte nicht einmal Garb sein –, zeugte das von der absoluten Unkenntnis darüber, was es an Zeit und Aufwand brauchte, um auch nur einen einzigen Entwurf anzufertigen.

»Mit Kager habt Ihr ja jetzt auch einen angemessenen Konkurrenten.«

Aha? Dieses Wort war bei der Sitzung nicht gefallen. Marx Welsers Intention war eine ganz andere, der sprach von fruchtbarer Kooperation, aber Garbs Wahrnehmung schien schärfer an der Wirklichkeit. Dennoch ließ ich mich nicht auf sein Spielchen ein – was wollte er von mir hören? Dass ich Angst hatte, Matthias könne mich aus dem Feld schlagen oder das ich ihn mit meinen Entwürfen niedermachen würde? Ich merkte betont auf, verwies auf den Schlag der Ratsglocke unweit Garbs Anwesen. Ich wusste nicht, wie oft sie geschlagen hatte, dennoch war sie mir ein willkommenes Zeichen, mich von dieser Situation loszueisen.

»Oh, schon so spät? Ich muss gehen.«

Wir erhoben uns. Ich reichte ihm die Hand. »Seid noch einmal recht bedankt für Eure Hilfe.«

Garb nickte nur gefällig. Das Dienstmädchen geleitete Mechthild und mich hinaus. Wir gingen geradewegs nach Hause, wo Adelgund schon alles versorgt hatte und auf Doktor Häberlin wartete; der musste in einer halben Stunde eintreffen. Adelgund wies derweil Mechthild ihre Kammer zu, zeigte ihr alle Zimmer und erklärte den Haushalt. Sie betonte ausdrücklich die gebotene Rücksichtnahme auf Rosina – sie schlief, als wir gemeinsam die Wochenstube betraten.

Ich hatte ein gutes Gefühl. Alles würde sich fügen.

5

Doktor Häberlin traf pünktlich ein. Er beglückwünschte mich zu meinem neuen Hausmädchen und freute sich besonders darüber, dass sie auch Stillmutter für den kleinen Hieronymus sein würde, so konnte man auch hier Adelgund entbehren. Nach ein paar Worten zu Mechthild sah er nach Rosina. Ich wartete indes in der Wohnstube. Als er wieder aus der Tür trat, lächelte er mich an.

»Ihr habt eine tapfere Frau, Meister Holl. Wenn sie so weitermacht, wird sie in zwei, drei Monaten wieder auf den Beinen sein. Adelgund weist Mechthild bereits ein, wichtig ist, dass sie alles befolgt.«

Häberlin zählte das Honorar nach und steckte es sorgsam in die Tasche. »Ich schau wöchentlich vorbei, Meister Holl«, versprach er. »Wenn etwas sein sollte, komme ich natürlich unverzüglich!«

Mir war wohl bewusst, dass er, so sehr er mich und Rosina schätzte, uns nicht nur aus reinem Altruismus so häufig aufsuchte; wohlhabende Patienten durften gegen entsprechendes Honorar ein Quäntchen mehr Aufmerksamkeit und Fürsorge von ihm erheischen. Das war mir recht, letztlich kam mein Wohlstand ja nicht aus dem Nichts heraus.

Adelgund verließ mit Häberlin das Haus und Mechthild bereitete das Abendessen. Es war das erste Mal, dass es mir wieder schmeckte und ich ordentlich zulangte, wenngleich ich nur ein Viertel schaffte im Vergleich zu Mechthilds Portion, die sie mit Schmatzen und Grunzen vertilgte.

Nachdem Mechthild die Kinder versorgt hatte und sich in ihre Kammer zurückgezogen, löschte ich alle Lichter in der Stube und begab mich nach unten ins Atelier; endlich: Der Entwurf stand an. Ich nahm die alten Kerzen vom Tisch und tauschte sie aus – nur neue, hoch und dick, sollten die ersten Striche und Linien beleuchten – und schürte den Ofen, dass es nur so knackte und prasselte. Kurz trat ich noch einmal vor die Türe, klatschte mir mit den in Schnee getunkten Händen Frische ins Gesicht und machte mich ans Werk.

Ich begann nicht mit dem ersten Strich. Ich begann, so wie es Remboldt bei der Ratssitzung schon richtig bemerkte, mit dem Hervorholen der alten Risse und Visierungen. Die hatte ich gut sortiert in den Regalen archiviert und nicht aus der Hand gegeben; nicht einmal Hainhofer*, der mir manches Mal die eine oder andere Visierung abzuschwatzen suchte, hatte etwas bekommen. Gott sei Dank war es nicht daran, mit der Planung bei Alpha anzufangen, dazu hätte die Zeit niemals gereicht.

Viele der zahlreichen Pläne, Skizzen und Entwürfe, die ich den verschiedenen Regalfächern entnahm, waren über die Jahre vergilbt und ausgebleicht. Die Zeichnungen, die ich auf den oberen Regalböden abgelegt hatte, waren mit einer dünnen Schicht von Ruß und Staub überzogen, die ich mit einem feinen Pinsel erst vorsichtig abstreichen musste. Letztlich ergaben alle brauchbaren Zeichnungen,

* Philipp Hainhofer (1578–1647), Augsburger Kunsthändler und -agent

geordnet und übereinander geschichtet, einen stattlichen Stapel von der Höhe einer daumenlosen Handbreite.

Allein das Vergleichen und Aussortieren der Vielzahl von Rissen und Visierungen, die Synthesen und das Kombinieren mit den Baumustern der großen welschen Meister, deren Abbildungen ich meinen Büchern entnahm, kostete mich Stunden. Der gesamte Boden war übersäht mit Zeichnungen, die ich immer wieder doppelt und dreifach neben- oder übereinander ordnete, um zu sehen, was sich am besten zusammenfügen ließe.

Mehrmals legte ich Scheite nach und sah die Kerzen schwinden. Mit vorgerückter Stunde nahm nicht meine Müdigkeit zu, sondern steigerte sich mein Anspruch; mit einem Großteil der Entwürfe, die ich seinerzeit angefertigt hatte, wusste ich nichts mehr anzufangen. Sie waren bis zu fünf Jahre alt, seither hatte ich mich weiterentwickelt. Die meisten der alten Entwürfe taugten mir nicht mehr, sie waren zu überladen, zu manieriert, zu sehr von Heintz' palladianischem Überschwang gekennzeichnet, mit dem er mich ständig bedrängte. Ich musste etwas gänzlich Neues entwerfen, etwas weniger Schnörkeliges, etwas, das nicht Heintz war, schon gar nicht Kager, etwas das rein Holl war, rein Elias Holl und niemand anderes.

Eine Stunde, schätzte ich, würde ich noch brauchen, bis ich die Synthese abgeschlossen hätte.

Von den zweihundertsiebzig archivierten Zeichnungen – ich hatte sie vor dem Durchsehen alle nummeriert, um sie beim Kombinieren besser zuordnen zu können – blieben nur mehr sechzig, die ich brauchbar fand; es waren Skizzen und Visierungen, die damals schon meine Versuche dokumentierten, dem Heintz'schen Ein- und Überfluss zu entrinnen. Aus diesen sechzig würde ich nach und nach auswählen und reduzieren, bis letztlich die besten zehn zur Synthese übrig blieben, um am Ende aus diesen wiederum fünf neue, sich unterscheidende Entwürfe auszuarbeiten.

Gegen drei Uhr in der Früh blies ich die Kerzen aus. Sie waren bis zur Mitte heruntergebrannt, ohne dass ich auch nur einen einzigen Strich getan hatte; ich hatte Feder, Lineal und Zirkel nur zum Beiseitelegen in die Hand genommen und nicht zu dem, wofür sie mir heilig schienen: Zum Zeichnen und Konstruieren. Ich hatte mich überschätzt mit der Zeit und meiner Leistung. Das war mir arg. Vater hätte mich dafür gescholten. Gerademal hatte ich es geschafft, von den sechzig Zeichnungen dreißig auszusortieren, immerhin die Hälfte, doch war das nicht das Ziel, das zu erreichen ich mir vorgenommen hatte. Wenn die folgenden Tage sich ebenso schleppend hinzögen, sähe ich wenige Chancen auf einen Durchbruch meines Genies. Ich hatte nur zwei Wochen. Zwei Wochen! Das war nicht nur eine jämmerlich kurze Zeit für einen Entwurf, es war ein bodenloser Affront gegen die Schöpferkraft, die Maß und Zeit brauchte, um sich in ihrer Gänze zu entfalten. Das drückte doch schon die Künstlerweisheit ›Muße zur Muse‹ aus. Hier jedoch zwang man sie beide in ein zeitliches Korsett und forderte quasi mit organisatorischen Peitschenhieben geniale Lösungen. Ob dessen Schöpfer im zehrenden Prozess dabei zugrunde gehen mochte, war den geißelnden Herrschern unerheblich. Sie waren wie die fettgefressenen Päpste, die ihre

Pferde bei der Keilerjagd zu Tode ritten – Hauptsache, *sie* saßen unbeschadet auf dem Sattel und konnten ihn verlassen, noch ehe die Tiere unter ihren breitgesessenen Ärschen in sich zusammenbrachen. Ich musste in diesem beschämend knappen Zeitmaß einen Entwurf kreieren, der Matthias' um Längen schlagen sollte; wo ich nicht einmal wusste, was er sich einfallen lassen würde, um wiederum mich auszustechen. Ich war gezwungen, morgen, gleich nach Feierabend, mich wieder ins Atelier zu begeben und die Selektion fortzusetzen. Morgen hatten fünf Favoriten der Synthesen auf meinem Zeichentisch zu liegen, damit ich daraus einen ersten Entwurf schöpfen konnte. Dieser sollte der erste von dreien sein, die ich mit gutem, nein, mit bestem Gewissen Remboldt und dem Rat präsentieren konnte, trotz oder aller Widrigkeiten.

Als ich mich gegen halb vier Uhr in der Früh schlafen legte, war ich ausnahmsweise froh, dass es Winter war. Die Arbeit auf den Baustellen begann erst bei Tagesanbruch; ich hatte mit den Polieren abgemacht zur Morgenbesprechung da zu sein. Mir blieben noch drei Stunden Schlaf. Ich blies das Nachtlicht aus und betete für Rosina. Und auch für mich.

Eine Woche war vergangen, seit Mechthild ihren Dienst angetreten hatte. In dieser Zeit waren zwar die Ausgaben für das Essen ums Dreifache gestiegen, aber Rosina ging es zunehmend besser; wobei ich nicht zu sagen vermochte, ob dies an Mechthild lag. Mechthild heizte jeden Tag so heiß ein, dass wir allesamt schwitzten; doch sie meinte, es gelte ein Wetter wie im Sommer zu machen. Wenn alle

Räume durchgängig erwärmt seien, lebten alle Lebensgeister wieder auf. Rosina schien lebendiger Beweis ihrer These zu sein. Sie erbrach sich nicht mehr und die natürliche Röte ihrer Wangen kehrte allmählich zurück.

So sehr ich mich für mein Weib freute, so sehr regte mich Mechthilds behäbige Art und Weise auf. Ihr Schneckengang unterzog einen Mann wie mich, der Hunderte von Männern kommandierte und zusah, dass alles zügig vonstatten ging, einer scharfen Geduldsprüfung. Dass Mechthild ihren massigen Körper so träge durch die Gegend schob und mich damit zur Weißglut brachte, war eine Sache; die andere war, dass sie das, was sie an Hausarbeit zu verrichten hatte, fehlerhaft tat. Garb hatte hinsichtlich ihrer Künste nicht übertrieben, er hatte schlichtweg gelogen. Das Plätten der Kleider beherrschte Mechthild ebenso wenig wie den Umgang mit Nadel und Faden. Wäsche waschen und Putzen mochte sie nicht, das Rühren im Waschzuber strengte sie zu sehr an, und zum Boden schrubben auf allen Vieren zu kriechen, war ihr ihrer empfindlichen Knie wegen unmöglich. Das Einzige, was sie konnte und mochte, war Kochen und Braten. Schon am zweiten Tag musste ich an mich halten, ihrer gottlosen Fresserei nicht mit einem Schreikrampf zu begegnen. Das hätte Rosina womöglich einen Rückschlag versetzt. So hatte ich mit freundlichen Worten versucht, Mechthild zur Besserung anzutreiben und zur gewissenhafteren Verrichtung ihrer Pflichten. Doch diese meine Worte blieben wirkungslos.

Der allabendliche Gang ins Atelier begann mich zu grämen und erreichte damit bei mir einen Zustand, den ich bis dato nicht für möglich gehalten hatte. Dort, wo ich sonst Ruhe vor der Familie – dem Lärm meiner spielenden Kinder und dem Säuglingsgeplärr des kleinen Hieronymus – fand, wartete eine Last auf mich; in dieser einen Woche war ich wider Erwarten nicht zu meinem Ziel gekommen. Zu viel Unnötiges und auch Schlimmes stürzte auf mich ein in diesen Tagen, dass es mir nur schwerlich gelang, Abstand zu bekommen und mich auf das Anfertigen der Entwürfe zu konzentrieren. Beim Neuen Bau waren die Steine ausgegangen und die Lieferung dauerte wider das Versprechen des Händlers anderthalb Tage länger; das bedeutete einen Verzug, der mir beim Baumeisteramt einen Rüffel und Kürzung meines Kostenvoranschlages einbrachte. Diesen musste ich natürlich beim Händler zurückholen, was dieser mir nicht so leicht machte. Er suchte sich aus seiner Verpflichtung zu stehlen, mit der Begründung, er habe selbst auf die Ware gewartet. Beim Ausbau des Sankt-Anna-Gymnasiums hatten sie den Plan falsch gelesen und damit die Grundrissmaße der Zimmer vertauscht. Die Wände mussten wieder abgebrochen werden; dass ich diesen grandiosen Schnitzer nicht mit ein paar verständnisvollen Worten begegnen konnte, sondern – auf das Verbot geschissen – mit Fluchen erster Güte, war verständlich, aber meinem Gemüt abträglich. Das Schlimmste jedoch, was mir in dieser Woche widerfuhr, war der Tod des Theobald Reihnacker, eines meiner besten Gesellen. Er war beim Schießhaus in der Rosenau so unglücklich vom obersten Gerüst gestürzt, dass er sich dabei das Genick brach. Theobald hinterließ eine Frau und vier Kinder. Die Beerdigung war ein

Graus – das Wehklagen seiner Familie lag mir Tage später noch in den Ohren.

So saß ich dann jeden Abend vor meinem vom Kerzenschein hell erleuchteten Tisch und sah auf ein leeres Pergament, in Gedanken überall, nur nicht beim Rathaus. Meine Selbstvorwürfe, wieder nicht in der Kirche gewesen zu sein und für Rosina gebetet zu haben, relativierte ich damit, dass es ihr ja zusehends besser ginge und Gott wohl die Gedankenfunken an meine Frau, die mich in ruhigen Sekunden durchzuckten, erhört haben mochte. Mir der Seichtigkeit dieser schalen Entschuldigungsversuche bewusst, fühlte ich mich wie ein mieser Verräter Gott und Rosina gegenüber. Das verschaffte mir ein lausiges Gefühl, das wiederum meine Inspiration eher zu Boden sinken ließ, als dass es mir kreative Höhenflüge verschaffte. Ich ertappte mich dabei, wie ich, den Arm aufgestützt, am Tisch saß und mit der Unterlippe spielte – ich zog sie dauernd mit Daumen und Zeigefinger nach vorne, um sie mit einem kaum hörbaren Plopp wieder zurückschnellen zu lassen. Beim dritten Mal erst kam mir Garb ins Gedächtnis – und ich unterließ es sofort.

Was sollte ich tun? Was sollte der große Holl entwerfen? War ich doch nicht so groß? War ich doch kein kreativer Schöpfer? Fehlte mir die Muse? Brauchte ich etwa eine? Eine leibliche Muse, wie Matthias eine zu haben sich glücklich schätzen durfte? Der behauptete stets, seine Frau Ibia sei seine Muse. Ich wusste nicht, ob etwas daran war. Matthias war, wie Remboldt, einer, der gerne redete und sich wichtigmachte, wenngleich Ibia – ganz im Gegensatz zu Rosina – schon etwas Musenhaftes an sich hatte, das musste ihr der Neid lassen. Die welschen Frauen waren anders als unsere alemannischen. Nicht ihres schönen schwarzen Haars und ihrer dunklen Augen wegen, die sie so reizvoll machten, dafür schmückten die unsrigen blaue oder gar grüne Augen und braunes und rotes oder wie bei Rosina strohblondes Haar. Das war ›nur‹ das Äußere; die welschen Frauen waren auch anders im Inneren. Was und wie dieses andere Innere war, konnte ich nicht erklären, aber ich wusste, dass es so war.

Eine Woche würde mir noch bleiben. Eine Woche, dann hieße es: Entwürfe auf den Tisch! Ich hatte keinen. Ich hegte den Gedanken, auf einen gänzlich neuen Entwurf, geschöpft aus Synthese oder nicht, zu verzichten, sollte ich es wahrlich nicht vermögen, meinem Schöpfergeist ein eindrucksvolles Ergebnis abzuringen. Notgedrungen würde ich einen guten, wohl aber unbekannten alten Plan einfach abzeichnen und ihn, falls nötig, hie und da ein paar Änderungen unterziehen. Eine schöne neue und große Zeichnung würde ich dem Rat offerieren, auf feinstem Pergament, säuberlichst gezeichnet mit brauner Feder, aktuell datiert und als Erzeugnis eines nur vierzehntägigen Schöpfungsaktes proklamiert. Je mehr ich über diesen Einfall nachdachte, umso sinnfälliger erschien er mir. Natürlich war es eine Finte. Doch ich wurde ja geradezu gezwungen mich einer solchen zu bedienen; letztlich heilte der Zweck die Mittel, zudem ging es bei der ersten Präsentation ohnehin nicht darum, den letztgültigen Entwurf zu präsentieren. Remboldt hatte die Häufigkeit verschiedener Eingaben als ein unabdingbares Kriterium explizit herausgestellt. Es ging doch nur darum, zu zeigen, dass ich, der Architekt Elias Holl und meinetwegen auch der Maler Matthias Kager, imstande waren, in kurzer Zeit etwas Neues, etwas Originäres zu schaffen; etwas, was die Ratsgemüter erst einmal zufriedenstellte. Zum anderen galt es für mich zu taxieren, was Matthias an musischen Einfällen generierte. Vielleicht präsentierte er ja etwas völlig Indiskutables? Einen vermeintlich welsch anmutenden Kunstbau? Einen im Heintz'schen Geiste palladianischen Überentwurf? Eine Demonstration Kager'scher Verstiegenheit?

Am letzten Tag vor der Präsentation hatte ich mich nach zermürbenden Nächten glückloser Entwurfsversuche und albtraumgeplagter Reststunden in nassgeschwitzten Laken dazu durchgerungen, über meinen Schatten springen und den Gedanken der Neuzeichnung eines alten Entwurfs doch umzusetzen. Mir blieb keine andere Wahl. Die Zeit drückte mir ins Genick, glutheiß und eisenschwer, überdies hinderten mich häusliche Turbulenzen: Gerade eine Woche bei uns in Diensten, hatte ich Mechthild gekündigt; mitten in der Nacht hatte ich sie mit Sack und Pack aus dem Haus geworfen. Das geschah nicht ihrer maßlosen Fressgier oder ihrer liederlichen Schlampigkeit, auch nicht ihrer mir mittlerweile unerträglich gewordenen Langsamkeit wegen, sondern weil sie gegen das achte Gebot verstoßen hatte. Ich hätte es nicht bemerkt, hätte nicht Liebe und Fürsorge mich morgens um vier, als ich zu Bett gegangen war, aus den Federn gerissen. Das gekeuchte, nur spärlich hörbare »Wasser!« meiner armen Frau nebenan ließ mich auffahren und in die Küche stürzen. Dabei ertappte ich Mechthild, wie sie aus der Schatulle in der Wäschetruhe im Flur einen von Rosinas liebsten, ja geradezu heiligen Schmuckstücken in ihre Tasche steckte: einen Haarkamm aus Perlmutt. Sieben solcher irisierender Kämme besaß sie – zu jedem Hochzeitstag hatte ich ihr einen geschenkt. Es waren die edelsten Stücke, die ich für teures Geld von Hainhofer aus der Neuen Welt hatte besorgen lassen.

Mechthild stand da wie gelähmt, als ich ihre Hand, die den Kamm in der Tasche verschwinden ließ, festhielt. Sie hob die andere, freie Hand gegen das errötete Pfannkuchengesicht und begann zu heulen. Sie wisse, sie habe etwas ganz Schlimmes getan, sie sei ein sündiges Mädchen, aber …

»Aber? Aber was?«, wollte ich von ihr wissen, ihre diebische Hand immer noch fest in meinem Griff. »Was für ein ›Aber‹ kann diese Sünde reinwaschen?«

»Seit ich als kleines Mädchen so einen Kamm bei meiner Tante sah, wollte ich einen haben. Als ich mich sie zu fragen traute, ob ich ihn einmal halten dürfte, hatte sie mich angefahren: ›Nicht anlangen! Perlmutt ist edler als Gold.‹«

»Und?«

»Ich kann nichts dafür, dass ich ihn stehlen wollte. Es überkam mich. Ich konnte nicht widerstehen.«

»Du hättest standhaft sein müssen!«

»War ich. Sieben Tage lang, jeden Tag aufs Neue. Doch schließlich war die Versuchung zu groß.«

Ich dämpfte meine Stimme, um Rosina nicht indirekt mit dem Problem zu behelligen. »Sieben Tage … Du hast schon in der ersten Nacht in der Truhe herumgeschnüffelt und dann in jeder Nacht?«

Mechthild entwand sich meinem Griff, setzte sich auf den Stuhl und vergrub ihr heulendes Gesicht in den Händen.

»Es tut mir so leid. Ich kann nichts dafür!«

»Wohl kannst du! Ich wiederhole mich: Du hättest standhaft sein müssen. Standhaftigkeit ist kein Zustand, den man schnell herbeizaubert, wenn die Versuchung eintritt. Sie ist eine Tugend der Sittlichkeit, hörst du? Standhaftigkeit musst du in dir tragen, sonst ist es nur leeres Gewäsch. Du bist nicht standhaft! Du hast dich der Versuchung hingegeben und damit gefehlt. Pack deine Sachen und verlasse auf der Stelle mein Haus. So jemanden wie dich will ich hier nie mehr sehen!«

Ich gab ihr fünf Minuten, um sich davonzumachen. Den Lohn für die eine Woche Arbeit behielt ich ein und hieß sie, Garb davon zu unterrichten, ich käme heute noch bei ihm vorbei.

Weinend verließ Mechthild das Haus. Ich eilte zu Rosina, untröstlich, dass ich ihr erst jetzt das Wasser reichen konnte. Sie wollte wissen, was vorgefallen war, doch angesichts des Ruhegebotes wegen ihrer angegriffenen Gesundheit spielte ich den Vorfall herunter. Rosina schlief ein, nachdem sie getrunken hatte, den Kopf in meinen Händen.

Garb kam mir am Morgen zuvor. Er fing mich auf der Gasse ab und wollte jedes Detail des prekären Ereignisses wissen. Er könne nicht glauben, dass ein Mädchen aus einer ihm lange bekannten und ehrbaren Weberfamilie sich einer so niederen Verlockung wie Diebstahl hingäbe.

Nach einer Dekade fruchtlosen Hin- und Hers zwischen uns reichte *er* mir die Hand – was er das letzte Mal am Beginn unserer Italienreise getan hatte, danach niemals mehr wieder.

»Holl, Ihr seht einen enttäuschten, weil *ge*täuschten Edelmann vor Euch, der Euch anrät, die Gelegenheit nicht weiterzutragen. Ein Ärgernis, für das wir beide nichts können. Hab ich Euer Ehrenwort?«

»Was sollte mir daran gelegen sein, diesen Verrat wie ein Waschweib zu verbreiten: ›Der gute Anton Garb ist gar nicht so gut, wie er immer vorgibt. Er vermittelt faule, fette und diebische Hausmädchen ...‹«

»Den Wortlaut hättet Ihr parat, nur ob Ihr so gut schmutzige Wäsche wascht wie ein solches? Also was ist, schlagt Ihr ein?«

Garbs ausgestreckter Arm stand wie ein Säbel gegen mich. Die behandschuhten Finger zeigten mir geradewegs aufs Herz. Das deutete ich nicht symbolisch, so wie es Rosina mit solchen Gesten zu tun pflegte; und nicht nur mit solchen ... Rosina sah überall Symbole – »wir leben in einer symbolträchtigen Welt«, hatte sie Henisch einst zitiert, sich dann sein Zitat als Überzeugung einverleibt.

Ich schlug ein. Ein »Danke« von Garb blieb wie erwartet aus.

»Nichts für ungut, Holl«, verabschiedete er sich. »Der gute Wille für die Tat. Ich hoffe, Ihr habt beim nächsten Mädchen mehr Glück!«

Nur wenige Stunden trat das Unerwartete ein: Es fügte sich, dass ich noch am selben Tag ein neues Hausmädchen bekommen sollte. Erst dachte ich an Rosina und deren

Glauben an himmlische Geschicke, dann, im Schwinden der Euphorie, der klare Architektenkopf wieder in nüchterner Überlegung, mutmaßte ich, dass Garb mit Marx Welser gesprochen hatte und ihn um Hilfe gebeten; letztlich hatte Marx Welser mir ebenfalls Hilfe zugesagt. Einen Brief in Händen, persönlich von Marx Welser gesiegelt und unterschrieben, stellte sich das Mädchen als Edeltraut vor. Sie war zwanzig Jahre alt und war das Gegenteil von Mechthild, dünn, adrett und gepflegt. Ich schickte den Nachbarsjungen nach Adelgund, sie solle kommen, um es einzuweisen, während ich die Zeilen Welsers las. Sie stellten den im ersten Moment als Fügung gedeuteten Dienstantritt Edeltrauts in banales Licht und bestätigten meine Mutmaßung: Marx Welser hatte das Mädchen zeitgleich mit Garbs Mädchen angeworben. Garb jedoch bestand darauf, der seinigen den Vorrang zu geben, letztlich habe er sein Ehrenwort unter Zeugen ausgesprochen, während Welser nur Unterstützung in Aussicht gestellt hatte, ohne jegliche Verbindlichkeit. Marx Welser schrieb, er bedauere den misslichen Vorfall und wolle mit dieser Offerte die Reputation seines geschätzten Freundes Garb wieder herstellen. Er verbürge sich für die Anständigkeit und Loyalität des Mädchens, die in Haushaltsangelegenheiten geschult sei und sogar über ein gewisses Maß an Bildung verfüge. Sie sei fleißig und ehrbar. Das Salär, das das Dreifache des Üblichen betrage, sei somit gerechtfertigt. Das Mädchen stünde nur begrenzte Zeit zu Diensten, da es in absehbarer Zeit aus familiären Gründen wieder nach Hause reisen müsse. In der Hoffnung, meine geschätzte Frau Gemahlin habe bis dato wieder ihre volle Gesundheit erlangt, verbleibe er mit Wertschätzung, Punkt, Punkt, Punkt. Es folgte die übliche Grußformel.

Tags darauf erschien überraschend Ibia bei uns. Sie sei auf dem Salzmarkt gewesen und dachte, sie schaue einmal vorbei, um sich nach Rosina zu erkundigen. Rosina gesundete mit jedem Tag. Doktor Häberlin war erstaunt über ihre Fortschritte, er revidierte seine Aussage und halbierte die erwartete Genesungszeit von zwei Monaten auf einen, maximal anderthalb. Das brachte mir Licht ins Herz.

Es bleib nicht bei Ibias einem Besuch. Ganze drei Mal suchte sie uns auf. Anfangs freute ich mich über ihr Erscheinen. Ibia übte immer schon einen besonderen Reiz auf mich aus, doch ich war – im Gegensatz zu dieser unsäglichen Person Mechthild – ein standhafter Charakter, ich konnte widerstehen. Ich hatte eine Frau und Ibia einen Mann, den ich zudem schon lange Jahre kannte. Für Menschen aus gewissen Kreisen waren solche Konstellationen kein Hindernis, nicht nur das Habsburger Geschlecht war bekannt für seine unchristlichen Eskapaden, doch ein Holl tat so etwas nicht. Als gewissenhafter Protestant, der ich war, hatte ich Luthers Großen Katechismus nicht nur gelesen, sondern auch verinnerlicht – was nützten einem die Schriften, wenn ihre Botschaft keine Früchte trug? Rosinas Gesundheit war inzwischen schon so weit gediehen, dass sie längere Besuche am Krankenbett gestattete. Sie trank dabei so viel Tee, dass Edeltraut mehrmals die Bettschüssel leeren gehen musste.

Beim dritten Mal ihres Besuches, dem letzten Tag vor

der Präsentation, klopfte Ibia bei mir an die Ateliertür. Ich erschrak – ich war wohl über dem Plan zeichnend vor Erschöpfung auf dem Pergament eingeschlafen, obwohl es noch früh am Abend war – und fuhr hoch.

»Ja? Wer ist da?«

»Ibia. Darf ich eintreten?«

Ich war perplex. Was wollte sie bei mir in meinem Atelier? »Ja, einen Moment! Ich komme.«

Kurz klatschte ich mir gegen die müden Wangen, erhob mich und schritt zur Tür, die sich, gerade als ich den Knopf greifen wollte, von außen öffnete. Hatte ich nicht abgeschlossen? Natürlich nicht, das hatte ich noch nie, wenn ich arbeitete. Doch das war leichtsinnig, wurde mir just in dem Moment bewusst.

Zögernd trat Ibia ein und blieb vor mir stehen. Sie sah mich an und an mir vorbei; es schien, ihre Augen wussten nicht recht wohin. Suchte sie etwas?

»Ich soll Euch Grüße von Eurer lieben Frau Gemahlin ausrichten. Sie hofft, Euch heute Abend noch einmal zu sehen und mit Euch zu sprechen. Es geht ihr von Tag zu Tag besser, man kann es sehen.«

»Ja, ich bin sehr froh darüber.«

»Ihr habt sie wohl die ganzen Tage so wenig gesehen wie ich meinen Mann. Der ist von morgens bis abends entweder unterwegs oder im Atelier, malt sein Fresko und kümmert sich um das neue Rathaus. Und wie geht's bei Euch? Kommt Ihr voran?«

Jetzt verstand ich. Ibia sollte mich aushorchen. Darum das ganze Theater mit Krankenbesuch, wo sie sich doch sonst das ganze Jahr über nicht bei uns blicken ließ. Man traf sich zufällig auf dem Markt oder beim Essen, mehr war da nicht.

Mir schoss unwillkürlich die offene Ateliertür in den Kopf. Was, wenn mich der Schlaf so stark im Griff gehabt hätte, dass ich ihr Klopfen gar nicht bemerkt hätte? Wohl hatte Ibia mich um Einlass gebeten und die Erlaubnis von mir bekommen; wäre sie draußen geblieben, wenn sie nur ein Schnarchen gehört hätte? Nein, sie wäre eingetreten. Sie hätte sich an den Tisch geschlichen, um meinen Entwurf zu sehen. Gut, der neue wäre halbverdeckt von mir gewesen, aber den alten, der sich ja nicht merklich davon unterschied, den hätte sie in seiner ganzen Pracht begutachten können und Matthias in allen Einzelheiten schildern; ein paar Grundbegriffe würde er ihr schon zur Beschreibung beigebracht haben: Symmetrie, Proportionen, Anzahl der Fensterachsen, Fensterformen, Portal, Säulen, Dachformen. Das genügte für einen groben Einblick in meine Konzeption. In Zukunft musste ich vorsichtig sein. Ab heute würde die Tür immer verschlossen bleiben.

Mit einer schlendernden Bewegung – um die Entlarvung ihrer Schmierenkomödie zu kaschieren – nahm ich die alte Zeichnung und deckte mit deren nackter Rückseite den neuen Entwurf ab.

»Ich bin mit meinem Entwurf längst fertig. Vor drei Tagen habe ich den letzten Strich gezogen. Ich glaube, es ist ein sehr schöner Entwurf geworden.«

»Ja? Oh, das glaube ich auch. Ihr habt Euch bestimmt etwas ganz Schönes einfallen lassen, oder?«

»Wie läuft es bei Matthias?«

»Oh, ich weiß gar nicht so recht. Ich glaube, er nützt die Zeit bis zum Schluss. Er meint, sie sei knapp bemessen für einen guten Entwurf, aber manchmal könne Zeitnot auch inspirierend sein.«

»Habt Ihr seinen Entwurf gesehen?«

»Seinen Entwurf … oh, … Nein, eigentlich nicht … Ich verstehe eh nichts davon.«

Wir tauschten noch ein paar belanglose Sätzchen aus. Ich vermied es, sie dabei allzu oft anzusehen, so schaffte ich es, mich nicht auch nur einen Hauch von ihrer welschen Schönheit ablenken zu lassen und womöglich weich zu werden. Mein Gähnen unterdrückend geleitete ich sie aus dem Atelier über den Hof zur Straße.

»Grüßt mir Matthias. Wir werden uns ja morgen früh im Rathaus sehen!«

Als sie gegangen war, machte ich mich daran, die Zeichnung zu vollenden. Ich hatte einen Entwurf ausgesucht, den ich bereits 1610 angefertigt hatte und als ›Palastfassadenentwurf‹ bezeichnete – das hatte mit der Fassadengliederung der römischen Palastbauten zu tun. Dieser Entwurf kam meiner ersten Idee der Synthese nahe, denn tatsächlich hatte ich mich schon damals im Kombinieren diverser Architekturmuster und Bauformen versucht. Beim Palastfassadenentwurf kombinierte ich die Architektur des städtischen Leihhauses am alten Einlass mit der meines damaligen Umbauentwurfs, bei dem ich dem alten Rathaus lediglich eine neue Giebelfassade vorgeblendet hatte.

Um kurz vor Mitternacht war die Arbeit unter Aufbietung höchster Konzentration auf die exakte Ausführung vollendet – ich hatte die Feder nach jeder dritten Linie, die ich zog, neu angespitzt, damit der Strich über die ganze Länge die gleiche Stärke aufwies; ebenso wischte ich immer wieder das Lineal ab, damit sich keine Tintenpigmente an der Anlegekante festsetzen konnten. Letztlich blies ich über das fertige Pergament eine hauchfeine Talkumschicht, um den Entwurf zu konservieren.

Die Zeichnung betörte geradezu durch ihre Brillanz und Akkuratesse. Jeder noch so winzige Strich saß perfekt. Eine Schraffur glich der anderen. Es war eine vortreffliche Neufassung des alten Entwurfs. Ein Meisterwerk. Matthias konnte das unmöglich übertreffen. Er hatte nicht das Zeug dazu. Meine Konzeption bestach durch absolute Symmetrie und Ausgewogenheit. Jedwede architektonische Verspieltheit, wie ich sie mir noch beim Zeughaus und der Metzg von Heintz hatte aufschwatzen lassen, war eliminiert.

Noch eine gute Weile saß ich im Kerzenschein und labte mich an diesem herausragenden Entwurf, an dieser Reinheit der Komposition und der Kraft der akkuraten grafischen Präsenz. Diese Zeichnung war nicht nur ein Entwurf, sondern eine *Symphonie* für jeden, der die Harmonielehre beherrschte.

Ich signierte dieses mein Glanzstück und schrieb das Datum *27. März 1614* darunter. Morgen würde ich mir damit die Bewunderung des Rates einholen, und Matthias würde sehen, wo er mit seinem – wohl eher kläglichen – Entwurf bliebe. Um ein Uhr trat ich an Rosinas Bett. Sie schlief. Ich küsste sie auf die Stirn und versprach ihr im Flüsterton, mich morgen Abend eine ganze Stunde an ihr Bett zu setzen. Ich würde nur Zeit für sie haben. Das Atelier musste solange auf mich warten.

6

Die Ratsglocke schlug halb neun. Matthias war dreißig Minuten zu spät. Er hastete die Treppen zum Sitzungssaal hinauf, der Entwurfsköcher, quer über der Schulter, schlenkerte hin und her. Vor der Tür blieb er stehen, um sich zu beruhigen und zu sammeln, vor allem aber, um sich zu vergegenwärtigen: Er war ein Künstler! Eine Persönlichkeit, die in der nächsten Stunde einen epochalen Entwurf darböte, der alle in Staunen versetzte und ihm den Zuschlag brächte. Da konnte er nicht einfach hineinpoltern, atemlos und rotbackig wie ein grüner Junge. Es war ohnehin schon ein kapitaler Lapsus, bei einer Sitzung des Kleinen Rates unpünktlich zu sein – ein, zwei Minütchen gingen vielleicht noch an, doch eine halbe Stunde? Das war kaum mehr zu entschuldigen, es sei denn er hatte einen Grund, einen triftigen Grund. Er spürte seinen Herzschlag bis in den Kiefer, ein zart hämmerndes Pochen wie ein ständiges Fingerschnippen gegen den Knochen. Das Rennen von Georgs Werkstatt im Ulrichsviertel bis zum Rathaus hatte ihn außer Atem gebracht; die Treppen zum Sitzungssaal taten den Rest.

Atem und Puls halbwegs erholt, klopfte er an mit schwitzenden Fingern. Ein herrisches »Herein!« schallte nach draußen. Es kam von Remboldt, Matthias erkannte seine Stimme durch die Tür. Er trat ein. Ein kurzer Blick in die Runde zeigte Beliebigkeit und Wiederholung; die Szenerie war bis auf Elias, der, Zeigestock in der Hand, vor einer Staffelei mit der Visierung seines Entwurfs stand, die gleiche wie vor zwei Wochen: Die Stadtpfleger Hans Jakob Remboldt und Marx Welser mit pelzbesetztem Talar, Amtskette und Mühlsteinkragen an der Stirnseite des großen Tisches, daneben die Geheimräte Walter, Peuttinger, Rehlinger, David Welser und Hans Fugger der Jüngere, weniger pompös ausstaffiert. Letztlich die Ädilen Imhoff, Paller und Bartholomäus Welser alle in schwarz mit weißem Kragen wie auch Elias. Einzig Matthias fiel aus der Reihe mit einem dunkelblauen Samtwams. Anton Garb war nicht zugegen, und diesmal schien auch die Sonne nicht durch die Ostfenster; es war diesig.

Auf Matthias' Zuspätkommen hin folgte das Übliche in chronologischer Reihenfolge: Erstens erstaunte, mehr aber strafende Blicke der Anwesenden bei seinem Eintreten; zweitens ein maßregelnder Kommentar des ersten Vorsitzenden Remboldt über die Unverschämtheit, sich zu einer so wichtigen Sitzung, bei der er schließlich einer der beiden Hauptfiguren sei, dermaßen zu verspäten; drittens ein Beschwichtigen des zweiten Vorsitzenden Marx Welser, nachdem sich der Missetäter entschuldigt hatte – man freue sich, dass er doch noch gekommen sei, besser spät als gar nicht; es hätte ihm ja auch etwas zugestoßen sein können. Die zwingend notwendige Erkundigung nach den Hintergründen der Verspätung wolle man aufschieben. Es habe Zeit, bis er an der Reihe sei. Nun aber solle Holl mit seiner Präsentation fortfahren; man hoffe, er sei durch diese Despektierlichkeit nicht zu sehr aus dem Konzept gerissen worden.

Remboldt fragte Elias, ob er willens sei, für den Verspäteten – Remboldt sagte tatsächlich ›Verspäteten‹, statt Matthias beim Namen zu nennen – eine kurze Zusammenfassung des bereits Gesagten zu seinem Entwurf zu geben. Elias nickte gönnerhaft. Er stellte seine Schöpfung als ›Palastfassadenentwurf‹ vor, in Anlehnung an die Fassaden der welschen Paläste, was Matthias ohnehin beim ersten Blick erkannt hatte; es hätte dahin gehend keiner weiteren Belehrung für ihn bedurft. Aber einerlei, Elias sollte sich an seinem Auftritt gütlich tun, der würde ohnehin ins Nichts abdriften und der Vergessenheit anheimfallen, wenn Matthias mit seinem genialen Kunstwerk erst auf- und dann Elias übertrumpfte – zu ärgerlich, dass Georg es wider sein Versprechen nicht geschafft hatte, den Auftrag rechtzeitig zu vollenden. Als Matthias um zehn vor acht bei ihm in die Werkstatt gehetzt kam, um ihn abzuholen, hatte es geheißen: »Nur noch fünf Minuten«, was in Anbetracht dessen, dass Matthias sich auch schon verspätet hatte – er musste einen recht stürmischen Geschlechtsakt, unerwartet von Ibia auf dem Küchentisch gefordert, zu Ende bringen –, zwangsläufig eine weitere Verspätung zur Sitzung nach sich zöge. Als aus den angekündigten fünf Minuten zehn, fünfzehn, zwanzig, … geworden waren, konnte Matthias nicht mehr länger warten. »Ich muss jetzt wirklich los, verdammt! Bringt es mir unverzüglich ins Rathaus, wenn es fertig ist!«, hatte Matthias ihn aufgefordert und war aus der Werkstatt gerannt.

Elias fuhr zum besseren Verständnis seiner Ausführungen mit dem Zeigestock die Horizontalen und Vertikalen des Baus ab, umkreiste Konstruktionsmerkmale und tippte pointiert auf Details. Das war gängige Schulpraxis; nur wie er das tat, widerte Matthias geradezu an. Elias war Maurer … Hier gab er sich als höfischer Tanzmeister, wie beschämend.

»Mein Augenmerk bei diesem Entwurf galt der majestätischen Hervorhebung von Symmetrie und Geradlinigkeit. Reduktion auf das Wesentliche. Kein unnötiger Zierrat! Keine Pompöserei wider alle Maßen! Stattdessen Nuancierung durch wenige ausgesuchte Schmuckelemente. Der wahre Edelsinn in seiner reinsten Form!«

Oh? Zu den Rüschenbewegungen mit dem Stöckchen drehte der Tanzmeister jetzt noch pathetische Pirouetten. Meine Güte, wo sollte das hinführen? Elias versuchte sich in einstudierten Kunstphrasen. Matthias wusste schon, woher Elias sie hatte – von Henisch, Höschel und Marx Welser; alle drei Gelehrte aus hohen Kreisen, mit denen ab und an verkehren zu dürfen er sich glücklich schätzte, wohl nur in klaren, nicht von Wunschvorstellung getrübten Momenten gewahr, dass er einer der ihren niemals würde sein können, so sehr er sich auch mühte. Es war nicht so, dass Matthias nicht auch imstande war, sich solch elaborierter Ausdrucksformen zu bedienen, schon Heintz hatte sie ihn gelehrt, und früher noch Candid und Rottenhammer; sie wussten, um sich am Hofe Gehör zu verschaffen, bedurfte es außer dem meisterhaften Umgang mit Farbe und Pinsel auch der entsprechenden Worte. Sprache war Kunst. Malerei war Kunst. Da war es doch ein unumgängliches Muss, die beiden Künste zu vereinen, wollte man als bürgerlicher Wurm von niederer Herkunft sich in den schlammigen Dünkelmorast der Edlen hineinwühlen. Doch dies hatte mit Bedacht und wahrer Souveränität zu geschehen, mit Verstand und gesetztem Kalkül. Ein paar hingespuckte Drechselphrasen mochten ihr Ziel nicht nur verfehlen, sondern es umkehren – statt Respekt zu erheischen, erntete man Spott, sofern der Spötter in der Lage war, die verschrobene Komik des Blamablen zu erkennen. Mit so einer hatten wir es hier zu tun: Ein Maurer mimte den Gelehrten und beschwuchtelte mit einem schmächtigen Stöckchen seine Visierung hinauf und hinunter, als handele es sich um eine königliche Jungfrau, während der Stadtpfleger, der Höchste im Kreise der Erlauchten, im andächtigen Geschau zerging. Gute Güte, wenn Remboldt jetzt noch die Tränen die altrosa Herrenbäckchen hinabrönnen, wäre die Holl'sche Groteske ›Kleines Kunstwerk ganz groß‹ perfekt.

Zweifellos war in diesem Theaterstück Matthias der Spötter, doch er konnte nicht anders – Elias forderte ihn geradezu heraus, den zeigestockschwingenden Oberlehrer mit scharfen, ja schärfsten Sinnen zu demaskieren, sein Possenspiel mit spitzen Worten als solches zu entlarven. Freilich tat er das nur im Stillen und nur für sich, all die anderen hier im Raume sollten es aus eigenen Stücken merken, was für einem Hochstapler sie aufsäßen. Matthias würde dieser schmierenkomödiantischen Szenerie ein Ende bereiten – wenn nur Georg endlich käme –, er würde dem Rat Handfestes liefern und seine Rechnung würde damit aufgehen, denn er hatte, als er erfuhr, dass neue Rathaus zu entwerfen, von Anfang an geplant, den Stiefel umzudrehen. *Er* würde das präsentieren, was man im Grunde von *Elias* erwarten durfte, dieser aber nicht tun würde, weil dies, wie er Matthias einmal anvertraut hatte, die Spannung vorwegnähme und das Erstaunen der Betrachter dezimiere, wenn das Projekt von der Zweidimensionalität des Papiers in die Dreidimensionalität der Steine erhoben war. Elias war der Mann des Dreidimensionalen, während Matthias ›nur‹ die Zweidimensionalität beherrschte. Aus diesem Grunde brauchte er Georg.

»Sehr welsch, Meister Holl, aber es hat was.«

»Ja, klare Linien, man könnte es als Symbol der Augsburger Stadtpolitik deuten.«

»Ein sehr schönes Bauwerk. Es strahlt Erhabenheit aus.«

Elias genoss, weiter das Stöckchen schwingend und kreisend, sichtlich das Lob, wenngleich es nur Phrasen waren, die da einzelne aus dem Rat von sich gaben.

»Außer dem von dorischen Säulen gestützten Balkon am Eingangsportal, finden sich nur Eckrustika und Schmuckfriese mit ionischen Pilastern im Obermezzanin.«

»Was ist mit den Fenstern?«

»Vierzehn Achsen an der Zahl. Ich habe die Gesamtlänge des neuen Baus gegenüber dem alten um ein minimales Maß von sechs Schuh erweitert, hundertfünfzig statt hundertvierundvierzig, das bringt mir mehr Ausgewogenheit zwischen den Achsen. Die Fenster schließen nach oben abwechselnd mit Dreiecks- und Stichbogengiebeln ab.«

»Und das Dach? Ein Walm, wie ich sehe.«

»Korrekt. Der Bau selbst soll keine Giebel aufweisen, deshalb habe ich als Dachform das Walmdach gewählt, mit einer gefälligen Dachneigung von siebenundvierzig Grad im Profil.«

Es folgten ein paar belanglose Fragen, die Elias mit kurzen Sätzen abtat. Sein Auftreten war im Gegensatz zum letzten Treffen durchweg von einem Übermaß an Erhabenheit geprägt – er schien tatsächlich dem Irrglauben anhängig, sein Entwurf sei der größte aller Zeiten. Doch er war alles andere als das. Er war gut, ja das war er, nicht mehr und nicht weniger; ein *guter* Entwurf, ebenmäßig und geradlinig. Man sah, dass sein Schöpfer sich Gedanken gemacht hatte und sich auf die Architektenkunst verstand. Er war ausgewogen in den Proportionen und entbehrte nicht einer gewissen Dominanz. Ein fast schmuckloser Bau in welscher Manier. Obendrein hatte Elias eine qualitativ hochwertige Zeichnung abgeliefert – das gestand Matthias ihm unumwunden zu –, wie er sie in dieser Güte noch nie zuwege gebracht hatte.

Es dauerte eine Weile, bis Matthias es mit Schrecken aufging, dass Elias' Entwurf seinem nicht unähnlich war; was bedeutete, dass der seinige auch nicht mehr war als nur gut. Doch die Kager'sche Schöpfung, vor allem ihre Präsentation, hatte einen großen Vorteil gegenüber der Holl'schen, wie sich noch herausstellen würde.

Elias' souveräne Präsenz änderte sich unverhofft durch nur eine einzige Frage, die ihm der Ädile Paller stellte:

»Die Fassade haben wir jetzt ausgiebig in Augenschein genommen, Meister Holl, jetzt möchten wir den Grundriss sehen. Was habt Ihr Euch ausgedacht?«

»Den Grundriss?«

»Ein jeder Entwurf als Gesamtkonzeption besteht immer aus Fassade und Grundriss.«

»Natürlich! Es sollte an mir sein, Euch darüber zu

belehren, werter Paller, und nicht umgekehrt! Hier und heute liegt der Fall aber entschieden anders. Der Grundriss war nicht gefragt. Es ging nur um die Fassade.«

»Wer hat das behauptet?«, warf Remboldt ein. »Davon ist nie die Rede gewesen.«

Elias schoss die Röte ins Gesicht. Matthias hatte dies in all den Jahren nur ein einziges Mal bei ihm erlebt: als er in Venedig von Celina, der Herbergstochter des Fondaco dei Tedeschi, angeredet wurde. Elias hatte es tatsächlich versäumt, zur ersten Präsentation einen Grundriss zu entwerfen. Unglaublich. Wie konnte er so fehlen? Es konnte nur wegen Rosina gewesen sein, ihre Krankheit hatte ihn so in Beschlag genommen. Aber war das eine Entschuldigung? Es war nicht an ihm, jetzt darüber zu richten, er wartete ungeduldig auf Georg. Wo blieb der Kerl? Wenn er nicht erschiene, wäre der ganze Effekt beim Teufel; Matthias wäre gezwungen, seine Präsentation mit den gleichen Mitteln wie Elias zu bestreiten, Fassade *und* Grundriss steckten im Köcher. Doch er hatte mehr im Sinn als eine Präsentation mit Stöckchen und Staffelei.

Remboldt rieb sich das Kinn. Elias versuchte sich herauszureden. Er meinte, er habe damals sehr gute Grundrissvorschläge gemacht, als darüber diskutiert wurde, das Rathaus nur um- und nicht neu zu bauen. Diese gelte es erneut zu prüfen und gegebenenfalls zu ändern. Das sei jetzt aber belanglos, hier und nun stünde doch nur das Sichtbare an, eben die Fassade.

»Der Grundriss ist zweitrangig. Den liefere ich Euch morgen hinterher, wenn nötig.«

»Erstens«, entgegnete Remboldt, »halte ich ihn nicht für zweitrangig und zweitens tagt der Rat morgen nicht!«

Marx Welser, in seiner aussöhnenden Art, glättete die angeraute Situation: »Meine Herren Räte, ich denke, wir können momentan der Einnahme eines tatsächlichen Augenscheines entbehren. Die vorzügliche Visierung, die uns Meister Holl eben präsentierte, mag uns Entschädigung sein. Meister Holl, es genügt, wenn Ihr im Groben beschreibt, was Euch hinsichtlich des Grundrisses vorschwebt, damit wir uns ein Bild machen können.«

»Das will ich gerne tun. Es ist in wenigen Worten gesagt.«

Elias sprach davon, dass die neue Bemessung, was die Außenmaße betreffe, wesentlich der alten angeglichen werden müsse, es handele sich dabei um einen rechteckigen Grundriss von hundertfünfzig zu hundertdreißig Schuh. Andere Maße seien wegen der umliegenden Häuser und wegen der Hangkante zum Osten hin nicht möglich. Die Innenaufteilung müsse man, was Administration und Verwaltung anginge, gänzlich neu konzipieren. Er schlage, wie er es auch schon vor Jahren getan habe, eine symmetrische Innenaufteilung vor. Zentrum müsse eine großzügige, von Kreuzbogen durchzogene Wandelhalle sein, von der aus rechts und links ausladende Treppenhäuser abgingen. Die Architektur seines Entwurfes zeige ganz deutlich …

Es klopfte. Endlich. Remboldt reagierte nicht. Elias verstummte. Es klopfte ein zweites Mal. Remboldt reagierte immer noch nicht, ganz vertieft in Elias' Vortrag.

»Werter Rat!«, erlaubte sich Matthias in die abwartende

Stille einzuwerfen, »das ist der Grund für meine Verspätung! Darf ich …?«

Marx Welser gab ihm nickend die Erlaubnis zu öffnen. Matthias erhob sich und eilte zur Tür. Georg. Endlich! Er brachte das Modell herein und postierte es auf Garbs leergeblieben Platz am Tisch.

»Werter Rat: Mein Entwurf!«

Matthias bedankte sich nickend bei Georg und bedeutete ihm, den Saal zu verlassen. Er hatte fürs erste seine Arbeit getan, der Rest oblag ihm. Erstaunte Gesichter durch die Bank, noch erstaunter als bei seinem Zuspätkommen. Dieses Mal genoss er es.

»Ich nenne es das ›Venezianische Modell‹.«

Elias stand wie versteinert. Peuttinger, David Welser und Hans Fugger der Jüngere erhoben sich und strebten auf das Modell zu. Es folgten Rehlinger, Paller, Imhof und Bartholomäus Welser. Remboldt, Marx Welser und Elias ließen am längsten auf sich warten, konnten aber letztlich doch nicht umhin, es zu begutachten.

Elias und Matthias hatten die gleiche Idee gehabt. Wenn eine Loggia auf dem Perlachplatz nicht akzeptiert wurde, so sollte das neue Augsburger Rathaus einem Palast ähneln, wie sie im Welschland üblich waren. Matthias jedoch hatte im Gegensatz zu Elias keinen rechteckigen Grundriss gewählt, sondern einen – und das war das ganz Besondere – hufeisenförmigen. Dass ihn Ibia auf diese kolossale Idee gebracht hatte, ließ er außen vor; hier war nicht der Ort, um von sich abzulenken und gar noch Weibsleute mit ins Spiel zu bringen. Matthias’ Grundriss bestand aus drei Flügeln – einem Mitteltrakt und zwei rechtwinklig dazu angeordneten Seitenflügeln. Sie bildeten einen offenen, nach Osten gerichteten Hof. Die Fenster hatte Matthias mit weißer Farbe frei Hand auf das Modell gemalt – Georg wäre nicht zum heutigen Tag fertig geworden, wenn er sie alle hätte aussägen müssen. Matthias hatte sich bei seinem Entwurf zu einem Teil an den Visierungen orientiert, die er bis jetzt für Elias angefertigt hatte. Durch diese Arbeiten und die vielen Gespräche darüber hatte er Einblick bekommen, welche Kriterien zur Konstruktion von welschen Bauten galten; Joseph Heintz und Elias hatten ihm dahin gehend sehr viel beigebracht, wobei es für Matthias dabei stets den Anschein gehabt hatte, es war Elias eher daran gelegen, im Dozieren seines Wissens zu glänzen, als ihn zu lehren. Weder Elias noch Matthias konnten damals ahnen, dass die Architekturunterweisungen sich einmal nachteilig für den Stadtwerkmeister auswirken könnten, möglicherweise ihn sogar zu Fall bringen.

Matthias' Fassade wies im Gegensatz zu Elias' Entwurf noch eine Besonderheit auf: Er hatte nicht nur rechteckige Fenster konzipiert, sondern die fünf Fenster für das Saalgeschoss im Mitteltrakt mit durch Okuli* zusammengefasste Biforen** gestaltet. Das verlieh der Westfassade einen feierlichen Glanz, was nur in Remboldts Sinne sein konnte.

Die Männerschar stand um das Modell herum, reihum kopfnickend, die Lippen in Anerkennung verzogen.

»Das Dach fehlt, Meister Kager. Was ist damit?«, fragte ihn Hans Fugger.

---

* Okulus, lat. ›Ochsenauge‹, kreisrundes oder ovales Fenster

** Zwillingsrundbogenfenster

»Es versteht sich von selbst, dass dieses Konzept nur flache Walmdächer krönen können. Ich habe für Euch mein Modell absichtlich ohne Bedachung konzipiert, so könnt Ihr einen Blick ins Innere werfen und seht den Grundriss plastisch.«

In Wahrheit war ein Dach zum Abnehmen angedacht gewesen, doch Georg war dessen Herstellung zeitlich nicht mehr Herr geworden.

»Ihr seid ein Fuchs, Kager. Wer hätte das gedacht?«

»Wie Ihr seht, habe ich alle Räume genau spiegelsymmetrisch angeordnet. Im Mitteltrakt positionierte ich das Saalgeschoss, in den Seitenflügeln die Treppenhäuser und die Amtsräume.«

»Alle Achtung, Kager! Das übertrifft meine Erwartungen!«

»Ja, Kager, Ihr seid wahrlich ein Meister!«

»Ein Modell! Sehr klug, dann kann man alles gleich sehen und braucht sich nicht mühen, es sich vorzustellen!«

Matthias ordnete das einhellige Lob keinen bestimmten Personen zu, er sah weder auf ihre Münder – selbst vertieft im Bestaunen des Modells – noch hörte er auf die Stimmen, allein der Wortlaut war ihm warmer Balsam. Er vernahm durchweg Anerkennung.

Durchweg? Nein, einer in der Runde blieb stumm: Elias. Der gab sich erstaunlich gefasst, so als berühre es ihn gar nicht, von Matthias wie ein blutiger Anfänger ausgestochen worden zu sein. Schließlich kam doch eine Frage von ihm.

»Was für einen Maßstab hast Du bei dem Modell angelegt, Matthias?«

»Eins zu sechzig.«

»Hast du den Riss auch dazu?«

»Aber natürlich …!«

›…, denn ich heiße ja nicht Holl‹, war Matthias als spöttische Antwort in den Sinn gekommen, aber er war klug genug, seinen Zynismus im Zaum zu halten. Er wollte die Situation nicht unnötig verschärfen – er spürte Elias' gewaltige Anspannung, auch wenn der sich ruhig gab. Matthias wusste, es war nur eine scheinbare Ruhe, ähnlich der Konzentration eines Raubtiers, das regungslos ausharrt, bis es sich seines Opfers mit Haut und Haaren bemächtigt.

Matthias zog den Grundriss aus dem Köcher und reichte ihn Elias. Der breitete ihn auf dem Tisch aus, während die anderen noch immer im Bann des Modells standen. Matthias beobachtete seinen Konkurrenten aus den Augenwinkeln. Elias Mine zeigte keine Regung, er war gefasst wie nie. Matthias traute ihm nach wie vor nicht. Das war reine Schauspielerei, eine mimische Verkleidung. Während Elias nach der ersten Ratssitzung beim anschließenden Gespräch über Rosina seine wahren Gefühle gezeigt hatte, zwängte er hier die ganze Kraft seiner Emotionen in eine Rüstung. Matthias kannte ihn seit vierzehn Jahren; sie hatten sich seinerzeit in Venedig kennengelernt. Beide waren im Fondaco dei Tedeschi, dem großen Handelshaus der Alemannen am Canal Grande, untergekommen; das Haus diente nicht nur dem Handel, es hielt auch Zimmer für die Kaufleute bereit. Dort hatte er Elias als einen zielstrebigen, jungen Maurermeister erlebt, der stundenlang friedvoll im Studium der Bauten vertieft sein, aber auch streiten und schimpfen konnte, ja sogar handgreiflich werden.

»Die Bemaßung fehlt auf deinem Plan.«

»Oh, habe ich sie nicht ...?«

»Grundrisse sind keine Visierungen, mein lieber Matthias. Längen, Breiten, Höhen gehören dazugeschrieben, sonst muss man alles rausmessen und umrechnen. Eins zu sechzig, sagtest du?«

Matthias nickte.

Elias holte seinen Zollstock aus dem Köcher und maß im Grundriss nach. »Dein Modell misst achtunddreißig Zoll in der Länge und achtundzwanzig Zoll in der Breite. Das heißt, dein Westflügel ist umgerechnet hundertdreiundneunzig Schuh lang und Deine Seitenflügel kragen mit hundertzweiundvierzig Schuh in den Osten.«

»Stattliche Maße, ich weiß. Wir wollten doch etwas Imposantes. Das ist imposant!«

»Das ist nicht imposant. Das ist stümperhaft!«

Das allgemeine Erstaunen ging in Empörung über.

»Holl!« Remboldt schlug an. »Wie könnt Ihr ...?«

»Werte Herren, es tut mir leid, wenn ich die allseitige Euphorie über diesen Durchschnittsentwurf zerstören muss. Diese Konstruktion ist absoluter Humbug! Mit diesen Ausmaßen ragte der Bau nicht nur in den Fischmarkt hinein, sondern noch darüber, und keine drei Klafter* Platz ließe er zur Kirche Sankt Peter. Die Ostflügel überkragen die Hangkante so weit, dass der Hof und die Seitenflügel, um überhaupt existieren zu können, mit einem gewaltigen Balken- und Steinwerk untermau-

* 1 bayrisches Klafter = 1,75m

ert werden müssten, sonst hingen sie quasi in der Luft. Das ›Venezianische Modell‹, wie es unser werter Meister Kager nennt, ist eine technische Fehlkonstruktion! Und glaubt nicht, das sage einer aus Neid, weil dessen Konkurrent mit einer bemalten Holzkiste ankommt, statt wie Usus, einer Visierung. So ist es gewiss nicht, meine Herren. Das sagt einer, der es wie kein zweiter hier im Raum versteht und wissen muss! Und überdies: Den Mitteltrakt mit durch Ochsenaugen zusammengefügte Zwillingsfenster zu schmücken, mutet eher einem gallischen Sakralbau an als einem imposanten Ausdruck des Weltlichen.«

Erste Stimmen erhoben sich dagegen. Matthias blieb stumm. Er durfte jetzt keinen Fehler machen – ein falsches Wort und er wäre entlarvt. Matthias hatte nicht nur den Grundriss mit den zu großen Maßen, sondern auch die Fassadengestaltung einer einzigen von Elias' ungezählten, damals verworfenen Skizzen übernommen; minutiös abgezeichnet hatte er Fassade und Grundriss, und bei diesem lediglich die Ostseite fehlen gelassen, was den offenen Hof ergab. Es war eine Skizze von 1607, entstanden im Zuge der Gegenentwürfe zur Loggia, die Elias aussortiert hatte. Maria, Elias' erste Frau, hatte er damals planvoll bezirzt und dazu gebracht, sie für ihn heimlich aus dem Stapel zu ziehen, bevor dieser wie die anderen durch Elias' Hand den Flammen zum Opfer fiel. Seinerzeit war Matthias mit diesem verschwörerischen Akt einem Gefühl gefolgt, dass ihm gesagt hatte, er werde diese Skizzen noch einmal für sich gebrauchen können.

»Wollt Ihr Euch nicht dazu äußern, Meister Kager?«, fragte ihn Remboldt.

»Es ist möglich, dass ich mich verrechnet habe. Aber es ist ein Einfaches, ein paar Räume wegfallen zu lassen, bis die Maße auf ein Gangbares ›geschrumpft‹ sind.«

»Verrechnet? Blödsinn! Das beweist die Ahnungslosigkeit Kagers. Ich frage mich, ob *er* überhaupt dieses Venezianische Modell konstruiert hat. Ihr könnt nicht einfach ein paar Zimmerchen ›abschneiden‹, dann stimmt doch die Gesamtkonzeption nicht mehr, alle Proportionen gehen von den Endmaßen aus.«

»Ich lasse mir von dir nicht unterstellen, ich könne nicht entwerfen, Elias! Das nimmst du auf der Stelle zurück!«

»Beweise das Gegenteil!«

»Das habe ich schon lange bewiesen! Jeder hier im Raum weiß, dass ich bei den Entwürfen des Siegel- und des Zeughauses, bei der Metzg und beim Neuen Bau mitgewirkt habe!«

»›Mitgewirkt‹, wohlgemerkt! Du hast die Fassadenveduten gezeichnet, aber du hast sie nicht entworfen! Das ist etwas anderes!«

»Meine Herren!«, ging Marx Welser dazwischen. »Hier ist nicht der Ort zum Streiten. Macht das unter Euch aus! Wir werden die beiden Bauten jetzt sachlich diskutieren, bei angemessenem Ton. Ich verbitte mir also jedwede emotionale Äußerung!«

Es folgte eine lange, fruchtlose Diskussion über die beiden Entwürfe, bis Remboldt sich eine Mittagspause ausbat. Der Rat werde nach einem Essen drüben in der

›Herrenstuben‹ wieder hier erscheinen, um sich zu beraten und letztlich zu einem Ergebnis zu gelangen.

Nach der Pause hieß der Rat Elias und Matthias vor dem Sitzungssaal warten.

Es verging eine gute Weile, in der Matthias und Elias schweigend auf dem Gang standen und zu den Fenstern hinaussahen oder auf einer Sitztruhe Platz genommen ins Leere starrten. Elias stand auf und ging zu Matthias.

»Entschuldige, dass ich Deinen Entwurf so angegriffen habe, aber ich hatte keine andere Wahl.«

»Entschuldigen? Da gibt's nichts zu entschuldigen! Du gönnst ihn mir nicht, das ist alles!«

»Das ist nicht wahr, verdammt! Sei doch nicht kindisch! Ich habe doch klar und deutlich bewiesen, dass dein Entwurf nicht funktioniert; zumindest nicht in dieser Form und nicht an diesem Platz.«

Das war der Schlüsselsatz; Elias hatte Recht. Matthias erinnerte sich daran, dass dieser Entwurf – den Elias tatsächlich vergessen oder verdrängt hatte –, vor allem dessen Ausmaße, nicht für dieselbe Stelle gedacht war, an der das jetzige Rathaus stand. Damals wurden verschiedene Orte für einen größeren Bau diskutiert, die alle abgelehnt wurden.

»Mein Entwurf mag zu groß sein, aber er ist etwas Besonderes! Allein mein offener Innenhof zum Osten hin, dort könnte man bei Sonnenaufgang unter freiem Himmel Empfänge geben. Das wäre geradezu königlich! Dein Palastfassadenentwurf dagegen ist herkömmlich, zwar von welscher Manier, aber trotzdem gewöhnlich.

Remboldt wollte etwas Imposantes, das ist dein Entwurf nicht!«

»Wir brauchen ein Rathaus, kein Königsschloss.«

»Wir brauchen ein außerordentliches Rathaus, kein alltägliches!«

Die Tür des Sitzungssaals öffnete sich. Der junge David Welser trat heraus.

»Meine Herren Architekten! Der Rat bittet Euch, der Sitzung wieder beizuwohnen, um das Resultat der Abstimmung zu vernehmen.«

Elias und Matthias traten ein und nahmen an ihren angestammten Sitzen Platz. Remboldt erhob sich und seine Stimme.

»Folgender Beschluss wurde vom Kleinen Rat gefasst und wird hiermit kundgegeben: Der Rat ist zu der Auffassung gekommen, dass keiner der beiden heute präsentierten Entwürfe angenommen wird. Sowohl technische Mängel, wie die falschen Maße, als auch gestalterische Schwächen führten zur Ablehn…«

»…gestalterische Schwächen? Was soll das heißen?«, warf Elias ein. »Mein Entwurf hat keine gestalterischen Schwächen, im Gegensatz zu Kagers!«

»RUHE! Bei einer Verlautbarung hat mir niemand ins Wort zu fallen! Widrigenfalls muss ich ein Bußgeld wegen Missachtung der Sitzungsordnung auferlegen! Zudem, wer sagt, dass wir Euch damit meinen?«

Elias schnaufte. So kannte ihn Matthias, unbeherrscht und rechthaberisch.

»Die Abgabefrist zur zweiten Runde der Entwurfseingabe wird verdoppelt. Der nächste Termin wird auf den Mittwoch der letzten Aprilwoche gelegt. Die heutige Sitzung hat zutage gefördert, dass eine einhellige Zusammenarbeit der beiden Architekten auszuschließen ist. Um einer Vorteilsnahme eines Konkurrenten vorzubeugen und in Anerkennung einer besseren Begutachtung durch den Kleinen Rat, wird hiermit angeordnet, dass künftig die Entwürfe von beiden Architekten nur noch als Modelle eingereicht werden. Die zusätzlichen Kosten für die Herstellung durch einen Kistler trägt das Baumeisteramt. Dieser Beschluss ist besiegelt und darf weder angefochten werden noch wird er einer externen Einflussnahme unterzogen.«

Remboldt verlas die Schlussformel mit Ort, Datum und Nennung aller Ratsmitglieder. Er schloss die Sitzung und die Prozedur vom letzten Mal wiederholte sich; die Räte schüttelten einander die Hand und gingen einzeln oder paarweise aus dem Raum. Es blieben nur mehr Matthias und Elias zurück. Der rollte seine Visierung ein und steckte sie zusammen mit Zeige- und Zollstock in seinen Köcher. Matthias tat das gleiche. Das Modell, hatte er dem Ratsdiener Bescheid gegeben, ließe er morgen abholen.

Während Elias sich anzog, sprach er zu Matthias: »Da haben wir uns wohl beide ein bisschen überschätzt, hm?«

»Wie man's nimmt. Du hast stark über die Stränge geschlagen, mein Freund, mit Deinen Anfeindungen. Warum so feindselig mir gegenüber? Neidisch?«

»Wo denkst du hin? Meine Mutter hat mir beigebracht: ›Pack schlägt sich, pack verträgt sich!‹ Das erlebe ich täglich mit meinen Kindern. Die klopfen und zanken sich ständig. Mit Neid hat das nichts zu tun, eher mit Recht bekommen und behalten. Ein gesundes Kräftemessen, mehr nicht.

»Ich habe nur ein Kind, und das ist erst ein halbes Jahr alt.«

»Dann wird's Zeit, dass Nachwuchs kommt.«

»Sind schon feste dabei. Wart's ab.«

Vor dem Rathaus verabschiedeten sie sich. Der Handschlag unterblieb.

»Der Bessere möge gewinnen, Elias. Hauptsache, das Unterfangen tut unserer Freundschaft keinen Abbruch.«

»Warum sollte es? Wir arbeiten über Jahre schon selbstständig an eigenen Projekten und ebenso an gemeinsamen. Jetzt ist die Zeit gekommen, wo die Zusammenarbeit ruhen muss und wir uns nur auf uns selbst zu konzentrieren haben.«

»Es gefällt mir, dass du dich darauf einlässt. Eine wahre Freundschaft kann halt nichts trüben.«

Elias antwortete darauf nicht direkt, er bewegte den Kopf, was Matthias nicht recht zu deuten wusste – war es ein bejahendes Nicken oder ein skeptisches Wiegen? Wenn es Letzteres war, galt dies der Botschaft allgemein oder traute er dem Botschafter nicht? Es schien, dass sich beide für einen bedächtigeren Kampf wappneten. Sich wie die Axt im Walde aufzuführen war nicht mehr geboten, das zeugte von kleingeistigem Gebaren und würde mit schlechten Beurteilungen vom Rat ungünstige Konsequenzen nach sich ziehen. Matthias hatte eine gute

Chance verspielt, doch er war heilfroh, dass Elias seinen Betrug nicht aufdecken konnte, wo dieser sich doch groß aufgemantelt hatte, er vergesse keinen seiner Entwürfe. Jetzt musste Matthias sich Gedanken machen, wie er Elias künftig die Stirn böte. Gänzlich aus sich selbst heraus eine komplette Konstruktion zu entwerfen – da hatte sein Konkurrent unstrittig Recht – dazu war er nicht in der Lage, ihm fehlte die Ausbildung dazu. Es war etwas anderes, mit ein paar architektonischen Vokabeln zu hantieren als die Sprache der Architektur zu beherrschen. Ein reiner Glücksfall war es, dass Matthias sich Elias' verworfener Skizze erinnerte; die Idee des Kopierens war aus dem Zwang geboren und mitnichten die schlechteste – wer weiß, wie der Kleine Rat entschieden hätte, wäre Matthias der große Lapsus mit den Maßen nicht passiert? Er musste sich etwas Neues einfallen lassen. Ein ganzer Monat stünde dafür aus. Gut zupass kam ihm, dass er sein Marienfresko endlich vollendet hatte; gestern Nacht war ihm der letzte Pinselstrich von der Hand gegangen. Das schaffte ihm Freiräume, die er für den Rathausentwurf dringend brauchte – Zeit im Überfluss hatte er nicht, im Gegenteil: Entwürfe für einen Orgelprospekt für Sankt Ulrich und Afra, Gemälde und Entwürfe für Kupferstiche für den Münchner Hof hatte er anzufertigen, ferner gab es eine Anfrage des Herzogs von Pommern nach Ansichten der Münchner Residenz. Zuletzt erwartete er die Erteilung diverser Aufträge des Erzbischofs von Salzburg.

Wenn es die Gelegenheit böte, würde er das Konkurrenzproblem morgen bei der Enthüllung seines Freskos zur Sprache bringen – sein guter Freund Rader war sehr einfallsreich und erfahren, wenn es galt, Widersachern mit Tücke zu begegnen.

7

»EIN WAHRES MEISTERSTÜCK, KAGER! Man meint, der große Raffael selbst hätte es dort auf die Wand gebracht!«

Rader trat nochmals ein Stück vom Fresko zurück und nippte am Wein.

»Was meint Ihr dazu, Doktor van Cron?«

»Ja, Eure Exzellenz, es ist vortrefflich! Ich sage Meister Kager eine große Zukunft voraus.«

Van Cron wandte sich zu Schoppe: »Was denkt Ihr darüber, Schoppe?«

Schoppe sagte bislang gar nichts. Der glotzte nur unaufhörlich mit Gieraugen auf das Gesäß von Ibia, die auf Matthias' Geheiß das Essen im Atelier statt in der Essküche anrichtete, weil er die Gäste nicht in seinem familiären Reich dulden mochte. Matthias, der aus dem Dreigespann nur Rader gut einordnen konnte, wusste nur vage, wen er zu sich ins Haus geholt hatte. Schoppe kannte er sehr oberflächlich von früher; der hitzige Gegenreformator hatte dereinst zwei Jahre bei Marx Welser gewohnt und im Jesuitenkollegium gelehrt. Danach hieß es, sei er zum Lehren ins Kloster Weingarten abberufen worden und von dort in alle Welt gereist. Van Cron hingegen war Matthias und allen anderen von den wenigen, die er in Augsburg fragen konnte, vollkommen unbekannt. Er schien mit seinen fünfundzwanzig noch recht jung und musste sich gegenüber den beiden anderen wohl noch die klerikalen Sporen verdienen.

»Erstens«, antwortete Schoppe auf van Crons Frage, »solltet Ihr auch außerhalb universitärer Kreise die Etikette einhalten und mich, wie es auch der hochgeschätzte Kollege Rader tut, ›Scioppius‹ nennen. Das ist das Mindeste was man im Umgang mit Gelehrten erwarten darf. Zweitens seid Ihr Doktor der Theologie. Fraglich, ob Ihr Euch auch in Kunstdingen versteht. Oder gar in der Prophetie? Ansonsten ist Euer Lob nur Schmeichelei. Ich bin der Ehrlichkeit größter Freund …«

»Ach was?«

»Ich gebe zu, von der Kunst nicht viel zu verstehen. Warum dann ein Urteil darüber abgeben? Wäre das nicht verwerflich?«

Verwerflich ist was anderes, du Großschwätzer, dachte Matthias und konnte wiederum kaum mehr *seine* Blicke von diesem Lüstling abwenden, der, obwohl er zu van Cron sprach, Ibia wie eine zur Schau gestellte Kirmesattraktion anglotzte. Es war eine schlechte Idee gewesen, Ibia in die Zusammenkunft zu involvieren. Matthias nahm sie beiseite und hieß sie, nachdem sie den letzten Topf aufgetischt habe und allen geschöpft, sich im Atelier nicht mehr blicken zu lassen und so lange fortzubleiben, bis alle gegangen wären. Rader könne ohnehin nur eine Stunde weilen, dann müsse er fort und nähme auch die anderen beiden mit.

»Ich sage so lange weiterhin Schoppe zu Euch, wie Ihr meinen Titel unterschlagt. Was für mich hinsichtlich Etikette gelten mag, tut es auch für Euch. Ihr sitzt einem Irrtum auf, wenn Ihr meint, Euer Altersvorsprung oder der Umstand, dass Ihr ein paar Bücher mehr als ich verfasst habt, machten das ›Scioppius‹ zwingend.«

Dass der juvenile van Cron Schoppe derart Paroli bot, imponierte Matthias und rief eine gewisse Sympathie für diesen jungen Gelehrten bei ihm hervor, wenngleich auch van Cron eine sonderbare Aura umgab. Mit seinen langen schwarzen Haaren ähnelte er stark dem Franzosenkönig*, den Matthias von Bildern her kannte, und sein Gehabe war übertrieben aristokratisch.

»›Ein paar Bücher …‹ Ich habe Dutzende Schriften verfasst, wohingegen Ihr mit nur einer einzigen aufwarten könnt.«

Rader trat zwischen den Disput und bat Schoppe mitzukommen, er wolle ihm am Tisch drüben beim Fenster ein paar Fragen zu seinem Manuskript stellen.

Als die beiden ein paar Klafter abseits standen, sprach van Cron zu Matthias: »Ich kann diesen verfluchten Schoppe nicht ausstehen! Und damit bin ich nicht allein. Wo er geht und steht, redet er einem drein und reizt einen bis aufs Blut. Bei meinem Unterricht in Dillingen hat er ständig versucht, mich vor den Magistern bloßzustellen.«

»Mit Erfolg?«

»Nicht immer. Er ist eine Koryphäe in Latein und Theologie, zudem rhetorisch ein Ass. Aber ich habe mich gut geschlagen. Man weiß, dass er ein notorischer Querulant ist. Einer, der es auf die Spitze treibt – und noch darüber. Was glaubt Ihr, woher der Schiefstand seiner Nase rührt und die Narbe auf der Stirn?«

Matthias hob unwissend die Schultern.

»Letztes Jahr haben sie ihn Madrid ordentlich durchgebläut. Man hörte, sie wollten ihn kaltmachen.«

---

* Ludwig XIII.

»Wer, ›sie‹?«

»Gefolgsleute von König Jacob. Frisch vom spanischen König Philipp und der Königin Margarethe zum Grafen von Clara Valle gemacht, haben sie ihm aufgelauert. Sie sollten ihm wegen seiner Schmähschriften einen unvergesslichen Denkzettel verpassen.«

»Schmähschriften? König Jacob?«

»Schoppe stand zeitweise als Consiliarius in Erzherzog Ferdinands Diensten. Vor fünf Jahren hatte der ihn mit einer Mission an den Papst zur Anbahnung eines ›Allgemeinen Unionswerkes von allen christlichen katholischen Potentaten‹ betraut. Schoppe saß in Rom der Kurie bei und unterstützte den Papst bei seinem Streit über den Treueeid, der seit einigen Jahren schon zwischen ihm und dem König des Englischen Reiches schwelte. Er schrieb für den Pontifex die Schmähschrift ›Ecclesiasticus auctoritati Jacobi Regis oppositus‹, in der er die Oberhoheit des Kirchenfürsten über alle weltlichen Fürsten proklamiert und damit auch die Könige durchweg als dessen untertänigste Knechte verhöhnt. König Jacob ließ das Buch verbrennen, Schoppe in einem Schauspiel verspotten und in effigie hinrichten.«

»Viel Feind, viel Ehr ...«

»Auch in Paris hatten sie sein Schmähwerk verboten, wegen der Beleidigungen Königs Henri quatre. Schoppe verfasste daraufhin neue Schmähschriften; diesmal ging er die Calvinisten Casaubon, du Plessis und Mornay an, die wiederum ihn angriffen.«

»Der ist ja nirgendwo mehr sicher.«

»Weil er überall Händel anfängt. Ich bin gespannt, wie lange er mit Rader gutsteht. Schoppe kriecht Rader bis zum Hals in den Arsch, weil Rader wiederum gut mit Herzog Maximilian kann. Doch Rader ist klug genug, das zu bemerken.«

»Und Ihr? Ich meine, wie kommt Ihr zu alldem? Ich habe nie etwas von Euch gehört.«

»Tatsächlich? Dann gestattet mir einen kurzen Abriss über mich: Mein Name ist Corvin Chrysostomus van Cron. Ich wurde am 17. November 1588 in Cron-Rotterdam in den Generalstaaten, Ihnen wohl geläufiger als die Vereinigten Niederlande, geboren. Ich habe 1605 meine Disputatio zum Doktor der Theologie an der Universiteit Groningen gemacht und 1607 meine Disputatio zum Doktor der Astronomie an der Universiteit Leiden; dazu habe ich die astronomische Schrift ›Exercitatio cosmologica‹ publiziert. Ich bin regelmäßig Gastdozent an den Universitäten zu Mainz und Paris, und weitere haben angefragt. Momentan doziere ich an der Theologischen Fakultät der Universität Dillingen und werde heute genau in zwölf Tagen eine Dozentur in Wien annehmen. Dort will ich meine zweite Schrift herausgeben, sie behandelt die Numerologie.«

»Zahlenmystik?«

»Ist Euch aufgefallen, dass sowohl Rader als auch Schoppes Wams die gleiche Anzahl Knöpfe zieren? Und habt Ihr schon mal gezählt, wie viele Bilder Euer Atelier schmücken?«

»Ich kann es Euch nicht sagen.«

»Aber ich. Es sind so viele wie meine Tage bis nach Wien oder die Knöpfe der einzelnen Wamse.«

»Tatsächlich? Hat das eine Bedeutung?«

»Aber natürlich! Doch darauf tiefer einzugehen ist jetzt nicht die Zeit. Ich sage Euch nur so viel: Lest im Buch der Weisheit, wo bei 11,20 geschrieben steht: ›Du aber hast alles nach Maß, Zahl und Gewicht geordnet.‹ Was uns *hier und heute* begegnet, hängt also mit der Zahl zwölf zusammen. Die Zahl 12 steht nicht nur für die zwölf Apostel oder die zwölf Tierkreiszeichen ... Morgen kann eine andere Zahl in unser Leben treten. Es sind immer nur die Zahlen, die uns gehäuft begegnen.«

»Das ist wirklich sehr beachtlich. Ihr seid ein wissender Mann. Aber meine Frage ist dennoch nicht beantwortet.«

»Wie ich zu Rader und Schoppe komme? Ganz einfach, sie hatten gemeinsam die Universität Dillingen besucht und waren dort auf mich aufmerksam geworden. Wir kämpfen alle drei für die gleiche Sache: Den *wahren* Glauben.

»Und wie kommt Ihr nach Dillingen?«

»Unter den Gelehrten ist es, nicht anders als bei Euch Künstlern, Usus zu reisen. Wir wollen doch alle unseren Horizont erweitern. Schon Aurelis Augustinus hatte gesagt: ›Die Welt ist ein Buch. Wer nie reist, sieht nur eine Seite davon.‹ Ich will so viel Seiten wie möglich sehen, versteht Ihr? Und zudem jene kennenlernen, die an ihnen geschrieben haben. In Dillingen lehrt Professor Adam Tanner Philosophie und Theologie. Er beschäftigte sich auch mit den Sonnenflecken und Kometen. Er ist gleich mir sowohl Gegner der Reformation als auch des Kopernikanischen Systems. Für mich ist es wichtig, Verbündete zu finden und Irrgläubige auf den rechten Pfad zu bringen. Dieser Mission sind ebenso Rader und auch der unleidige Schoppe verpflichtet, darum haben wir alle drei heute noch Unterredungen. Rader sucht später noch Heinrich von Knöringen, den Augsburger Bischof auf, Schoppe geht zu seinem alten Gönner Marx Welser, und ich treffe mich später noch mit Professor Hœschelius in der Bibliothek von Sankt Anna.«

»Die Bibliothek und der astronomische Beobachtungsturm werden dann wohl weniger im Mittelpunkt Eures Interesses stehen, als vielmehr derjenige, der ihnen vorsteht.«

»Selbstverständlich interessiert mich der Turm, schließlich bin ich ja auch Astronom. Wichtiger ist mir aber die Bibliothek. Tanner hat mir ganze drei Mal einen Vortrag über sie gehalten. Sie muss wirklich pompös sein und ihr Bestand riesig. Ich brenne darauf, sie zu sehen. Aber ich gebe auch zu, mein Augenmerk gilt den häretischen Werken – sie geben Aufschluss über den Bibliothekar, den ich dort treffen werde …«

»Höschel ist Protestant …«

»Richtig … und nicht nur das. Ihr seht also, Eure Madonnenenthüllung kann für uns nur eine kurze Station sein.«

Van Crons Worte wirkten ernüchternd bis enttäuschend. Matthias kam zur Erkenntnis, dass die Hoffnung auf Protektion doch eher seinem Wunschdenken entsprach als der Wirklichkeit. Hätte er im Voraus gewusst, dass der Begleitung Raders die Enthüllung seines Marienbildes eher unbedeutend war, hätte er die Verköstigung nicht so nobel ausfallen lassen, ja, er hätte die beiden gar nicht miteingeladen. Im Grunde ging es Matthias allein um die Meinung Raders, die er schon in der Münchner Zeit schätzen gelernt hatte. Hätte Rader das Fresko für schlecht befunden, wäre es keinem Hiesigen unter die Augen gekommen. Aber auch Rader war nicht allein des Freskos wegen gekommen. Er wolle etwas Wichtiges mit Matthias besprechen, hatte er ihn im Voraus wissen lassen. Es ginge um eine Schrift, die Matthias illustrieren sollte. Es handelte sich wohl um das Manuskript, das Rader immer noch drüben am Tisch mit Schoppe besprach. Rader hatte Matthias beim Begrüßungstrunk vor der Enthüllung Bescheid gegeben, er müsse mit dem Werk noch an die Theologische Fakultät der Universität zu Dillingen, Tanner, der dortige Rektor, sei ein guter Freund von ihm, und ebenso nach Landshut, Johann Graf von Aldringen besuchen, der dort einen neuen Stützpunkt der Katholischen Liga errichte. Durch eine Verschachtelung von Zufällen habe es sich ergeben, dass Scioppius und Doktor van Cron sich miteinflochten. Beide seien nur auf der Durchreise und wollten die Gelegenheit nutzen, um Kontakte zu pflegen, beziehungsweise neue zu knüpfen.

Matthias sah, wie Rader das Manuskript wieder in seine Tasche steckte und seine Hand auf die Schulter Schoppes legte; es schien ihm eine Dankesgeste zu sein. Daraufhin strebte er auf Matthias zu und ließ Schoppe stehen, der erneut das Fresko mit etwas mehr Interesse besah.

»Kager, wollt Ihr mich kurz nach draußen begleiten?«

Rader wies mit einer Kopfbewegung zur Tür. Sie verließen den Raum.

»In Eurem Atelier ist es unerträglich warm. Ihr habt

doch nichts dagegen, wenn wir uns hier draußen ein wenig abkühlen?«

»Meine Frau riet mir kräftig einzuheizen, sie sagt immer ›Kunst brauche Wärme.‹«

Rader öffnete wie zuvor mit Schoppe seine Umhängetasche und zog ein faustdickes Manuskript heraus. Auf dem Deckblatt stand: ›Bavaria Sancta et pia – Leben der Heiligen und Seligen des Bayerlandes zur Belehrung und Erbauung für das Christlich Volk, Band I‹.

»Es sollen drei Bände werden, dies ist der erste. Seht her.«

Rader überblätterte das umfangreiche Inhaltsverzeichnis und bat Kager vorzulesen.

»›Erster Abschnitt, Bayern unter der Herrschaft der Römer. Vorbemerkung. Das Land, welches in späterer Zeit von dem deutschen Volksstamm der Bojoarier in Besitz genommen, und von dem eben darum ein Teil Bayern genannt wurde und noch genannt wird, war in dem Jahrhunderte, das der Geburt Christi vorausging, bereits bewohnt. Die damaligen Bewohner des Landes gehörten dem Volksstamme der Kelten an. Diese Kelten hatten schon vor Christus den größten Teil des westlichen Europas bevölkert. Die im jetzigen Bayern wohnten, werden von den Römern als ein Volk geschildert, das noch auf einer sehr niederen Stufe der Kultur stand. Als Hirten und Jäger hatten diese Kelten keine festen Wohnsitze. Von kriegerischem Geiste beseelt und von Lust nach Beute gestachelt, machten sie häufige Einfälle in das römische Gebiet. Den Straßenraub sahen sie als eine Vorübung für den Krieg an. Den Römern machten sie viel zu schaffen. Der erste römische

Kaiser, Augustus, sendete im Jahre 15 v. Chr. seinen Feldherrn Publius Silius, und ein Jahr später seine beiden Stiefsöhne Drusus und Tiberius mit mächtigen Heeren gegen diese Barbaren aus. Nach vielen blutigen Kämpfen …‹«

»Danke, das reicht. Und? Was sagt Ihr?«

»Sehr beeindruckend, lieber Rader. Es zeugt von umfangreicher Kenntnis und ist brillant verfasst. Ich wünschte, ich hätte das geschrieben.«

Gerade als er diesen letzten Satz gesprochen hatte, schoss Matthias der Gedanke durch den Kopf, ob das nicht doch etwas zu sehr gebauchpinselt war.

»Gemach, Kager. Dafür seid Ihr ein begnadeter Maler. Gott hat seine Auserwählten mit verschiedenen Talenten versehen. Bei mir ist es das Wort, bei Euch das Bild. Ich werde mir mit dem Kompendium sehr viel Ruhm einhandeln. Und Ihr werdet mit einbezogen! Ihr werdet mir die Entwürfe für die Stiche machen. So sind Wort und Bild in einer fruchtenden Symbiose für die Ewigkeit verbunden.«

»Eure Exzellenz, es ist mir eine Ehre!«

Matthias war diesmal wirklich überrascht. Er wusste, dass Rader schon viele Schriften verfasst hatte und diese im ganzen Reich gelesen wurden. Dieses fulminante Werk würde auch ihn bekannt machen.

»In welchem Umfang dachtet Ihr die Illustrationen?«

»Bei einem Werk dieses Ausmaßes und dieses Anspruchs ist es mit ein paar wenigen Bildern nicht getan. Was schätzt Ihr?«

Matthias verzog die Lippen. »Dreißig, vierzig … höchstens fünfzig.«

Rader lächelte milde. »Einhundertundzehn Motive habe ich aufgelistet!«

Matthias pfiff. »Einhundertundzehn! Das ist stattlich. Bis wann dachtet Ihr, sollen …«

Ein kurzer Aufschrei und ein Klatschen schnitt Matthias ins Wort. Dann ein »Drecksau! Dir geb ich's!«, gefolgt von einem mächtigen Scheppern. Matthias und Rader stürzten ins Atelier. Van Cron zog Schoppe am Revers seines samtenen Wamses vom Boden hoch, nachdem, wie am Desaster zu sehen war, er ihn wohl über den Tisch geworfen hatte, und schlug ihn rechts und links mit dem Handrücken übers Gesicht. Schoppes Gesicht fuhr mit jedem Schlag hin und her.

»Hört auf! Hört sofort auf damit!«

Matthias ging dazwischen und hielt van Cron fest. Schoppe ließ sich auf einen Stuhl fallen und griff ein Tuch, das er sich auf die aufgeplatzte Lippe hielt.

»Was zum Teufel ist hier los?«

»Fragt Eure Frau«, antwortete van Cron.

»Das Schwein hat mich befingert.«

»Er hat was?«

»Ihr zwischen die Beine gelangt!«, wurde van Cron deutlich.

Matthias stürzte auf Schoppe zu. Van Cron hielt ihm den gestreckten Arm entgegen. »Haltet ein, Kager! Er hat genug! Mehr braucht es nicht!«

Matthias schrie Schoppe an: »Verlass auf der Stelle mein Atelier! Auf der Stelle! Und lass dich hier nie wieder sehen! Nie wieder!«

Schoppe zog ab. Kein Wort ging ihm mehr über die

blutigen Lippen. Keine Entschuldigung, keine Drohung, kein Kommentar.

»Scioppius! Wartet draußen auf mich!«, rief ihm Rader hinterher. »Ich komme gleich!«

Auf dem Boden lag das Essen. Teller, Becher, Geschirr und Töpfe hatte van Cron mittels Schoppe hinuntergefegt.

Rader gab sich auffallend gelassen, so als ob ihm ein Arzt geraten hätte, sich nicht aufzuregen »Es tut mir leid, Meister Kager. Das war nicht abzusehen, wenngleich mich bei Scioppius nichts mehr trüben kann. Listet den Schaden auf und stellt ihn mir in Rechnung. Ich werde die Zahlung veranlassen.«

»Aber Schoppe hat ihn doch verursacht.«

»Schon. Aber ich habe ihn mitgebracht.«

Rader gab ihm die Hand und richtete sich nach der Tür.

»Ihr hört von mir wegen der Illustrationen«, sprach er noch und ging.

Ibia kehrte die Reste zusammen und räumte die Scherben auf. Van Cron saß auf der Bank und rieb sich die Handrücken.

»Kein schönes Ende Eurer Enthüllung, aber ich hatte von Anfang an ein schlechtes Gefühl. Schoppe ist, wie wir Holländer sagen, ›in de war geraakt‹.«

»Das heißt was?«

»Etwas toll im Kopf. Das Problem ist, er ist außerordentlich befähigt und vielen nützlich darum schließt man ihn nicht weg.«

Matthias reichte ihm die Hand. »Danke, dass Ihr Euch

so tapfer für meine Ehre und die meines Weibes eingesetzt habt. Ihr scheint nicht nur in theologischen und numerischen Dingen bewandert, sondern auch ein Mann der Tat.«

»Nichts für ungut. Ich hoffe, Ihr verzeiht mir, dass es nicht weniger rau vonstattenging. Setzt die Rechnung großzügig an, dann habt Ihr was davon.«

Die Turmuhr schlug.

»Ich muss los. Könnt Ihr mir sagen, wo ich längsgehen muss, wenn ich zu Rektor Hœschelius will?«

»Ja natürlich! Es sind nur ein paar Straßen.«

»Begleite ihn doch! Dann kommst du an die frische Luft. Und ich habe erst mal Ruhe. Für heute habe ich genug Männer um mich herum gehabt!«

Van Cron verabschiedete sich von Ibia mit für Matthias' Geschmack ein wenig zu viel Galanterie und verließ mit Matthias das Haus. Nachdem sie sich die ersten Klafter Weges noch einmal über die Unsäglichkeit Schoppes ausließen, kam Matthias auf Höschel zu sprechen.

»Ihr sagtet, er sei nicht nur Protestant … Wie habt Ihr das gemeint?«

»Ich bin in ein paar wenigen aber wichtigen Vereinigungen. Es wird einem Vieles zugetragen. Zu Professor Hœschelius bin ich über Professor Konradin von Krauchnitz gekommen, er ist Rektor der Alma Mater Viadrina, der Universität zu Frankfurt an der Oder.«

»Wart Ihr dort auch schon Dozent?«

»Noch nicht, aber von Krauchnitz hat mich bereits eingeladen; wir kennen uns von Mainz. Das Kurfürstentum Brandenburg ist immer eine Reise wert.«

Sie querten den Gemüsemarkt und bogen in das Kuhgässchen ab.

»Was hat das jetzt mit Höschel zu tun?«

»Professor Hœschelius stand mit Joseph Justus Scaliger, einem meiner damaligen Professoren an der Universiteit Leiden, in engem Briefkontakt.«

»Ist das was Besonderes? Die ganzen Professoren stehen doch mehr oder weniger miteinander in Kontakt, oder?«

»Hœschelius steckte mit Scaliger zusammen unter einer verschwörerisch protestantischen Decke. Schoppe hat auch gegen Scaliger geschrieben.«

»Ich merke schon, Ihr hasst den Protestantismus.«

»Hass ist ein böses Wort, Meister Kager. Ich weiß nicht, ob ein wahrhafter Christ hasst. Sagen wir es einmal so: Ich weiß das Gute vom Schlechten zu trennen und möchte all jenen, die diese Fähigkeit nicht haben, ein frommer Lehrer sein, um sie wieder auf den rechten Weg zu bringen. Und dieser kann nur einer sein, der römisch-katholische!«

»Und Ihr glaubt, ein Mann wie Professor Höschel wird sich von jemandem wie Euch belehren lassen? Ich meine, nichts gegen Euch und Eure Talente, vor allem Eure Mission, der Ihr Euch verschrieben habt; ich befürworte sie. Doch Professor Höschel ist ein alter Gelehrter, sechzig Jahre, überaus belesen und genießt das Protektorat verschiedener Geschlechter.«

»Warum denn so pessimistisch? Glaubt Ihr das Alter sei unbelehrbar oder ist es meine Jugend, der Ihr misstraut? Lasst mich doch erst einmal mit dem guten Mann disputieren. Ich lade Euch ein, dabei zu sein!«

Die Bibliothekstüre war verschlossen. Van Cron zog mehrmals an der Klingelschnur. Doch niemand wollte öffnen. Van Cron sah zur Uhr im Turm.

»Wir sind pünktlich. Wieso öffnet niemand?«

Matthias zuckte mit den Schultern. »Lasst uns warten. Vielleicht ist er unterwegs.«

Van Cron klingelte im Minutentakt. Nach dem fünften Mal öffnete sich ein Fenster im oberen Stock. Eine ältere Frau sah hinunter.

»Wir wollen zu Professor Hœschelius«, rief van Cron hinauf.

»Der Herr Professor ist nicht da. Er ist schon seit drei Tagen krank.«

»Und wann ist er wieder gesund?«

»Woher soll ich das wissen, ich bin die Haushälterin und kein Arzt!«

Van Cron zog eine Art Schmollmund, dann wiegte er den Kopf. Er stellte sich der Haushälterin vor, so wie er es bei Matthias getan hatte und fragte, ob sie denn wenigstens die Bibliothek besichtigen dürften.

»Ich bin aber nur noch eine Stunde da«, antwortete die Haushälterin, »dann muss ich fort und Ihr müsst die Bibliothek verlassen!«

»Eine Stunde ist besser als gar nichts – wo ich schon mal hier bin. Ihr müsst wissen, in zwölf Tagen bin ich in Wien. Bis dahin komme ich nicht mehr hierher. Es ist eine einmalige Gelegenheit für mich, diese schöne und große Bibliothek gesehen haben zu dürfen. Das ist wenigstens eine kleine Entschädigung dafür, dass ich nicht mit Professor Hœschelius reden kann.«

Die Haushälterin stimmte zu. Sie öffnete den beiden und ließ sie ein.

Im Eiltempo durchschritt van Cron die riesige Bibliothek, überflog die Folianten in den Regalen und klärte Matthias auf: »Die Augsburger Bibliothek birgt das älteste gedruckte Bücherverzeichnis in Europa nach dem der Universitätsbibliothek Leiden von 1595. Ein mächtiger Bestand: Neuntausend Titel sind aufgelistet, davon stammen über zweitausend aus der Privatbibliothek Marx Welsers.«

Van Cron schritt die langen Gänge auf und ab. Mit fahrigen Bewegungen zog er einzelne Werke heraus, um sie enttäuscht wieder zurückzuschieben. Er fand nicht, was er suchte.

»Könnt Ihr mir die Bücher über Architektur zeigen?«

»Architektur? Wen interessiert Architektur? Ich habe Euch doch lang und breit erklärt, worum es geht. Weshalb wollt Ihr etwas über Architektur?«

»Warum nicht?«

»Kein guter Ansatz zum Disput. Fragen mit Gegenfragen zu beantworten ist eine Unart von Kindern oder schnippischen Frauen. Wenn Ihr recht kommunizieren wollt, unterlasst solche Mätzchen und redet geradeheraus!«

»Ich muss das neue Rathaus entwerfen und brauche Literatur. So einfach ist das.«

Van Cron blieb abrupt stehen. »*Ihr* seid Holls Konkurrent? Das ist hoch interessant. Ich hörte an der Universität zwei Professoren darüber reden.«

Matthias erläuterte das Problem und schilderte ihm die Aussichten, wenn er den Sieg der Konkurrenz davontrüge. Es wäre nicht nur ein Sieg der Kunst gegenüber dem Handwerk, es wäre vor allem ein Sieg des Katholizismus gegenüber den Protestanten.

Van Cron verstand: »Wenn das so ist, lasst uns die Suche ändern.«

Sie fanden Werke von Marcus Vitruvius Pollio, Sebastino Serlio, Andrea Palladio, Giacomo Barozzi da Vignola, Vincenzo Scamozzi und Giovanni Paolo Lomazzo, und wiederum Werke über deren Werke. Ein unermesslicher Schatz an Architekturwissen tat sich Matthias auf. Mehrbändige Wälzer, die alle auf einmal zu tragen unmöglich waren, hielt Matthias in den Händen. Die Werke waren mit exzellenten Stichen illustriert. Hier, und nur hier würde er die nötige Inspiration für seinen neuen Rathausentwurf finden.

Während er vertieft in den Werken blätterte, hörte er wohl eine entfernte Stimme, doch nahm er nicht bewusst wahr, dass die Haushälterin unentwegt nach ihnen rief. Als er endlich aufhorchte, bemerkte er, dass van Cron verschwunden war. Matthias stellte die Bücher ins Regal zurück und suchte ihn.

Er fand ihn schweigend und wie gelähmt vor den gerahmten Stichen in einem abgelegen Bücherzimmer.

»Doktor van Cron?«

Van Cron antwortete nicht. Er schien wie in Trance.

Matthias sprach ihn erneut an, diesmal lauter: »Doktor van Cron! Hört Ihr?«

»Zwölf! Es sind zwölf an der Zahl. Und alle von dem gleichen Stecher.« Van Cron sprach monoton aber klar: »Die Botschaft habe ich verstanden.«

Van Cron fand einen Silberstift, riss aus der Schmutztitelseite eines beliebigen Buches ein Stück heraus und schrieb in kritzeliger Schrift etwas darauf. Matthias konnte das Geschriebene von seinem Winkel aus nur auf dem Kopf stehend sehen. Er erkannte die Ziffern *6*, *2*, *6* und noch einmal eine *1*, und drei Lettern: *L, I* und *A*.

Van Cron rollte das Papier zusammen und steckte es in die Tasche seines Wamses. Als das geschehen war, tat er als sei nichts gewesen.

Die Haushälterin kam angerannt, in voller Wintermontur und schnaufend. »Sakrament! Wo bleiben die Herrschaften denn? Wir müssen unverzüglich gehen!«

Es schneite, als van Cron und Matthias sich an der Wegkreuzung verabschiedeten.

»Wenn mein Zahlengespür mich nicht trügt, werter Kager, und das tat es in den ganzen zehn Jahren nicht, in denen ich Numerologie betreibe, werden wir uns wieder sehen. Es wird eine gute Zeit dauern, aber es wird passieren. Bis dahin sucht Euch Verbündete oder macht Euch welche. Allein werdet Ihr den Kampf gegen Holl nicht gewinnen.«

Van Cron ging den Hohen Weg hinunter. Matthias sah ihm nach. Irgendetwas Besonderes hatte der junge Astronom an sich.

Gute zehn Klafter gegangen, wandte sich van Cron um, so als habe er gespürt, dass Matthias ihm hinterher sah.

»Giovanni Albertallo! Der könnte Euch helfen!« rief er Matthias zu, drehte sich wieder um und ging seines Weges.

Giovanni Albertallo?, wiederholte Matthias im Stillen. Wer zum Teufel sollte das sein?

8

ROSINA MACHTE *mir* Vorwürfe. Mir! Das traf mich schwer. Hatte ich nicht alles unternommen, nicht alles getan dafür, dass es ihr mit den Tagen erstaunlich besser ging? War ich nicht in die Unterstadt gegangen, um, leider vergebens, zwei Weiber aufzusuchen, die mir Adelgund als Hausmädchen anempfahl? Hatte ich nicht Doktor Häberlin ein Mehrfaches seines üblichen Salärs bezahlt, damit er gründlicher und öfter nach Rosina schaute; und zahlte es noch, dass er weiterhin käme, um alles in seiner Macht stehende zu tun, die Genesung zu forcieren? War ich nicht Anton Garb, Marx Welser und meinem jetzigen Konkurrenten Matthias in meinem Kummer mit Aufrichtigkeit begegnet nach der ersten Ratssitzung, in Eiseskälte auf dem Perlachplatz, und bin ich nicht umhergegangen in den Gasthäusern für ein Kindermädchen? Sogar Remboldt hatte ich mein Leid geklagt und schließlich Adelgund mehr Geld geboten, damit sie länger bei uns bliebe. Selbst zu Garb war ich gegangen, trotz meines Abers gegen ihn, um ein Hausmädchen zu fordern. Hatte ich es daraufhin nicht bekommen? Mechthild musste ich kündigen, mir blieb keine Wahl. Dann war es so gekommen, wie von Marx Welser angekündigt: Edeltraut musste uns verlassen, wo sie sich doch so schnell und gut bei uns eingearbeitet und Rosina so großen Gefallen an ihr gefunden hatte; wie ihre eigene Tochter hatte Rosina sie angenommen. Mit der Schreckensnachricht ging es Rosina schlagartig wieder schlechter. Es kam mir fast wie ein böser Zauber vor, obgleich ich – im Gegensatz zu meiner Frau – nicht recht an solche Dinge glaubte. Weil ich es nicht vermochte, auf die Schnelle einen Ersatz herbeizuschaffen, machte sie mir Vorwürfe. Das war zu einem Teil auch Doktor Häberlins Schuld. Sein Ratschlag, ihr, wie früher üblich, alles zu erzählen, hat mein Schaffen in ein falsches Licht gerückt. »Das Fieber ist gesunken«, hatte er mir mitgeteilt. »Eure Frau ist auf dem Weg der Besserung, aber: Sie redet boshaft.«

»Was meint Ihr damit?«

»Ihr Herz ist nicht wie früher von Wohlwollen getragen. Möglicherweise hat sich ihr Geist durch die Tage der Einsamkeit im Wochenzimmer verändert. Er denkt vermeintlich scharf, doch stellt er falsche Verbindungen her.«

»So etwas habe ich ja noch nie gehört, was soll das bedeuten?«

»Kennt Ihr solche Zustände nicht? Unser Geist ist nicht immer kristallklar und rein von Trübungen. Meist ist es anders, sodass wir uns glücklich schätzen dürfen, wirklich einmal reinen Geistes – und reinen Herzens – zu sein.«

»Was redet Ihr da. Ich bin ein frommer Christenmensch. Ich bin immer reinen Geistes und reinen Herzens.«

»Wenn Ihr das mit Fug und Recht behaupten könnt, lieber Meister Holl, so seid Ihr wahrlich von Gott gesegnet.«

»Auch Rosina war es immer.«

»Wenn es so gewesen sein sollte, ist es jetzt nicht mehr so. Könnt Ihr es ihr verdenken? Geburten sind ein Mysterium und allein der Frauen Angelegenheit. Wir Männer brüsten uns, die Kinder gezeugt zu haben, doch ein Kind zu zeugen ist keine Kunst. Es auszutragen und es zu gebären aber wohl. Es ist sogar eine lebensbedrohliche. Ich kenne keinen Mann, der bei der Zeugung gestorben ist, es sei denn, er war herzkrank oder ein Greis, der sich auf seine alten Tage zu viel zugemutet hat. Wie viele Frauen aber sterben an der Geburt? Wie viele sind zu schwach für die Qualen, die der Herrgott ihnen auferlegt, um es in seinem Namen zur Welt zu bringen? Eure werte Frau Gemahlin hat viermal diesen Qualen wie ein Mann getrotzt, beim fünften Mal hat sich das Blatt gewendet. Nun ist dieses Weib, das bislang nach jeder Geburt schon nach wenigen Tagen wie kaum ein Zweites auf den Beinen war, ans Bett gefesselt. Wenn es Euch so erginge? Was glaubt Ihr, was geschähe mit Euch? Mit Eurem sonst so klaren Geist? Könnt Ihr Euch nicht vorstellen, dass Euch so etwas auch heimsuchen kann?«

»Mein Geist ist standhaft. Und wenn es der Geist ist, dann ist es auch die Seele und mit ihr der Körper.«

Doktor Häberlin sah mich an. Sein Blick barg Zweifel an meinen Worten. Diesen wollte ich tilgen: »Was glaubt Ihr, werter Häberlin, warum ich Eure Dienste für mich persönlich nie in Anspruch habe nehmen müssen? Seit Jahren behandelt Ihr nur meine Frau, wenn sie schwanger ist, aus einem anderen Grund habt Ihr uns noch nie aufgesucht.«

»Das ist wahr. Ihr scheint Euch bester Gesundheit zu erfreuen. Ich denke drüber nach.«

»Was kann ich für meine Frau tun? Was soll ich machen, damit sie wieder gesund wird?«

»Sprecht mit Ihr wie früher. Zeigt Ihr, dass sie nicht allein ist. Erzählt Ihr alles, was Euch umtreibt.«

»Ihr hattet aber doch Ruhe angeordnet.«

»Weiter Ruhe zu bewahren ist jetzt nicht mehr angebracht. Eure Frau braucht Ansprache, damit sich ihr Herz wieder öffnet! Aber habt Geduld und seid nachsichtig mit ihr, selbst, wenn Euch ihre Worte nicht gefallen mögen. Versprecht Ihr mir das?«

Ich schwieg.

»Meister Holl! Versprecht Ihr mir das?«

Ich versprach es, setzte mich zu Rosina und erzählte. Ich erzählte ihr alles, was ich zuvor auf Häberlins Weisung verschwiegen hatte: Vom Essen mit Remboldt und meinem anschließenden nächtlichen Perlachturmentwurf; von der ersten Ratssitzung, bei der sich herausstellen sollte, dass Matthias mein Konkurrent werden würde; von den vielen schöpferischen und unschöpferischen Stunden im Atelier, brütend über einem genialen Entwurf, der mich teils euphorisch, teils niedergeschlagen machte; vom großen Auftreten Matthias' vor dem Rat mit seinem Modell, meinem Unbill und der anderen Lob darüber; schließlich von der zwar nach außen hin gezügelten, aber insgeheim maßlosen Enttäuschung der Absage meines Pallastfassadenmodells, der Genugtuung darüber, dass Matthias' Modell ebenfalls eine Ablehnung erfuhr, und dem Ansporn, ihn mit einem noch imposanteren Entwurf aus dem Feld zu schlagen.

»Du denkst nur an dich!«, bekam ich von Rosina daraufhin zur Antwort.

»Bitte?«

»Es geht immer nur um deine Bauwerke!«

»›Meine Bauwerke‹ sind unsere Existenz! Unser Wohlstand! Ohne sie ginge es uns nicht gut.«

»Mir geht es auch mit ihnen nicht gut.«

»Das Rathaus ist deren Krönung, das Höchste, was ein Stadtwerkmeister schaffen kann! Wenn ich geistiger Vater des Entwurfs bin, als auch Erbauer des neuen Rathauses, bedeutet das nicht nur hiesige Anerkennung, sondern Ruhm über Augsburg hinaus.«

»Was ist mit den Burgen? Die sind über Augsburg hinaus.«

Natürlich war ich beteiligt an von Schwarzenbergs Schloss bei Scheinfeld und auch an von Gemmingens Willibaldsburg bei Eichstätt. Ich lieferte Expertisen, Skizzen und Entwürfe. Die wahren Baumeister aber, die meine Eingaben nur zur Ergänzung ihrer eigenen Ideen nutzten und letztlich ihre Vorstellungen an diesen monumentalen Bauwerken Stein auf Stein verwirklichten, waren andere – das Schwarzenberger Schloss hatte Jakob Wolff, die Willibaldsburg Johann Alberthaler errichtet.

»Die Burgen haben mir außer geheucheltem Lob nicht viel eingebracht. Von Gemmingen war ein Protestantenhasser und ein Förderer der Inquisition.«

»Du hättest den Auftrag ablehnen können.«

»Damals wusste ich das nicht ...«

Das war nur die halbe Wahrheit. Höschel hatte mir

damals genügend Andeutungen über Gemmingens radikale und feindselige Gesinnung gemacht, aber das interessierte mich vor fünf Jahren nicht. Ich hatte nur Augen und Ohren für meine Arbeit. Überdies, dachte ich mir, würde der Hass des Fürstbischofs gegenüber den Vertretern des ›ketzerischen‹ Glaubens nicht so groß sein, wenn er einen wie mich beauftragte, der ich ihnen angehörte.

»Zudem: Einen Auftrag abzulehnen, kann ich mir bis heute nicht leisten.«

»Weshalb nicht? Wärst du dann dem Untergang geweiht? Würde es dir so schlecht gehen wie mir?«

Rosina machte es mir schwer. Ich erkannte sie nicht mehr. War das wirklich meine geliebte Frau, die so mit mir sprach? Meine Frau, die sonst hinter mir und meiner Arbeit stand wie keine zweite. Was war in sie gefahren? Nur die Gedanken an Häberlins Worte ließen mich in Langmut und Milde verweilen.

»Wenn ich den Zuschlag bekomme, geht auch endlich dein Traum in Erfüllung: Wir ziehen in die Oberstadt. Dann sind wir ›durch und durch feine Leute‹, wie du immer sagst.«

»Edeltraut war eine Perle von Mädchen. Warum hast du sie nicht gehalten? Was wird jetzt aus mir?«

»Adelgund wird wieder nach dir sehen.«

»Adelgund ist nicht Edeltraut. Edeltraut war eine Seele von Mensch. Ich dachte bisweilen, sie könnte der Engel sein, von dem ich träumte.«

»Edeltraut musste zu ihrer Familie zurück. Es ging wirklich nicht anders, so glaube mir doch. Aber ich habe etwas erreicht: Adelgund wird täglich ein, zwei Stunden vorbeikommen und sie wird den kleinen Hieronymus weiter zum Stillen bei sich behalten, bist du wieder gesund bist. Das habe ich mit Doktor Häberlin abgesprochen.«

»Ein, zwei Stunden? Das ist nichts! Ich brauche ein Hausmädchen. Eines, das rund um die Uhr da ist.«

»Der Auszug Edeltrauts kam überraschend.«

»So? Edeltraut sagte mir aber, du habest gewusst, dass sie bald gehen müsse. Du hast nicht rechtzeitig um einen Ersatz geschaut, weil dir deine Bauwerke wichtiger sind als ich. Es geht immer nur um deine Bauten! Aber was sind die schon? Leblose Kästen aus Stein und Holz. Ich aber lebe! Hörst du! Ich lebe! Noch! Und will es weiter! Verstehst du das denn nicht?«

Rosina brach in Tränen aus. Es gelang mir nicht, sie zu beruhigen. Ich biss die Zähne zusammen. Was sollte ich noch sagen? Dass sie Recht hatte und wiederum nicht? Dass sie mich verletzte, mir aufs Ärgste zusetzte, wenn sie solche Worte zu mir sprach? Ich war doch kein Ungeheuer.

»Rosina, meine Liebe, beruhige dich. Alles wird gut.«

»Nichts wird gut! Ich liege Tag und Nacht im Bett in dieser düsteren Kammer. Wie soll es mir gut gehen, wenn sich niemand um mich kümmert?«

»Aber ich bin da! Siehst du mich denn nicht?«

»Ich sprach von ›kümmern‹, nicht vom nur ›da sein‹!«

Ich spürte mein Herz klopfen. Was sollte ich noch tun? Ich konnte doch nicht Tag und Nacht neben ihr sitzen und die Hand halten. Wann wurde denn endlich Adelgund kommen? Ich verspürte ein unheimliches Verlangen aufzuspringen und aus dem Zimmer zu stürzen. Das Atmen fiel mir schwer. Doch ich konnte nicht weg. Als sei ich festgewachsen auf dem Stuhl, hielt mich etwas dort. Auch konnte ich nicht von Rosinas Hand lassen. Sie war kalt, sie war knöchern, aber es war die ihrige. Es war die Hand der Frau, die ich liebte; der ich vor Gott die Treue geschworen hatte in guten wie in schlechten Zeiten, getreu dem Bibelspruch: »Was Gott zusammenfügt, soll der Mensch nicht scheiden«. So würde ich immerzu Rosina beistehen. Doch auch ich hatte ein Leben für mich selbst. Ich wurde geboren als Elias Holl und meine Bestimmung war es, ein Baumeister zu werden, der Großes vollbringen sollte. Dieser Bestimmung – von Gott gegeben – durfte kein Mensch trotzen, nicht ich und auch kein Dritter, und sei es mein eigenes Eheweib.

Adelgund kam zur Tür herein. Ich atmete auf und fühlte einen warmen Schauer durch mich hindurch wandern. Adelgund brachte heiße Suppe und wir tauschten die Plätze. Ich küsste Rosina auf die Stirn und wiederholte meine vorigen Worte.

»Alles wird gut!«

Mit bedächtigen Schritten ging ich aus der Wohnung. Bedächtig zog ich mich an und bedächtig verließ ich das Haus. Erst draußen vor der Tür stolperte ich wie gehetzt durch die Gassen und trieb ziellos wie von unsichtbarer riesiger Hand gezogen über das beschneite Pflaster. Nach einer guten Weile führte mich das Umherstreifen zur Sankt Anna Kirche. Ich trat ein und setzte mich auf die letzte Bank im seitlichen Flügel. Mein Gebet war länger als sonst; ich wiederholte mich und stotterte. Einen klaren Gedanken zu fassen, brachte ich nicht zuwege. Mein Kopf war heiß geworden, ich dachte an Häberlins Worte und Angst überkam mich, mein Verstand könnte trüb werden, mein Herz sich verengen. Was würde geschehen, sollte sich Rosinas Zustand in mir spiegeln? Meine Bestimmung wäre zunichte gemacht. Aber das war doch ein Widerspruch in sich. Wie konnte Gott seinen guten Willen für nichtig erklären? Ich hielt mir die kalten Hände gegen die glühenden Wangen, wünschte, meine Gedanken würden zur Ruhe kommen. Wo, wenn nicht hier, sollte das gelingen? Aber auch hier in all dieser Stille fand ich keinen Frieden. Die feuchte Luft machte mir das Atmen so schwer wie im Wochenzimmer. Ich schluckte und spürte meinen Kehlkopf wie eine Faust im Hals. Ich musste hier raus.

Die Bibliothek unweit der Kirche suchte ich auf. Nicht der Bücher wegen; ich hoffte Professor Höschel anzutreffen. Höschel hatte immer schon ein offenes Ohr und ein offenes Herz für mich. Er würde mich verstehen können, mehr noch als der werte Herr Pfarrer oder gar der Doktor. Höschel hatte die Fähigkeit, ein Problem nicht nur aus biblischer Sicht, sondern von mehreren Seiten aus zu betrachten. Er hatte griechische und römischen Schriften studiert und wusste den Menschen und ihren mannigfaltigen Problemen mit umfassender Weisheit zu begegnen. Meist konnte er lange Bibeltexte oder Lehren der alten Philosophen aus dem Stegreif zitieren, und wenn nicht, wusste er in welchem Regal das entsprechende Buch stand und las eine Erbaulichkeit vor.

Höschel war Gott sei Dank zugegen. Er saß im kleinen Studierzimmer über ein Buch gebeugt. Wie freute ich mich ihn anzutreffen. Höschel kam mir wie mein zweiter, liebender Vater vor, der mir stets Mitgefühl entgegenbrachte. Meinen richtigen Vater hatten meine Sorgen nie gekümmert; der mochte mich wohl als einen seiner leiblichen Söhne geliebt haben, doch diese Liebe hatte stets geheißen, Strenge walten zu lassen.

»Ah, Meister Holl, Ihr kommt mich besuchen? Das ist eine Freude. Setzt Euch.«

Nach ein paar eher belanglosen aber freundlichen Sätzen, die ich sprach, um ihn nicht sogleich mit meinem Kummer zu vereinnahmen, kam er auf mich zu. Er spürte mein Missbehagen; das tat er immer schon, wenn mir solches beikam, und fragte mich nach meinen Sorgen. Ich versuchte meine Lage mit sachlichen Worten zu schildern, spürte aber schon beim Erzählen, wie ich scheiterte. Je mehr mich das stete Nachfragen Höschels zwang, noch weiter auszuholen und noch mehr zu erzählen von meinen Sorgen um Rosina, den Zweifeln um den Auftrag und das Scharmützel mit Matthias, umso mehr flatterte meine Stimme. Ich hörte mich gegen meinen Willen schluchzen, spürte, wie sich Tränen in den Augen sammelten und letztlich die Wangen hinabrannen. Ich fühlte mich schwach und klein. Was für einen erbärmlichen Eindruck musste ich auf Höschel machen? Ich schämte mich und bereute es, ihn in diesem jämmerlichen Zustand aufgesucht zu haben.

»Ihr seid ein tapfrer Mann, Holl. Selbst wenn Euch die Tränen rinnen. Glaubt nicht, dass das ein Zeichen von Schwäche ist. Das denkt Ihr nur, weil strenge Eltern und

Lehrer stets versucht haben, dies uns glauben zu machen. Das Gegenteil ist der Fall. Wer die Gabe der Tränen besitzt, ist zu großen Gefühlen fähig. Der ist frei.«

Die Gabe der Tränen? Frei? Was hatte das mit Freiheit zu tun? Für mich war es das Gegenteil. Ich fühlte mich eingesperrt. Eingesperrt mit und in meinen Gefühlen.

»Selbst die großen Philosophen haben geweint und daraus keinen Hehl gemacht. Sophokles* hat sogar beim Verfassen von ›Antigone‹ geweint und Plutarch** hat Tränen vergossen, als Timoxena, seine jüngste Tochter und Soklaros, sein ältester Sohn starben. Aber auch in der Bibel findet Ihr Tränen. Wisst Ihr um sie?«

»Ich greife regelmäßig zur Lutherbibel. Die ersten Tränen, die in der Bibel vergossen werden, sind die der Sklavin Hagar***, die in der Wüste Beerscheba umherirrt und um ihren Sohn weint, den sie im Sterben glaubt.«

»Tränen der Verzweiflung. Aber die Bibel kennt auch andere Tränen … Lest nach im ersten Buch Mose, wo geschrieben steht: ›Esau lief ihm entgegen, umarmte ihn und fiel ihm um den Hals; er küsste ihn und sie weinten.‹«

»Die Versöhnung zwischen Jakob und Esau in Penuël.«****

»Hier vergießen Männer Tränen. Es sind aber diesmal keine Tränen der Verzweiflung, sondern Tränen der Freude. Wichtig ist, was vorher geschah: Jakob, hatte sich

---

* 497–406 v. Chr.

** 45–125 n. Chr.

*** Gen 21, 16f.

**** Gen 33,4

zuvor in Penuël geschlagen.* Ihr wisst um die Symbolik dieses Kampfes?«

»So recht habe ich diese Stelle bis heute nicht verstanden. Kämpft Jakob mit einem Engel, mit einem Menschen oder gar mit Gott selbst? Er gewinnt den Kampf, wird gesegnet und erhält von ihm den Namen Israel.«

»Die Gelehrten sind sich bis heute nicht einig, gegen wen Jakob kämpft. Die Übersetzung aus dem Hebräischen lässt verschiedene Möglichkeiten zu. Aber das ist für Euch hier und jetzt nicht wichtig. Es gilt etwas anderes: Kämpft Ihr nicht auch gerade, werter Holl? Das ist zum einen Eure Frau Rosina, die Euch gegenwärtig nicht wohl gesonnen ist; die Euch Vorwürfe macht, weil sie Tag für Tag krank im Bett liegen muss, anstatt wohlauf zu sein und arbeiten zu dürfen. Da ist zum anderen Euer brennender Wunsch, ein neues, epochales Rathaus zu entwerfen und es schließlich zu bauen. Eure Frau schwebt nicht mehr in Lebensgefahr, hat Euch Doktor Häberlin versichert, diese Sorge ist fort; doch an ihre Stelle ist eine andere getreten, Ihr habt ein Weib im Haus, das droht, Euch seine Liebe zu verwehren. Was sollt Ihr tun? Was soll ich Euch raten? Darf ich Euch überhaupt etwas raten? Oder müsst Ihr nicht allein mit Gottes Willen und Macht zu einer Lösung finden? Die Lösung steckt ganz allein in Euch.«

»Es ist mir nicht möglich unbehelligt an meine Arbeit zu gehen, ohne an die Vorwürfe meiner Frau zu denken. Es ist mir aber auch nicht möglich nur bei meiner Frau zu sein.«

---

* Gen 32,25-31

»Ihr sollt weder das eine noch das andere, sondern beides zur rechten Zeit. Ihr wisst um den Spruch Salomos: ›Alles hat seine Zeit‹?«

Höschel nahm die Bibel und las vor:

»Alles hat seine Zeit,
alles Geschehen unter dem Himmel hat seine Stunde:
Gebären und Sterben,
pflanzen und die Pflanzen ausreißen,
töten und heilen,
abbrechen und aufbauen,
weinen und lachen,
klagen und tanzen,
Steine werfen und Steine sammeln,
umarmen und die Umarmung lösen,
suchen und verlieren,
behalten und wegwerfen,
zerreißen und vernähen,
schweigen und reden,
lieben und hassen,
Krieg hat seine Zeit und Friede hat seine Zeit.«*

Wortlos schloss Höschel die Bibel und legte sie zurück auf den Tisch.

»Versteht Ihr, Elias? Ihr könntet Salomos Spruch ergänzen: ›Am Bett sitzen und seines Weibes Hände halten hat seine Zeit und im Atelier weilen und Entwürfe ersinnen hat seine Zeit.‹ Es gibt nicht nur ein ›Entweder oder‹, sondern auch ein ›Sowohl als auch‹. Beides sollt Ihr tun und

* Kohelet 3,1–8

jedes unbehelligt vom anderen. Findet das Gleichgewicht im Außen, und Ihr findet es in Eurem Inneren. Das ist die göttliche Mitte. Glaubt es mir, ich beschäftige mich damit mein ganzes Leben lang.«

Ich wusste nicht recht, wie mir bei Höschels Worten geschah. War ich jetzt klüger als ich gekommen war? Seine Worte waren weise, die Erkenntnisse groß, doch galt das wirklich auch für mich? War es wirklich so einfach, wie er es darstellte? Ich traute mich nicht, ihn zu fragen, ob er denn selbst jemals in eine solch schlimme Lage geraten war oder ob das alles nur graue Theorie schien, die er von sich gab. Worte waren eines, das Leben war etwas anderes. Wenn ich nicht handelte, würde sich nichts ändern, da konnte ich meine Mitte suchen, wo ich wollte. Ich musste so schnell wie möglich ein Hausmädchen herbeischaffen, das war es doch, was zählte; nicht auszudenken, was mit Rosina geschehen mochte, wenn ihre Boshaftigkeit zunähme. Aber: Ich musste auch mit den Entwürfen beginnen. Wenn ich das nicht täte, wäre ich dem Untergang geweiht. Ich hätte jetzt in meinem Atelier sitzen müssen und beim Entwerfen sein – die Zeit würde mir davonlaufen; doch was tat ich? Ich saß bei einem Professor, um Trost zu suchen. War das der richtige Weg? War das die Lösung?

»Euer Freund Kager war übrigens hier.«

Höschel wechselte abrupt das Thema. Ich war überrascht in doppelter Hinsicht, über den plötzlichen Wechsel und über den Inhalt der Äußerung.

»Er kam mit einem holländischen Theologen. Corvin van Cron heißt er. Der hatte sich schon vorher per Brief bei mir angekündigt, um mit mir zu disputieren.«

»Und?«

»Nichts ›und‹. Ich war nicht zugegen. Ich gab vor, krank zu sein, aber das stimmte nicht; ich habe mich von meiner Haushälterin entschuldigen lassen.«

»Wieso das?«

»Ich hatte keine Lust mit einem katholischen Heißsporn zu diskutieren. Mit Scioppius habe ich mich einmal darauf eingelassen, das hat nichts Gutes gebracht. Bei diesem van Cron – ich war mir sicher – würde es nicht anders sein. Man weiß nicht, wer schlimmer ist, die verbohrten Alten oder die fanatischen Jungen.«

»Was hatte Matthias damit zu schaffen?«

»Er hat in allen möglichen Architekturbüchern gestöbert; die Hälfte stand hernach an falschen Plätzen. Nachdem, was Ihr mir erzählt habt, kann es nur eines bedeuten: Er braucht Information und Inspiration. Er will den Zuschlag, genau wie Ihr.«

Das war das Schlüsselwort zum Aufbruch. Zuschlag. Lang genug war ich bei Professor Höschel gewesen. Jetzt war es Zeit zu gehen, mich unverzüglich und geradewegs zum Atelier zu machen. Nichts durfte mich aufhalten. ›Sowohl als auch‹ hatte Höschel mich gelehrt, jetzt war ›auch‹ angesagt.

Der Zuschlag. Den ganzen Weg bis zum Atelier sagte ich mir es vor: Der Zuschlag! Ich muss ihn bekommen. Ich und nur ich! Ich und niemand anders. Es gibt nur einen Stadtwerkmeister hier, und der kann, muss und wird der Schöpfer des neuen Rathauses sein. Matthias wie kannst du es nur wagen, mir die Stirn bieten zu wollen. Du, der Kunstmaler, mir, dem Architekten? ›Architekt‹ haben sie auch dich genannt; das bezeugt ihr Unwissen, ja, ihren Frevel der Architektur gegenüber. Nur weil du ein paar Ideen gehabt hast. Doch wer hat sie ausgeführt? Ich! Und nur ich! Ein Modell. Ja, das war klug, sogar durchtrieben. Du bist ein Fuchs, Matthias! Und ich muss aufpassen, dich nicht zu unterschätzen. Diesen Fehler habe ich einmal begangen, damals in Venedig. Ein zweites Mal wird mir das nicht mehr passieren. Ein Modell, angefertigt vom Gabler Georg, dem Kistlermeister, dem ich so oft schon habe Arbeit besorgt. Den, mir abspenstig gemacht, hast du für dich eingenommen und gegen mich eingesetzt. War das gewitzt oder niederträchtig? Was solls's, es gibt noch andere Kistlermeister.

Ich brannte lichterloh, als ich ins Atelier stürmte. Mit Verve tat ich jeden Handgriff, schürte den Ofen, platzierte die Kerzen, zog die alten Pläne hervor, krempelte mir die Ärmel hoch und setzte mich an die Arbeit. Der nächste Entwurf musste besser sei; besser als der Pallastfassadenentwurf und besser als Matthias' Venezianisches Modell. So schlecht war sein Entwurf nicht. Er war sogar gut, fast genial, der nach Osten offene Hof. Verdammt, woher hatte er den nur? Den konnte er doch niemals allein ersonnen haben. Oder doch? Ich ertappte mich, meinem vorigen Vorsatz untreu zu werden – ich unterschätzte Matthias. Gott, wer war ich, dass ich das nötig hatte? Ihn kleinzumachen, um mich zu erhöhen.

Der neue Entwurf musste wohl doch schnörkeliger werden, als ich ursprünglich wollte. Der Pallastfassadenentwurf war ihnen zu schlicht. Remboldt wünschte sich etwas Schmuckeres. ›Mehr in der Art des Zeughauses, aber nicht ganz so überbordend, eher in Richtung Metzg‹, hatte er zu mir gesagt. Dann würde ich wohl halb und halb machen, mich in der Mitte treffen. Wie das genau auszusehen habe, war mir im Moment nicht klar. Ich sprühte zwar vor Lust am Zeichnen, hatte sämtliche Federn gespitzt und neue Tinte besorgt, doch ich hatte kein Bild vor Augen. Stattdessen sah ich Matthias, von Ibia geküsst; sie inspirierte ihn, sie war seine Muse. Anders war sein Schaffen nicht möglich. Was ich mir selbst ersinnen musste, das flog ihm durch deren Liebe zu. Was hatte ich? Rosina war keine Hilfe, im Gegenteil, sie machte mir zu allem Übel noch mehr Kummer. Wie sollte mich so etwas inspirieren? Was ich brauchte, war ein gesundes, liebendes Weib, eines, das mich und meine Arbeit schätzte, mich unterstützte und an mich glaubte, und keines, das mir Vorwürfe machte und meine Schaffenskraft schmälerte. Ein neues Hausmädchen musste her, so schnell wie möglich. Sie wäre der Schlüssel, und aller Unbill würde sich auflösen – Rosina würde Tag für Tag genesen, sie würde wieder wie früher werden. Doch woher nehmen? Garb und Welser hatten bereits Wort gehalten, die waren außen vor. Remboldt stünde noch an. Doch ihn fragen … Ob ich das bewältigen würde? Bei Garb hatte ich mich schon überwinden müssen, und das konnte ich nur, weil ich nie Achtung vor ihm hatte. Marx Welser hatte ich nicht gefragt, und hätte es auch niemals, und doch hatte es sich gefügt. So mochte es mit Remboldt sein. Einen, maximal zwei Tage durfte ich nur ausharren. Wenn es sich nicht fügen wollte, so würde ich über meinen eigenen Schatten springen müssen …

9

»DAS WERDE ICH EUCH nie vergessen, Garb!« Matthias reichte ihm die Hand und legte zur Bestärkung seine zweite obendrauf. »Ich werde Meister Alberthal schon morgen besuchen! Die Zeit eilt, und bis nach Dillingen sind es nur sechs Meilen*, das ist nicht einmal ein halber Tagesritt.«

»Tut das, Kager, und sagt ihm, Ihr kommt auf meine Empfehlung, dann ist er Euch gleich einen Deut mehr geneigt.«

Matthias verabschiedete sich und verließ Garbs Haus. Van Crons Ratschlag, sich Verbündete zu suchen, hatte Matthias bewogen, bei Garb schon am nächsten Tag vorzusprechen. Garb wusste jetzt um Kagers Problem. Matthias musste ihn einweihen, selbst auf die Gefahr hin, dass dessen Achtung vor ihm als Gestalter von Bauwerken erlösche; aber er war nun mal ein Kunstmaler und Freskant. Das Malen war seine Stärke, sein Beruf, seine Berufung. Dass ihm die Ehre zuteilwurde, als Architekt gehandelt zu werden, war das Ergebnis der über lange Jahre erstellten Visierungen, die bei den Stadtpflegern den Eindruck erweckten und letztlich aufrecht hielten, er sei ein Sachverständiger. Wohl waren da auch politische Überlegungen im Spiel – warum alles in die protestantische Hand des Stadtwerkmeisters geben?

Garb hatte Matthias jedwede Hilfe zugesichert; ihm,

* 1 bayrische Meile = 7,4 km

selbst protestantischer Gesinnung, war die Frage der Konfession – zu Matthias' Glück – nicht das Entscheidende. Garb ging es um etwas anderes. Ihm gefiel es, wenn Menschen, die praktisch aus dem Nichts kamen, sich von unten nach oben schafften, so wie er es selbst getan hatte; wenn sich Unbekannte aufmachten, um bekannt zu werden. Hilfe benötigten doch nur die Schwachen, die Starken kamen von alleine durch. Warum dann Holl unterstützen? Der war doch schon ganz oben. Matthias war derjenige, der Hilfe brauchte. Außerdem hatte Garb ihm die damalige Sache in Venedig noch immer nicht verziehen.

Dass hinter Giovanni Albertallo Hans Alberthal steckte, der je nach Region auch Johann Alberthaler oder auch Hannes Albertolus genannt wurde und ein bedeutender Baumeister der Region war, musste entweder an Matthias vorbeigegangen sein oder aber er hatte es unter dem Einfluss der Geschehnisse verdrängt, denn er hatte schon von ihm gehört; zwar war es nur beiläufig, es hatte aber mit Elias' früheren Bauvorhaben zu tun.

Garb hatte Alberthal bereits 1604 kennengelernt, als er von Philipp Hainhofer zu einer Besichtigung von Schloss Hirschbrunn mitgenommen worden war – die Grafen Gottfried von Oettingen-Oettingen und Wilhelm von Oettingen-Wallerstein hatten geladen. Alberthal hatte das Schloss zusammen mit seinem Bruder Peter erbaut und war unter den Ehrengästen gewesen. Garb hatte sich auf sofort mit dem Graubündner Baumeister verstanden und ihm Optionen für Aufträge in Aussicht gestellt.

»Alberthal wird Euch helfen, Kager, verlasst Euch drauf! Schon allein deswegen, weil es gilt, gegen Holl zu arbeiten«, versicherte ihm Garb. Er erzählte Matthias, dass Alberthal und Elias sich spinnefeind seien. Der Augsburger Stadtwerkmeister und der Baumeister von Dillingen hatten sich 1608 im Zuge des Baus der Dreifaltigkeitskirche in Haunsheim kennen gelernt. Der Reichspfennigmeister Zacharias Geizkofler hatte Alberthal mit dem Abbruch der alten und dem Bau der neuen Kirche beauftragt. Involviert in das Unterfangen waren damals auch Joseph Heintz und eben Elias, der einige Detailzeichnungen lieferte. Alberthal und Elias hatten sich dabei nicht nur kennen, sondern auch missachten gelernt – jeder hatte seine Ideen durchzusetzen versucht, und nur unter gutem Zureden Dritter gab es Einigungen. Elias hatte damals geglaubt, den nur zwei Jahre jüngeren Baumeister aus Roveredo bevormunden zu können, doch Alberthal hatte sich nichts von ihm gefallen lassen. Beim Bau der Eichstätter Willibaldsburg, ein Jahr später, sollte sich das gleiche nicht nur wiederholen, sondern noch forcieren. Alberthal, der mit der Errichtung der Burg beauftragt worden war, hatte Elias immer wieder vorgehalten, dass er die Lorbeeren ernten wolle, obwohl er nur die Visierungen liefere; die wahre Anerkennung gebühre dem, der in der Lage sei, aus bloßen Zeichnungen letztlich die Bauten erstehen zu lassen, und das sei er, Giovanni Albertalli! Es habe sogar Handgreiflichkeiten zwischen den beiden gegeben, über die freilich niemand je sprach, außer hinter vorgehaltener Hand. »Nach außen hin war alles freundschaftlich, doch in Wahrheit war es das Gegenteil«, erzählte Garb.

Auf dem Weg zurück ins Atelier schmiedete Matthias seinen Plan: Morgen bei Sonnenaufgang würde er nach

Dillingen reiten, Alberthal die prekäre Situation schildern und ihn ebenfalls zu seinem Verbündeten machen. Die Chancen auf Erfolg standen mehr als gut, nach allem, was Garb ihm offenbart hatte. Van Cron hatte schon Recht, man musste Verbündete haben – anders als Elias, der, dem verschrobenen Ideal des originären Genies anheimgefallen, stets alles im Alleingang meistern wollte. Alberthal würde ihm, unter dem Siegel der Verschwiegenheit und gegen angemessenes Salär, je eine Skizze der Fassaden und eine für den Grundriss zeichnen, Matthias brauchte ihm dazu nur die Maße zu geben. Die Skizzen rechtzeitig zurückerhalten, würde er sie ins Reine übertragen, sauber lavieren und alles würde seinen Lauf nehmen. Niemand würde jemals davon erfahren – Verbündete waren keine Verräter. Während Alberthal für ihn entwürfe, könnte er die gewonnene Zeit nutzen, um mit den Illustrationen von Raders ›Bavaria sancta‹ zu beginnen. Eleganter konnte man Probleme nicht lösen. Elias dagegen würde, wie es seinem Überehrgeiz entsprach, Tag und Nacht sinnieren und dem perfekten Entwurf hinterherhecheln wie ein räudiger Köter einer läufigen Hündin; während seine Rosina noch immer das Bett hüten musste und erneut ohne Hausmädchen dastand, wie ihm Marx Welser beiläufig erzählt hatte, heute Morgen auf dem Markt. Du bist nicht gesegnet, wenn du kein gesundes Weib hast, dachte Matthias und war heilfroh, dass er sich mit Ibia eine robuste Welsche genommen hatte. Die Alemanninnen, zumindest die, die er kannte, konnten den Welschen nicht das Wasser reichen, nicht im Aussehen, nicht im Temperament und nicht, was ihre Gesundheit anlangte. Armer Elias. Tat er

Matthias Leid? Durchaus nicht, aber was Rosina anging, hatte er das nicht verdient. Geschäft war eines und eine gesunde Konkurrenz das andere, doch Frau und Kinder gehörten aus dem Spiel; zumal Rosina zu den wenigen hübschen und aufrechten gehörte, die diese Stadt zu bieten hatte, und ihre Kinder allesamt wohlgeraten waren. Darum beneidete ihn Matthias. Er und Ibia hatten immer schon mehrere Kinder gewollt, doch nach drei Totgeburten musste Ibia lange Pausen einlegen. Erst jetzt durften sie den Nachwuchs wieder angehen, weshalb Ibia keine Gelegenheit ausließ, Matthias zu verführen. Das Bett war ihr dabei nicht der liebste Ort, sie mochte es gern etwas schmutzig, auf dem Küchentisch oder a tergo im Atelier – wenn es gut geheizt war, rittlings auf dem Dielenboden oder dem Stuhl, ganz nach Belieben und Gelüst.

Im Atelier war es bitterkalt. Matthias holte einen Korb Scheite und heizte ein; nicht weil Aussicht auf einen Liebesakt bestand – Ibia war für mehrere Tage mit dem Kleinen zu ihren Eltern, den Salvatonias, nach München gefahren – sondern weil er es gemütlich haben wollte beim Heraussuchen der Visierungen und Notieren aller für Alberthal wichtigen Maße. Einen guten Becher Wein auf dem Tisch, ordnete er chronologisch die gesammelten Zeichnungen seiner bisherigen Aufträge. Er wollte bei Alberthal einen guten Eindruck machen. Alberthal sollte nicht meinen, ein Nichtskönner würde ihm die Zeit stehlen; schon beim ersten Blick sollte der spüren, dass er es bei Matthias mit einem begabten und fähigen Künstler zu tun hatte.

Nur eine gute Stunde hatte er gebraucht, bis er alles beisammen hatte. Am liebsten wäre er gleich losgeritten, doch dazu war es zu spät. Draußen dunkelte es schon. Da er Strohwitwer war, entschied er ›Zum Mohrenkopf‹ zu gehen und sich eine gute Mahlzeit mit einem gestauchten Bier zu gönnen. Der heutige Tag war ein guter. Der morgige würde noch besser werden.

Früh wie geplant besuchte Matthias am nächsten Morgen die Stallungen beim Roten Tor, um sich ein Pferd auszuleihen. Pläne im Köcher, Skizzen und Datenblätter in der Satteltasche, ritt er zügig los und war gegen Mittag beim Dillinger Baumeisteramt angekommen. Dort wies man ihm den Weg zu Alberthals Atelier.

Das Atelier war riesig; doppelt, nein, dreifach so groß wie Matthias' oder auch Elias'. Holzmodelle von Treppenhäusern, ebenso wie von Fassaden und auch von Dachstühlen standen akkurat auf langen Bänken. An den Wänden hingen Muster von Stuckarbeiten. Dazwischen prangten zahlreiche großformatige Skizzen und Aufrisse.

Matthias strebte auf den Mann an der Stirnseite zu, dem einzigen mit einem dunkelroten Barett auf dem Kopf. Dieser saß mit ein paar Gesellen an einem großen Tisch und aß. Matthias hoffte, dass es Alberthal sein möge, und stellte sich vor.

»Ach, Ihr seid der berühmte Kager?«

»Berühmt? Das ist vielleicht etwas zu viel gesagt, aber ich arbeite daran.«

»Ich kenne Eure Fresken. Sie sind gut. Man spürt, dass Ihr unter Candid und Rottenhammer gelernt habt.«

»Ich habe mich längst von ihnen losgelöst und mir einen eigenen Stil angeeignet.«

»So soll es sein. Auch ich habe mich von meinen Meistern losgelöst. Wir sind beide gleich alt, wenn ich mich nicht irre, beide neununddreißig, wer da noch nichts Eigenes hat ... Bevor wir aber vom Hundertsten ins Tausendste kommen ... Ihr habt Glück, mich noch hier anzutreffen; eigentlich müsste ich schon wieder auf der Willibaldsburg sein. Drum sagt an, was verschafft mir die Ehre?«

»Es ist etwas Vertrauliches. Dürfte ich Euch unter vier Augen ...«

Alberthal bot ihm Platz in seinem Entwurfszimmer an. Dieses Zimmer war ein extra Raum, auf einem Zwischengeschoss gelegen und über eine Stiege zu erreichen, in dem Alberthal ausschließlich zeichnete und Bücher studierte. Es ähnelte etwas Elias' Atelier, nur das Alberthal über wesentlich mehr Bücher verfügte und nicht nur unzählige Pläne und Skizzen an den Wände hingen, sondern auch ausgestopfte Eichhörnchen, Füchse, Marder und dergleichen mehr auf Holzborden ausgestellt waren.

»Schmucke Stücke, die Ihr da habt, Meister Alberthal!«

»Ich fröne der Jagd. Nur komme ich nicht mehr dazu. Die Arbeit! Aber sagt jetzt an, was führt Euch her?«

Matthias erklärte Alberthal in gesetzten Worten die Situation. Er unterstützte seine Erläuterung wie geplant mit dem Vorlegen seiner besten Zeichnungen. Alberthal hörte sich alles geduldig an und auch die Zeichnungen musterte er, ja, lobte Matthias gar für deren saubere Ausführung.

Als Matthias geendet hatte, sah er Alberthal an und wartete stumm auf dessen Antwort. Alberthal rieb sich die Hände, als ob ihn friere, dabei war es wohlig warm im Zimmer.

»Ja, der Holl! Der hat mir manchen Kummer bereitet. Ein überheblicher Mensch. Fähig, ja, aber anmaßend und herrschsüchtig. Mit so einem ist schwer zusammenarbeiten.«

»Manchmal dauert es, bis die rechte Gelegenheit kommt, einem seinen Hochmut zu vergelten. Jetzt ist sie da, ich bringe sie Euch.«

»Meister Kager, das ist gut gemeint. Aber nicht mehr nötig.«

»Ihr wollt Holl nichts heimzahlen?«

»Nein, will ich nicht. Nicht mehr. Ihr seid ein paar Jahre zu spät.«

»Für eine Revanche ist es nie zu spät. Wie viele Kinder revanchieren sich erst viele Jahre später für die Schmach, die man ihren Vätern angetan hat?«

»Mir ist nicht nach Revanche, Vergeltung, Rache oder wie immer Ihr es nennen wollt. Warum sollte ich alte Wunden öffnen und erneut böses Blut vergießen? Wem soll damit geholfen sein?«

»Verspürt Ihr denn nicht das menschliche Bedürfnis nach Genugtuung?«

»Genugtuung durch Rache? Das soll einem Christenmenschen wohlgefallen? Nein, werter Kager. Das ist nicht meine Gesinnung.«

Matthias hatte verstanden. In diesem Punkt hatte sich Garb also gründlich getäuscht; er würde nicht weiter bohren, andernfalls lief er Gefahr, Alberthal ganz als Verbündeten zu verlieren.

»Aber die Idee, dass Ihr mein ›Geisterzeichner‹ seid, ist doch genial, oder nicht?«

»Wollt ihr meine ehrliche Meinung dazu hören?«

»Deswegen bin ich hier.«

»Sie ist es aus drei Gründen nicht. Erstens: Einen Entwurf für ein Bauwerk von solcher Wichtigkeit und Dimension schüttelt man nicht so einfach aus dem Handgelenk. Das kann *ich* nicht, das kann unser Nürnberger Baumeister Wolff nicht und auch der Stadtwerkmeister von Augsburg nicht. Da geht wochenlange geistige Auseinandersetzung voraus. Bevor das erste Papier dafür verwendet, der erste Strich gezogen wird, hat man vor dem geistigen Auge schon Dutzende Visierungen erstellt. Gutes Pergament ist viel zu kostbar, als dass man es mit schlechten Entwürfen verschwendet.«

»Ihr hättet noch gute drei Wochen Zeit.«

Alberthal lachte laut heraus, entschuldigte sich dafür und schüttelte den Kopf.

»Drei Wochen? Kager! Welches prägnante Werk – ich spreche wohlgemerkt nicht von zusammengenagelten Hühnerställen – habt Ihr in drei lumpigen Wochen bewerkstelligt? Wie lange habt Ihr für die Freskenentwürfe des Weberhauses gebraucht?«

»Ihr sollt es in drei Wochen entwerfen, nicht bauen.«

»Drei Wochen natürlich für den Entwurf. Aber Kager, das wisst Ihr doch selbst, das mag reichen, wenn Euch nichts anderes in Beschlag nimmt, wenn Ihr einzig und allein die Zeit habt, Euch nur diesem einen Projekt zu widmen – Tag und Nacht! Sollte das der Fall sein, besteht immer noch die Gefahr, dass Euch die Muse nicht küsst, dass eben Tag um

Tag und Nacht um Nacht vergehen, ohne dass eine zündende Idee, ein inspirierender Funke Euch erhellen. Was dann? Dann rückt der Tag der Tage näher und was präsentiert Ihr? Gerademal ein mittelmäßiges Resultat. Was glaubt Ihr, warum es mehr Mittelmäßigkeit und ihre zahlreichen Beweise dafür gibt als Hochrangiges? Zum Zweiten: Ich hätte gar nicht die Zeit einen Entwurf zu gestalten. Ich stecke bis zum Hals in Arbeit und das wird noch lange so andauern. Allein für die Willibaldsburg braucht es noch Jahre, bis alles fertig sein wird; und das ist nicht meine einzige Baustelle. Drittens und letztes: Glaubt Ihr im Ernst, ich gebe mich für ein solch windiges Intrigenspiel her? Glaubt Ihr, ich opferte meine kostbare Zeit für so einen Betrug? Und Ihr? Ihr hättet keinen Skrupel, Euch für meine Arbeit hochleben zu lassen? ›Geisterzeichner‹ … wenn ich so etwas höre … da schlägt's mir die Wutröte ins Gesicht. Entweder Ihr seid der wahre Schöpfer Eurer Kunst oder Ihr seid es nicht. Habt Ihr denn kein Ehrgefühl?«

In diesem Moment hätte Matthias Garb am liebsten verflucht. Was hatte der ihm erzählt? Oder hätte er gar van Cron verfluchen sollen? Der hatte ihm doch den Rat gegeben, Giovanni Albertallo könne ihm helfen. Im Grunde musste er sich selbst verfluchen, für seine Dummheit! Verfluchen tat er sich nicht, aber er schämte sich maßlos, dass er sich bei Alberthal so ins schlechte Licht gerückt hatte. Er war einer Selbsttäuschung unterlegen, einem Wunschdenken; er hoffte, neben van Cron und Garb, mit Alberthal den dritten Verbündeten aufgetan und somit ein konspiratives Quartett errichtet zu haben. Diese Hoffnung hatte sich als falsch erweisen.

»Nichts für ungut, Meister Alberthal. Ihr seid ein ehrenwerter Mann. Ich trage Euch mein Bitten an, diese unsere Worte mögen niemals nach außen dringen. Ich möchte Euch zudem um Verzeihung bitten, Euch mit meinem abstrusen Ansinnen behelligt zu haben, das war nicht meine Absicht. Ich danke Euch dafür, dass Ihr mir die Augen geöffnet habt. Nach all Euren aufrichtigen Worten, weiß ich selbst nicht mehr, welcher Teufel mich geritten hat.«

Alberthal sicherte Matthias seine Verschwiegenheit zu. Das sei selbstredend – wie könne er sprechen von der Unsinnigkeit, alte Wunden aufzureißen, dann aber neue schaffen wollen, in dem er intrigante Machenschaften herausplaudere.

Matthias bedankte sich ein letztes Mal, verließ rückwärtsgehend, aber erhobenen Hauptes das Entwurfszimmer, stieg gemäßigten Schrittes die hölzerne Treppe hinunter, saß auf und ritt zurück nach Augsburg.

Der Ritt war begleitet mit Fluchen und sich selbst gut zureden. Alberthal würde nichts rauslassen, da war er sich sicher. Garb und van Cron konnten nichts dafür. Van Cron hatte lediglich die Möglichkeit in Aussicht gestellt, Garb hatte ihn zwar mehr in Sicherheit gewogen, doch auch das war nur reine Spekulation. Und dass Matthias vergessen hatte, Alberthal Garbs Empfehlung auszusprechen, war jetzt auch nicht mehr von Belang.

Dann musste es eben ohne Alberthal gehen. Matthias würde einen Weg finden. Zu viel stand auf dem Spiel, als dass er den Kampf aufgeben würde, bevor er überhaupt recht begonnen hatte. Bis zuletzt würde er kämpfen. Und ›zuletzt‹ war noch lange nicht.

Das Pferd abgegeben, schritt er nach Hause. Dort wiederholte sich die gestrige Prozedur: Er heizte ein, füllte den Zinnbecher mit Wein und Wasser und setzte sich an den Tisch, um zu denken. Das erwies sich als schwierig. Wenn doch nur Ibia hier wäre. Ihr könnte er alles erzählen, sie würde bestimmt eine gute Idee haben, und obendrein seine Spannungen lösen, die sich in seinen Leisten breitmachten. Aber bis sie zurückkehrte, würde es noch drei Tage dauern. Die Fahrt nach München und der Besuch bei den Eltern sollten sich ja schließlich lohnen.

Matthias zeichnete mit feinen Strichen kopulierende Figuren auf ein Skizzenblatt. Das tat er oft, wenn er in ein schöpferisches Loch hineingeraten war und ihm nichts einfallen wollte, um wieder herauszukommen. Es waren Szenen aus seiner Fantasie – einer sehr schmutzigen –, die er nie und nimmer Ibia hätte zeigen dürfen; obwohl Ibia, was eine Frau anbetraf, fast schon so schmutzige Gedanken hegte, wie es nur Männern erlaubt war. Oft zeichnete er eine Frau mit zwei Männern oder einen Mann mit zwei Frauen, die sich liebten und dabei Verrenkungen machten, wie man sie sonst nur auf der Kirmes bei den Schlangenmenschen sah. Er verzerrte bewusst die Proportionen und bestückte die Akteure mit übernatürlich großen Körperteilen.

Es klingelte.

Matthias fuhr hoch. Hastig schob er das Blatt unter einen Stapel Zeichnungen. Er räusperte sich und rief dann betont forsch: »Herein! Die Tür ist offen!«

Er nahm ein leeres Blatt und setzte sich in die Positur des Sinnierenden – der Störenfried sollte auf Anhieb den Frevel seiner Untat erkennen.

Es klingelte erneut.

»Herein, verdammt, habe ich gesagt!«

Wieder nichts. Entweder war derjenige, der Einlass erbat, schwerhörig oder aber war Matthias' Stimme zu schwach. Jetzt klopfte es an der Tür. Was sollte das denn? Glaubte jener da draußen, klopfen höre man besser als eine wohlgeschmiedete feine Seilzugklingel?

Matthias stand widerwillig auf, um zu öffnen. Er würde das Hutzelmännlein dort draußen schon recht zusammenstauchen, wenn der nicht wusste, dass man hart arbeitende Architektenkünstler nicht reizen sollte.

Als er öffnete, stand ein Mädchen vor der Tür. Es war in einen dicken schwarzen Mantel gekleidet und hatte einen großen Reisebeutel quer um die Schultern gehängt. Es schlug die Kapuze zurück, wohl um nicht wie ein Mönch zu wirken. Das freigelegte Haar, tiefschwarz, war unordentlich zusammengesteckt.

»Seid Ihr Matthias Kager?«

»Ja, das bin ich. Wieso?«

»Darf ich reinkommen? Mir ist bitterkalt!«

»Oh, entschuldige, natürlich, komm herein.«

Kaum herinnen, nahm das Mädchen den Beutel von der Schulter und ließ ihn auf den Boden fallen.

»Darf ich mich setzen? Ich bin ziemlich geschafft.«

»Natürlich, hier, nimm Platz.«

Matthias zog ihm den Stuhl her, auf dem er eben noch gesessen hatte; außer diesem und einer Truhe gab es im Atelier keine andere Sitzmöglichkeit.

»Habt Ihr etwas zu trinken für mich? Meine Zunge klebt am Gaumen.«

Matthias trank den Rest Wein in seinem Becher auf ex aus und schenkte dem Mädchen aus dem Wasserkrug nach.

»Hier trink und dann erzähl ... Wie heißt du, woher bist du? Ich will wissen, wer da einfach so in mein Atelier platzt und mich bei der Arbeit stört.«

»Ich heiße Lia, Lia Angelosanto, und komme geradewegs aus Venedig. Ich habe mich einer Reisegruppe angeschlossen, die über Bozen und Innsbruck nach München gefahren ist. Dort habe ich nach einer langen Suche erfahren, dass Ihr in Augsburg lebt. Und nun bin ich endlich zu Hause.«

›Angelosanto‹, ›zu Hause‹? Matthias merkte auf, um sich dann selbst zu beschwichtigen – Angelosantos gab es viele im Welschland.

»Was meinst du mit ›zu Hause‹?«

»Vielleicht lest Ihr das, bevor ich viele Worte mache.«

Lia zog einen zerknitterten Brief aus der Tasche und reichte ihn Matthias. Dem stachen zuerst die schwarzen und kantigen Fingernägel des Mädchens in Auge, bevor er den Brief in seine Hände nahm.

Er bestand aus zwei vollgeschriebenen Papierbögen und war adressiert an eine Celina Angelosanto im Fondaco dei Tedeschi in Venedig. Die gekünstelte Handschrift kam ihm bekannt vor. Auf der Rückseite des Briefes war noch das Siegel vorhanden, es zeigte die Initialen *JMK*.

Matthias nahm die beiden Blätter und setzte sich zum Lesen auf die Truhe. Der Brief war datiert mit *AS*[*] *1604 / 16. Januar.*

Er brauchte eine Weile für den Text. Zwei Mal las er

---

[*] AS: Anno Salutis, lat. »im Jahr des Heils« oder »im Jahr der Erlösung«, ist eine Formel für Jahresangaben wie AD für Anno Domini

ihn. Als lähmte ihn ein Traum, senkte er den Brief auf die Oberschenkel und sah Lia ins Gesicht. Er schwieg. Lia sagte ebenfalls keinen Ton. Sie schwiegen beide eine ganze Weile lang. Matthias erhob sich erneut, suchte erfolglos etwas, schritt wieder zum Tisch, griff den Federkielbecher, lehrte die Federkiele auf den Tisch, füllte den Becher mit purem Wein und trank ihn auf ex aus. Dann ließ er sich erneut auf der Truhe nieder.

»Ja, der Brief ist von mir. Ich habe ihn deiner Mutter vor zehn Jahren geschrieben.«

»Sie hat ihn mir an ihrem Sterbebett gegeben; das ist erst drei Wochen her. Mama hat mir bis zuletzt verschwiegen, dass es dich gibt und dass du mein Vater bist. Erst als es mit ihr zu Ende ging, hat sie mir alles offenbart.«

Matthias schwieg erneut. Er erhob sich von der Truhe, ging im Atelier umher und rieb sich nachdenklich den Bart. Er blieb vor dem Fenster stehen und sah schweigend hinaus, wandte sich nach wenigen Augenblicken zum Fresko, starrte darauf und fand keine Worte.

Lia sah ihn an. »Das ist ja unerträglich! Sprich doch zu mir!«

»Deine Mutter hat mir nie etwas von dir erzählt. Nie, hörst du! Nie! Keinen einzigen Brief, nicht eine Zeile habe ich von ihr erhalten, dafür, dass ich ihr meine Liebe erklärt habe! Drei Jahre lang hatte ich gehofft! Drei lange Jahre auf sie gewartet! Während der ganzen Zeit hatte ich an keine andere Frau gedacht! Nicht eine angerührt! Ich habe Celina nicht nur diesen einen Brief geschrieben. Dutzende sind es gewesen. Dieser hier ist der letzte. Und nicht einmal den hat sie beantwortet.«

Lia nahm ihm den Brief aus der Hand und steckte ihn zurück in ihren Beutel.

»Was machen wir jetzt, Papa?«

»Bist du verrückt? Nenn mich nicht Papa!«

»Aber das bist du doch, mein Papa.«

»Ich war bis vor kurzem nur der Vater eines kleinen Hosenscheißers, der meinen Vor- und Nachnamen trägt und dessen Mutter ich liebe. Jetzt erfahre ich aus heiterem Himmel, dass es eine Tochter namens Lia gibt. Was soll ich jetzt tun? Einen Luftsprung machen oder zu Tränen gerührt sein?«

»Darauf weiß ich keine Antwort. Es ist jetzt erst mal so wie es ist, und wir müssen was draus machen.«

»Du bist ja sehr praktisch, was?«

»Wenn man ohne Vater aufwächst und das einzige Kind ist, lernt man praktisch zu sein. Mutter hat mich alles gelehrt, was man fürs Leben braucht. Außerdem habe ich eine der besten Schulen Venedigs besucht, da lernt man auch allerhand.«

»Darum sprichst du so gut Deutsch; und auch noch ohne Akzent.«

»Alle, die im Fondaco dei Tedeschi arbeiten, sprechen zwangsläufig deutsch. Die Feinheiten allerdings habe ich auf der Schule gelernt. Ich beherrsche sogar Latein. Das Schulgeld dafür habe ich mir selbst verdient; mit harter Arbeit.«

Matthias dachte nach.

»Du siehst ganz verwahrlost aus; so kannst du nicht unter die Leute. Ich bereite dir den Zuber und richte uns das Mittagessen her. Dann sehen wir weiter.«

Die Suppe stand dampfend auf dem Tisch, als Lia frisch gebadet und zurechtgemacht in die Essküche trat. Hübsch sah sie aus in dem sauberen Kleid, das üppige schwarze Haar zu einem armlangen Zopf geflochten. Matthias musterte sie mit seinem Malerblick und sah sich bestätigt in seiner Philosophie über die welschen Frauen. Auch fiel ihm auf, dass sie Celina ähnelte: das Kinn, der Mund, die Nase. Nur nicht die Augen. Die waren anders, nicht wurzelbraun mit einem Hauch Ruß, sondern grau wie geriebener Stein.

Sie brachen sich Brot, aßen die Suppe und tranken – Wein gab es für Matthias, Wasser für Lia.

»Ich habe nachgedacht, Lia. Es wird dir vielleicht nicht gefallen, was ich jetzt sage, aber ich kann es nicht ändern.«

»Sprich!«

»Meine gesellschaftliche Position macht es mir unmöglich, dich als meine Tochter preiszugeben. Du bist ein uneheliches Kind, das ist ein großer Dünkel. Ich bin seit zehn Jahren mit Ibia verheiratet, sie ist streng gläubig, wir haben ein Kind und wollen Nachwuchs. Ich habe sehr viel zu arbeiten und befinde mich gerade an einem entscheidenden Punkt meines Werdegangs. Ich kann und darf nichts zulassen, was mich in irgendeiner Weise von diesem Weg abbringen könnte. Verstehst du mich?«

»Ja, ich glaube schon. Das heißt, du willst mich zurückschicken. Du bist kein Christenmensch!«

»Ich bin sehr wohl ein Christenmensch!«

»Warum nimmst du mich dann nicht als deine Tochter an? Schlimm genug, dass ich den beschwerlichen weiten

Weg machen musste, um endlich – nach dreizehn Jahren – meinen leiblichen Vater zu finden.«

»Verwende dieses Wort niemals in jemandes Gegenwart!«

»Ich sage es dir gleich: Ich gehe nicht mehr zurück.«

»Der Fondaco dei Tedeschi ist die beste Adresse in Venedig. Und Venedig ist eine wunderschöne Stadt. Was gefällt dir da nicht?«

»Da gibt es triftige Gründe. Aber die gehen dich nichts an. Du kannst mich nicht zurückschicken! Vorher würde ich allen die Wahrheit verraten.«

»Ich habe nicht gesagt, dass ich dich zurückschicke. Im Gegenteil, du bleibst!«

»He? Ich bleibe?«

»Ich habe eine Idee, wie das möglich ist. Aber vorher müssen wir ein paar Dinge regeln.«

Matthias erklärte Lia, dass es geschickter sei, sie als seine Nichte zu deklarieren, die nach Augsburg kam, um hier zu arbeiten. Gut zupass käme, dass er selbst mit einer Welschen verheiratet sei. Auch solle sie sich drei Jahre älter ausgeben; das sei weniger verfänglich und biete ihr mehr Möglichkeiten. Außerdem nehme ihr das jeder ab, so gut wie sie schon entwickelt sei.

»Gut, das habe ich alles begriffen. Das kann ich einsehen und auch einhalten. Und jetzt zu deiner Idee. Wie soll die sein?«

»Ein guter Freund von mir, Elias Holl, ist der Stadtwerkmeister von Augsburg. Seine Frau Rosina liegt krank im Bett. Sie brauchen dringend ein Hausmädchen. Das ist deine große Gelegenheit. Du bekommst eine neue Heimat und verdienst dein eigenes Geld. Die Holls haben fünf Kinder, das fünfte wird gerade bei einer Amme gestillt. Du brauchst nur den Haushalt zu erledigen und dich um die Kinder zu kümmern.«

»Weiter nichts. Das ist nichts Besonderes. Ich bin im Fondaco dei Tedeschi aufgewachsen. Arbeiten kann ich.«

»Dann lass uns unverzüglich los.«

Adelgund öffnete. Sie war erstaunt und hocherfreut über die Nachricht. Sie wandte sich an Matthias: »Frau Holl geht es viel besser als noch vor Tagen. Sie ist nur etwas launisch.«

»Inwiefern?«

»Sie kann herzensgut sein und aufgeweckt, dann wieder schnippisch; sie ist unausgeglichen wie ein kleines Kind. Aber ich weiß, es wird sich alles zum Guten wenden. Jetzt, wo ihr da seid.«

Sie bat die beiden ins Wochenzimmer.

»Welch ein Segen, Frau Holl! Ein neues Mädchen!«

Rosina bekam leuchtende Augen. Matthias sah ihr an, wie sehnlich sie auf Hilfe gehofft hatte. Diesen Eindruck sollte Rosina ihm selbst bestätigen. Sie nahm ihn am Arm, zog in zu sich her und flüsterte ihm ins Ohr: »Der liebe Herrgott hat meine Gebete erhört. Dieses Mädchen ist ein Engel. Er ist meine Rettung.«

Matthias nickte und lächelte milde. Ob Lia wirklich ein Engel war, das wagte er nicht zu beurteilen – dem Namen nach wohl, doch gefiederte Schwingen hatte er bei ihr nicht bemerken können; es sei denn, ihr gelang es, diese unter ihren Kleidern zu verbergen.

Lia trat ans Bett und stellte sich mit einem Knicks vor.

»Lia«, wiederholte Rosina, »ein schöner Name. Was bedeutet er?«

»Es gibt zwei Erklärungen. Eine recht gewöhnliche und eine edlere. Welche wollt Ihr hören?«

»Beide. Fang mit der edlen an.«

»Lia ist eine Abwandlung von der heiligen Lea von Rom, der Mutter der Jungfrauen und Schutzheiligen der Witwen. Mein Geburtstag fällt auf ihren Namenstag, den 22. März.«

»Das ist sehr schön. Und die einfache Erklärung?«

»Lia ist einfach nur die Endung von Julia. Aber so wurde ich nie genannt; so denke ich, stimmt die erste Variante.«

»Ja, das glaube ich auch. Die passt auch besser zu einem Eng…, zu einem Mädchen wie dir.«

»Rosina, wir müssten noch ein paar Formalitäten klären, wegen des Arbeitsverhältnisses, Lohn, Kost, Logis und so weiter.«

»Das macht alles Elias. Aber der ist auf den Baustellen. Er kommt erst heute Abend wieder zurück.«

»Dann nur mal so weit, Rosina, Ihr würdet Lia als Hausmädchen haben wollen?«

»Aber unbedingt. Habt Ihr meine Worte von vorhin vergessen? Sobald mein Mann kommt, werde ich mit ihm die Anstellung besprechen. Wir hatten zweimal große Probleme mit einem Mädchen. Ich hoffe, nein, glaube ganz fest, das wird jetzt nicht mehr der Fall sein. Es heißt ja, aller guten Dinge sind drei. Lia ist die dritte und die beste.«

»Vielen Dank Frau Holl, dass Ihr mir so viel Gutes schon im Voraus sagt, und das, wo ich noch nicht einmal angefangen habe.«

»Es gibt Menschen, denen sieht man das Gute an. Du bist so ein Mensch, und ich weiß, wer dich geschickt hat. Darum wird alles gut.«

»Mich hat niemand …«

Matthias nahm sie am Arm. »Lass gut sein, Lia. Nun gut, Rosina, wie wollen wir verbleiben?«

»Elias wird Euch morgen in der Früh aufsuchen und alles fix machen. Lia kann dann anschließend bei uns einziehen. Adelgund wird sie einweisen. Sie soll sie jetzt schon mal kurz herumführen.«

Nachdem Adelgund ihr alles gezeigt hatte, verabschiedeten sie sich und gingen zurück zu Matthias' Haus.

»Sag, Papa …«

»Heh, was hab ich gesagt? Willst du uns in Teufels Küche bringen? Du redest mich ab jetzt nur noch mit ›Ihr‹ und ›Meister Kager‹ an.«

»Nur in der Öffentlichkeit! Unter vier Augen bleibt es beim Du. Mama habe ich auch geduzt. Sie sagte, wir seien keine Adligen.«

»›Du‹ kannst du sagen, aber das ›Papa‹ bleibt weg. Und ich sag's dir: Versprich dich ja nicht!«

»Ich pass schon auf. Was hat Frau Holl eigentlich damit gemeint, sie wisse, wer mich geschickt habe?«

»Hast bestimmt gesehen, dass nicht nur über der Eingangstür ein Christus hängt. In jedem Zimmer ist einer. Rosina ist *sehr* gläubig, und das obwohl sie nicht einmal eine der Unsrigen ist. Sie glaubt, du wurdest vom Herrgott geschickt.«

Dass Rosina gar glaubte, Lia sei ein Engel, wollte er ihr nicht sagen.

»Dabei weiß sie ja nicht einmal meinen Nachnamen ...«

Die Art, in der Lia das sagte, machte ihn stutzen. Ihm schoss die Szene mit van Cron im kleinen Lesezimmer der Bibliothek ins Gedächtnis – der Astronom hatte in einer Eingebung den Namen Lias niedergeschrieben, das hatte Matthias eindeutig gesehen. Was hatte das zu bedeuten?

10

Mondlicht. Elfenbeinfarben fällt es durchs Fenster und taucht Tisch, Stuhl, Truhe und Staffeleien in einen blassen Schimmer. Die Sixtinische Madonna dort an der Wand, so groß, so übermächtig, schillert bläulich und wirkt fremd; sie ist nicht so, wie du sie kennst.

Lia lag wach auf dem Bettlager, das der fremde Vater ihr im Atelier auf dem Boden errichtet hatte. Es schenkte sich an Lieblosigkeit nichts mit den Lagern ihrer Reise von Venedig bis hierher. Zehn Tage war sie unterwegs gewesen: Padua – Vicenza – Verona – Trient – Bozen – Brixen – Innsbruck – Rosenheim – München. In München hatte sie drei Tage lang zugebracht mit der Suche nach einem Mann, der für sie vollkommen unbekannt war, über den sie außer aus den wenigen Worten der Mutter und denen eines Briefes nichts wusste, und von dem sie fälschlicherweise annahm – so wie sie es aus den Zeilen herausgelesen hatte –, er stünde dort immer noch in irgendjemandes Diensten. Tagsüber suchte sie in den Ateliers Münchens, nachts schlief sie zusammengekauert unter den Isarbrücken mit zahlreichem ›Gesindel‹, was ihr kein Unbehagen verschaffte oder gar Angst – sie kannte diese Spezies Mensch, die gemeinhin als Gesindel bezeichnet wurde; sie kannte aber ebenso die andere Spezies, die sie als solches brandmarkten.

Was ihre Münchner Suche nach dem Vater kolossal erschwert hatte: Lia kannte nur seinen Vornamen. Mehr barg der Brief nicht. Mehr hatte auch die Mutter nicht genannt. Mit *JMK* als Siegelinitialen, die Wissenden aufschlussreich hätten sein mögen, konnte nur einer etwas anfangen: Heimeran Thannhäuser, ein greiser Galerist in München, auf den Lia nach zahlreichen Schlägen ins Wasser gestoßen war. Der klärte sie auf über Namen und Stand des Freskenmalers, der schon vor über zehn Jahren seine Zelte hier abgebrochen hatte und in Augsburg aufgeschlagen.

Lia entzündete eine Kerze und zog die Bibel aus dem Reisebeutel. Die Heilige Schrift war das einzige Buch, das sie besaß. Sie war ihr, die seit dem sechsten Jahr lesen und das Gelesene mit zehn Jahren größtenteils und annähernd verstehen gelernt hatte, neben Diego und Marta zum Freund geworden. Zum Vater. Zum Bruder und zur Schwester. Zum Wegführer und Begleiter. Ein Schlüsselwort war es gewesen, eines von einem Gast im Fondaco dei Tedeschi über sie gesprochen, dass sie neugierig gemacht, mehr noch, ihre Neugierde dermaßen angestachelt hatte, dass sie keine Ruhe gab, bis die Mutter ihr eine Bibel besorgte, ganz für sich allein. Dort suchte sie nach dem bestimmten Wort und musste feststellen, dass es so, wie es der Gast gesprochen hatte, nirgendwo geschrieben stand. Der Gast hatte unbeirrt behauptet, sie sei eine ›Evastochter‹, das könne er jetzt schon ganz deutlich sehen. Er würde gerne wiederkommen, um am eigenen Leibe zu erfahren, ob er Recht behalten habe. Er war nicht mehr gekommen, doch Lia hatte mit den Jahren die Bedeutung herausgefunden; ein alter bibelfester Mann aus der Nachbarschaft hatte sie aufgeklärt: »Das meint 1, Moses 3,6. ›Evastöchter‹ sind die Mädchen, die mehr als andere verführerisch sind und deswegen als gefährlich für die Standhaftigkeit des Mannes gelten. Vor Evastöchtern hat ein Mann sich zu schützen, widrigenfalls besteht Gefahr, durch sie innerlich zu verbrennen.« Das machte Lia stolz; allein die Vorstellung, dass ein erwachsener Mann allein ihretwegen innerlich in Flammen aufging, verschaffte ihr ein Gefühl der Überlegenheit. Sie wusste zwar noch nicht genau, was man unter verführerisch verstand und wie man tun musste, um es zu sein, doch allein die Aussicht darauf ließ sie wachsen und noch aufrechter durch den Fondaco gehen.

In sieben Jahren hatte sie die Bibel zehn Mal komplett vom ersten – *Am Anfang schuf Gott Himmel und Erde* – bis zum letzten Satz – *Die Gnade des Herrn Jesu sei mit allen* – durchgelesen. Sie kannte das Alte Testament mit den fünf Büchern Mose, den einundzwanzig Büchern der Geschichte des Volkes Gottes, den sieben Büchern der Lehrweisheiten und den Psalmen, den neunzehn Büchern der Propheten; wie das Neue Testament mit den vier Evangelien und der Apostelgeschichte, den neun Paulinischen Briefen, den fünf Pastoralbriefen, den sieben Katholischen Briefen und zuletzt der Offenbarung des Johannes. Sie hatte sich unzählige Zitate und Weisheiten gemerkt und damit bei den Gästen Eindruck geschunden. Doch letztlich interessierten sie die Gäste nicht wirklich, es waren allesamt Kaufleute, die mit dem Geld herumwarfen und meinten die Krone der Menschen zu bilden. Im Grunde verabscheute Lia sie sogar. Immer wenn sie beobachtete, wie diese aus ihren prallen Geldkatzen die Münzen herausschütteten, dann fiel ihr Psalm 62, Vers zehn bis dreizehn ein:

Nur ein Hauch sind die Menschen, die Leute nur Lug und Trug. Auf der Waage schnellen sie empor, leichter als ein Hauch sind sie alle. Vertraut nicht auf Gewalt, verlasst euch nicht auf Raub! Wenn der Reichtum auch wächst, so verliert doch nicht euer Herz an ihn! Eines hat Gott gesagt, zweierlei habe ich gehört: Bei Gott ist die Macht; Herr, bei dir ist die Huld. Denn du wirst jedem vergelten, wie es seine Taten verdienen.

So wie sie die Betuchten verachtete, so waren ihr – wie bei Jesus, dem Christus – die Armen ans Herz gewachsen; wobei sich Armut ja nicht auf das Geld bezog, sondern auf alle Facetten des Lebens. Besonders augenfällig waren die körperlichen Gebrechen und deren Hüter, die naturgemäß sofort zu erkennen waren: Die Zwerge und Gnome, wie die wandelnden Skelette. Die Schief- und Krummwüchsigen, die mit eingeknickten Beinen, mit Klump- und Elefantenfüßen übers Pflaster hatschten. Die geistig Verwahrlosten, die summend und mit dem Kopf wippend mit schwarzen Fingern im Unrat nach einem Stück Essbarem stocherten und dieses zwischen ihren Zahnstümpfen wie Kuhviecher hin und her kauten. Lia fühlte sich wohl und sicher bei den hässlichen Männern und Frauen mit schütterem Haar oder glatzköpfig, mit Feuermalen im Gesicht und am Hals, der Körper gar mit Pusteln übersäht. Obwohl sie mit ihrer Schönheit das Gegenteil von ihnen war, empfand sie keine Angst bei diesen Kreaturen, dem Abschaum von Venedig, der seine Baracken rund um die Kirche Santa Maria Valverde aufgeschlagen hatte. Diese Menschen nannten, anders als die reichen Pfeffersäcke im Fondaco, keine einzige Münze ihr eigen und dachten nicht einmal im Traum daran, Lia damit kaufen zu können. Lia war auf diese einzigartigen Menschen gestoßen bei ihren Erkundungs- und Streifzügen durch die verwinkelten Gassen, die Treppen rauf und runter zu den kleinen Plätzen und weiter nach Norden zu. Neben dem Bibelstudium war das stundenlange Streifen ihr heilsamer Trost gegen das strenge und arbeitsreiche Leben im Fondaco. Anfangs war sie umhergestreift, wo sich ›alle‹ trafen, rund um den Markusplatz, dem Dogenpalast und den Prokuratien, der Markuskirche und dem Campanile. Dort war sie ursprünglich nicht der Menschen wegen hingegangen, sondern der Raben und Katzen wegen. Seit jeher faszinierten sie diese Geschöpfe und immer wieder suchte sie deren Nähe. Als sie nördlich des Kanals von Cannaregio das Geto novo, wo die Juden hausten, gefunden hatte, und hernach die Armen von Valverde aufgetan, interessierten sie die feinen Fassaden mit den geleckten Herren und Damen nicht mehr. Aber auch das war nur eine Phase. Das Interesse an den Aussätzigen schwand und erlosch, als sie auf eine neue, ganz und gar faszinierende Spezies Mensch traf: Die Künstler. Zuerst war sie bei dieser Spezies auf die Gaukler gestoßen. Die Gaukler oder Landfahrer, wie sie von manchen genannt wurden, gehörten zum niedersten Volk. Als Fahrende standen sie außerhalb der ständischen Hierarchie und hatten weder Rechte noch ein kirchliches oder soziales Ansehen. »Sie sind den Ehrlosen zugehörig und man geht ihnen aus dem Weg«, hatte deine Mutter dir erklärt. Für deine Mutter waren sie »allesamt faules und herrenloses Pack, das sein Geld mit unlauterer Arbeit« verdiente. Dass sie Menschen waren, die mit ihren

Darbietungen Kindern wie Erwachsenen Freude bereiteten und sie mit Nichtalltäglichem in Erstaunen versetzten, das sah deine Mutter so wenig wie die zum Teil fragilen Geschöpfe hinter ihren Kostümen und Gewändern. Nichts wusste deine Mutter von deren Sehnsüchten und Träumen. Anders du. Du hast sie nicht nur beobachtet, sondern dich zu ihnen hinbegeben und mit ihnen gesprochen, im Ansinnen, von diesen Menschen zu erfahren und aus ihnen zu lesen wie aus den Büchern in der Schule. Du warst gleichermaßen bezaubert von den dunkelhäutigen Kraftmenschen, mit geflochtenem Haarzopf, goldenen Kreolen in den Ohrläppchen und bloßem Oberkörper, die kürbisgroße Eisenkugeln stemmten, wie auch von den Feuerfressern, die beinlange Flammen in die Luft spuckten. Auch die Jongleure, die drei, vier, ja fünf oder auch sechs Bälle oder Reifen durch die Luft warfen, faszinierten dich. Noch mehr in den Bann zogen dich die Schlangenmenschen, die ihre Körper verdrehten und windeten, um in einer kleinen Kiste zu verschwinden, und die Springer, die Rad schlagend und Salto drehend, durch die Luft wirbelten. Seit du die Gaukler zum ersten Mal bei ihren Streifzügen durch Venedig gesehen hattest, fandest du immer eine Gelegenheit, dich zu ihnen fortzustehlen.

Auch die Begeisterung für die Gaukler erlosch, nachdem Lia so viele ›gelesen‹ hatte. Ihre Worte wiederholten sich. Neues erwuchs nicht aus ihnen. Die Rätsel um sie waren gelöst, alle Geheimnisse preisgegeben. Lia fand die andere Kaste der Künstler, die Schaffenden. Es waren die Bildhauer und die Maler, die Brunnenbauer und die Kunstschmiede. Letztlich kam sie zurück zu jenen, denen sie den Rücken gekehrt hatte: den feinen Fassaden. Das Interesse an den kunstvollen Häusern, den Hallen und Brücken wuchs stetig und unaufhaltsam. Es mündete in eine sonderbare und eigentümliche Faszination an der Architektur, die weder sie erklären konnte noch ihr Lehrer, den sie mit Fragen nur so überhäufte und zu dem sie ein ganz besonderes und überaus inniges Verhältnis hatte.

Die Beine gekreuzt, saß sie mit dem Rücken aufrecht gegen die Wand, die Bibel auf dem Schoß. Jetzt bist du also hier. In Augsburg. Bei deinem Vater. Der liegt oben allein in einem großen Bett, während seine Frau fort ist. Dich, seine Tochter, hat er in die Bilderwerkstatt einquartiert. Du bist eine Fremde für ihn, wie er ein Fremder für dich ist. Du hast ihn aufgesucht, dich in sein Nest gesetzt und jetzt? Was hast du erwartet?

Die Antwort darauf blieb sie sich schuldig. Stattdessen las sie in der Bibel. Für die ›göttliche‹ Auswahl der jeweils zur Situation passenden Passage, hatte sie sich eine eigene Methode ersonnen: Mit geschlossenen Augen ließ sie mehrmals die Seiten durch ihre Finger schnurren, bis sie abrupt anhielt und sich überraschen ließ, welcher Psalm oder Spruch, welche Weisheit oder Geschichte sich ihr auftat. Zuvor drehte und wendete sie mehrmals die Bibel kreuz und quer hinter dem Rücken, um nicht zu wissen, ob sie vorne, im Alten Testament, oder hinten im Neuen Testament begann. Dieses machte ja nur ein Viertel aus, was sie am Seitenvolumen erfühlen konnte. Mit dieser Taktik versuchte sie das Zufallsprinzip zu wahren und die Wahl der zu lesenden Passage nicht ihrem Fingerspitzengefühl zu überlassen, sondern dem schicksalhaften Fingerzeig.

Keiner soll mich für einen Narren halten. Tut ihr es aber doch, dann lasst mich auch als Narren gewähren, damit auch ich ein wenig prahlen kann …

las Lia, und weiter:

Ihr lasst Euch die Narren ja gern gefallen, ihr klugen Leute. Denn ihr nehmt es hin, wenn Euch jemand versklavt, ausbeutet und in seine Gewalt bringt, wenn jemand anmaßend auftritt und euch ins Gesicht schlägt …

Lia hielt inne. Es hatte sich ihr die Narrenrede im zweiten Korintherbrief aufgetan. Ein Narr, das bist auch du gewesen, Lia, und wer weiß, womöglich bist du es ja noch immer? Wirst es gar bleiben? Nicht alles in deinem bisherigen Leben ist gut verlaufen, doch verglichen mit dem, was Apostel Paulus widerfahren ist –

Ich habe mehr gearbeitet, ich bin öfter gefangen gewesen, ich habe mehr Schläge erlitten, ich bin oft in Todesnöten gewesen.

Von den Juden habe ich fünfmal neununddreißig Geißelhiebe erhalten; dreimal wurde ich mit Stöcken geschlagen, einmal bin ich gesteinigt worden;

dreimal habe ich Schiffbruch erlitten, einen Tag und eine Nacht trieb ich auf hoher See.

Ich bin oft gereist, ich bin in Gefahr gewesen durch Flüsse, in Gefahr unter Räubern, in Gefahr durch das eigene Volk, in Gefahr unter Heiden, in Gefahr in Städten, in Gefahr in Wüsten, in Gefahr auf dem Meer, in Gefahr unter falschen Brüdern.

In Mühe und Arbeit, in viel Wachen, in Hunger und Durst, in viel Fasten, in Frost und Blöße. Und außer all dem noch das, was täglich auf mich einstürmt …

– waren ein paar Ohrfeigen, Tage ohne Essen mit Hausarrest und Bibelverbot nichts Besonderes. Arme Mutter, sie hatte es nicht leicht mit dir gehabt. Aber du mit ihr nicht weniger. Mutter ist tot. Und du bist hier. Du hast es geschafft, mit deiner Vergangenheit zu brechen und hast dich aufgemacht in ein neues Leben. Matthias Kager heißt also dein Vater. Ein Künstler ist er; das wolltest du doch auch immer werden. Und, was sagst du zu ihm? Ist er so, wie du ihn dir ausgemalt hast? Er hat dich nicht einmal in den Arm genommen, wo er doch dein Vater ist; aber womöglich hatte Mutter Recht, wenn sie immer behauptete: »Alle Männer sind schlecht!«

»Auch die Künstler?«, hattest du sie daraufhin gefragt, und Mutter hatte geantwortet: »Die ganz besonders!«

Vater ist ein Künstler und er müsste bemerkt haben, dass du eine Evastochter bist. Ja, das bist du! Rede dir ja nicht das Gegenteil ein! Oft genug haben es die Männer im Fondaco der Mutter gesagt in deinem Beisein, die Heuchler und Schmeichler; sie dachten, wenn sie es ihr sagten, statt direkt dir, dann deute man es als Kompliment für die Mutter und kaschiere den wahren Hintergedanken, den Mutter und auch du aus ihren lüsternen Blicken herausgelesen haben, doch deren Erfüllung sie auf diese plumpe Art und Weise niemals von dir bekamen.

War es deine Schuld, dass du immer hübscher wurdest mit jedem Jahr, und dass darüber die Eifersucht der Mutter wuchs? Dass Mutter dir das Haar neidete, das noch dichter und fester, noch üppiger und schwarzglänzender fiel als das ihrige? Dass deine Haut so sanft, so pfirsichweich und golden schimmerte, vom Sonnenlicht bestrahlt?

Dass du mehr Worte fandest und hattest und damit nicht nur durch deine kindfrauliche Schönheit das Augenmerk der Männer auf dich zogst, sondern dir auch deren Gehör verschafftest?

Ihre Mutter hatte Lia geliebt, sie war ihr Kind, aber ihre Mutter hatte sie nicht geliebt. Die Gründe dafür gingen Lia nach und nach auf; es war nicht nur, weil sie schöner und klüger als ihre Mutter war, es gab noch einen anderen Grund, den die Mutter ihr einmal offenbart hatte: »Zu einem glücklichen Leben gehört nicht unbedingt eine Tochter, aber unbedingt ein Ehemann. Und nicht ein x-beliebiger, sondern einer, der einen liebt und den man auch liebt!«

Mit einem unehelichen Kind konnte Mutter keine Ansprüche stellen. Im Gegenteil, bessere Partien hielten Abstand. Die Männer, die Interesse vorgaukelten, wollten anfangs von ihr – später von Lia – nur das Eine, zudem sich von hinten bis vorne bedienen lassen und auch das Geld haben, das Mutter verdiente. Mutter war klug genug gewesen, solchen Blendern eine Abfuhr zu erteilen.

Lia spürte ihre feuchten Augen. Sie wusste, sie würde zu weinen beginnen. Sie wusste ebenfalls, sie würde sich die Tränen nicht fortwischen. Sie hatte die Gabe der Tränen. Warum eine solche Gabe verleugnen, gar bekämpfen? So wie man es stets den Jungen einbläute.

Sie schlug die Bibel zu – mit nassen Augen ließ sich nicht mehr gut lesen –, steckte sie in den Beutel zurück und kroch unter die Decke. Kalt war es nicht; im Ofen, den sie am Abend noch entzündet hatte, glommen noch die Scheite. So war es nicht der Kälte wegen, weshalb sie sich die Decke unter die ausgestreckten Füße schlug und sie bis zur Nasenspitze nach oben zog, es war der Geborgenheit wegen. Wenn man niemanden hatte, der einem im Bett die Hand oder gar im Arm hielt, war die Decke das einzige, was einem im Schwarzblau der Nacht Behütetsein und Schutz bot.

Die Decke, welche es auch sein mag, ist dein Schneckenhaus für die Nacht.

Lia lag still und kreiste mit den Augen, sah so in Zirkeln durchs vom Mondlicht erhellte Atelier. Der Schlaf wollte sie immer noch nicht holen, obwohl sie so viel auf den Beinen gewesen war.

Morgen wirst du deinen neuen Dienstherren kennenlernen. Elias Holl heißt er. Was mag das für einer sein? Viel hat Vater nicht über ihn erzählt. Dass er Häuser baut. Dass er verheiratet ist und fünf Kinder hat. Was noch? Dass er Protestant ist, eigenwillig, überehrgeizig und egoistisch. Dass du besser Abstand von ihm nimmst – ›Alle Männer sind schlecht‹. Seine Frau ist dann wohl das Gegenteil. Sie hast du auf Anhieb gemocht. Sie denkt, du bist ein Geschenk des Himmels. Wenn sie das wirklich mit aller Überzeugung glaubt, beschämt es dich fast. Wie kommt sie nur auf so einen Gedanken? Oder war das nur Gerede? Worte sind schnell gesprochen, wenn man nicht jedes auf die Goldwaage legt. Nein, bloßes Gerede war es nicht, dazu hatte sich viel zu viel Ernst in ihren Augen gespiegelt. Adelgund hat dir schon die Kammer gezeigt, die du morgen beziehen wirst. Es ist eine sehr schöne Kammer, viel schöner als deine ehemalige im Fondaco; mit einem richtigen Bett – nicht mehr auf dem Boden schlafen, sondern erhöht. Überhaupt ist das ganze Haus der Holls so schön und liebevoll eingerichtet; schöner als hier bei deinem Vater, obwohl er doch ein Künstler ist – ›Auch die Künstler?‹ ›Die ganz besonders.‹ Auf Vaters Frau bist du ja sehr gespannt, Ibia heißt sie. Dir ist klar, warum er sich eine Welsche und keine Alemannische genommen hat. Weshalb Mutter ihn verschmäht hat, weißt du allerdings nicht. Das hat er dir nicht gesagt – du hast ihn auch nicht gefragt; hätte sich auch nicht geschickt am ersten Tag. Vielleicht wirst du es ihn ja noch fragen? Ob er es dir dann auch verraten wird? Vielleicht weiß er es ja selbst nicht? Oder er will nichts über sich und andere erzählen? Vielleicht gibt's ja auch nichts zu erzählen? Nein, das kann nicht sein. Jedes Leben steckt voller Erzählungen. Wenn du jetzt begönnest, das deinige zu erzählen, wie lange möge es dauern, bis alles, was dir in Erinnerung steht, gesagt wäre?

Lia schloss die Augen. Du betest jetzt das Vaterunser und danach wirst du einschlafen.

Zwölfmal musste sie es beten – immer wieder unterbrochen von Gedanken an den morgigen Tag –, bis der Zauber wirkte.

11

»Du kommst spät, mein Liebling.«

Rosina saß aufrecht im Bett, die Bibel lag aufgeschlagen neben ihr. Ich war erstaunt und erfreut darüber, wie sie den verwerflichen Umstand der Verspätung mit dem ›Liebling‹ entschärfte; das war ganz konträr zu ihren letztmaligen Worten.

Sie hielt mir die Hände ausgestreckt entgegen und umarmte mich. Nach wie vor spürte ich ihren knöchernen Oberkörper, doch ihr Griff war von viel mehr Leben erfüllt und sie fühlte sich auch viel wärmer an. Ich atmete auf.

Ich setzte mich neben sie auf den Stuhl und hielt ihre Hand.

»Ich war noch bei Remboldt. Ich wollte ihn wegen einem Hausmädchen fragen. Leider war er nicht zugegen. Aber bitte, sorge dich nicht. Ich verspreche dir, es wird nicht mehr lange gehen und du bekommst dein Hausmädchen. Hab nur noch einen Tag Geduld. Ich werde Remboldt gleich morgen in der Früh noch einmal aufsuchen.«

»Das brauchst du nicht. Der Herrgott hat meine Gebete erhört. Er hat uns einen Engel geschickt.«

»Wie bitte?«

»Der Kager Matthias war da.«

»Matthias? Was hat der damit zu schaffen?«

»Er war heute da mit einem welschen Mädchen, eine Verwandte von ihm, oder wohl eher von Ibia, so genau weiß ich es nicht. Es wird bei uns anfangen.«

»Aber … Ist es was Rechtes? Ich meine … wir hatten zweimal Pech. Du hast hoffentlich noch nicht fest zugesagt?«

»Wie könnte ich es wagen?«

»Ich will schon sehen, wen ich da Fremdes in mein Haus hole.«

»Das weiß ich doch, mein Schatz. Ich habe Matthias gesagt, du kämest morgen, um alles zu regeln. Aber glaub mir, es ist kein Zufall, dass Matthias mit ihr gekommen ist. Das ist allein Gottes Werk.«

Dazu wollte ich mich nicht äußern. Rosina konnte Recht haben oder auch nicht. Natürlich war ich ein gläubiger Mensch, aber es gab auch Momente des Zweifels. Hier jedoch schien die Wahrscheinlichkeit groß, dass es sich nicht um einen Zufall handelte – was wäre geschehen, wenn ich umsonst zu Remboldt gegangen wäre und er mir kein Mädchen hätte vermitteln können? Rosina wäre von Stunde zu Stunde garstiger geworden. Ihre Garstigkeit wäre in Verbitterung übergegangen. Ich hätte keine Freude mehr gehabt, meine Gedanken und meine Schöpferkraft für den Entwurf des neuen Rathauses wären versiegt und mein Traum zerstört gewesen.

»Rosina, ich freue mich für dich!«

»Für uns, Elias! Freu dich für uns!«

Ich nahm Rosina erneut in den Arm und küsste ihre Stirn.

Noch an diesem Abend ging ich mit neuer Tatkraft ins Atelier. Wie immer entfachte ich das Feuer im Ofen, steckte mir die zwölf Kerzen auf dem Zeichentisch an und setzte mich ans Blatt. Ich würde etwas gänzlich Neues entwerfen, doch ich wusste noch nicht was.

Die Zeichenfeder wieder zurück in den Becher gestellt, stand ich auf, ging im Atelier umher, biss mir häufiger als sonst auf die Lippe und versuchte mir neue Entwürfe im Kopf auszudenken. Es wollten sich keine Bilder einstellen, obwohl ich doch meiner größten Sorge enthoben war – dass dies ausgerechnet durch Matthias geschah, war mir gar nicht recht, doch in diesem Fall musste ich darüber hinwegsehen.

Eine gute Weile ging ich tatenlos im Zimmer umher. Mir würde heute nichts mehr gelingen, zu sehr war ich mit meinen Gedanken bei Rosina und ihrer Engelsvorstellung. Es war bekannt, dass Engel sich nicht stets als solche zu erkennen gaben, sondern in Menschengestalt auftraten, so wie es ja auch bei Jakob in Penuël gewesen war. Das geschah immer dann, wenn es galt, das Verhalten des Menschen, und damit den Menschen selbst, zu prüfen.

Wer sollte hier geprüft werden? Und warum? War nicht das ganze Leben eine einzige Prüfung? Brauchten wir da Engel, die uns überdies noch Prüfungen unterzogen?

Beim Glockenschlag zwölf in der Nacht ging ich zu Bett, das Einschlafen jedoch wollte mir nicht gelingen. Ich wünschte mir Rosina an meine Seite, doch so lange Häberlin nicht zustimmte, mussten wir alleine liegen. Das mochte nicht mehr allzu lange dauern, wenn bald das neue Hausmädchen käme. Ich dankte Gott.

Am nächsten Morgen um acht Uhr, nach der Visite beim Neuen Bau, suchte ich Matthias auf. Er rührte Farben an im Atelier. Wir begrüßten uns nüchtern.

»Ich komme wegen des Mädchens«, hob ich an, »Rosina hat mir nicht allzu viel erzählt. Was ist es für eines?«

»Eine Verwandte von mir. Du weißt doch, ich habe über Ibia Familie im Welschland. Sie heißt Lia.«

»Wie weiter?«

»Äh, ... jetzt muss ich nachdenken, ... die Familie ist groß, weißt du ... Faccini, Lia Faccini heißt sie und kommt aus ... Bozen.«

»Wie alt?«

»Sechzehn.«

»Mit Hausarbeit und mit Kindern kennt sie sich aus?«

»Natürlich! Hätte ich sie dir sonst gebracht? Rosina war ganz begeistert von ihr!«

»Ich weiß. Hat sie dir auch gesagt, wieso?«

»Du meinst die Engelsgeschichte ... Ja, das hat sie. Und wenn es für Rosina so sein soll, dann rede ich da nicht dagegen.«

»Wenn es nicht ausartet.«

»Was soll da ausarten?«

»Wir hatten vor Jahren schon mal damit Probleme. Ich will nicht näher darauf eingehen.«

Es ging Matthias nichts an, aber Rosinas Engelsgläubigkeit war ihre größte Schwäche, sie konnte bis zur Engelshörigkeit ausarten.

»Lia ist ein ganz normales welsches Mädchen, wie sie

in Bozen zu Dutzenden umherspringen. Das wirst du ja selbst gleich sehen. Sie ist drüben in der Stube. Warte, ich hole sie.«

Ich nutzte die Zeit, um mich bei Matthias im Atelier umzuschauen. Das große Fresko stach mir ins Auge, doch so schön es auch war, es konnte meinen Blick jetzt nicht fesseln. Ich sah sein Venezianisches Holzmodell und ging nach dem Tisch; möglicherweise lagen da schon erste neue Entwürfe für das Rathaus …? Das neue Rathaus. Das musste für die nächsten dreieinhalb Wochen das Zentrum meiner Gedanken sein. Alles andere hatte hintenanzustehen. Gott, wie war ich froh, dass sich das mit dem Mädchen fügte – nicht auszudenken, in welche Bedrängnisse mich es gebracht hätte, wäre meine Suche erfolglos geblieben.

Die Tür öffnete sich. Matthias hielt sie auf und hieß das Mädchen mit einer Geste eintreten. Wir sahen uns an. Ein Blick nur, wenige Sekunden. Ich schluckte. Ihr die Hand reichend trat ich auf sie zu.

»Du bist also Lia. Lia Faccina aus Bozen.«

»Faccini«, korrigierte sie mich.

»Oh, natürlich, Verzeihung. Ich bin Elias Holl, der Stadtwerkmeister. Wie alt bist du?«

»Dreiz… mal fünf plus eins.«

»Eine sehr ungewöhnliche Angabe. Du liebst die Mathematik? Oder warum machst du solche Spielchen?«

»Ich kann gut mit Zahlen umgehen, mein Herr, und bin auch sonst sehr gebildet; ich beherrsche sogar das Lateinische.«

»Als Kinder- und Hausmädchen ist Bildung nicht gefragt. Da heißt es von morgens bis abends arbeiten. Und Latein brauchst du da schon gar nicht.«

»Ich weiß. Das eine schließt aber das andere nicht aus, mein Herr. Als Stadtwerkmeister seid Ihr doch auch gebildet und arbeitet dabei dennoch körperlich.«

»Wer hat dir das verraten?«

»Eure Hände. Sie sind kräftig und haben Schwielen. Buchhalter oder Kaufleute haben so etwas nicht.«

»Na, Elias, habe ich zu viel versprochen? Lia ist eine echte Bereicherung. Du kannst von Glück sagen, sie zu bekommen.«

Ich ging hinüber zum Ofen und nahm den Korb Brennholz in die Hand. »Matthias, du erlaubst?«

Ohne seine Antwort abzuwarten, leerte ich den vollen Korb auf dem Boden aus. »Lia, schichte die Scheite neu ein, und zwar so, dass noch zwei mehr als vorher hineinpassen. Mach so schnell du kannst.«

Sie stellte die Scheite hochkant gegen die Korbwandung und füllte den Korb mit konzentrischen Kreisen. In nur einer Minute hatte sie den Korb gefüllt. Es passten sogar drei Scheite mehr hinein.

»Kannst du ihn auch anheben?«

Sie hob ihn empor.

»Trag ihn durchs Atelier.«

Achtmal ließ ich das Mädchen den Korb hin und hertragen. Die Schweißperlen standen ihm auf der Stirn.

»Danke, das reicht. Geh nach draußen, ich muss mit Matthias allein sprechen.«

»Ich sagte doch, Lia ist perfekt. Für die Vermittlung

verlange ich nichts. Du stellst ihr Kammer und Kost, und den Lohn gibst du ihr am Wochenende.«

»Ich gebe ihr gar nichts.«

»Was?«

»Sie ist nicht die Richtige.«

»Natürlich ist sie die Richtige. Sie kann arbeiten; gut und richtig arbeiten. Das hast du doch gesehen. Zudem hat sie was im Kopf. Und sie ist aufmerksam! Also, das mit den Schwielen ... alle Achtung.«

»Sie ist es trotzdem nicht.«

»Aber, Elias, so ein Mädchen bekommst du nie wieder!«

»Sag niemals nie.«

»Was ist mit Rosina? Ich denke, sie braucht doch so dringend eines.«

»Rosina ist auf dem Weg der Besserung. Und außerdem, sagtest du nicht, solche Mädchen wie diese Lia springen zu Dutzenden in Bozen umher?«

»Ja, das sagte ich, aber ...«

»Na siehst du.«

»... das war übertrieben. Lia ist die beste.«

»Was soll ich mit der besten? Was soll ich mit einer, die Latein beherrscht? Latein! Ich kann gerademal ein paar lateinische Vokabeln und Zitate. Wo gibt es denn so was, dass ein Kindermädchen eine bessere Bildung hat als ihr Dienstherr. Nein, ich brauche nicht die beste. Eine gute tut's mir.«

»Weißt du was, ich bin kein Kuhhändler. Ich habe es nicht nötig, dir etwas aufzuschwatzen. Ich verstehe dich nicht, aber du wirst deine Gründe haben.«

»Nichts für ungut, Matthias. Trotzdem danke für deine Hilfe.«

»Überleg's dir noch mal.«

»Brauch ich nicht.«

Ich verließ das Atelier und ging wortlos an dem wartenden Mädchen vorbei. Den Blick streng geradeaus gerichtet, strebte ich in Richtung Neuer Bau.

Früher als sonst, ging ich von der Baustelle. Ich hatte den Fischgatter Hans beauftragt, die einzelnen Kontrollen und Bestandsaufnahmen zu tätigen und ihn geheißen den Thomann Hieronymus mitzunehmen. Hieronymus war ja im Grunde mein Schützling, doch zurzeit vernachlässigte ich meine Sorgfalt – zu viel strömte auf mich ein. Auch jetzt fand ich keine Zeit für Dritte; ich musste unbedingt ins Atelier, um den Entwurf voranzutreiben. Vorher ging ich zu Rosina, um ihr meine Entscheidung mitzuteilen. Ich wusste, es würde schwer werden, doch ich legte mir die Worte nicht zurecht. Ich nahm mir vor, es frei heraus zu sagen.

»Du hast was?«

»Sie war nicht die richtige, Rosina, glaub es mir.«

»Woher willst du das wissen?«

»Ich habe es gesehen. Sie hat zu wenig Kraft für den Haushalt. Kaum hat sie einen Korb Holz getragen, brach ihr schon der Schweiß aus.«

»So wie bei Mechthild?«

»Ganz so schlimm war es auch wieder nicht.«

»Aber Mechthild hat auch geschwitzt, deswegen hast du sie nicht abgelehnt.«

»Das hätte ich besser getan. Eine Diebin will keiner im Haus.«

»Was war noch mit Lia?«

»Was noch, was noch … Was du alles wissen willst.«

»Mir ist das zu wenig. Sag mir einen triftigen Grund, warum du das Mädchen ablehnst.«

»Was heißt ›ablehnen‹ … das hört sich ja wieder an.«

»Was ist es denn anderes? Du hast es nicht angestellt, also hast du es abgelehnt. Und das, wo du weißt, dass wir unbedingt eines brauchen.«

»›Eines‹, aber nicht unbedingt dieses. Es gibt Dutzende von Mädchen!«

»DANN BESORG MIR EINES!«

Rosina wurde laut. Das kam plötzlich und mit einer Kraft, die sie sonst nur hervorbrachte, um die kreischenden Kinder zu zügeln.

»Elias, du lehnst ein Mädchen ab, das bei uns anfangen kann und will, das ich brauche, das *wir* brauchen, und vor allem, eines, das Gott uns gesandt hat! Weißt du denn gar nicht, was das bedeutet? Du lehnst Lia ab! Damit lehnst du auch mich ab! Und letztlich stemmst du dich gegen den Willen Gottes! Was bist du nur für ein Mann?«

Wie konnte es angehen, dass ich zur Zielscheibe ihrer Vorwürfe wurde? Waren hier meine Worte und meine Entscheidungen nichts mehr wert? Schien sich hier eine verkehrte Welt zu bilden?

»Wer sagt, dass es Gottes Wille ist? Das ist *deine* Behauptung!«

»Dann lass Gott aus dem Spiel, Ungläubiger! Aber

selbst wenn es nicht Gottes Wille ist, wie kannst du gegen Doktor Häberlin handeln? Wie kannst du *mir* die Hilfe verwehren, die ich brauche, um wieder ganz gesund zu werden?«

»Erstens bin nicht ungläubig! Und zweitens verwehre ich dir keine Hilfe! Das habe ich mein ganzes Leben nie getan und werde es auch nicht! Ich will nur nicht, dass es dieses Mädchen ist!«

»Ich halte das nicht aus, Elias! Seit die Entscheidung mit dem neuen Rathaus ansteht, veränderst du dich. Ich kann doch nichts dafür, dass unser neuer Sohn mir die Kraft geraubt hat. Und du siehst doch, dass sie langsam wieder zurückkommt. Was du nicht siehst, sind die Zeichen Gottes! Lia ist ein Engel! Glaube es oder glaube es nicht. Das ändert nichts daran. Letztlich wirst du Buße tun müssen für deine Verfehlungen!«

»Ich muss mir das nicht länger anhören! Wir sprechen uns, wenn du wieder recht bei Sinnen bist!«

Ich stand auf und ging aus der Tür. Kaum geschlossen, hörte ich, wie Rosina in Schluchzen ausbrach.

Im Atelier hielt ich es keine fünf Minuten aus. Wie ein Wolf im Käfig ging ich umher. Was war nur geschehen? War es falsch? War es schlecht, was ich getan, wie ich mich verhalten hatte? Was sollte ich jetzt tun? Ausgerechnet jetzt musste häuslicher Zwist über mich hereinbrechen, wo ich doch all meine Kraft für den Entwurf brauchte, wo mir die Zeit wie ein Alb im Nacken saß und ich noch nicht einmal zu entwerfen begonnen hatte.

Ich stürzte aus dem Atelier und schritt mit gewaltvollen Schritten über die Plätze und durch die Gassen; geradewegs ins Gasthaus ›Zum Eisenhut‹ wollte ich. Ein, zwei oder gar drei dunkle Bier täten mir gut, hatte ich beschlossen. Ich querte den Hof beim Sankt Anna Gymnasium und sah oben im kleinen Lesesaal Licht brennen. Das konnte nur Professor Höschel sein. Während ich über den Hof schritt, konnte ich meinen Blick nicht von diesem erleuchteten Fenster abwenden. Ich verlangsamte mein Tempo, blieb dann stehen und kehrte schließlich um. Ein Gefühl sagte mir, dass es besser sei, mit Höschel darüber zu reden, als in der Wirtschaft den Geist zu benebeln. Ich klingelte. Nach dem dritten Mal öffnete Höschel das Fenster und sah heraus.

»Professor, habt Ihr eine Weile Zeit für mich?« rief ich hinauf.

Höschel bejahte und hieß mich nach oben kommen. Er werde mir öffnen.

Oben im kleinen Lesesaal bot er mir Platz an und brachte uns Wein und zwei edle Gläser herbei. Ich erzählte ihm, was vorgefallen war und schilderte ihm meine Bestürzung darüber.

»Lieber Elias, so, wie Ihr mir die Sache dargelegt habt, kann Euch nur eines raten: Stellt das Mädchen ein.«

Höschel rieb sich die Hände. Wir tranken beide vom Wein.

»Ihr habt da ein sechzehnjähriges Mädchen, das Arbeit braucht und willens ist, etwas zu leisten, das anscheinend sogar über ein gewisses Maß an Bildung verfügt und von der Eure Frau glaubt, sie sei ein Engel. Nur weil Ihr, wie Ihr sagtet, ein ›komisches Gefühl‹ habt, das Ihr Euch selbst nicht erklären könnt, wollt Ihr so viel zerstören? Das zeugt nicht gerade von jenem klaren Verstand, der sonst Eure Entscheidungen lenkt. Nein, Elias, ich glaube, Ihr begeht einen großen Fehler, wenn Ihr das Mädchen ablehnt. Eure Frau hat Recht, damit lehnt Ihr auch sie ab – unseren Herrgott möchte ich jetzt bewusst nicht bemühen. Ich bezweifle, dass Ihr Euch der Folgen bewusst seid, und ich vermute, es liegt an der großen Belastung, die der Wettbewerb um den Entwurf des neuen Rathauses mit sich bringt. Euer Kopf arbeitet nicht mehr wie gewohnt. Ihr müsstet eigentlich zur Ruhe kommen, vielleicht sogar zur Kur gehen, doch das ist ja gerade jetzt nicht möglich. Das ist Euer Dilemma. So dürft Ihr nicht die helfende Hand ausschlagen, die Euch gereicht wird. Tut Ihr es doch, so wissen wir zwar nicht um die Folgen, aber wir können sie erahnen. Es werden keine guten sein.«

Als Höschel diesen Monolog gesprochen hatte, war mir sonderbar im Gemüt. Hatte er sonst nicht immer meine Intuition gelobt? Jetzt sollte sie auf einmal nichts mehr taugen, schlimmer noch, mich auf Irrwege leiten?

»Recht vielen Dank, Herr Professor. Eure Worte waren sehr erbaulich. Ich werde geflissentlich darüber sinnieren.«

Höschel bat mich, ihm beizeiten das Mädchen vorzustellen, damit er sich ein Bild von ihr machen könne.

Ich nickte, mir nicht sicher, ob ich das wollte.

Nachdem ich die Bibliothek verlassen hatte, ging ich an der Wertach entlang. Höschel hatte gut gesprochen. Doch wer sagte, ob er auch wirklich Recht hatte? Was wäre, wenn ich die Unterredung als gar nicht stattgefunden handelte. Wenn ich mich einfach über sein Gesagtes hinwegsetzte? War nicht jedermann – zumindest ein Stück weit – der Schöpfer seiner eigenen Wahrheit? Das Leben an sich war nicht gut oder schlecht, es *war* erst einmal nur. Ob gut oder schlecht, musste jeder für sich bewerten und entscheiden.

Eine lange Zeit ging ich grübelnd am Ufer längs, um zu einem Resultat zu gelangen. Was mir gelang. Ich hatte einen Entschluss gefasst.

Gute zwei Stunden vor der Abendbrotzeit war ich wieder zurück im Haus. Ich ging sofort zu Rosina in die Kammer. Sie war hell erleuchtet vom Schein mehrerer Kerzen. Rosina stickte. Sie schwieg, als ich eintrat. Ich blieb am Fußende stehen.

»Ich habe nachgedacht«, hob ich an, »das Mädchen wird bei uns anfangen.«

Rosina sah auf. »Ist das dein Ernst?«

»Ja, ich habe es mir reiflich überlegt! Es stimmt, was du gesagt hast. Ich werde nicht gegen göttliche Geschicke wirken. Das kann nur Unglück bringen. Und wenn es dein größter Wunsch ist, dieses Mädchen als Hausgehilfin zu haben, so will ich das respektieren.«

Ich sah Rosinas Erleichterung im Gesicht. Sie legte das Stickzeug zur Seite.

»Liebling! Lass dich umarmen!«

Wir drückten uns.

»Aber, Rosina, das Mädchen wird nur so lange bleiben, bis du wieder gesund bist und wohl auf den Beinen. Nicht länger. Haben wir uns verstanden?«

Sie nickte und bat mich, unverzüglich zu Matthias zu

gehen und Lia zu holen. Nicht, dass sie womöglich wieder zurück nach dem Welschland gegangen wäre.

Bald darauf stand ich bei Matthias in der Stube und erzählte ihm von meiner Entscheidung.

»Welch ein Wandel, Elias. Du hast Glück, Lia ist noch da. Sie wäre morgen abgereist. Das Bündel ist bereits geschnürt.«

»Dann kann die Reise jetzt in die Bäckergasse gehen. Ich selbst kann das Mädchen nicht zu uns geleiten, ich muss Adelgund holen, es einzuweisen.«

»Kein Problem. Sie kennt ja den Weg.«

Adelgund wies das Mädchen ein, wie zuvor Mechthild und Edeltraut. Nachdem das Mädchen das Zimmer bezogen hatte, bereitete es das Abendessen, brachte die Kinder zu Bett und wusch das Geschirr. Nachdem alles getan war, begab es sich auf seine Kammer. Rosina schlief. Ich ging ins Atelier, um mich endlich den Entwürfen zu widmen. Die Tage rannten dahin. Ich hatte keine Zeit mehr zu verlieren.

12

DAS IST DEIN PLATZ. Dein neues Zuhause. Du hast es also doch geschafft. Der Herr Stadtwerkmeister hat sich umentschieden. Bestimmt hat ihm seine Frau die Hölle heiß gemacht.

Diego, hör mal, wie kannst du so etwas von ihr denken? Frau Holl ist nicht so eine. Das hast du doch gleich gespürt. Dein Matthiasvater konnte sich die Ablehnung nicht erklären und über den unverhofften Sinneswandel auch nur mutmaßen. Ob du die Gründe jemals erfahren wirst?

Lia packte ihr Reisebündel aus. Diesmal tat sie es restlos. Bei ihrem Vater hatte sie den Großteil darin verstaut gelassen; es war ja offensichtlich, dass die Unterbringung in dessen Atelier nur eine Notlösung sein konnte. Jetzt hatte sie eine eigene Kammer bei den Holls, mit einer Wäschetruhe, einem Bett, Tisch und Stuhl – so viel Komfort, wie es im Fondaco nur die alemannischen Gäste bekamen.

Neben ihrer Arbeitskleidung besaß Lia noch vier Kleider, von denen eines ein ganz besonderes war, aus schwarzer Seide gefertigt und um das Dekolleté mit Goldstickerei versehen. Lia hatte es zuhause nur heimlich in ihrem Zimmer getragen – es war ein Geschenk ihres Lehrers, von dem die Mutter nichts wissen durfte. Überdies gehörten ihr drei verschiedene Holzperlenketten, ein Armreif aus Leder und ein ganz besonderer Fingerring, den ihr die Mutter vererbt hatte. Er bestand aus zwei verschiedenfarbigen Goldarten und barg einen eingesetzten kleinen Rubin. Der Ring und der letzte Brief von ihrem Vater waren das einzige, was ihr von Mutter übergeben worden war. Sie hätte ihr noch die vielen kostbaren Kleider vermacht, doch Lia hatte sie ausgeschlagen; sie wollte sie nicht mehr, nachdem sie schon vor Jahren schmerzlich gelernt hatte, Mutters wertvolle Garderobe nicht mehr zu begehren: Mutter schlug sie einmal windelweich, als sie sie bei der heimlichen Anprobe eines teuren Gewandes erwischt hatte. »Tu das nie wieder, hörst du! Lang nie wieder eines meiner Sachen an!«, hatte Mutter sie angebrüllt.

Den Ring hatte Lia angenommen, nicht weil so einmalig und wertvoll – eine mögliche Stütze in der Not –, sondern weil Mutter sie so inniglich darum gebeten hatte, in den letzten Atemzügen. Lia hatte Mutter nach den beiden gravierten Buchstaben *CE* in der Innenseite gefragt und Mutter hatte darauf geantwortet: »Es sind die ersten beiden Buchstaben meines Namens Celina.« Nur halblaut und dem Tode so nah, hatte sie erwähnt, dass die beiden Buchstaben auch noch eine andere Bedeutung hätten, eigentlich eine noch wichtigere als die erste.

Du konntest Mutter nicht mehr nach der zweiten Bedeutung fragen. Sie starb im selben Moment, als sie dir den Ring übergestreift hatte. Zusammengebrochen bist du an ihrem Bett und hast jämmerlich geheult, wo du sie doch gar nicht gemocht hast. Marta widersprach Diego. Du hast sie nicht ›gemocht‹, du hast sie geliebt. Du hast sie geliebt wie sie dich geliebt hat – jeder auf seine seltsame und schwer beschreibliche Art und Weise.

Lia hatte den Ring bislang noch nicht getragen; auf der

Reise hätte er leicht Beute anderer werden können. Sie bewahrte ihn in einem kleinen flachen Döschen aus Palisanderholz auf und würde es weiterhin, bis sich der rechte Moment fand, ihn anzulegen. Das Döschen wiederum fand Platz in einem Geheimtäschchen, eigens dafür von ihr ganz unten in ihrem Reisebeutel eingenäht.

Die Bibel legte sie auf den kleinen Tisch neben dem Bett, auf dem ein Kerzenhalter mit frischer Kerze stand. Das gefiel ihr. So konnte sie jede Nacht lesen, wenn es ihr beliebte, und hatte nicht die Helle der Vollmondnächte abzuwarten. Sie musste lediglich noch Schwefelhölzchen und Zunderschwamm besorgen. Das würde sie tun, sobald der erste Wochenlohn in der Tasche steckte.

Ihre wenigen Sachen ordentlich verstaut, legte sie sich nieder und sah vom Bett aus dem offenen Fenster. Nur einen kleinen Ausschnitt bot es – den Anblick auf den Ziegelfirst nebst Kamin des gegenüberliegenden Hauses, das schwarz vor ihr aufragte –, doch der reichte, um ihr Spiel aus Kindertagen, das sie bis zum heutigen Tag nicht verloren hatte, weiterzuspielen. Den Anstoß dafür hatten ihr vor Jahren eine staubgraue Katze und ein Rabe gegeben, die sich um einen Kanten trockenes Brot stritten. Lia hatte den Kanten halbiert und beiden davon gegeben. Zufrieden fraß jeder sein zugeteiltes Stück. In den Bann dieses Schauspiels gezogen, hatte sie daraufhin der Katze den Namen Marta gegeben und den Raben Diego genannt. Sie hatte sich die beiden zu ihren engsten Gefährten gemacht, denen sie vor oder nach der Bibellesung all das anvertrauen konnte, was niemand sonst erfahren durfte, nicht die anderen Mädchen aus der Schule, nicht die Seligen und

Unseligen von Valverde, nicht die Gaukler und Künstler, und ihre Mutter schon gar nicht. Allein Marta und Diego verriet sie ihre intimsten Gedanken und Wünsche; oft erzählte sie ihnen aber auch nur Alltägliches, was Mutter ohnehin nicht interessierte. Marta und Diego waren nicht nur gute Zuhörer. Sie waren auch Boten. Sie waren überall. Sie sahen viel und hörten viel. Sie sprachen mit Lia über alles. Sie rieten ihr, sie warnten sie, sie redeten ihr ins Gewissen, doch sie bevormundeten sie nicht – das hatte Lia sich ausgebeten –, es reichte, wenn sie das von der Mutter ertragen musste.

Diego und Marta wussten alles von und über Lia. Diego, Marta und Lia waren drei und doch eins. So war sie niemals wirklich allein – wenn sie es nicht wollte.

Und wie sieht's aus Lia? Hast dich schon eingelebt? Diego saß auf dem Kamin des gegenüberliegenden Hauses, die Flügel angewinkelt, während Marta sich auf den Tonziegeln des Dachfirsts langgemacht hatte. Obwohl sie einige Klafter Entfernung trennten, hörte Lia ihre Stimmen klar und deutlich durch die kalte Nacht.

Sieht so aus, als ob du das große Los gezogen hast, hm? Aber abwarten, viel kannst du noch nicht sagen. Einen Plan für morgen und die nächsten Tage hast du ja schon bekommen. Adelgund kommt noch einmal und gibt dir die letzten Einweisungen, dann hörst du nur noch auf Frau Holl und ihn. Ist er nicht sonderbar? Er sieht dich kaum an, geschweige denn dir in die Augen, und wenn, dann nur kurz – ›Alle Männer sind schlecht!‹ Recht viel hat er auch nicht mit dir gesprochen – ›Auch die Künstler?‹ Leutselig scheint er nicht zu sein – ›Die erst recht!‹ Es liegt wohl daran, dass du eine Bedienstete bist und die Herrschaften immer Abstand zu dem Gesinde wahren. Wenigstens konnte Adelgund dir ein bisschen über ihn erzählen: Dass man ihn, wenn überhaupt, nur zu den Essenszeiten sieht, weil er stets auf den Baustellen oder auf dem Amt ist, oder aber sich in sein Atelier verschanzt, um seine Bauten zu konstruieren. Da will er nicht gestört werden. Nur in Notfällen ist es gestattet, anzuklopfen. Und jetzt, da die Konkurrenz um den Entwurf für das neue Rathaus gegenwärtig ist, muss man besonders vor- und nachsichtig sein mit ihm. Adelgund weiß von Doktor Häberlin: ›Das Rathaus ist die Krone der Stadt. Wenn Holl seinen Entwurf beim Rat durchbringt, ist dies der Gipfel seiner Laufbahn. Alle Tore weit über Augsburg hinaus stehen ihm dann offen.‹ Konkurrenz? Allerdings, aber du hattest nicht gewusst, dass dein Vater mit im Spiel ist. Früher waren sie Freunde, jetzt scheinen sie Rivalen geworden zu sein. Warum hat dein Vater dir nichts davon erzählt? Wollte er dich nicht damit behelligen? Oder erachtete er es als unerheblich für dein Dienstmädchendasein? Hat das die Hausgehilfin ›Lia Faccini‹ aus Bozen nichts anzugehen? Deines Vaters Erklärung für deinen Decknamen und den falschen Ort war simpel. Die Gründe hatte er dir schon bei Eurer ersten Begegnung genannt. Er hat dich geheißen, nie von allein die Sprache auf deine Herkunft zu bringen und solltest du darauf angesprochen werden, dich bedeckt zu halten und auszuweichen. Was mag er wohl Ibia über dich erzählen, wenn sie zurück ist? Er wird, wenn überhaupt, dein Hiersein als Nebensächlichkeit abtun; du bist ja schließlich aus dem Haus, also keine direkte Gefahr für sie. Es mögen Wochen, ja Monate vergehen, bis ihr euch zufällig über den Weg lauft, und wenn das passieren sollte, dann ist immer noch nicht gesagt, ob sie von dir weiß – in dieser Stadt, die seit Jahrhunderten mit dem Welschland verbunden ist, gibt es einige Augsburger, die mit Welschen vermählt sind.

Lia verabschiedete Marta und Diego und wünschte ihnen einen schönen Schlaf. Sie sah ihnen nach, wie sie das Dach dort drüben verließen. Diego war mit ein paar Flügelschlägen ins Schwarzblau der Nacht verschwunden, Marta balancierte den First entlang und kletterte über eine Katzenstiege nach unten, um sich bis zum nächsten Treffen irgendwo herumzutreiben.

Bis bald, ihr zwei, flüsterte Lia den beiden hinterher, drehte sich zur Seite, zog die Beine an den Bauch und schloss die Augen. Sie war guten Mutes. Sie wusste, eine wunderbare Zeit bräche für sie an. Sie hatte keine Flügel und trug kein goldenes Haar, aber sie hatte die Gabe der Liebe. Sie wurde als Engel von Rosina geglaubt. Oder hatte Rosina womöglich Recht und Lia irrte sich, wenn sie deren Worte nur als Glaube abtat? Sie hatte keine Antwort darauf. War es nicht geradezu vermessen, solche Mutmaßungen überhaupt anzustellen?

13

Zehn Bögen Papier und zwei Bögen Pergament nahm ich aus dem Regal. Pergament war dreimal so teuer, darum sollten diese beiden Bögen ausschließlich den besten und letzten Entwürfen vorbehalten sein.

Mit dem festen Vorsatz, das Atelier nicht eher zu verlassen, bevor ich eine mir wohlgefällige Skizze des neuen Rathauses gezeichnet hätte, setzte ich mich an den vom Kerzenschein erhellten Tisch. Es war der frühe Abend eines gelungenen Tages. Gott, wie war ich froh, dass sich alles zum Guten gewendet hatte – das neue Hausmädchen war angestellt, Rosina glücklich und ich meiner Bringschuld enthoben. Ab jetzt konnte ich endlich unbehelligt meiner Arbeit und meinen Entwürfen nachgehen. Eine ganze Woche hatte ich schon verloren! Eine Woche, in der die Ereignisse sich bündelten und mich als heimtückische Diebesleute heimsuchten: Sie stahlen mir Zeit. Sie stahlen mir Kraft. Sie stahlen mir Muße. Jetzt blieben mir noch drei Wochen. Das müsste – sollte ich von weiteren, auf Zeitraub lauernden Dieben unbehelligt bleiben – genügen für einen Entwurf, durch den ich meinen Konkurrenten endgültig aus dem Rennen stieße.

Guter Dinge nahm ich den Pallastfassadenentwurf her und übertrug die Außenmaße; diese sollten sich nicht mehr ändern, war bei der letzten Sitzung festgelegt worden. Den Gedanken der Synthese von welscher und Holl'scher Manier im Kopf und nicht gewillt, davon abzulassen, hielt ich am Grundmuster der Vitruv'schen Stringenz und deren drei angestammte Parameter fest: Klare Linien, ausgewogene musikalische Proportionen wie Quarte, Quinte, Sexte, und vor allem: Symmetrie. Die Fassade jedoch musste eine neue werden. Die Komposition des Pallastfassadenentwurfs war der Tradition welscher Architektur und damit deren Gesetzmäßigkeiten geschuldet, doch sie war dadurch zu unauffällig, der Schlichtheit ergeben. Die Fassade, nur eine einzige durchgängige Fläche – gerademal, dass das Portal hervorstach –, barg nichts Außergewöhnliches. Der neue Entwurf musste lebhafter werden, imposanter. Es durfte keine Fassade werden, an der man unberührt vorbeiging, die man womöglich ihrer Unscheinbarkeit wegen gar nicht wahrnahm! Es musste eine werden, die einem Einhalt gebot, selbst wenn man in Eile war, und einen zum Staunen brachte.

Länger als erhofft ließ der erste Einfall auf sich warten. Ich ertappte mich dabei, wie ich ins Flackern des Kerzenlichts stierte, alte Visierungen an der Wand musterte oder auf die behängten Fenster starrte. Es war Anfang April und immer noch herrschte Eiseskälte. Ich sehnte mich nach dem Sommer. Dann würde das Atelier wieder von gleißendem Sonnenschein durchflutet sein, das helle Licht die Bögen bescheinen und die Linien klar und deutlich hervortreten lassen. Dabei käme die Muse ganz von selbst und bedeckte mich mit ihren Küssen. Muse. Bei diesem Wort blitzte Ibia auf – eine schöne und reizvolle Muse war sie –, dann das Bild des neuen Hausmädchens. Es war wie Ibia ebenfalls schön anzusehen; das zu beurteilen, bedurfte es nur weniger Blicke. Doch es war nur ein einfaches Hausmädchen, das bei mir in Lohn und Brot stand, ein junges Ding, nicht wert, einen Gedanken an es zu verschwenden. Schönheit war nur eine temporäre Erscheinung und wie alles Fleischliche vergänglich. Meine Bauten dagegen würden über die Jahrhunderte bestehen – und durch sie mein Name.

Ich setzte mich wieder aufrecht und sah auf meinen Entwurf. Mehr als ein Rechteck war da noch nicht zu sehen. ›Streng dich an, Junge!‹ …, hörte ich meinen Vater im Geiste, ›… sonst wirst du nie etwas!‹.

Ich zeichnete die senkrechte Mittelachse ein und die Geschosshöhen – beschämend wenige Linien, aber es war ein Anfang. Mehr würde schon noch daraus erwachsen. Nur Geduld. Geduld brächte Rosen, hieß es. Die Zeit lief, ob mit oder ohne Geduld. Die Kunst war es, Geduld aufzubringen und sich in ihr zu üben. Ein geflügeltes Wort: ›Sich in Geduld *üben*‹. Dieser Übung musste ich mich unterziehen; ich hatte schmerzlich erfahren, dass ich, wenn ich Gegenteiliges tat – und das war so gut wie immer der Fall –, es büßen musste mit leidigen Zipperlein, die man Dritten gegenüber wohlbedacht verschwieg: schlechter Schlaf, Harndrang, Magendrücken, Flatulenz oder gar Durchfall, der einen mitten in der Nacht auf den Abort geißelte. Ich musste bei diesem Projekt die Kunst aufbringen, meine Schöpferkraft zu forcieren und dennoch geduldig zu bleiben. Ob mir das gelingen würde?

Mir einen Becher verdünnten Wein eingeschenkt, kam ich auf die Idee, die vierzehnachsige Front des Pallastfassadenentwurfs eins zu eins zu übernehmen. Vierzehn Achsen waren stattlich; das konnte so bleiben. Ich zeichnete fein säuberlich alle Fenster wie gehabt aufs neue Blatt.

Nachdem ich das getan hatte, zerriss ich den Bogen. Was hatte ich da gezeichnet? Ich hatte lediglich eine Kopie eines vom Rat abgelehnten Entwurfs angefertigt. Was sollte das? War ich nicht imstande, etwas Neues zu schaffen? Natürlich war ich das. Ich nahm einen neuen Bogen her, überriss abermals die Grundlinien, die Höhen und Breiten und versuchte mich mit einer neuen Achsenaufteilung: Ich verringerte die Achsen um zwei und vergrößerte die Fenster. Als ich diesen Entwurf fertig hatte – die Zeit schritt voran, die ersten Kerzen waren bereits gestorben – zerriss ich auch diesen; die Proportionen stimmten überhaupt nicht. Hatte ich beim Pallastfassadenentwurf, fußend auf das Verhältnis Breite zur Höhe von 2:1, die Höhen- und Längenproportionen der Fensterachsen in musikalischen Quinten angeordnet, wies die neue Anordnung trotz der geraden Anzahl der Achsen wider meiner Erwartung keine harmonischen Verhältnisse auf.

Erneut einen frischen Bogen genommen, die Federkiele angespitzt, kehrte ich zur alten Achsenzahl zurück, suchte aber die Fensterleibungen gänzlich neu zu konzipieren. Warum nicht die Biforenanordnung mit aufgesetztem Okulus wählen? Diesen Entwurf gezeichnet, zerriss ich nicht ... Ich warf ihn unter Schimpftiraden zerknüllt ins Feuer – Biforen und Okuli! Das hatte Matthias in seinem Venezianischen Modell getan. Wie hatte ich darüber geurteilt?

Gegen zwei Uhr in der Früh steckte ich ermattet die Feder in den Becher. Ich hatte genug. Mein Kopf glühte. Ich war hundemüde. Wie so oft. Mir schien in den letzten Wochen die Müdigkeit mein ständiger Begleiter. War ich schon ein alter Mann? Einundvierzig Jahre. Das war alt und auch wieder nicht. Matthias war neununddreißig. Remboldt, Welser, Henisch und Höschel waren allesamt älter. Viele meiner Gesellen waren fünf bis zehn Jahre jünger. Mein Lehrling, der Thomann Hieronymus, der war erst sechzehn, Gott, wie jung. Das neue Hausmädchen? War es nicht auch erst sechzehn? Vom Gesicht sah es jünger aus, aber vom Körper her nicht – es war ein ausgereiftes Weib, sein Kleid hatte das nicht verhüllen können. In Matthias' welscher Familie schien die Schönheit zuhause zu sein. Wobei es mitunter gar nicht so förderlich sein mochte, von zu viel Anmut umgeben zu sein; das rührte zuweilen böse in den Sinnen und derangierte Herz und Verstand. Da war es besser, ohne Reiz zu sein – wo kein Reiz, da keine Reizung. Matthias hatte erzählt, Ibia reize ihn dauernd, aber er sähe das nicht als schlecht an, im Gegenteil: Es beflügele seinen Schöpfergeist. Wie weit mochte er sein mit seinem Entwurf? Was mochte er sich aus den Lehrbüchern stehlen? Einen gänzlich eigenen Entwurf zu konzipieren, dazu war er nicht in der Lage; er konnte gar nicht anders als auf die Bücher zurückzugreifen. Ich hatte mir vorgenommen, keines mehr zu bemühen. Das hatte ich jahrelang getan und mich darüber zu deren Diener gemacht. Jetzt war die Zeit, es als unter meiner Würde zu empfinden, auch nur in einem einzigen nachzuschlagen. Mein Entwurf sollte aus mir selbst heraus erblühen, ohne auch nur einen einzigen Anstoß von außen. Genug! Ich wollte jetzt keinen weiteren Gedanken daran verschwenden. Ich musste ins Bett. Es war mir einerlei, dass ich mich quasi selbst kopiert hatte und nichts Neues entworfen. Musste immer alles gänzlich neu sein? Noch während dieses Gedankens wurde ich gewahr, dass ich mir mit dieser simplen rhetorischen Frage selbst widersprach, wie so oft in letzter Zeit. Woher rührte das? Dieser verdammte Wankelmut, diese Launenhaftigkeit mir selbst gegenüber? Wieso war ich nicht mehr in der Lage, konsequent einen geraden Weg zu gehen, so wie ich es früher stets getan hatte? War ich schwach geworden? Hatte meine Standhaftigkeit nachgelassen? War es mir nicht mehr möglich, meine Schaffenskraft bis spät in die Nacht aufrecht zu erhalten? Nicht auszudenken, wenn diese versiegte. Ein Hauch von Angst umwehte mich. Was, wenn mein Kopf zunehmend leerer würde, die Einfälle und Ideen schwänden, bis ich gar nicht mehr in der Lage sein würde, neue zu entwickeln? Elias! Hör auf damit! Hast du nicht erst vor Wochen eine Glanzleistung vollbracht? Hast du nicht die ganze Nacht hindurch gearbeitet und einen neuen Perlachturm entworfen?

Mit diesen Worten, die ich mir Dutzende Male – sogar während des Ausziehens – vorsagte, bis ich mich zu Bett legte, wollte ich einschlafen. Ich nahm mir zudem vor, nur noch so lange im Atelier zu arbeiten, wie meine Erfindungskraft sprudelte. Sobald ich merkte, dass sie nachließe, würde ich das Atelier verlassen. Ich durfte mich nicht durch mich selbst vergiften.

Die kommenden Tage spürte ich Veränderungen im geschäftlichen und auch im häuslichen Leben. Anfangs konnte ich die Hintergründe nicht recht ausmachen, doch nach und nach kam ich ihnen auf die Spur. Zum einen gesundete Rosina mehr und mehr. Doktor Häberlin sah sie bereits in wenigen Wochen, spätestens Mitte Mai die Bettstatt verlassen. Rosina nahm an Gewicht zu, das Fieber war stundenweise ganz verschwunden und auch die Augen sahen wieder klarer. Im Zuge ihrer Gesundung betete Rosina noch mehr und inniger und las auch häufiger laut in der Bibel. Das tat sie meist mit dem neuen Hausmädchen, das eine eigene besaß. Ich fand es heraus, als ich einen Blick in seine Kammer warf, während es Besorgungen erledigte. Auf dem Nachttisch lag sie. Es war eine welsche Ausgabe, die Buchdeckel recht abgegriffen; 1606 in Venedig gedruckt, das gab das Innere preis. Über den bibliografischen Angaben standen die Buchstaben *L.A.* mit brauner Tinte verschnörkelt geschrieben, augenscheinlich die Initialen des Vorbesitzers, von diesem mochten auch Hunderte unterstrichene Stellen in den Texten stammen. Die Kammer war aufgeräumt und sauber. Seine wenigen Habseligkeiten hatte es ordentlich in der Truhe untergebracht.

Auch sonst machte das neue Hausmädchen einen recht ordentlichen Eindruck. Es erledigte alle Arbeiten gewissenhaft. Einmal hatte ich sogar kurzzeitig erwogen, es in meinem Atelier Staubwischen zu lassen, doch im Zuge der Entwurfsphase des aktuellen Projekts wieder verworfen – Matthias war mehrmals bei uns erschienen – ganz der sorgenvolle Oheim – und hatte nach dem Befinden und Betragen des Mädchens gefragt. Diese Gelegenheit hatte er natürlich – ganz der neugierige Konkurrent – zum Anlass genommen, mich nach meinen Fortschritten aushorchen zu wollen. Selbstredend, dass ich mich ausschwieg, ebenso, dass ich ihm die Gegenfrage nicht stellte, war es doch offensichtlich, dass er mich anlöge.

Die Abende verbrachte ich nach meinem Vorsatz so lange am Zeichentisch, wie es die in die Nacht herübergerettete Tagesfrische zuließ. So gewann ich jeden Abend ein Stückweit neue Ideen und ließ das Projekt schrittweise gedeihen, anstatt den Anspruch zu erheben, einen kompletten Entwurf in einer einzigen Nacht aus dem Nichts erwachsen zu lassen. Das war mir beim Perlachturm gelungen; aber hier ging es um mehr als um die bloße Aufstockung eines schlichten Turmes.

Zwei Wochen blieben mir noch bis zur letzten Aprilwoche. Bis dahin musste ein Modell meines Entwurfes angefertigt, die Pläne vorab komplett dem Kistler übergeben sein. Das würde ich schaffen. Das musste ich schaffen. Der Entwurf hatte seit dem ersten Federstrich gute Fortschritte gemacht und Änderungen erfahren: Ich kam auf die Idee, die Anzahl der Fensterachsen gegenüber dem Pallastfassadenentwurf um zwei zu erhöhen, von vierzehn auf sechzehn und damit den Mitteltrakt zu verbreitern. Für diesen sah ich sechs vor, für die Seitentrakte jeweils vier Achsen. Den Mitteltrakt wollte ich als Risalit gestalten, so wie bereits beim Sankt Anna Gymnasium getan. Dieser Entschluss kam mir vor Tagen, als ich nach einem Besuch bei Höschel die Fassade eingehend betrachtete. Ich vergrößerte die Fenster auf dem Plan und gestaltete die Leibungen jedes Stockwerk anders – die Fenster sollten die das Rathaus dominierenden Elemente werden.

Die vorletzte Woche vor der Abgabe der Pläne und dem Anfertigen des Modells galt allein dem Entwerfen der Westfassade, der zum Rathausplatz gerichteten Seite; die anderen Fassaden waren zweitranging, die würde ich ganz zum

Schluss zeichnen und der Hauptfassade angleichen. Meine Schöpferkraft kam mit den Entwicklungsfortschritten zurück. Am letzten Tag der vorletzten Woche verließ ich erst gegen drei Uhr nachts das Atelier. Sechs Bögen hatte ich mit Zeichnungen versehen. Vier davon nur mit verschiedenen Entwürfen der Fenster, zwei mit Fassadenentwürfen vom Sockel bis zum oberen Gesims; für mehr reichte es nicht – das Dach ließ ich fehlen. Ich wusste, ich konnte nicht ein einfaches Walmdach wie beim Pallastfassadenentwurf oder wie beim Neuen Bau wählen. Es musste etwas anderes sein; was wusste ich noch nicht, doch ich hoffte darauf, eine schöpferische Eingebung würde mich in den nächsten Tagen erhellen. Radolf Reißner, der Kistlermeister und Georg Gabels Konkurrent, den Matthias mir ausgespannt und für sich eingenommen hatte, fragte mich mehrmals nach dem fertigen Entwurf und mahnte mich, darüber die Zeit nicht zu vergessen. »Der Termin rückt heran, Meister Holl. Vergesst nicht, ich brauche ja auch ein paar Tage, um das Modell zu bauen.«

Auch Remboldt und Marx Welser fragten nach meinen Fortschritten. Während Welser wie immer betonte, ich solle das Augsburger Stadtgesicht wahren, saß mir Remboldt zudem mit technischen Abläufen im Genick. Es gelte, die Vorbereitungen für das Umhängen der Ratsglocke vom alten Rathausturm auf den Perlachturm voranzutreiben. Gott sei Dank hatte ich seinerzeit zum Entwurf des neuen Glockenstuhls das nötige Gerüst mitentworfen, sodass mich diese Aufgabe nicht mehr in Beschlag nahm. Dennoch musste ich die Holzliste erstellen, Anzahl und Länge der Winden und Seilzüge berechnen und den Materialaufwand beziffern. Das kostete Stunden um Stunden. Auch verlangten die bestehenden Baustellen, allen voran Neuer Bau, Schießhaus sowie Sankt Anna Gymnasium meine Präsenz und raubten mir beständig weitere Kraft.

Vier Tage vor Ablauf des Ultimatums hatte Anton Garb bei mir an die Ateliertür geklopft. Das kam überraschend. Ich bat ihn, einen Moment zu warten und schaffte die Entwürfe beiseite. Er kam auf Edeltraut, dem von ihm vermittelten Hausmädchen, zu sprechen und bedauerte, dass sie nur kurz hatte aushelfen können, und zeigte sich erfreut darüber, dass Kager einen Ersatz herbeibringen konnte. Das sei Glück im Unglück gewesen. Er wollte wissen, ob ich mit dem neuen Hausmädchen zufrieden sei, verlor ein paar Worte darüber und leitete mehr oder weniger geschickt zur Planung des neuen Rathauses über.

»Kager hat Gabler längst seinen Entwurf übergeben. Der schreinert schon fleißig.«

Ich gab mich unberührt, versuchte sogar ein Gefühl der Mitfreude vorzutäuschen; ob mir das gelang, konnte ich nicht abschätzen. Tatsächlich spürte ich bei Garbs Worten ein plötzliches Grummeln im Magen. Meine Gedanken drifteten unweigerlich ab, ein Gehör für Garb hatte ich in diesem Moment nicht mehr. Matthias hatte bereits einen fertigen Entwurf zum Modellbau in Auftrag gegeben? War er mir schon wieder voraus? Das ging mit dem Teufel zu. Dieser Hund! Wie stellte er das an?

Ich bat Garb zu gehen, unter dem Vorwand gebotener Eile, man erwarte mich dringend auf der Baustelle, ich müsse noch etwas vorbereiten und und und. Als er aus dem Atelier war, klaubte ich aus dem Wust ungezählter Visierungen die beste heraus und machte mich auf zu Reißner. Dem breitete ich Visierung und Grundriss aus, kommentierte sie, und gab ihm Instruktionen.

»Meister Reißner, beginnt umgehend mit dem Modell des unteren Gebäudeblocks! Die Pläne für den oberen Abschluss und das Dach reiche ich Euch morgen nach!«

Das Magengrummeln sollte den halben Tag andauern – die Muse für den oberen Abschluss hatte mich noch nicht geküsst, ich hoffte immer noch auf die Eingebung –, bis eine unverhoffte Anregung mir die Lösung für das ausstehende Dach brachte. Dass diese Eingebung von unserem neuen Hausmädchen kommen sollte, damit hätte ich niemals gerechnet; auch war ich nicht glücklich darüber. Es sprach mich an, als es sich zufällig ergab, dass wir ein Stück gemeinsamen Weges in Richtung Brotmarkt gehen mussten.

»Mein Herr, darf ich Euch etwas fragen?«

»Das kommt auf die Frage an.«

»Als Architekt, ist man da mehr ein Handwerker oder mehr ein Künstler?«

»Kunst und Handwerk sind eins und bleiben doch zwei. Wie bei einem Ehepaar – manchmal geht jeder seinen eigenen Weg, manchmal umarmt man einander. Warum willst du das wissen?«

»Oh, es interessiert mich einfach nur.«

»Das ist keine Antwort auf meine Frage.«

»Ich habe aber doch geantwortet.«

»Du bist ausgewichen. Du hast einen Grund, warum du mich das fragst. Dein Interesse rührt von etwas her.«

Wir gingen ein paar Klafter, bis das Mädchen antwortete.

»Meine Mutter hat eine ganz spezielle Behauptung über Männer aufgestellt und über die Künstler im Besonderen.«

»Ach? Und die lautet?«

»Alle Männer sind gut und die Künstler besonders.«

»Oha! Das ist sehr schmeichelhaft. Ich weiß nicht, ob ich das unterschriebe. Verallgemeinerungen sind mit Vorsicht zu genießen. War deine Mutter mit einem Künstler zusammen?«

»Autsch!«

Ein Schneeball, von spielenden Buben geworfen, traf das Mädchen im Genick.

»Dreckslümmel! Na warte!«, schrie es, rannte dem Jungen hinter, bekam ihn zu fassen und rieb ihn mit Schnee ein. Ich blieb stehen und sah mir vergnügt das Schauspiel an. Das Mädchen war nicht nur hübsch, es besaß auch Schneid.

Als es zurückeilte und wir gemeinsam weiter gingen, zeigte es auf die einzelnen Fassaden der Häuser. Es kannte, was mich bass erstaunte, einige Fachbegriffe wie Gesims und Pilaster, Risalit und Rustika.

»Woher kennst du dich damit aus?«

»Das habe ich auf der Schule gelernt. Mein Lehrer und auch ich haben eine Vorliebe für Architektur. Wir haben zusammen Dutzende von Häusern und Fassaden gezeichnet.«

»Tatsächlich? Und was ist das da?« Ich zeigte auf einen Sprenggiebel.

»Das ist ein Ziergiebel, der nach oben gesprengt ist, wie der Name schon sagt. Ich liebe diese Sprenggiebel. Sie verleihen den Häusern Würde und Erhabenheit. Sie sind wie die Kronen der Kaiser und Könige.«

Ich antwortete nicht darauf. Noch nie in meinem Leben hatte ich so etwas von einem jungen Mädchen gehört. Das hatte mich überrascht, was es nicht zu merken brauchte.

Noch am frühen Nachmittag strebte ich ins Atelier, die Worte des Mädchens im Kopf. Das war erstaunlich, ein einfaches Bozener Hausmädchen inspirierte den hochbegabten Augsburger Architekten. Dieser Gedanke faszinierte mich und erschreckte mich zugleich.

Das Mädchen hatte Recht. Ich wusste jetzt, wie der Abschluss der Fassade nach oben auszusehen hatte. Ich musste meinem Entwurf eine Krone aufs Haupt setzen! Das hieß drei Trakte, zwei verschiedene Sprenggiebel: einen dominanten für den Mittelrisalit, zwei identische für die symmetrischen Seitentrakte.

Ich schuf einen Dreieckskanon und besann mich dabei alter Werte, die mir schon mein Vater beigebracht hatte; sie fußten auf den ›Teutschen Steinmetzen Grund des Triangels‹, die zurückgingen auf die Bauhüttentradition der gallischen Manier. Das war so simpel und dadurch wiederum genial. Wieso war ich nicht früher darauf gekommen? Die Konstruktionsparameter der Triangelprinzipien waren mir bekannt. Ich brauchte lediglich nach den Proportionsverhältnissen an den Schlüsselpunkten des Baublocks gleichseitige Dreiecke anzulegen. Dazu zog ich mit dem Zirkel einen Kreis durch den Giebel und die vier Eckpunkte des Baublocks. Die Spitzen aller drei Giebel lagen auf der Kreislinie und ergaben so ein harmonisches Verhältnis. Die Giebel selbst verzierte ich mit den gängigen Mustern der Voluten und Bogensegmenten. Elias!, sagte ich mir, du bist gut! Nein, du bist sehr gut!

Als ich die Giebel fertig entworfen hatte, eilte ich zu Reißner, um ihm die Visierungen zu übergeben. Er hatte jetzt alle Pläne, um das Modell zu bauen. In der Werkstatt zeigte mir Reißner das Modell des bereits fertig verleimten unteren Baukörpers. Recht viel Staat machte der nicht.

»Noch sieht es aus wie eine plumpe Holzkiste, Reißner, aber das wird anders werden. Wenn Ihr die Sprenggiebel und die Dächer angebracht habt, dazu die Visierung der Fassade aufgeklebt, dann kann man den Entwurf erkennen. Bringt das Modell am Stichtag morgens um acht Uhr ins Rathaus. Ich komme aber vorher noch einmal, um zu sehen, ob wirklich alles perfekt ist. Wir können uns keinen Fehler erlauben.«

Am Nachmittag vor dem besagten Tag suchte ich wie abgesprochen Reißner auf. Das Modell stand mit einem Leintuch bedeckt auf einem Leiterwagen. Gemeinsam hoben wir es auf die Werkbank. Beim Anblick durchströmte mich ein warmer Schauer. Mein Dreigiebelmodell war ein Meisterwerk. Es war die gelungene Synthese des Pallastfassadenentwurfs mit der Konstruktion des Sankt Anna Gymnasiums unter Huldigung des alten dreigliedrigen Rathauses. Es stimmte alles: Gerade Linien, harmonische Proportionen und die Symmetrie.

Bevor sich Rosina schlafen legte, erzählte ich ihr von dem Modell und meiner Hoffnung auf den morgigen Tag.

»Ich bete für dich, mein Liebling. Auch Lia habe ich gebeten, das für dich zu tun.«

»Weshalb soll das Hausmädchen für mich beten? Ist das nicht ein bisschen zu viel des Guten?«

»Das ›Hausmädchen‹, das ›Kindermädchen‹, das ›Mädchen‹. Sie hat wie du und ich einen Namen. Sie heißt Lia! Sie arbeitet für uns, sie lebt bei uns. Sie ist ein Teil der Familie.«

»Und?«

»Warum sagst du immer nur ›das Mädchen‹? Noch kein einziges Mal habe ich dich ihren Namen sagen hören. Bedeutet Lia dir nichts?«

»Was sollte mir ein Mädchen bedeuten, das ohnehin nur eine begrenzte Zeit bei uns ist? Sie kam, ist da und wird wieder gehen.«

Im Bett lag ich wach und überlegte mir Rosinas Worte. Übertrieb sie nicht mit dem Mädchen? Was sollte sich ändern, wenn ich es mit seinem Namen anredete? Es nannte mich ja auch nur ›mein Herr‹. So war es landauf landab üblich. Seit Generationen schon. Wäre sie meine Tochter, redete sie mich auch nicht mit meinem Namen an, wie es gemeinhin niemals Kinder tun. Warum also so viel Aufhebens darum machen?

Lia. Ich gab zu, dieser Name war sehr wohlklingend. Es war ein weicher, warmer Name, nicht so hart wie ›Rosina‹. Allein dessen hartes, gerolltes ›R‹ mochte keine Assoziation mehr an die seidenweiche Blume wecken. Dennoch war der Name Lia nichts Besonderes. Drei Buchstaben nur: ein L, ein I und ein A. Mir fiel auf, dass die gleichen Buchstaben auch mein Name barg, noch dazu in derselben Reihenfolge.

Je eindringlicher ich in dieser Nacht über Lias Namen nachdachte, umso mysteriöser kam er mir vor. Womöglich war er eine verschlüsselte Botschaft? Barg er gar ein

Geheimnis? Ich schüttelte den Kopf. Elias, alter Freund, jetzt glaube nur auch noch, dass Lia ein Engel ist, dann kannst du deiner Frau die Hand reichen. Nicht übertreiben, hörst du. Konzentriere dich lieber auf den morgigen Tag als Gedanken an Namen, deren Buchstaben und an Engel zu verschwenden.

Morgen war der Tag der Tage. Morgen würde sich alles entscheiden und der Rat den Zuschlag erteilen. Es gab nur entweder oder – entweder ich oder Matthias.

Lange lag ich wach und malte mir den morgigen Tag aus. Ich sah Remboldt in pelzbesetztem Talar mit seiner Amtskette spielen und Marx Welser am Hals unter dem starren Mühlsteinkragen schwitzen.

Womit würde mein Konkurrent wohl aufwarten? Ich hatte keinen blassen Schimmer. Das stimmte mich sonderbar unruhig; ich hatte Mühe, mich von der zerfressenden Vorstellung loszusagen, Matthias mochte mich mit einem dem Rat wohlgefälligeren Entwurf ausstechen.

Nachdem ich achtmal das Schlagen der Ratsglocke vernommen hatte, wusste ich, dass ich schon zwei Stunden wach lag, nur in Gedanken an meinen Konkurrenten. Das durfte nicht angehen. Ich entschied ab sofort nur noch an meinen Entwurf zu denken. An nichts anderes.

Nicht an Matthias.

Nicht an Rosina.

Und schon gar nicht an Lia.

14

Matthias sass am Zeichentisch. Er starrte auf seine Handflächen und fuhr die Linien ab. Eigentlich hatte er sich an den Tisch gesetzt, um endlich mit dem Entwurf für das Rathaus zu beginnen, doch eine eigenartige Trägheit hatte ihn befallen – er brachte keinen einzigen Strich zuwege. Er konnte sich das nicht erklären, war er doch bislang voller Feuereifer gewesen und hatte sich seinen Erfolg ausgemalt in allen Farben und Schattierungen. Möglicherweise war ihm das widerfahren, was er bisher für sich ausgeschlossen hatte: Die Künstlerkrankheit, der Schwund der Imagination, das Verblassen des Schöpfergeists hatte ihn heimgesucht.

Er stierte auf seine Handlinien und erinnerte sich daran, was Celina ihm vor siebzehn Jahren, als er das erste Mal und ganz allein in Venedig gewesen war, über die Handlesekunst beigebracht hatte.

»Die Chiromantie ist eine Kunst der Wahrsagung. Sie ist Tausende von Jahren alt und kommt aus dem Morgenland«, hatte sie ihn gelehrt. »Die Handlinien verraten dem, der darin lesen kann, alles. Überlege es dir gut, ob du mir deine Hände zeigen willst.«

Dieser Ratschlag hatte seine Wirkung nicht verfehlt. Matthias verweigerte ihr seine Hände, was sie ihm übelnahm. Er erlaubte sich, mit ihnen über Celinas Busen und Po, den Pfirsichbauch und ihre kantigen Beckenknocken zu streichen, aber dass sie darin lesen dürfe, das ließ er nicht zu. So verweigerte sie wiederum ihm, seine Hände dahin zu führen, wo er es am meisten begehrte – sie ließ die Schenkel geschlossen und drückte sie umso fester zu, je mehr Matthias drängte.

Matthias war lange in Venedig umhergegangen, um jemand zu finden, der ihn über die Handlesekunst aufklären konnte. Er wollte wissen, was an dieser Kunst dran war. Ob man ihr Glauben schenken durfte und wie genau sie Auskunft über den Charakter und das Leben geben konnte. Matthias wusste, dass es einige düstere Ecken in seiner Seele gab. Diese wollte er nicht der Frau preisgeben, die er begehrte; schlafende Hunde sollte man nicht wecken. Es sollte jemand in seinen Händen lesen, der ihn nicht kannte und der ihm unverblümt die Wahrheit über ihn sagte. Es musste jemand sein, bei dem es keine Rolle spielte, wenn dieser um seine dunklen Seelenwinkel wusste. Nur wenn die Erforschung der verborgenen Plätze seines Selbst überwiegend gut ausfiele, würde er Celina die Seelenschau gewähren.

Auf den Zattere, einem langen Kai am Hafen, südlich des Canal Grande, dort, wo sie die Schiffe bauten, hatte er einen Seemann gefunden, der die Chiromantie beherrschte.

»Mit der Handlesekunst ist es wie mit dem Lesen von Schriften. Wer gut lesen kann, liest viel, wer schlecht lesen kann, wenig«, hatte ihm der Seemann verraten.

»Aus den Längen und Schwüngen der Linien kannst du die Eigenschaften von Geist, Körper und Seele erkennen. Ein guter Handleser sieht immer beide Hände an. Wenn du Rechtshänder bist, zeigt die linke, was dir deine Eltern mit ins Blut gegeben haben, und die rechte, was du daraus gemacht hast. Bei Linkshändern verhält es sich umgekehrt.«

Der Seemann sprach über die Herz-, Kopf- und Schicksalslinie, über den Venusgürtel und die Merkurlinie. Seine Angaben waren sehr schwammig und allgemein gehalten, augenscheinlich gehörte er zu den schlechten Lesern. Auf Matthias' Frage, ob er Celina seine Hände nun zeigen dürfe, riet der Seemann ihm allerdings ab. Er hatte sich daran gehalten.

Matthias schloss die Hände und starrte auf sein Fresko. Im Geiste sah er Elias, wie dieser mit Eifer Strich um Strich, Linie um Linie zog auf feinstem Pergament, während er vor einem jungfräulichen Papierbogen saß.

Es klingelte. Wer störte ihn in seinem Tran? Schwerfällig erhob er sich. Ein Bote stand vor der Tür und überbrachte einen daumendicken Brief. Er war gesiegelt mit *MRSJ*.

München, 10. April AD

Werter Meister Kager,

die Liste der Illustrationen für mein Werk ›Bavaria Sancta et pia – Leben der Heiligen und Seligen des Bayerlandes zur Belehrung und Erbauung für das Christlich Volk, Band I, II und III‹ ist komplett.

Beginnt unverzüglich mit den Zeichnungen. Sobald Ihr die ersten dreißig Entwürfe fertiggestellt habt, sendet diese eilends nach München, damit hiesiger Künstler Raphael Sadeler mit den Stichen beginnen kann.

Ad deum
*Matthäus Raderus, SJ**

---

* Kürzel der Societas Jesu, der katholischen Ordensgemeinschaft der Jesuiten

So wie der Brief an Kürze bestach und enttäuschte, so bestach die Liste an Länge und Ausführlichkeit. Einhundertsechzig Motive hatte Rader aufgelistet; das waren ganze fünfzig mehr als bei der Marienenthüllung von ihm angekündigt. Jedes Motiv war mit mehreren Sätzen beschrieben. Matthias überflog lieblos die Liste. Es grämte ihn zuerst, dass Rader ihn nur für die Entwürfe ausgewählt hatte und die Stiche einer der Sadeler Brüder anfertigte. Doch eingedenk des Arbeitsaufwands und besonders jetzt, wo ihm die Zeit davonrannte, war er froh darüber – Dürer hatte an seinem ›Reuther‹* über drei Monate gesessen, täglich zehn Stunden lang, an einem einzigen Stich …

Rader verlangte von ihm unverzüglich mit den Entwürfen zu beginnen. Das würde er nicht tun. Im Moment konnte Rader – so sehr Matthias ihn schätzte – keine Bedeutung für ihn haben. Matthias musste das neue Rathaus entwerfen und hatte bis jetzt nur Ausschuss zusammengeschmiert. Er fühlte sich schlecht. Vielleicht hatte er etwas Falsches gegessen? Von irgendwoher musste das Magendrücken ja herstammen. Wie sollte man einen Entwurf meistern, tauglich Elias endgültig mit der protestantischen Hochnase in den Dreck zu stoßen, wenn es einem im Ranzen rumorte, dass man glaubte, Kobolde schlugen dort Purzelbäume oder gäben sich wüsten Schlägereien hin?

Sollte er noch einmal einen Anlauf wagen und Elias überraschen? Allzu oft konnte er dort nicht mehr aufkreuzen, stets unter dem Vorwand nach Lia zu sehen und sicherzustellen, dass sie im Hause Holl keinen Ärger

---

* Bekannter unter dem Titel *Ritter, Tod und Teufel* (1513)

anrichtete, oder aber nur, um sich nach ihrem Befinden zu erkundigen. Dreimal war er bist jetzt dort gewesen und nie sollte es sich fügen, dass er irgendwo auch nur ein Fitzelchen eines Holl'schen Entwurfs hätte erspähen können. Die Zeit lief. Er rieb sich mit den Händen über das Gesicht. Was er brauchte, war Ablenkung. Ibia würde heute Abend endlich wieder von München zurückkehren. Das erste, was er tun würde, wäre sie hart zu nehmen in allen Stellungen, die ihr beliebten. Das hatte bis jetzt immer geholfen, das machte den Kopf frei und verschaffte ihm neue Inspirationen.

Ibia traf später als erwartet ein. Der Reisewagen hatte Achsenbruch, ein Ersatzwagen musste eingesetzt werden, was die Fahrt um Stunden verzögerte.

Aus dem ungestümen Bettritt, wie ihn sich Matthias ausgemalt hatte, wurde nichts – Ibia hatte ihren Monatsfluss. Sie klagte über Kopfschmerzen und Bauchweh. Matthias war angesäuert, hätte sich gewünscht, sie wäre über diese Zeit noch weggeblieben. Wenn sie sich mit ihrer Regel herumplagte, wandelte sie sich zuweilen zum unausstehlichen Stück und man musste sie meiden wie einen feindseligen, giftspritzenden Iltis. Das war für das eigene Wohlbefinden am besten. Um nach der Enttäuschung den angestauten Druck im Unterleib endlich loszuwerden, hatte er es sich hinter dem Bretterverschlag im Hof selbst gemacht; das war harmlos und unverfänglicher als ins Frauenhaus zu gehen und dabei womöglich noch von tratschenden Lästerzungen gesehen zu werden.

Nachdem die ungezählten Freihandentwürfe ihn nicht befriedigten und sein halbherziges Dilettieren beim Versuch, Elias auszuhorchen, nichts hervorbrachte, entsann er sich van Crons Worte über die Suche nach Verbündeten. Im Falle Alberthal war das gründlich fehlgeschlagen. Van Cron selbst war nach Wien abgereist. Er hatte zwar behauptet, er käme wieder, doch das konnte dauern. So bestand auch hier keine Aussicht auf Unterstützung. Marx Welser? Auf keinen Fall. Niemals und nirgends. Marx Welser war von Augsburgs elitärer Schicht der elitärste; ärger noch als Höschel und Henisch. Er lebte in der Kunst und für die Kunst. Ethik und Ästhetik waren sein Oberstes. Zurzeit blieb er zunehmend Gesellschaften fern und tat nur noch Unabdingbares, wie den Ratsverpflichtungen nachzukommen. Ansonsten verschanzte er sich in seinem Verlag hinter seinen Büchern. Man munkelte, es gäbe Probleme mit den Welser'schen Unternehmungen in Klein-Venedig, bei denen er Gesellschafter war. Wobei keiner sagen konnte, was daran stimmte und was Gerüchte waren. Die Rückkehr der Seefahrer aus der Neuen Welt dauerte Monate, so lange hatten auch die Neuigkeiten von dort auf sich zu warten. Jedenfalls sollte auf der anderen Seite des Globus die Goldgier das Regiment führen. Von Menschenraub und Sklaverei war die Rede, von Mord und Totschlag. Dass das nicht spurlos an einem Fein- und Schöngeist wie Marx Welser vorbeigehen konnte, war selbstredend.

So blieb für Matthias als einziger Verbündeter gegen Elias nur Anton Garb. Er war Matthias seit seiner Übersiedlung von München hierher stets ein loyaler Freund, auch wenn er ihn öfters von oben herab behandelte. In schlechten Zeiten hatte er sich für ihn um Aufträge eingesetzt und ihm sogar zinslos Geld geliehen. Dafür hatte Matthias Bilder gemalt, ohne ein Honorar einzustreichen.

Garb und Elias waren einander nicht Freund, aber Feinde waren sie auch nicht. Garb hatte Elias seinerzeit in Venedig sogar einen großen Dienst erwiesen, selbst wenn es von Elias nicht als solcher empfunden wurde. Als Elias sich damals mit dem Gedanken getragen hatte, in Venedig zu bleiben, war Garb hart mit ihm ins Gericht gegangen. Er hatte ihm seine Pflichten in Augsburg vor Augen geführt: »Holl, seid Ihr der Liebestollheit willenlose Beute? Ihr habt Verträge zuhause! Und nicht nur das! Eure Frau Maria und Eure Kinder erwarten Euch bis Ende Januar zurück!«

»Das geht Euch gar nichts an!«, hatte Elias ihn daraufhin angeschrien. »Was erlaubt Ihr Euch, Euch in anderer Leute Angelegenheiten zu mischen?«

Ein heftiger Wortwechsel war zwischen den beiden entstanden, der mit einer blutigen Schlägerei geendet hatte. Vierzehn Jahre war das her, aber Elias hatte das bis heute wohl nicht vergessen.

Nachdem Matthias mit sich übereingekommen war, Garb erneut mit seinen architektonischen Unzulänglichkeiten zu behelligen, suchte er ihn in dessen Haus auf und erklärte erneut die prekäre Situation.

»Habt Ihr ihm meine Empfehlung ausgesprochen?«, war Garbs erster Einwand auf den Reinfall bei Alberthal. Matthias musste das verneinen – in der Aufregung hatte er es schlichtweg vergessen –, doch er rechtfertigte sich: »Das hätte nichts genützt. Alberthal ist geläutert.«

»Dann soll jetzt also ich für Euch bei Holl spionieren? Wie stellt Ihr Euch das vor? Soll ich sein Atelier nach seinen Entwürfen durchstöbern? Verlangt Ihr da nicht ein bisschen viel von mir, Kager?«

»Ich dachte lediglich an einen freundschaftlichen Besuch bei Elias mit der Option sich ein wenig umzuschauen, rein aus aufrichtigem Interesse. Davon abgesehen, Ihr müsst es nicht tun. Es war nur eine Frage.«

»Mir kam es eher wie eine Bitte vor, der Verzweiflung nahe.«

»Verzweiflung? Also bitte! Ich bin weit davon entfernt, verzweifelt zu sein. Ich möchte lediglich wissen, was mein Konkurrent ersinnt. Das ist doch verständlich, bei so einem Projekt. Es ist nicht so, dass ich überhaupt keine Entwürfe erstellt hätte.«

Das war gelogen. Matthias hatte bislang keinen einzigen geraden Strich getan, nur hingekritzelte Skizzen hatte er aufs Blatt geworfen; Alibizeichnungen, um sein Gemüt ein wenig einzulullen. Das richtige, minutiöse Entwerfen, maßstabsgetreu, mit Zirkel und Lineal, schob er täglich aufs Neue hinaus, immer auf eine Eingebung hoffend. Doch diese blieb aus.

»Gut, Kager, ich tue es für Euch. Beizeiten müsst Ihr mir dafür irgendeinen anderen Gefallen erweisen.«

Die Tage vergingen. Mehrmals hatte Matthias bei Garb angefragt, ob er schon …? Nein, antwortete der, bis jetzt sei er noch nicht dazu gekommen, aber er werde es noch tun.

Als Garb bis in die letzte Woche vor der Präsentation immer noch nicht bei Elias gewesen war, blieb Matthias nichts mehr übrig, als sich doch selbst an einem Entwurf zu versuchen. Er hatte sich vorgenommen, an einem einzigen Abend seine ganze Schöpferkraft zu bündeln und diese in einem glanzvollen Entwurf enden zu lassen.

Bevor er ins Atelier ging, um den großen, den entscheidenden Wurf zu meistern, zelebrierte er ein Ritual. Er wollte sich geistig und auch körperlich auf das Opus magnum vorbereiten, wenn die erhoffte inspirierende Kopulation mit seiner Muse ihm schon verwehrt war. Er bereitete sich ein heißes Bad, zog sein bestes Gewand an, kaufte sich beim Weinmarkt einen teuren Tropfen, verabschiedete sich für diese Nacht bei Ibia, heizte kräftig im Atelier ein und setzte sich wie ein Fürst an den von zwei fünfarmigen Kerzenleuchtern erhellten Zeichentisch. Das einzige und teure Weinglas erhoben, prostete er sich seinem Spiegelbild im Fenster zu und rief dabei: »Nieder mit dem Stadtwerkmeister! Ein Hoch dem Freskanten!« oder »Holl in den Staub! Kager in den Olymp!«. Er trank das Glas auf ex, klatschte sich in die Hände und begann.

Es schien ihm gelingen zu wollen. Nach einer guten Stunde angestrengten Nachdenkens, begleitet von Summen, Singen, Fluchen, Knie- und Rumpfbeugen, auf die Brust trommeln und Schreien nach dem ausstehenden Verbleib der Muse – »Du Stück! Komm hervor und küss mich endlich, du mieses Aas!« –, schuf er einen genialen Entwurf: Er kombinierte in die vorgegebenen Maße die Vorderfassade der Neuen Metzg mit der des Zeughaus', denjenigen beiden Bauten, bei denen er unter Heintz am meisten mitgewirkt hatte. Das Portal übernahm er vom Zeughaus, die Fenster von der Stadtmetzg; er hatte lediglich deren

Anzahl zu verdoppeln. Den Sprenggiebel ordnete er über den Mitteltrakt an, der sechs Achsen ausmachte.

In der Früh um sieben war er fertig. Er hatte die ganze Nacht durchgezeichnet. Völlig ermattet und von der Flasche Wein angeschlagen, ging er dennoch nicht zu Bett, sondern machte sich gleich auf den Weg zum Kistler.

»Ihr habt drei Tage Zeit, Gabel. Erschafft das beste Modell Eures Lebens!«

»Ich schaff's in zweien.«

Am gleichen Tag besuchte ihn Garb. Er sei bei Holl gewesen. Unter Anwendung feinster Rabulistik habe er es sogar bis ins Atelier geschafft und dort zu erspähen versucht, was nur möglich schien. Leider konnte er keinerlei Entwürfe ausfindig machen.

»Holl hat vermutlich Lunte gerochen und alles weggeräumt.«

»Nichts für ungut, Garb. Der gute Wille für die Tat.«

»Ich habe Holl gesagt, Euer Entwurf sei schon in Arbeit. Mir war es wichtig, ihn ein wenig zu demoralisieren, wenn ich schon nicht fündig wurde. Das schien ihn nicht sonderlich zu rühren.«

»Elias versteht es, seine Gefühle zu verbergen. Außerdem ist es mir inzwischen egal, was er entworfen hat. Mein Modell steht.«

»Ach, tatsächlich. Dann seid Ihr ja doch noch über Euch selbst hinausgewachsen. Chapeau, Kager, Chapeau!«

Gabel schaffte es nicht in zwei Tagen; er brauchte vier. Sein Lehrling war krank geworden und er selbst hatte sich mit dem Stemmeisen verletzt. Mit dem bandagierten Daumen konnte er nicht wie er wollte.

Am Abend vor der Präsentation war das Modell fertig.

Es war imposant geworden.

Matthias war stolz. Es war sein erster, ureigener Entwurf, und Garb hatte schon Recht mit seinem Lob. Natürlich hatte er abgekupfert. Aber das taten sie doch alle. Letztlich interessierte nur eines: Wie würde der Rat morgen entscheiden? Die Chancen, seinen Konkurrenten aus dem Feld zu schlagen, standen mehr als gut. Elias würde wohl mit einer seichten Variante des Palastfassadenentwurfes aufwarten, schließlich war der bei der zweiten Sitzung gut angekommen. Zudem war Elias ja geradezu versessen auf die welschen Paläste. Als er und Matthias damals zusammen durch Venedig gestreift waren, hatte er unzählige Stunden damit verbracht, sie abzuzeichnen. »So einen Palast möchte ich auch einmal bauen!«, hatte er mehrmals bekannt. Vierzehn Jahre mussten vergehen, um Elias' Chance in greifbare Nähe rücken zu lassen. Diese Nähe jedoch wurde ihm von Matthias streitig gemacht.

Zum dritten Mal hieß es also: Die Ratsherren lassen bitten. Die Szenerie war bis auf den Umstand, dass dieses Mal schon alle Teilnehmer am Tisch saßen und auf Remboldt und Welser warteten, identisch mit den beiden vorhergehenden Sitzungen. Es herrschte gedämpfte Unterhaltung zwischen den Ratsmitgliedern und konzentriertes Schweigen der Kontrahenten – selbst Garb, der sonst gerne die Wartezeit mit einem Plausch überbrückte, trug dem Ernst der Lage Rechnung und ließ seinen Nebenmann Matthias in Ruhe. Er wusste, dass für ihn viel auf dem Spiel stand.

»Meine Herren, ich bitte Euch, sich zu erheben, die Stadtpfleger treten ein.«

Auf das Geheiß des Amtsdieners standen alle von ihren Plätzen auf und blieben solange stehen, bis Remboldt mit einem erhabenen Nicken Zeichen gab, sich zu setzen.

»Aller guten Dinge sind drei«, eröffnete Remboldt die Ratssitzung. Er näselte. Das hatte er noch nie gemacht. Geradezu grotesk hörte sich das an, als ob er mit abgeklemmten Nasenflügeln redete. Wohl hatte ihn eine Erkältung erwischt.

»Wir sind heute hier zum letzten Male zusammengekommen. Es gilt demnach endgültig zu beschließen, welcher Entwurf des neuen Rathauses den Zuschlag erhalten soll. Zwei in Holz erstellte Modelle sollen heute von den Bewerbern dem Geheimen Rat vorgeführt und eingehend erläutert werden. Die Modelle stehen bereits verhüllt auf den Seitentischen. Nach einer eingängigen Inaugenscheinnahme wird der Rat die Entscheidung fällen. Sie kann nur einen Konkurrenten betreffen. Einen Kompromiss wird es nicht geben. Die Entscheidung ist nicht anfechtbar. Wenn die Entscheidung gefallen ist, sollen in den nächsten Tagen die Vorbereitungen für den Neubau beginnen. Der Perlachturm wird eingerüstet, die Ratsglocke umgehängt und mit den Abbrucharbeiten des alten Rathauses zeitgleich angefangen.«

Matthias hatte Mühe, sich auf den Inhalt von Remboldts Worten zu konzentrieren, die trötenhafte Stimme lenkte ihn ab. Das endete, als Remboldt das Wort an Marx Welser abtrat. Der redete zum Glück wie immer in gebührlicher Manier.

Der Rat einigte sich darauf, dieses Mal Matthias mit der Präsentation beginnen zu lassen. Matthias war nicht daran gelegen, mit Fachbegriffen zu glänzen – obwohl er das eine oder andere wichtigtuerische Bröckelchen schon hätte kunstspucken können –, er wollte allein auf die Wirkung seines genialen Modells setzen. Er hielt sich knapp.

»Meine Herrschaften, warum viele Worte machen? Mein Modell sagt mehr als tausend Worte!«

Er nahm das Tuch ab und harrte der Dinge.

Die Reaktion fiel weniger euphorisch aus als von ihm erwartet. Ein einziges verhaltenes »Ah!«, das Matthias nicht zuordnen konnte und ein überschwängliches »Oh!« von Anton Garb drangen an sein Ohr. Mehr war nicht zu vernehmen. Er verbarg seine Enttäuschung und kam nicht umhin, seinen Entwurf doch noch anpreisen zu müssen, wobei er es vermied, die konstruktionstechnische Finte der Zusammenfügung von Stadtmetzg und Zeughaus preiszugeben, geschweige denn die skurrile Art und Weise, wie er ihrer habhaft wurde. Man bat Elias, der Matthias mehrere Male mit Bemerkungen wie »vollkommen überdimensioniert«, »absolute Disharmonie« oder »ein Monstrum von Zentralgiebel« ins Wort fiel, sich zu mäßigen. Er werde später Gelegenheit bekommen, sich zu äußern, desgleichen sei Matthias angewiesen, bei dessen Präsentation nicht zu stören.

Als Matthias mit der Präsentation geendet hatte, begleitete seichter Applaus sein Dankesnicken. Auch Garb hielt sich zurück, um den Verdacht auf Protektion und Einflussnahme nicht zu forcieren.

Matthias konnte sich die marklose Resonanz nicht erklären. Mit einem kindlichen Drang zum Schmollmund setzte er sich artig auf seinen Platz – jetzt nur keine klägliche Figur abgeben, im Gegenteil, er reckte den Hals nach vorne und nahm die Schultern zurück: Er hatte Pompöses erschaffen! War diesen schmerbäuchigen Holzköpfen das nicht bewusst? Was zum Teufel hatten sie erwartet? Ein Münster? Einen Dom? Gar eine Kathedrale oder eine Basilika? Mit gezügelter Wut, die Sinne bis zum Zersplittern geschärft, überließ er Elias das Feld, um jedes seiner Worte und jede seiner Gesten wie ein Blatternarzt zu sezieren. Jetzt käme auf, was der eitle Protestantenmaurer sich aus den schwieligen Fingern gesogen hatte und wie er es der hofierten Gönnerschar anpreisen würde.

Elias, wohl durch die reservierte Reaktion des Rats bei Matthias' Präsentation hellhörig geworden, suchte daraufhin die Dramaturgie der seinigen zu steigern; er enthüllte nicht gleich das Modell, sondern strebte zuerst zur Staffelei, wo er die Visierung positioniert hatte. Diese ließ er noch mit der Bildseite abgewandt, um die Neugier des Rates weiter anzuheizen. Mit seinem ihm eigenen Hollgefasel eröffnete er die Präsentation, um, von Marx Welser gedrängt, endlich die Visierung preiszugeben.

Potzblitz! Der Hund hatte sich tatsächlich etwas Besonderes ausgedacht. Einen Entwurf mit drei nebeneinander angeordneten Sprenggiebeln! Ein dominanter Giebel mittig in die Front gesetzt, rechts und links flankiert von zwei kleineren. Das war neu. Das machte sogar Matthias staunen, obzwar seine Überraschung vom nachhallenden Unmut der vorigen Ratsschmähung gedämpft wurde.

Elias tat das, was Matthias gar nicht erst angestrebt hatte, weil ihm dazu das nötige fachliche Rüstzeug fehlte, er drehte und wendete das Modell und brillierte mit architektonischem Wissen. Er ›schüttete‹ – Matthias hätte dafür lieber das Wort ›schiss‹ bemüht, in seiner durch Elias' Ehrgeiz heraufbeschworenen Erbitterung – den Rat mit Auskünften über den Entwurf nur so zu. Er redete ohne Punkt und Komma, stauchte die Ratsmitglieder mit seinen Ausführungen geradewegs in die Sitze, dass sie nach dem Vortrag vor Ehrfurcht vor dem Großmeister der Architektur wohl nur noch bucklig von dannen kriechen konnten. Für Matthias bestand kein Zweifel mehr: Der ruhmsüchtige Lutheraner hatte ihn turmhoch besiegt. Elias war ihm überlegen. Das musste er anerkennen. ›Musste‹ er das? Wollte er das? Nein! In diesem Moment beschloss Matthias, dass der ketzerische Handwerker jegliche Anerkennung bei ihm verwirkt hatte. Elias hatte die Konkurrenz gewonnen – und weshalb? Weil da ein Haufen strohköpfiger Runzelärsche Äpfel von Birnen nicht unterscheiden konnten und sich zuschwallen ließen von einem Emporkömmling.

Matthias räumte seine Pläne und Visierungen zusammen. Er würde die Sitzung vorzeitig verlassen; dass sich das nicht geziemte, war ihm egal – welchen Sinn sollte es noch haben, sich weiterhin im lähmenden Bannkreis debiler Kunstbanausen aufzuhalten? Während er seine Bögen und Pergamente zusammenrollte, sah er nicht auf seine Bewegungen, sondern in die Runde. Sein Blick blieb bei Remboldt und Marx Welser stehen, die sich berieten, mit konspirativen Zügen im Gesicht. Dieser Anblick genügte, um Matthias innehalten zu lassen. Was tuschelten die beiden da wie Spitzbuben auf der hintersten Schulbank?

Marx Welser stand auf.

»Meine Herren Räte, werte Konkurrenten! Wir verfahren wie gehabt: Der Geheime Rat zieht sich zur Beratung zurück. Anschließend wird die Entscheidung bekanntgegeben.«

Keine halbe Stunde dauerte es bis zur Verkündung. War Elias während der Pause der letzten Sitzung noch auf Matthias zugegangen, hatte er es bei der jetzigen unterlassen. Auch Matthias war nicht von seinem Platz gewichen, er hatte sich angeregt mit Garb unterhalten.

Nachdem Marx Welser abgedroschene Phrasen bemühte, wie ›man habe es sich nicht leicht gemacht …‹, et cetera, folgte eine für beide Kontrahenten überraschende Äußerung:

»… sieht sich der Rat veranlasst, eine vierte und mit Sicherheit allerletzte Sitzung einzuberufen.«

Welser resümierte, dass beide Entwürfe von imposanter Erscheinung seien und jeder Entwurf für sich genommen ganz eigene Stärken aufweise. Er sprach auch über seine persönliche Freude, dass der Welschen Manier so bildhaft und einprägsam gehuldigt wurde, was eine wahre Auszeichnung für die werten Herren Architekten bedeute.

Dann folgte das große Aber. Beide Entwürfe brächten außerordentliche Bauten hervor, *aber* sie seien nicht genug augsburgisch, sie zeigten nicht das gebotene Augsburger

Reichsstadtgesicht. Die Entwürfe wären nicht heroisch – was unabdingbar für ein Rathaus sei, das Epochen überdauern sollte. Dieses Attribut sei von Anfang die erste Prämisse gewesen. Beide Architekten hätten dieses geforderte Soll nicht erfüllt. Man müsse zwangsläufig eine vierte und letzte Sitzung anberaumen, bei der beide Kontrahenten völlig neue Entwürfe präsentierten, die dieser Anforderung gerecht würden. Diese solle im gleichen Turnus von vier Wochen, also in der letzten Maiwoche stattfinden. Eine längere Frist könne nicht gewährt werden, da zum einen die Erfahrung gezeigt habe, dass beide Architekten mit der veranschlagten Zeit gut ausgekommen waren, zum anderen dürfe, ja, könne man den Zeitpunkt des Baubeginns nicht mehr länger hinauszögern.

Elias und Matthias wurden nach Einwänden gefragt, die beide verneinten. Elias unterließ es, was Matthias überraschte, seinen Entwurf zu verteidigen oder Matthias' herabzuwürdigen. Elias schwieg. Er schwieg wie bei der ersten Zusammenkunft, als er bitter erfahren hatte, dass Matthias sein Konkurrent werden würde, und verließ ohne einen Abschied, ohne eine Geste – bis auf die Miene der totalen Enttäuschung, sofern man diese im weitesten Sinne als eine Geste der Mimik auslegen konnte – den Saal.

Matthias hingegen blieb. Der stille Abzug seines Widersachers freute ihn. Wenn Elias wie ein trotziges Kind das Feld verließ, so wollte er weilen, um mehr über die Hintergründe der Ratsentscheidung zu erfahren. Marx Welser war auch nicht abgeneigt ihm diese zu verraten.

»Mit Eurem Entwurf, werter Meister Kager, seid Ihr leider wieder Eurem alten Muster der Überfrachtung verfallen, wie Ihr es damals mit dem Loggiaentwurf gezeigt hattet. Uns schien Euer Modell wie eine entgleiste Vermischung von Siegelhaus und Stadtmetzg. Viel zu überladen. Zudem stimmten die Proportionen nicht. Was Augsburg nicht braucht, ist das erdrückende Doppel eines Warenhauses als architektonischer Repräsentant der Freien Reichsstadt. Zudem fehlte uns die Ausgewogenheit zwischen Frontfassade und den Seitenfassaden. Wir wollen Dominanz nach allen vier Himmelsrichtungen, nicht nur nach der Westseite.«

»Weshalb habt Ihr Holls Modell abgelehnt?«

Welser überlegte kurz, bevor er antwortete.

»Das möchten wir Euch nicht preisgeben. Es bedeutete einen Affront gegen Meister Holl. Er ist nicht mehr zugegen und kann nicht reagieren. Anscheinend interessierten ihn weitere Details nicht, oder aber er hat aus unserer kurzgefassten Kritik alles für ihn Wesentliche herausgehört.«

Matthias bedankte sich, verabschiedete sich höflich und ging nach Hause.

Vier Wochen. Eine neue Chance. Ob er diese überhaupt, und wenn, wie er diese wahrnehmen konnte, wusste er im Moment nicht. Corvin van Cron blitzte auf – Matthias brauchte einen Verbündeten. Einen, der mehr auszurichten vermochte als Garb.

Wer konnte das sein?

Er hatte eine Ahnung.

Und einen Plan.

15

Lia war wieder FÜR SICH in ihrer Kammer. Frau Holl hatte ihr eine Stunde frei gegeben; sie solle sich ausruhen und danach auf die Märkte gehen. Sie öffnete das Fenster und stützte sich auf den Sims. Die Sonne der ersten Maiwoche schien auf ihr Gesicht. Nichts Weißes lag mehr auf den tonroten Ziegeldächern. Nur noch in den dunkelsten Ecken der Gassen kämpften die letzten Schneezwerge hoffnungslos gegen den Frühling.

Lia setzte sich an den Tisch, nahm ihre Geldkatze aus der Schublade und ließ einzelne Münzen in sie hinein träufeln.

Marta kam über dic Mauern geklettert, sprang vom Sims auf den Zimmerboden und strich ihr schwanzschlängelnd um die Beine. Diego schwebte – die Flügel geöffnete Fächer – heran und setzte sich direkt auf die Tischplatte. Dein erster Wochenlohn. Von Meister Holl persönlich in deine Hände gezählt, krächzte er. Gratuliere. Er hat dir sogar noch einen halben Kreuzer mehr gegeben! Warum wohl? Weil du so gut arbeitest oder weil … ›Alle Männer sind schlecht … und die Künstler …‹

Diego, halt deinen vorlauten Schnabel! Du brauchst Lias Mama nicht nachzumachen. Mach dir nichts aus Diegos Worten, Lia. Du kennst ihn doch und sein fahrlässiges Schnabelwerk. Was willst du von so einem schwarzgefiederten Vogel erwarten? Mir gefällt nicht, dass er stets alles ins Schlechte kehrt. Er sieht in nichts und niemandem etwas Gutes.

Diego kratzte sich mit dem Schnabel am Gefieder. Die Tugend der Raben ist eben Klarsicht und Besonnenheit, erwiderte er, wir lassen uns nicht so leicht täuschen wie ihr Menschen.

Diego, weißt du eigentlich, dass eure Gattung ganz früher einmal weiß gewesen war? Mit jedem schlechten Gedanken gegen euch selbst, gegen eure Eltern und eure Mitwelt ist euer Gefieder Feder für Feder dunkler und dunkler geworden. Jetzt seid ihr schwarz wie der Ruß aus den Schornsteinen.

Diego spreizte die Schwingen. Das ist nichts als Dichtung. Oder sollte ich sagen: Nichts als Lüge? Das glauben nur Narren und Nichtswisser. Ich soll ja deine Mutter nicht zitieren, aber an ihre Erfahrung angelehnt, kann ich abgewandelt sagen: Alle Menschen sind Lügner. Und die Dichter ganz besonders. Was ist Dichtung schon anderes als das unentwegte Aneinanderreihen von Erlogenem. Vielleicht warst du ja ganz früher mal strohblond mit wasserblauen Augen? Jetzt bist du – gleich mir – rabenschwarz und deine Augen sind grau, wie Martas. Und weil wir gerade bei Marta sind: Sie ist weder weiß noch schwarz …

»Lia!«, kam es aus Frau Holls Kammer. Zeitgleich läutete die Ratsglocke. Die Stunde war vorüber.

Ich muss los! Bis bald, meine Freunde.

Diego flog über die Dächer hinweg. Marta sprang die Mauern entlang.

Ja, bis bald!

Lia begab sich zu Frau Holl, um von ihr die Einkaufsliste entgegenzunehmen. Brot, Butter, Eier, Käse und Wurst hatte sie ihr aufgeschrieben. Zudem sollte sie bei Schuster

Jakob Welz in der Rosengasse ein Paar geflickte Arbeitsschuhe von Meister Holl abholen.

Bevor Lia die Märkte aufsuchte, strebte sie zum Kaufhaus in der Heilig Grab Gasse. Dort würde sie die nötigen Utensilien für ihre nächtlichen Bibellesungen bekommen.

»Ein Schächtelchen Schwefelhölzer, einen Zunderschwamm und vier Kerzen bitte.«

Die Verkäuferin wickelte die Ware in das von Lia entgegengestreckte Tuch und reichte sie ihr. Lia gab das Geld, legte das kleine Bündel in den Korb und schritt weiter in Richtung Eiermarkt.

Die Körbe voll, stand der letzte Posten an, Meister Holls Schuhe. Als Lia den Jakobsplatz in Richtung Rosengasse querte, hörte sie jemanden nach ihr rufen. Sie blieb stehen und wandte sich um. Ihr Vater eilte heran und hieß sie warten.

»Gut, dass ich dich treffe, Lia. Ich habe etwas sehr Wichtiges mit dir zu bereden. Komm heute Abend um sechs ins Atelier.«

Wenige Minuten vor der Zeit klingelte Lia an der Atelierstür. Ihr Vater öffnete und bat sie herein. Das Atelier schien Lia aufgeräumter und gemütlicher als bei ihrem ersten Besuch. Es brannten mehr Kerzen, das Feuer im Ofen loderte stärker und ihr war, als rieche es nach Myrrhe wie in der Kirche. Matthias bot ihr Platz an und schenkte beiden Wein ein. Den Krug mit Wasser ließ er unberührt.

»Ich bin ja gottfroh«, hob er an, »dass ich dich bei den Holls untergebracht habe. Das war nicht leicht, glaub mir das.«

»Ich bin dir auch sehr dankbar dafür, Vater.«

»Wie ergeht es dir dort?«

»Das weißt du doch. Du warst die letzte Woche dreimal da …«

»Nur in Sorge um dich. Ich will dich wissen lassen, dass ich immer für dich da bin. Umgekehrt muss das auch für dich gelten als meine Tochter.«

Vater hielt ihr einen Becher hin.

»Prost.«

Sie stießen an und tranken. Unverdünnten Wein hatte sie schon in Venedig getrunken. Eine Hübschlerin, von Lia aufgesucht, um sie in die Liebeskunst einzuführen, hatte diesen im Zuge ihrer Lektionen mit ihr geteilt.

»Glaubt Rosina immer noch, dass du ein Engel bist?«

Lia zuckte mit den Schultern. »Wir lesen täglich aus der Bibel. Ich zitiere den italienischen Text aus meiner und Frau Holl aus der Lutherbibel.«

»Und Elias? Wie ist er zu dir? Behandelt er dich gut?«

»Meister Holl ist sehr zurückhaltend.«

»Was heißt das? Redet er nicht mit dir?«

»Nein.«

»Gar nichts? Ich meine, irgendetwas muss er doch mal zu dir sagen. Es ist ja nicht so, dass du ein hässliches Etwas bist, das man meidet wie die Pest.«

Nein, es war eher das Gegenteil. Das war schon so in Venedig gewesen und hier in Augsburg war es nicht anders. Wenn Lia über die Märkte schritt, spürte sie die Blicke der Männer. Keinen traf sie, der ihr unfreundlich begegnete.

»Man sieht ihn kaum. Frau Holl sagt, er muss seine ganze Kraft in den Entwurf des neuen Rathauses setzen. Der letzte Entwurf sei ein großer gewesen, doch nicht groß genug. Der neue müsse heroisch sein. Sie sagte, ihr Mann müsse jetzt etwas schaffen, das alle Rahmen sprenge. Und da dürfe ihn niemand stören. Man darf auch nicht sein Atelier betreten.«

»Prost!«

Ihr Vater stieß erneut mit seinem Becher Lias an. Sie tranken.

»Schön, dass es dich gibt, Lia. Und schön, dass du jetzt hier bist.« Er legte Holz nach und tauschte bereits erloschene Kerzen aus.

»Ich kann nicht ewig wegbleiben, Vater. Erzähl mir, was es Wichtiges zu bereden gibt.«

Die nächsten langen Minuten folgte ein theatralisch anmutender Monolog. Ihr Vater begann von seiner oft niederschmetternden Anfangszeit hier in Augsburg zu erzählen, von Widerständen beim mühseligen sich Einbringen in den eingeschworenen Kreis der Hiesigen, die es zu überwinden gegolten hatte.

»Der ›Homo regionis datschiburgensis‹*, wie Rader ihn scherzend nennt, der gemeine Augsburger, ist ein misstrauischer und widerspenstiger Mensch. Es braucht Zeit und viel Eifer, bis er einen endlich annimmt.«

Vater erzählte weiter vom Unbill unsteter Auftragslage. Wochenlang käme kein einziger Kunde; es schiene, als ob

* Eine Pseudolatinisierung für den gebürtigen Augsburger, der des hiesigen Zwetschgendatschi (Pflaumenkuchen) wegen auch scherzhaft Datischburger genannt wird

sich alle gegen ihn verschworen hätten, und dann polterten sie unverhofft in sein Atelier und bedrängten ihn. Lange und zäh ließ er sich aus über launische Käufer, bei denen er eigentlich fertige Bilder unzählige Male korrigieren musste, ohne etwas dafür verlangen zu dürfen. Oft habe er nicht gewusst, woher das Geld zum Leben nehmen.

»Ich weiß, wie das ist, nichts zu haben. Mutter hat nie etwas für mich übrig gehabt. Alles gab sie bis zuletzt für ihre Kleider aus.«

Vater nickte und prostete. Sie tranken gemeinsam.

»Du weißt, Lia, wir haben einen kleinen Sohn und Ibia will weitere Kinder. Es ist eines wahren Katholiken Pflicht und Schuldigkeit viele Kinder zu haben. Sie sind unsere Zukunft und sie helfen uns, gegen die ketzerischen Protestanten zu wirken.«

Wenn Nachwuchs ins Haus stehe, erklärte Vater, müsse man auch an mehr Platz denken. Ein Umzug in größere Räume stünde dann auf jeden Fall an.

Lia verstand das alles. Sie wurde unruhig. Worauf wollte ihr Vater hinaus?

Er zeigte ihr zahlreiche Entwürfe für Buchillustrationen, die er für das Werk eines Münchner Jesuiten zu zeichnen habe.

»Was Du hier siehst, heißt übersetzt viel Arbeit, wenig Anerkennung und noch weniger Geld. Ich zeichne und male von morgens bis abends, aber ich bekomme kaum etwas dafür. Aber: Ich habe eine einzige, große Chance, mich aus diesem Teufelskreis zu befreien. Sieh her!«

Ihr Vater führte Lia zum Tisch am Fenster und zeigte ihr großformatige Visierungen des Zeughauses, der Metzg und des Neuen Baus – imposante Augsburger Gebäude, die sie bereits während ihrer Besorgungen in natura gesehen hatte.

»Diese grandiosen Bauten habe *ich* zu einem gewichtigen Teil mitgestaltet. Doch wer erntete die Lorbeeren?«

Ihr Vater hob den Becher und trank aus. Lia tat langsamer; sie spürte den Wein. Vater schenkte beiden nach.

»Vater, ich muss bald wieder los. Was ist denn jetzt …?«

»Ja, ist ja gut! Die Sache ist zu wichtig, als dass ich es mit ein paar Worten abtun könnte. Hernach verstehst du die Tragweite nicht und die Zeit hier war umsonst. Also hör gut zu!«

»Das tue ich. Schon die ganze Zeit!«

»Das neue Rathaus! Auch ich bin vom Rat auserwählt worden! Ich soll es ebenfalls entwerfen! Die große Ehre gebührt also nicht nur dem Stadtwerkmeister allein – wir stehen in Konkurrenz!«

»Das ist eine Angelegenheit zwischen euch. Damit habe ich nichts zu schaffen.«

»Falsch! Du bist meine Tochter. Ich brauche dich! Ohne dich kann ich nicht gewinnen!«

»Was redest du da? Ich kann da nichts ausrichten. Ich kann Meister Holl nicht verhexen!«

Ihr Vater sah Lia für einen Moment wie gebannt an. Etwas ging in ihm vor.

»Das sollst du auch nicht. Es ist nichts Besonderes, was du zu tun brauchst. Mit wenig ist mir viel geholfen. Ich weiß, dass du dich besser mit Architektur auskennst als sonst ein Laie, geschweige denn ein junges Mädchen.«

»Woher weißt du das?«

»Rosina. Sie hat es mir erzählt, und nicht nur das …«

Ihr Vater zog ein paar Papierbögen hervor und streckte sie Lia entgegen. »Die hat sie mir mitgegeben. Ihr lest eben nicht nur aus der Bibel … Die Skizzen sind von dir. Sie sind ausnehmend gut für einen Laien.«

»Ich verstehe nicht, was du willst.«

Vater schenkte ihr nach. Lia rührte den Becher nicht mehr an. Der Wein trübte ihr Denken.

»Du musst nur grob abzeichnen, was Elias entwirft und mir die Skizzen bringen. Mehr nicht.«

»Dazu müsste ich ins Atelier. Da darf aber niemand mehr hinein. Das habe ich dir vorhin schon gesagt.«

»Wo ist das Problem? Schlüssel ins Schlüsselloch, umdrehen, eintreten, schauen und abskizzieren. Fertig ist die Laube!«

»Erst mal einen Schlüssel haben.«

»Mein Gott, Lia! Stell dich nicht an wie ein dummes, kleines Mädchen! Du wirst wohl rausfinden können, wo Elias ihn hinterlegt. Schlüssel sind immer in der Nähe der Türen versteckt.«

»Wieso machst du das nicht selbst?«

»Gott, wie dumm ist diese Frage! Du gehst bei den Holls aus und ein. Du hast Tag und Nacht die Möglichkeit, im Gegensatz zu mir. Das sollte dir klar sein! Also: Entweder du suchst im Umkreis eines Klafters um die Ateliertür alles ab, oder du beobachtest Elias, wo er ihn verbirgt.«

»Ich glaube nicht, dass ich das tue.«

»Lia, habe ich dir nicht verständlich gemacht, dass du es tun musst?«

»Müssen muss ich gar nichts! Und von wegen meinen Herren ausspionieren … Man beißt nicht die Hand, die einen füttert.«

»Du willst mich also im Stich lassen? Deinen eigenen Vater?«

»Du hast doch selbst gesagt, die schönsten Bauten hast *du* entworfen, während Meister Holl die Lorbeeren …«

»Moment! Ich habe sie nicht allein entworfen. Ich habe Ideen eingebracht.«

»Das ist doch auch schon was. Jetzt musst du halt alle deine Ideen bei dir selbst umsetzen.«

»Herrgott, Lia, willst du mich nicht verstehen? Ich bin Künstler! Ein Freskenmaler! Kein Architekt! Und doch werde ich vom Rat als solcher gehandelt! Frag mich nicht nach dem Grund. Es ist zu kompliziert, dass jetzt alles zu erklären. Du brauchst es auch nicht zu wissen. Sag nur: ›Ja!‹ Sag: ›Ja, ich helfe dir.‹ Mehr will ich nicht.«

»›Mehr‹? Das ist genügend!«

Lia erhob sich. Ihr schwindelte.

»Mir ist schlecht. Es war nicht gut von dir, mir Wein zu geben; und dumm von mir, ihn anzunehmen. Ich muss jetzt gehen.«

»Nein, bleib!«

»Ich muss jetzt gehen, hab ich gesagt! Sonst bekomme ich Ärger. Den will ich nicht!«

Lia strebte zur Tür. Vater folgte ihr und hielt sie am Arm.

»Lia! Tu es für mich! Es soll dein Schaden nicht sein!«

»Nein!«

Sie wand sich aus seinem Griff und stürzte aus der Tür.

Die »Lia!«-Rufe verhallten mit jedem Klafter, den sie sich von ihrem Vater entfernte.

Mit schweren Beinen rannte sie heimwärts die Gassen entlang. Sie spürte ihr Herz und ihren Atem. Die Luft war kalt und es stach ihr in der Lunge. Diego flog dicht über ihrem Kopf. Marta sprang plötzlich neben ihr her: Ohjeh, der Wein! Immer wenn er ins Spiel kommt, passiert etwas! Die Leute haben sich nicht mehr im Griff, wenn sie dieses Teufelszeug trinken!

In vino veritas, Marta! Glaubst du, es war einfach für Lias Vater, ihr seine Schwäche zu zeigen? Da mag ein Becher Wein gebilligt sein. Außerdem geht es um ihn und seine Existenz. Was wäre Lia für eine Tochter, wenn sie ihren eigenen Vater im Stich ließe?

Wer hat hier wen im Stich gelassen? Ihr Vater war nie für sie da!

Ihr Vater hat nichts von ihr gewusst – die Liebe verschmäht, die Briefe unbeantwortet. Wenn Vorwürfe, dann gegen die Mutter. Sie trägt die Schuld, nicht der Vater. Und der soll es jetzt büßen …

Als Lia die Haustüre der Holls erreicht hatte, blieb sie für eine Weile stehen, um sich zu beruhigen. Durch den Gang sah sie über den Hof. Im Atelier brannte Licht. Gemäßigten Schrittes ging sie nach oben. Sie klopfte sachte an Frau Holls Tür. Hereingebeten, meldete sie sich zurück, richtete der Form wegen unbestellte Grüße von Matthias aus, und bat, auf ihre Kammer gehen zu dürfen, es gehe ihr nicht gut. Rosina wünschte ihr gute Besserung und eine gute Nacht.

Im Bett drehte sich alles. In Lias Magen rumorte es. Das Grummeln drückte hoch bis in den Schlund. Sie wusste, was jetzt gleich passieren würde. Sie presste ihre Lippen zusammen und rannte nach unten über den Hof zum Abort neben dem Atelier. Dort erbrach sie sich unter heftigem Stöhnen.

Als ihr Magen außer Schleim nichts mehr hergab, spürte sie zwar Schmerzen im Bauch und im Hals, aber sie fühlte sich besser, des Teufelszeugs entledigt. Sie fuhr sich mit dem Ärmel über den Mund und trat aus dem Abort. Die Türe geschlossen, drehte sie sich um und erschrak – ein Mann stand vor ihr.

»Lia? Was ist mit dir?«

»Meister Holl! Verzeiht mir, wenn ich Euch gestört … aber ich … es ging mir nicht gut …«

»Das war unschwer zu deuten. Es hörte sich an, als ob sich jemand die Seele aus dem Leib kotzt.«

»Nein, die ist Gottlob noch da.«

»Dann bin ich beruhigt. Komm mit, du musst was trinken.«

Was war das? Hatte sie das richtig verstanden? Sie blieb stehen, weil sie nicht wusste, was er meinte. Meister Holl ging zum Atelier. Vor der Tür wandte er sich noch einmal Lia zu und winkte sie heran.

»Na, komm!«

Also doch.

Es sollte das geschehen, was Lia bislang kategorisch ausgeschlossen hatte: Sie erhielt Zugang zu Meister Holls Atelier. Er schenkte Wasser in einen Becher, reichte ihn ihr und hieß sie trinken.

Das Atelier ähnelte dem ihres Vaters. Die Wände waren ebenfalls behangen mit zahlreichen Bildern; nur waren es nicht Heiligenbilder, sondern ausschließlich Pläne, Grundrisse, Visierungen, Fassaden über Fassaden. Auf Meister Holls Tisch standen viele Kerzen, zwölf hatte sie gezählt – bei ihrem Vater waren es zwei Leuchter –, ein großer Bogen Papier, an den Ecken mit flachen Flusskieseln beschwert, lag ausgebreitet auf dem Tisch. Der Entwurf einer Fassade war sichtbar. Die vorige Szene mit ihrem Vater schoss Lia in den Kopf – wenn er das hier jetzt wüsste ... Lia sah nicht auf das Papier. Sie sah weg, als handele es sich um etwas Abstoßendes. Hastig trank sie aus.

»Ich muss jetzt gehen. Vielen Dank für das Wasser, mein Herr.«

Meister Holl nickte nur.

Lia ging aus dem Atelier und über den Hof. An der Tür zum Haus rief Meister Holl: »Lia, ich habe viel im Atelier zu tun. Bring mir morgen das Abendessen hierhin.«

Sie nickte und ging auf ihr Zimmer.

Im Bett fand sie keinen Schlaf. Diego saß am Fußende und Marta lag auf dem Laken. Im Halbdunkel sahen ihre beiden Freunde gespenstisch aus, aber Lia kannte sie zu gut, also dass dieser Anblick ihr hätte Angst bereiten können. Was wirst du tun, Lia? Dein Argument gegen das Ansinnen deines Vaters, du kämest nicht ins Atelier, ist plötzlich zu Staub verpufft. Du bist gar aus der Schuld genommen, dir unrechtmäßig Zutritt zu verschaffen. Meister Holl, bisher unnahbar, hat dir zu trinken gegeben und du sollst ihm morgen das Essen bringen. Ist das ein Fingerzeig Gottes?

Den nächsten Tag hatte Lia Mühe ihre Gedanken zusammenzuhalten. Bei der Bibellesung mit Frau Holl verpasste sie mehrmals ihren Einsatz oder wusste nicht, an welcher Stelle sie waren. Frau Holls Fragen nach ihrem Befinden wich sie aus. Sie führte als Erklärung an, sie bekomme ihren Fluss. Frau Holl nickte. Sie wusste wohl aus eigener Erfahrung, dass dies Ausnahmezustände waren. Tatsächlich ging Lia nur das anstehende Abendessen im Kopf umher. Wie sollte sie es Frau Holl erklären, dass ihr Mann nicht erscheinen wollte, stattdessen das Essen von ihr gebracht bekommen? Und wie sollte sie sich verhalten, wenn sie es ihm brächte? Sie könnte es ihm einfach vor die Tür stellen. Ja, natürlich! Das war eine gute Idee! So käme sie nicht in Verlegenheit. Anklopfen, hinstellen und dann sofort verschwinden. Und Frau Holl etwas zu erklären gab es da auch nichts. Frau Holl hatte doch selbst gesagt, dass ihr Mann sich immer zurückziehe, wenn es ans Entwerfen ginge. Das duldete und respektierte sie. Es gehörte zu Meister Holls Beruf und sie lebten sehr gut davon. Frau Holl wäre wohl die letzte, die das missbilligte. Sich mit diesem Gedanken arrangiert, ging es Lia besser. Es gelang ihr, sich wieder auf die Arbeit zu konzentrieren. Sie summte sogar eine Melodie. Beim Plätten der Kleider jedoch krächzte und miaute es plötzlich wieder. Diego und Marta. Diego setzte sich auf ihre Schulter. Das tat er selten und nur dann, wenn er ganz nah bei ihr sein musste, wenn es wichtig wurde. Feigling! Du traust dich nicht in die Höhle des Löwen. Dabei ist es gar keine Höhle. Und Meister Holl ist auch kein Löwe, hörst du? Das ist nur in deinem Kopf! Du hast den ganzen Tag Angst gehabt und jetzt, da du glaubst, du hättest eine Lösung gefunden, fühlst du dich scheinbar besser. Aber du irrst! Nichts ist gelöst! Selbst wenn es dir heute gelingen sollte, ihm das Essen nur hinzustellen, wer sagt, ob dem großen Meister das passt? Ich glaube das nicht. Man stellt einem Gebäudeerfinder nicht einfach das Essen auf den Boden wie einem Sträfling oder einem Hundsviech den Futternapf, und haut dann ab. Du müsstest eine Ausrede dafür haben, eine sehr gute. Welche sollte das sein?

Lia atmete schwerer. Das Plätteisen ließ sich kaum mehr bewegen. Diegos Worte raubten ihr die Kraft. Sie setzte sich auf die Bank, vergrub ihr Gesicht in die Hände und weinte – sie hatte die Gabe der Tränen, selbst wenn Mama sie stets zu lehren suchte, weinen helfe nichts, im Gegenteil, es mache alles nur noch schlimmer.

Ausgeweint, richtete Lia sich auf und Marta sprang ihr auf den freigegebenen Schoß. Lia, es ist nicht so schlimm, wie du es denkst. Du bringst Meister Holl das Essen wie es sich gehört. Er weiß nichts vom Gespräch mit deinem Vater. Es kann dir nichts passieren. Du stellst ihm das Essen auf den Tisch und gehst wieder. Und du wirst sehen, nichts wird geschehen. So sei guten Mutes, du hast ganz andere Momente durchgestanden.

Ja, du hast Recht, Marta. Ich mache mir immer zu viel Gedanken. Aber was kann ich tun? Ich kann sie nicht einfach auslöschen wie die Kerzen eines Leuchters. Sie kommen und gehen. Wie die Wolken.

Am Abend klopfte Lia an die Ateliertür. Sie hatte feuchte Hände. Ein furchtbarer Gedanke schoss ihr durch den Kopf: Was passierte, wenn ihr das Tablett entglitt? Meister Holl öffnete und lächelte sie an. Das tat er zum ersten Mal. Bisher war sein Gesicht ihr gegenüber eher ausdruckslos. Meister Holl zeigte auf die Truhe.

»Stell es dort ab.«

Lia tat wie ihr geheißen, machte danach einen Knicks und wollte gehen. Meister Holl jedoch gebot ihr zu bleiben. Er setzte sich an den Zeichentisch und winkte sie heran. Lia spürte, wie sich kleine Schweißtröpfchen im Nacken bildeten.

»Dass du dich mit Architektur auskennst, hast du schon gezeigt. Weißt du, dass du mir einen guten Einfall geschenkt hast für meinen letzten Entwurf?«

Meister Holl zog ein großes Pergament aus dem Regal und breitete es auf dem Tisch aus.

»Mein Dreigiebelentwurf! Dank dir, Lia! *Du* hast mich darauf gebracht! Dein Satz mit der Krone … Es ist ein großartiger Entwurf. Aber leider nicht großartig genug. Der Geheime Rat will mehr. Ich zermartere mir seit der letzten Ablehnung das Hirn, was dieses ›mehr‹ sein soll.«

Lia musste so stark schlucken, dass sie es im Hals spürte und hoffte, dass Meister Holl es nicht sehe. Ihres Vaters Ansuchen hallte in ihrem Kopf, dazu Diegos Worte. Vater war in arger Bedrängnis, mehr noch, er war in Not! Sie allein konnte ihm helfen. Sie war ihm der einzige Rettungsanker. Aber sie konnte doch nicht ihren Herren hintergehen. Sie war doch ein guter Mensch. Ein guter Christenmensch, und gute Christenmenschen halfen einander in der

Not. Sie musste sich nur überwinden! Aber das konnte sie doch! Sich überwinden. So oft schon hatte sie sich darin geübt: Sie hatte sich überwunden, zu den Wasserratten und den toten Fischen in den stinkenden Rialto zu springen, nicht, um den Jungen zu beweisen, dass sie sehr wohl schwimmen konnte – obwohl sie es nicht konnte –, sondern um ihnen zu zeigen, dass sie sich nicht ekelte. Sie wäre beinahe – das Erbrochene unsichtbar im Mund behalten – in der Kloake ertrunken, doch hatte sie sich selbst gerettet. Seither konnte man ihr keine Angst mehr vor dem Wasser oder den Ratten einjagen. Sie hatte sich überwunden, zu den Aussätzigen zu gehen, mit ihnen am Feuer zu sitzen, zu singen, zu lachen und mit ihnen zu tanzen. Das tat sie so lange, bis es ihr nichts mehr ausmachte. Sie hatte sich überwunden, die Puttani auf den Zattere aufzusuchen, um von diesen mit Gelben Rüben die gängigen Praktiken ihres Gewerbes zu lernen. Diese gegen gutes Geld erworben, hatte sie sich dazu überwunden, sie bei ausgesuchten Kaufleuten im Fondaco anzuwenden und über sich ergehen zu lassen; und sie hatte sich dazu überwunden – als sie sich nach dem ersten Dutzend schwitzender und stinkender Männerleiber nicht mehr erbrechen musste –, dafür das Doppelte, ja das Dreifache dessen zu kassieren, was die Puttani üblicherweise verlangten; eine der ihrigen war sie nicht und würde es niemals sein wollen.

»Habt … Habt Ihr denn … schon etwas entworfen, mein Herr?«

Lia zitterte.

»Natürlich! Sieh her!«

Sie fuhr sich mit dem Ärmel über die feuchte Stirn.

Meister Holl zog drei großformatige Papierbögen hervor.

»Nur drei? Mehr habt Ihr nicht?«

»Unterschätze das Entwerfen nicht, Lia! Drei sind mehr als zwei oder gar nur einer. Du weißt nicht, wie schwer es ist, zu entwerfen. Außerdem macht allein der Prozess des Zeichnens viel Arbeit. Er kostet Mühe und Zeit.«

Zu jedem Entwurf erklärte er ihr etwas. Lia, noch kurz zuvor stolz auf ihren Mut, wusste mit jedem weiteren Wort des Meisters immer weniger, ob sie sich darüber freuen sollte oder weinen. Seine Stimme veränderte sich dabei. Sein ganzes Gebaren wandelte sich. Eifer und Begeisterung sprachen aus ihm. Lia kam es vor, als sei er ein Mischwesen aus ihrem Lehrer in Venedig und dem dortigen Priester. Meister Holl erklärte ihr nicht die Zeichnungen in für Laien angepasster Manier, sondern dozierte darüber, als stünde ihm ein Kollege gegenüber. Er unterstellte Lia damit ein Wissen, das sie gar nicht besaß. Oder war er so in seine Architektenwelt eingetaucht, dass er nicht mehr unterscheiden konnte, wem er etwas sagte? Vielleicht sprach er ja auch zu sich und Lia war nur eine beliebige Person, der er einfach nur sein ganzes Wissen vorbrabbelte? Nein, tatsächlich nicht. Lias letzte Mutmaßung erwies sich als falsch.

»Lia, ich werde dich morgen mit auf die Baustelle nehmen, damit du verstehst, wovon ich rede.«

»Nein! Das geht auf keinen Fall!«

»Wie bitte?«

»Ich meine … ich habe im Haushalt zu tun. Ich kann nicht fortbleiben.«

»Eine Stunde wird sich wohl entbehren lassen.«

»Selbst eine Stunde ist nicht möglich!«

»Wenn ich es sage, aber schon.«

»Aber, … was wird Euer … ich meine … Frau Holl, was wird sie sagen?«

»Das braucht dich nicht zu kümmern. Ich habe alle Anstrengungen unternommen, dass ein Hausmädchen herkommt. Vorher hatte mein Weib überhaupt kein Mädchen gehabt; sie hat nicht einmal eines gewollt. Jetzt hat sie dich halt mal für eine kurze Weile nicht. Eine Stunde ist nichts, wenn man es in Relation sieht.«

»Aber Frauen haben doch auf Baustellen nichts verloren. Und Mädchen schon gar nicht.«

»Unsinn! Ich habe meine Mädchen schon oft mit auf die Baustelle genommen. Sie sollen wissen, was ihr Vater tut und später in seine Fußstapfen treten.«

»Die Töchter … in die Fußstapfen …?«

»Natürlich nicht die Töchter! Das gilt nur für die Buben. Die Töchter sollen wissen – wenn sie einen Maurer heiraten –, womit er sein Brot verdient und die Familie ernährt.«

»Aber, ich bin weder Eure Tochter, noch weiß ich nicht einmal, ob ich jemals einen Maurer heiraten werde.«

»Du könntest schon längst einen zum Mann haben.* Aber darum geht es mir nicht. Mir geht es um Höheres.«

»Ich verstehe Euch nicht.«

»Du bist klüger und weißt mehr als die meisten deines Alters. Weißt du auch, was eine Muse ist?«

* Zur damaligen Zeit wurde als ideales Heiratsalter für Mädchen vierzehn angesehen. Das Durchschnittsalter jedoch war sechzehn

16

Alles würde gut werden. Das wusste ich. Es war keine Ahnung – ich *wusste* mich in Gott gegebener Sicherheit. Eine Sicherheit, die ohne Vorgefühl als Knospe aus dem Nichts aufgesprossen war, um dann Sekunde für Sekunde, Minute für Minute, Stunde für Stunde zu einem Blütenkelch der Gewissheit zu reifen. Dieser Kelch umschloss mich wie schützende Hände einen Edelstein. Als Lia gestern Abend mein Atelier verlassen hatte, war ich noch lange sitzen geblieben, ohne auch nur einen einzigen weiteren Strich zu ziehen. Spät war ich zu Bett gegangen und lag wach, bis der Morgen graute. In diesen Stunden fühlte ich, wie eine Offenbarung an mich herannahte und von mir Besitz nahm, um letztlich wie warmes Öl bis in die letzten Fasern meines Ich zu fließen. Rosina hatte Recht; ihr und ihrem Tadel hatte ich es zu verdanken: Sie hatte mich darauf gestoßen, den Widerstand gegen ›das Mädchen‹ aufzugeben, mehr noch, ihn ins Gegenteil zu kehren. Die gestrige Begegnung zum Abendbrot und der Sieg gegen meinen Widerstand brachten es unweigerlich zutage: Lia würde meine Muse werden. Das war großartig. Das war einzigartig. Dieses junge Mädchen, über Umstände, deren Hintergründe allein der Herrgott wusste, zu mir ins Haus und nun auch in mein Leben getreten, würde mein Schaffen beflügeln. Es würde mir beistehen in den schlimmen Momenten des Hinabsinkens in schöpferische Schwärze, wo keine Idee, kein Einfall sichtbar wäre, wie auch mich stärken in den Flügen zu den Höhen der Kunst, wo ausufernder fantasiereicher Geist sich einlassen musste mit nüchterner baulicher Vernunft. Mit Lia, meiner Muse würde ich endlich das schaffen, was ich mir all die Jahre ersehnte: Die höchste, die göttliche Kunst – die Baukunst – würde mich im Großen zu dem machen, was ich im Kleinen schon war: Ein Schöpfer, berufen von Gottes Gnaden, anerkannt von allen, selbst von Neidern und Feinden. Ein Architektenkünstler, dessen Welten aus Stein und Mörtel die Jahrhunderte überdauerten und dessen Namen noch in Tausend Jahren nicht der Vergessenheit anheimfiele. Es würde sich fügen – ich hegte keinen Zweifel daran –, jedoch: Mit Lia als meiner Muse würde und dürfte es niemals so sein wie es bei Matthias und Ibia war – wenn man seinen Worten vom sinnlichen Reiz, den sie auf ihn ausübe und ihm als Gereizten, der ihm stets unterliege, glauben durfte. Nichts würde geschehen, was auch nur im Geringsten den Anschein von Anzüglichkeit, gar Ruchlosigkeit wecken könnte; das war durch meinen Glauben an die Ehe – selbst wenn Luther sie nicht als zu den heiligen Sakramenten zugehörig auffasste – und durch meine Standhaftigkeit gegenüber Betörung und Verblendung gewahrt. Lia sollte allein Einblick in mein Schaffen bekommen. Nicht mehr. Mehr brauchte es nicht. Aber auch nicht weniger. Sie musste diesen Einblick erhalten, um zu verstehen, wichtiger noch, um zu fühlen, was mich und mein Künstlerschaffen ausmachte. Nur dann und nur so würde sie mir bescheren können, was Rosina mir zu geben nicht vergönnt war. Rosina war mein Eheweib und die Mutter meiner Kinder. Ich liebte sie. Doch sie hatte –

selbst wenn sie es versuchte – niemals als Muse auf mich eingewirkt. Diese Eigenschaften barg sie nicht. Anders Lia. Sie war wie Ibia. Nein, sie war schöner. Sie war jünger. Sie war von unschuldiger, jugendlicher Frische. Ein blutjunges welsches Mädchen mit dem begehrenswerten Körper eines Weibes. Diese ihre verführerischen Attribute mussten Grund und Anlass für mich sein, gebührende Distanz zu meiner Muse zu wahren. Ich würde und durfte allein auf ihre Worte hören. Wenn allein nur ihre drei Sätze – ›Ich liebe diese Sprenggiebel. Sie verleihen den Häusern Würde und Erhabenheit. Sie sind wie die Kronen der Kaiser und Könige‹ – mich zu dem Dreigiebelentwurf emporstemmte, welche Folgen und schöpferische Möglichkeiten mochte es haben, wenn Lia als meine Muse noch tiefer in meine Architektenwelt eintauchte und sie durch das von mir vermittelte Wissen ihre ganze inspirierende Kraft entfalten könnte? Sie würde mich geradezu mit Anregungen und Anstößen überschütten. Mir würden sich die Pforten zu nie gekannten Fähigkeiten, zu nie geahnten Entwürfen öffnen. Remboldt, Welser, der gesamte Geheime Rat wollte ein heroisches Rathaus. Sie würden es bekommen. Sie würden viel mehr noch bekommen. Sie würden einen ›Ratspalast‹ erhalten, den die Welt noch nie gesehen hatte. Mit Lia an meiner Seite würde ich über mich hinauswachsen. Das war mir mit jedem der Tausend mal Tausend Gedanken, die ich in dieser Nacht darüber spann, klarer und klarer geworden. Einen Zweifel gab es nicht. Nicht mehr.

Nach dem Frühstück gewährte ich Lia genügend Zeit für die Hausarbeit, die Kinder und meine Frau. Ich wies sie an, um Punkt acht Uhr bei mir im Atelier zu erscheinen, um mit mir gemeinsam zum Perlachturm zu gehen. Von dort oben wollte ich ihr von mir bisher geschaffene Bauten zeigen und ihr grundlegende Dinge der Architektur erklären.

Lia überraschte mich. Als wir ganz oben auf dem Perlachturm standen und ich die ersten erklärenden Worte über Architektur sprach, bat sie mich, innezuhalten. Sie würde sich unmöglich alles merken können, was ich ihr erklärte; mehrere Blätter Papier und einen Stift zog sie hervor – sie wollte sich die wichtigsten Dinge aufschreiben, um sie später nachzulernen. Das hatte ich nicht erwartet. So viel Eifer! Ihr Vorsatz machte mich freuen und bestätigte mich erneut, dass dieses Mädchen kein gewöhnliches war.

»Dort drüben … siehst du die Kirche da?« Ich zeigte mit dem Finger in südöstliche Richtung. »Das ist die Klosterkirche Maria Stern mit Klostergebäude und Turm. Der Turm vereint zwei verschiedene Baustile: Vom Sockel bis zum Fries unterhalb der Arkaden ist er gallischer Manier nachempfunden, die Arkaden aber und die Zwiebelkuppel sind welsch.«

»Wann habt Ihr es gebaut?«

»Diese Ehre gebührt ausnahmsweise nicht mir, sondern meinem Vater Hans Holl und Michael Herbst, seinem damaligen Polier.«

Dass auch mein Stiefbruder Jonas bei diesem Bau mitgewirkt hatte, empfand ich als nicht erwähnenswert; ich würde es später in meiner Chronik niederschreiben. Ich beschrieb Lia ein paar Details über die Turmkonstruktion und erzählte ihr etwas über die Besonderheit des Daches.

Im Uhrzeigersinn ging ich mit ihr meine wichtigsten Bauten durch, die man vom Perlachturm aus sehen konnte: Reichsstädtisches Kaufhaus – Siegelhaus – Zeughaus – Kirche und Gymnasium Sankt Anna – Neuer Bau – Bäckerzunfthaus – Stadtmetzg – Barfüßerbrücke. Die zahlreichen kleineren und zum Teil namenlosen Gebäude, wie die Wasser- und Wehrtürme, die Markt- und Lagerhallen, die An- und Umbauten von Mühlen und Hammerwerken, die ich ebenfalls erschaffen hatte, brachte ich gar nicht zur Sprache.

Alle ihre Blätter hatte Lia beschrieben, als die Ratsglocke läutete.

»Mein Herr, schon zwei Stunden sind um!«

»Ja? Und?«

»Die Abmachung! Wir hatten gesagt, eine Stunde.«

»Eine Stunde … Das ist nichts! Wie soll ich dir die Welt der Architektur in einer Stunde erklären? Das ist nicht zu machen!«

»Aber Ihr habt es Eurer Gattin versprochen! Jetzt sind es zwei Stunden geworden. Bis ich zuhause bin, vergeht weitere Zeit! Frau Holl wird bestimmt sehr ungehalten sein.«

Ich schnaubte. Ja, ich hatte mich heute Morgen mit Rosina nach einigem Geplänkel auf eine Stunde geeinigt. Rosina war sehr erstaunt gewesen über mein Ansinnen, Lia – ›das Hausmädchen‹ – mit auf die Baustelle zu nehmen. Wobei ich Rosina den wahren Grund dafür gar nicht offenbart hatte. Ich hatte ihr gesagt, ich müsste Lia etwas vom Neuen Bau mit nach Hause geben. Selten war mir eine dümmere Lüge eingefallen; ich hätte ebenso Hieronymus, den Lehrling, damit nach Hause schicken können. Im Ersinnen von Lügen war ich nicht geübt, war ich doch bis dato immer ohne sie ausgekommen. Jetzt war ein Umstand eingetreten, der mich für einen Moment zweifeln machte. Ich hatte gegen das achte Gebot verstoßen. Warum hatte ich das getan? Gab es hierfür eine Entschuldigung? War mein Lügen überhaupt zu entschuldigen? Ja, das war es. Ich hatte nicht meinetwegen gelogen, und auch nicht Lias wegen. Einzig für Rosina hatte ich es getan. Für ihr Seelenheil. Was hätte sie gedacht und gefühlt, wenn ich ihr Lias Berufung offenbart hätte? Wie wäre sie meinen Gedanken und Gefühlen dazu begegnet? Ich kannte mein Weib. Sie wäre entsetzlich enttäuscht gewesen, dass sie als mein Eheweib nicht meine Muse sein konnte, stattdessen ein junges Mädchen, geradehmal zwei Wochen in unseren Diensten stehend. Rosina hätte es nicht verstanden, womöglich gar nicht verstehen wollen und hätte Lia abgelehnt. Rosina war am gesunden. Sie musste sich nur noch stundenweise ins Bett begeben, um sich auszuruhen. Im Zuge ihrer Genesung und dem Wiedererlangen ihrer Kräfte hätte sie die Ablehnung wohl noch forciert. Ich kannte Rosina und ihren Trotzkopf. Ich wusste, wie es war, wenn sie sich querstellte. Dann war sie nicht mehr liebendes Weib, sondern streitender Krieger, mit einmal unsichtbarer, einmal samtener Rüstung, die Pfeile spitze Worte oder Stummheit. Es war besser, unser – Lias und meines – Geheimnis zu wahren. Aber auch Lia wollte ich es nicht als solches ins Bewusstsein bringen, das riefe wohl Schuldgefühle in ihr hervor. Nein, ihr würde ich betont sachlich gegenübertreten. Ich würde sie forthin wie Hieronymus behandeln. Das war unverfänglich, dem großen Ziel dienlich und der Wahrung von Sitte und Tugend geschuldet.

»Gut, Lia. Versprochen ist versprochen. Dann kannst du jetzt gehen. Aber vorher musst du noch mit mir zum Neuen Bau. Ich muss dir doch noch Pläne mitgeben.«

Beim Neuen Bau waren die Zimmerleute gerade dabei den Dachstuhl aufzurichten; zwei Gesellen standen auf der Firstpfette und nahmen von unten die Sparren entgegen. Die Hauptarbeit meiner Leute war getan, weshalb nur noch wenige zugegen waren, um überzählige Steine wegzukarren, Stützpfeiler abzubauen oder die Räume auszukehren – bei der Inspektion durch die Bauherren musste alles sauber und ordentlich sein.

»Ich habe mit dem Polier noch was zu besprechen, Lia. Es dauert nicht lange. Sieh dich derweil um, und wenn du Fragen hast: Frag!«

Ich sprach mit Bernd Lammpater; er gehörte mit Hans Fischgatter und Franz Lechner zu meinen drei Polieren, die ich auf die verschiedenen Baustellen verteilt hatte. Hans war inzwischen für die Endarbeiten beim Schießhaus in der Rosenau eingeteilt.

Die Unterredung mit Lammpater getan, ein paar belanglose Skizzen für Lias und mein Alibi aus der Poliernische geholt, fand ich Lia im oberen Stock mit Hieronymus reden. Ich beobachtete die beiden eine Weile, und als ich sah, dass ihre Unterhaltung wohl über fachliche Fragen hinausging, wie ihre Gesichter es mir anzeigten, fuhr ich herb dazwischen. Ich wusste um Hieronymus' Schicksal, weswegen ich ihn ja auch unter meine Fittiche genommen hatte, doch durfte es sich nicht anschicken, dass die Begegnung der beiden eine mögliche Gefahr für meine Muse darstellen mochte.

»Hieronymus, was stehst du hier rum? Du wirst fürs Arbeiten bezahlt und nicht fürs parlieren!«, ging ich ihn harsch an. »Mach, dass du runter kommst, der Polier braucht dich!«

»Natürlich, Meister Holl! Ich wollte nur dem jungen Fräulein …«

»Für das ›junge Fräulein‹ bin einzig ich zuständig. Du kümmerst dich gefälligst um deine Angelegenheiten!«

Hieronymus duckte sich demütig und eilte hinunter. Lia stand die Röte im Gesicht.

Ich verließ mit ihr die Baustelle. Bis zum Weberhaus gingen wir schweigend nebeneinander her. Ich wusste, diese bedrückende Stille wäre den zukünftigen Musenküssen abträglich. Ich nahm mir ein Herz und wandte mich an Lia.

»Der Thomann Hieronymus ist mein Lehrling. Ich mag ihn. Er ist ein Fleißiger.«

Lia schwieg. Erst nach einigen Schritten begegnete sie meinen Worten.

»Verzeiht, wenn ich Euch das frage, aber springt Ihr immer so um mit Fleißigen, die Ihr mögt? Dann bin ich wohl faul und Ihr hasst mich …«

Ich hatte geahnt, dass solche Gedanken Lia umtrieben. Ich wollte nicht, dass meine harsche Art von vorhin in ihr das Gefühl aufkommen ließ, ich sei eifersüchtig auf jeden, der sich ihr nähere.

»Mit Lehrlingen, die sich dem Maurerhandwerk verschrieben haben, darf man nicht zimperlich umgehen. Dieses Handwerk verlangt Härte und Disziplin! Es ist Hieronymus nicht geholfen, wenn ich ihn wie ein gebrechliches Etwas umsorge. Im Gegenteil, eine strenge Hand muss da walten! So habe ich es von klein auf bei meinem Vater gelernt und so gebe ich es weiter.«

»Meine Mutter hat wohl ebenso wie Ihr gedacht. Für sie war ich nie etwas anderes als eine Dienstmagd, die man von morgens bis abends herumkommandiert.«

»Ich weiß nichts von deiner Mutter. Ganz so schlecht, denke ich, wird sie nicht gewesen sein. Sie hat einen anständigen Menschen aus dir gemacht. Du durftest die Schule besuchen, weshalb du heute lesen, schreiben und sogar rechnen kannst. Sie hat dich gelehrt, gut zu arbeiten. Du verdienst dein eigenes Geld. Was willst du mehr vom Leben?«

»Ich habe von meiner Mutter einiges gelernt, da gebe ich Euch Recht, aber mehr noch habe ich mir selbst beigebracht. Das Leben selbst ist der beste Lehrmeister. Man muss sich halt um ihn bemühen, sonst lehrt er einem nichts.«

»Du redest wie ein Weiser. Und das in deinem Alter.«

»Junge Männer in meinem Alter sind schon auf der Universität. Man muss nicht erst zwanzig, dreißig oder gar vierzig sein, um was vom Leben zu wissen. Die meisten Menschen sind noch älter, und was wissen sie vom Leben? Nichts! Seht Euch doch um! Die Straßen sind voll von Nichtswissern.«

Je mehr ich Lia zuhorchte, umso mehr machte ich mir

über ihre Worte Gedanken. Diese rückten gefährlich in die Nähe Rosinas, die nach wie vor am Glauben festhielt, Lia sei ein Engel. Ich haderte mit dieser Vorstellung; doch eine seltsame Aura umgab Lia, die mich mit jeder Minute, die ich sie an meiner Seite wusste, stärker einzunehmen schien. Etwas in mir mahnte mich wachsam und standhaft zu bleiben.

Am Abzweig zum Apothekergässchen verabschiedete ich Lia.

»Sachen zum Lernen hast du jetzt einige. Aber das reicht nicht. Ich möchte, dass du mich die nächsten Tage weiter begleitest. Du bist es wert, mehr ›vom Leben‹ zu erfahren.«

»Und was sage ich Frau Holl?«

»Das soll deine Sorge nicht sein. Du bist nicht meines Weibes Leibeigene! Ich habe dich angestellt, und ich bin es, der das Geld nach Hause bringt. Also habe auch ich das Sagen!«

Ich war diesen Abend nicht mehr ins Atelier gegangen, weil ich im Amt noch so lange mit Schreibarbeit beschäftigt gewesen war, zudem war ich mit Lia noch nicht so weit, als dass ich erste große Inspirationen hätte erwarten können. So hatte ich mich gleich nach oben in die Stube begeben.

Als ich diese betrat, fand ich Rosina vor. Es war das erste Mal nach den langen Wochen, an dem sie das Bett den ganzen Tag über verlassen hatte. Das Fieber war verschwunden, sie sollte sich aber, laut Doktor Häberlin, noch zurückhalten, was Spaziergänge und sonstige

Anstrengungen anlangte. Auch sonst sollte sie die Aufregung meiden.

Die Kinder schliefen. Lia war auf ihrem Zimmer. Wir saßen beieinander wie zwei Fremde. Rosina saß im Stuhl, stickte an einer Decke und sprach ohne Worte – kein Ton verließ ihre Lippen. Auch ich hüllte mich in Schweigen. Ich hatte mir einen Band aus Palladios ›Quattro libri dell'architectura‹ hergenommen – Höschel hatte mir den lateinischen Text ins Deutsche übersetzt –, was mich aus der Pflicht nahm zu reden. Eine gute Weile verging, bis Rosina das Stickzeug beiseitelegte.

»Du hast mir meinen Engel entführt.«

Ich sah vom Buch auf und Rosina an.

»›Eine Stunde‹, hattest du gesagt. Du wolltest Lia nur etwas mitgeben. Sie kam erst nach über drei Stunden zurück, mit einem Packen vollgeschriebener Blätter über Architektur. Kannst du mir bitte erklären, warum du dein Versprechen nicht eingehalten hast?«

Rosina mühte sich, gefasst zu klingen. Aber ich spürte das Zittern in ihrer Stimme.

»Ich wüsste nicht, Rosina, dass du einen alleinigen Anspruch auf Lia hättest.«

»Es geht nicht um das Mädchen. Ich wollte eine Erklärung, warum du dein Versprechen mir gegenüber gebrochen hast.«

Ich schnaubte. Mir entging nicht, dass Rosina Lias Namen vermied, stattdessen eben jene distanzierte Ausdrucksform benutzte, die sie mir jüngst vorgehalten hatte, und deren Tadel mir Anlass zur Wandlung war. Mich dünkte, Rosina zöge ihre Rüstung an – ein Gespräch mit

Vorwürfen zu beginnen, schien mir nicht von friedvoller Gesinnung geprägt. Was blieb mir übrig? Mich zu ducken wie ein räudiger Köter? Nein, bestimmt nicht. Ich wäre nicht meines Vaters Sohn gewesen, hätte ich das getan.

»Erkläre mir zuerst, was dir an Lia so wichtig ist, dass du mir ein Versprechen abnötigst?«

Rosina starrte mich an. Niemals zuvor hatte sie mich so angesehen. Ein Hauch von Argwohn durchwehte mich. War das wirklich mein Weib? Meine Rosina, die vor zwei Monaten im Sterben lag, hilflos und schwach, abgemagert bis auf die Knochen? Jetzt stierte sie mich an wie ein wildes Tier. Was hatte ich getan? Ich verlangte nur um Klärung, und das war mein gutes Recht.

»Ich habe es eingangs gesagt! Hörst du mir nicht mehr zu?«

»Du hast Verschiedenes eingangs gesagt. Woher soll ich wissen, was du meinst?«

»Ich meine meinen ersten Satz. Ich habe dich bis jetzt immer als aufmerksamen Mann geschätzt. Das hat sich mit dem heutigen Tag wohl geändert.«

»Rosina, du feindest mich an! Das ist nicht die Art, in der ein Eheweib mit ihrem Mann reden sollte!«

»Dann wiederhole mir meinen ersten Satz! Er hat alles gesagt!«

Herrgott, ich erinnerte mich nicht an diesen ersten verfluchten Satz. Womit hatte sie diesen Zwist eröffnet? Ich versuchte, die Szenerie seit meinem Eintreten in die Stube in Windeseile vor dem geistigen Auge wiedererscheinen zu lassen: Rosina saß im Stuhl und stickte an einer Decke. Ich hatte mir ein Buch gegriffen, mich an den Tisch gesetzt und daraus gelesen. Rosina legte das Stickzeug beiseite und … Gott im Himmel, was hatte sie nur gesagt? Es ging um Lia, aber Rosina hatte ihren Namen nicht erwähnt. Es war ein Vorwurf, kurz und knapp mir vor die Füße gespuckt.

Mir fiel es wieder ein. ›Du hast mir meinen Engel verführt‹, hatte sie mir vorgeworfen. Nein, ›entführt‹, Rosina hatte ›entführt‹ gesagt.

Diese Äußerung barg zwei Schwerpunkte: die Entführung und den Engel. Auf welchen hatte es Rosina abgesehen, wie sollte ich es deuten? Ich rieb mir mit den Fingerkuppen über die Stirn, fuhr über Nase und Lippen. Im Grunde war ich zu müde, um mich lang und breit mit meinem Weib über meine Muse auszulassen, aber augenscheinlich hatte sie Lia als ihren Engel beansprucht. Das schien mir ein hoher, ein sehr hoher Anspruch zu sein. Was konnte ich dagegenhalten? War ich nicht selbst ein Abhängiger? Hatte ich nicht Lia als meine Muse auserkoren? Welches unserer Begehren sollte den Vorrang haben? Oder waren es beide gar vermessene Zuweisungen an ein junges welsches Mädchen? Muse und Engel. Hätte Höschel mir nicht vor vielen Jahren einen Vortrag über Hesiod und die neun olympischen Musen gehalten, wäre ich wohl bis heute von ihrem Wirken unbehelligt geblieben. Von Engeln wusste ich auch nur das, was Rosina darüber erzählte und was unser Pfarrer davon berichtete, obwohl er eigentlich immer nur vom Erzengel Michael sprach. In der Offenbarung des Johannes besiegte Michael den Teufel in Gestalt eines Drachens und stieß ihn hinab auf die Erde:*

---

* Offb 12,7–9

»Da entbrannte im Himmel ein Kampf; Michael und seine Engel erhoben sich, um mit dem Drachen zu kämpfen. Der Drache und seine Engel kämpften, aber sie konnten sich nicht halten und sie verloren ihren Platz im Himmel. Er wurde gestürzt, der große Drache, die alte Schlange, die Teufel oder Satan heißt und die ganze Welt verführt; der Drache wurde auf die Erde gestürzt und mit ihm wurden seine Engel hinabgeworfen.«

Sollte Lia wirklich ein Engel sein, so gehörte sie der großen himmlischen Engelschar um Michael an, den der Herrgott geschickt hatte, um zu heilen und zu helfen. Lia hatte geheilt und geholfen. Sie hatte Rosina Kraft zum Gesunden verliehen und mir einen schöpferischen Anstoß gegeben. Ihr Auftrag musste somit lauten, für uns Holls zu wirken, letztlich für mich, um damit mir, meinem Weib und meinen Kindern ein gutes Leben zu sichern.

»Engel, Rosina, sind derart mächtig, dass wir Menschen keine Gewalt über sie haben können. Das Gegenteil ist der Fall. Es waren Engel, die Luzifer gestürzt haben, so allgewaltig waren sie. Wie hätte *ich* Lia *entführen* können?«

Ich erhob mich, stellte das Buch zurück ins Regal und drehte mich wieder zu Rosina.

»Du siehst mich bestürzt über deine Vorwürfe. Für wen, wenn nicht für dich, habe ich Lia angestellt? Du hast sie von früh bis spät, und hättest sie auch in der Nacht, wenn es denn sein müsste. Sie nimmt dir alle Arbeiten ab und sorgt mit dafür, dass du bald wieder ganz gesund bist.«

»Gestern habe ich sie gebraucht und sie war nicht da!«

Ich war kurzerhand entschlossen, Rosina ein Stückweit die Wahrheit zu offenbaren.

»Ich musste ihr wichtige Dinge über Architektur erklären. Nur deswegen hat es länger gedauert.«

»Architektur? Du erklärst ihr drei Stunden lang etwas über Architektur? Lia ist nicht dein Maurerlehrling! Sie ist einzig bei uns, um Haus- und Kinderarbeit zu machen. Das ist ihre Bestimmung!«

»Die Bestimmung eines Engels?«

Rosina stockte für einen Moment.

»Dann ist sie eben kein Engel! Sondern nur ein einfaches welsches Mädchen!«

»Ist das meine Rosina? Spricht so mein gläubiges Eheweib? Bist du ein Schilfrohr im Wind? Zuerst lässt du keine Zweifel gelten, dass sie ein Engel ist, und dann plötzlich lässt du sie fallen? Steht es dir überhaupt an, darüber zu befinden? Ich sage, wir beenden das Thema. Lia verrichtet nach wie vor die Hausarbeit und ich werde sie eine Zeitlang mit auf die Baustellen nehmen ...«

»Aber ...«

»Kein Aber! Ich will nicht mehr länger darüber reden!«

Ich wurde laut. Ein Anzeichen für sich anbahnenden Zorn. Die nächste Stufe wäre Brüllen, was die Kinder und auch Lia wecken würde. Rosina kannte mein Organ und wusste welche Kraft meinen Zorn erreichen konnte – sie hatte mich schon ein paar Mal auf dem Bau brüllen gehört, wenn es galt tumbe Handlanger zu schelten.

Ich riss mich zusammen und senkte meine Stimme.

»Es wird nur eine begrenzte Zeit sein. Es gibt einen

Grund dafür, der für unsere Zukunft entscheidend ist. Ich kann ihn dir jetzt noch nicht verraten, Rosina, aber ich bitte dich: Vertrau mir. Vertrau deinem Ehemann, der dich noch niemals enttäuscht hat.«

Rosina presste die Lippen zusammen. Ich wusste, sie wollte etwas sagen. Ich nahm ihre Hand. Sie nickte und schwieg.

Für die nächste Woche traf ich mit Rosina eine Vereinbarung. Erst wenn von Lia alle Hausarbeiten und die gemeinsame Bibellesung getan wären, nähme ich sie mit zu den Bauten oder bestellte sie dorthin. Rosina war einverstanden, da auf die baldige, von mir versprochene Begründung hoffend. In diesen sieben Tagen würde ich Lia zu sieben verschiedenen Gebäuden führen; täglich zu einem anderen.

Bei jedem Gebäude erklärte ich ihr unterschiedliche Dinge wie Sinn und Zweck von Mauerdicken und deren Verbände, von Kreuzgewölben, Gurtbögen und Widerlagern. Ich sprach über Arkaden und über die Unterschiede ionischer und dorischer Säulen. Den Schwerpunkt meiner Ausführungen legte ich bei allen meiner Gebäude auf die Fassade; die Aufteilung in Achsen, die Gestaltung von Risaliten, Portalen und Fenstern.

»Die Fassade ist Kleid und Gesicht eines Bauwerks. Es ist wie bei den Menschen: Der erste Eindruck, den wir bei anderen haben, ist zu allererst der äußere; wir können ja nicht in sie hineinsehen. Es gilt, dem gesunden und wohlproportionierten Körper in ein festliches Kleid zu hüllen, die Züge seines Gesichtes hervorzuheben und sein

Haupt mit einer ausgefallenen Kopfbedeckung zu vervollkommnen. So hat es bei der kunstvollen Architektur zu geschehen.«

Am dritten Tag in dieser Woche brachte ich die Sprache auf ihr Zitat von den Sprenggiebeln. Es war jetzt an der Zeit, auf meine Frage, ob sie wisse, was eine Muse sei und die ich ihr an jenem Abend gestellt hatte, zurückzukommen und eine kunstvolle und nicht zu offensichtliche Überleitung zu meinem Ansinnen zu finden. Ich hatte lange darüber nachgedacht, wie ich es Lia sagen sollte. Ich wollte sie nicht mit dieser Aufgabe überfordern, ich wollte aber auch nicht, dass sie sich womöglich etwas darauf einbildete, das konnte in Überheblichkeit münden. Ich musste es ihr so beibringen, dass weder das eine noch das andere passieren mochte. Ich vermied das Wort ›Muse‹ und spielte mein Begehren herunter. Ich sagte ihr lediglich, dass ich ihren laienhaften Sinn für Häuser schätze und mich interessiere, was ihr persönlich an Bauwerken besonders gefiele. Mehr sei es gar nicht. Ich hieß sie, ihre Vorstellungen und Fantasien von einem prächtigen Rathaus einfach aufzuzeichnen. Das solle sie in meinem Atelier tun, während ich an meinen richtigen Entwürfen arbeiten würde.

Am Abend dieses Tages übergab sie mir vier verschiedene Skizzen, bevor sie sich verabschiedete, um auf ihre Kammer schlafen zu gehen. Ich freute mich sehr darüber und bedankte mich herzlich.

Alle vier Skizzen waren nicht nur unbrauchbar … sie waren ein Trauerspiel. Da stimmte nichts. Die Proportionen nicht. Die Symmetrie nicht. Gar nichts. Es waren geradezu dilettantische Arbeiten. Lias Zeichnungen waren miserabler als meine schlechtesten Versuche aus dem ersten Lehrjahr. Ich war maßlos enttäuscht und brauchte eine Weile, um meinen Fehler einzusehen: Was hatte ich erwartet? Wer war hier der Architekt? Wer hatte eine Ausbildung zum Maurergesellen gemacht und die Meisterprüfung abgelegt? Wer hatte es bis zum Stadtwerkmeister gebracht? Ich hatte bereits eine ganze Reihe eigener neuer Entwürfe gezeichnet, doch diese waren allesamt nur passabel. ›Passables‹ würde wohl auch Matthias zuwege bringen. ›Passabel‹ bedeutete in diesem Falle aber: Ausschuss. Und damit gegebenenfalls Ablehnung und Vergabe an den Konkurrenten. Ein Risiko, dass ich unmöglich eingehen konnte. Ich brauchte etwas Außerordentliches! Sechzehn Tage dauerte es noch bis zur Ratssitzung. Drei Tage musste man für den Bau des Modells abziehen. Blieben also noch dreizehn Tage über. Das war zum einen genügend – einen epochalen Entwurf konnte man in einer einzigen Nacht erschaffen, wenn eben besagter grandioser Musenkuss ihn hervorbrachte – zum anderen zu wenig, wenn man auf Eingebung hoffte. Mehr Zeit jedoch hieß nicht automatisch ein besseres Resultat. Wenn sich keine Idee einstellen wollte, nutzten auch drei Monate nichts. Oft war ja gerade das Gegenteil der Fall, unter Druck förderte man meist Besseres zutage. Vielleicht täuschte ich mich ja auch. Vielleicht war es eine vollkommen abstruse Idee, in Lia meine Muse zu sehen. Vielleicht hatte ich sie dazu hochstilisiert, nur weil sie drei Sätze über Sprenggiebel gesagt hatte. Hätte ich auch so gehandelt, wenn es Rosinas Worte gewesen wären? Ich wusste es nicht. Ich dachte darüber nach und wusste es immer weniger, bis ich spürte, dass ich mich gedanklich im Kreis bewegte. Ich saß am Zeichentisch und zerbrach mir den Kopf über meine vermeintliche Muse, anstatt selbst meinen ureigenen Genius schaffen zu lassen. Ich hatte wohl einen großen Fehler begangen. Ich musste mich auf mich selbst verlassen und nicht darauf, dass mir ein ausnehmend hübsches Mädchen geniale Einfälle bescherte. Andererseits gefielen mir die gemeinsamen Stunden mit Lia bei den Gebäuden sehr gut. Ich genoss ihre Nähe. Ich genoss ihre Worte. Und ich genoss ihren Anblick – mehrmals ertappte ich mich in schwachen Momenten, wie ich mir ihren nackten Körper unter den Kleidern ausmalte, obschon einzig ihre Brüste sich abzeichneten und die Anmut des Restes nur erahnen ließen.

Ich entschied mich, die Vereinbarung einzuhalten und die Woche bis zum siebten und letzten Tag auszuschöpfen.

Am vierten Tag ereilte mich eine neue Erkenntnis: Mein Fehler war nicht, in Lia meine Muse zu sehen, mein Fehler war, ihr in wenigen Tagen so viel Fachwissen wie möglich eintrichtern zu wollen. Ich spürte, wie ihre Lust schwand, mich zu den Gebäuden zu begleiten, ich spürte ihre Enttäuschung darüber, dass ich nicht auf ihre Fragen nach meinem Vater, meiner Mutter, nach Rosina antwortete. Sie wollte Ereignisse aus meiner Kindheit und Jugend erfahren und von meinen Erlebnissen in Venedig. Das wiegelte ich alles ab; warum wie ein Maulwurf im Acker der Vergangenheit herumwühlen? Einzig die Zukunft interessierte doch. Einzig die nächsten dreizehn Tage. Einzig mein Entwurf, der mir den begehrten Sieg bescheren sollte. Nichts anderes zählte. Die Offenbarung ereilte mich, als Lia mit einem einzigen Satz meinen ganzen Eifer für einen Moment zunichtemachte.

»Die ganzen Gebäude da: Alles nur totes Zeug. Da lebt nichts. Bauwerke stehen einfach nur da. Sie können nicht sprechen. Sie können sich nicht regen. Sie sind dazu verdammt, stumm und still ihr Dasein zu fristen, wo man sie hingemauert hat. Es sind starre, tote Kästen, in die Menschen hineingehen und wieder herauskommen, wie Ameisen in ihren Haufen.«

Ich wollte meine Stimme erheben, um Lia für diese fahrlässigen Worte maßzuregeln. So etwas ausnehmend Dummes aus ihrem Munde zu hören, hätte ich niemals erwartet.

Doch durch eine plötzliche Eingebung ahnte ich, was sie meinte.

»Interessiert dich Architektur denn überhaupt nicht, Lia? Ich hatte anfangs den gegenteiligen Eindruck, als du die Notizblätter hervorgezogen hast.«

»Das habe ich nicht der Bauten wegen getan.«

»Sondern?«

Lia schwieg. Sie senkte den Blick. Ich sah sie Erröten. Das war mir Botschaft genug. Ich erwiderte nichts darauf.

»Weißt du, Lia, wir vergessen den Unterricht und ich lade dich zu einem Steckerlfisch* ein.«

---

* Steckerlfisch (Steckerl, bairisch für »kleiner Stecken, Stab«) ist an einem Stab gegrillter Fisch, der heute vor allem in Biergärten und auf Volksfesten (z.B. Augsburger Plärrer) serviert wird

Lia sah auf und mich an. Ihr Gesicht glich jetzt wahrlich dem eines Engels. Ihr Ausdruck verwirrte mich. Hätte ich die Einladung nicht aussprechen dürfen? Ich hatte es aber getan. Jetzt hieß es dazu zu stehen. Was war denn schon dabei? Ich ging über den Monat öfters essen; das brachte mein Beruf mit sich, und Rosina wusste das. Natürlich waren das alles Geschäfts- und Besprechungsessen gewesen, das letzte und bedeutsamste mit Remboldt, als wir über die Angelegenheit mit dem Perlachturm und dem neuen Rathaus diskutiert hatten. Nun ging ich eben essen mit meiner Bediensteten. Hatte das jemanden etwas anzugehen? Außerdem würde ich Lia nicht in ein Wirtshaus einladen, sondern an einen Stand im Freien. Das war etwas anderes.

Während wir den Steckerlfisch aßen, erzählte ich etwas über meinen Vater und verschiedene Anekdoten aus meiner Kindheit. Lia, anfangs sehr rege interessiert, wurde still. Traurigkeit stand in ihren Augen.

»Ich wünschte, ich hätte auch einen Vater gehabt. Aber dieses Glück war mir nicht beschieden.«

»Was war mit ihm?«

»Er hat meine Mutter verlassen, als sie schwanger mit mir war. Mehr weiß ich nicht. Mutter hat nie etwas über ihn erzählt.«

»Das ist die übelste Sorte Männer. Den Spaß wollen sie haben, doch wenn es daran geht, Verantwortung zu übernehmen, dann hauen sie ab, die Dreckslumpen.«

»Vielleicht hat er ja gar nichts von mir gewusst …«

»Dann ist es etwas anderes. Aber welchen Grund hatte er, deine Mutter zu verlassen?«

Lia zuckte mit den Schultern.

»Wie kam denn deine Mutter mit dir alleine durch in Bozen?«

»In Boz... ach, Bolzano! Meine Heimat. Sie hat dort auf dem Markt gearbeitet und auch als Dienstmädchen bei einem der Bozener Geschlechter.«

»Ich bin auch schon dort gewesen, auf Durchreise, als ich mit Garb nach Venedig gefahren bin. Wo habt ihr dort gewohnt?«

»Wir bewohnten eine Kammer im Lichthof der Laubengasse.«

»Dort bin ich mehrmals durchgegangen. Es ist die Prachtgasse von Bozen.«

»Nur die Vorderseite ist fein herausgeputzt. Die Rückseite, wo das Personal wohnt, ist nicht so schön.«

Lia machte eine kurze Pause. Sie sah nach oben und schien etwas zu überlegen.

»Wann wart Ihr denn in Venedig, mein Herr?«

»Das kann ich dir ganz genau sagen, was dich wohl nicht verwundert; Daten und Zahlen sind mein Fleisch und Blut. Vom 18. November 1600 bis zum 31. Januar 1601 bin ich dort gewesen; da warst du gerademal drei Jahre alt. Während dieser Zeit habe ich dort auch deinen Oheim kennen gelernt. Wir bewohnten beide den Fondaco dei Tedeschi und gingen unseren Studien nach. Matthias studierte die Malereien und Plastiken und ich ›die starren, toten Kästen, in die Menschen hineingehen und wieder herauskommen, wie Ameisen in ihren Haufen‹.«

Lia verzog die Lippen. Ihre Mimik deuchte mich eine

Mischung zwischen einem Anflug von Peinlichkeit, diese Worte gesprochen zu haben, und Belustigung, dass ich sie zitierte.

»Na ja, ganz so schlimm ist es nun auch wieder nicht. Mir gefallen schon diese imposanten Bauten, nur waren mir die Unterweisungen in den letzten Tagen zu viel. Ich hoffe, Ihr könnt mir das nachsehen?«

»Das habe ich bereits, Lia. Was denkst du, weshalb wir hier sind? Wir müssen die Lehrstunden nicht mehr abhalten, wenn du es nicht willst …«

»Doch, schon … es ist sehr schön mit Euch … nur nicht mehr so viel Fachzeug …«

Auf dem Nachhauseweg erzählten wir uns noch viel. Mir war gar nicht mehr, als sei sie nur mein Hausmädchen. Meine Zuneigung zu Lia hatte sich in den wenigen Tagen addiert und an diesem Tag sogar multipliziert. Ich hätte niemals für möglich gehalten, dass so etwas in einer so kurzen Zeit möglich war.

Noch lange im Bett dachte ich an sie. Ich versuchte mehrmals, die Gedanken und Bilder in meinem Kopf zu unterbinden, doch es wollte mir nicht gelingen. Immer wieder sah ich ihr Gesicht vor mir, die schmale Nase und ihren Mund, wie er sprach, lachte und alle möglichen Formen annahm, wenn sie überlegte oder einem unausgesprochenem Gefühl Ausdruck verlieh. Ich sah den dunklen Stich ihrer Haut, das schwarzglänzende Haar, ihren schmalen Hals. Wieder und wieder drängten sich mir diese Partien deutlich ins Gedächtnis. Nur ihre schönen Augen …, die sah ich in einem diffusen Licht.

Ich legte mich auf die Seite und mühte mich, Lia zu vergessen, um an den Entwurf zu denken. Die Zeit schritt voran! Doch letztlich würden mir, eingedenk des Kistlers, drei Tage vor der Sitzung genügen. Morgen wären es noch zwölf, das hieß, ich hatte noch viermal so viel Zeit. Viermal, das war gewaltig viel. Ich wusste, in dieser Zeit würde es passieren – die Hoffnung auf den Musenkuss war an diesem Abend gewachsen. Und nicht nur das, es zeigten sich mir ernste Anzeichen, dass dieser Kuss nicht nur ein metaphorischer sein sollte.

17

›4 L’amore rende pazienti e pieni di bontà. Chi ama non invidia, non si vanta, non si gonfia di orgoglio. 5 La persona che ama è gentile, non fa niente d’indecoroso, non cerca il proprio interesse, non si irrita, né si ricorda dei torti subìti, …‹

›4 Die Liebe ist langmütig, die Liebe ist gütig. Sie ereifert sich nicht, sie prahlt nicht, sie bläht sich nicht auf. 5 Sie handelt nicht ungehörig, sucht nicht ihren Vorteil, lässt sich nicht zum Zorn reizen, trägt das Böse nicht nach. 6 Sie freut sich nicht über das Unrecht, sondern freut sich an der Wahrheit. 7 Sie erträgt alles, glaubt alles, hofft alles, hält allem stand. 8 Die Liebe hört niemals auf. Prophetisches Reden hat ein Ende, Zungenrede verstummt, Erkenntnis vergeht. 9 Denn Stückwerk ist unser Erkennen, Stückwerk unser prophetisches Reden; 10 wenn aber das Vollendete kommt, vergeht alles Stückwerk. 11 Als ich ein Kind war, redete ich wie ein Kind, dachte wie ein Kind und urteilte wie ein Kind. Als ich ein Mann wurde, legte ich ab, was Kind an mir war. 12 Jetzt schauen wir in einen Spiegel und sehen nur rätselhafte Umrisse, dann aber schauen wir von Angesicht zu Angesicht. Jetzt erkenne ich unvollkommen, dann aber werde ich durch und durch erkennen, so wie ich auch durch und durch erkannt worden bin. 13 Für jetzt bleiben Glaube, Hoffnung, Liebe, diese drei; doch am größten unter ihnen ist die Liebe.‹

Lia hatte wieder den göttlichen Fingerzeig entscheiden lassen. Die altbewährte Methode: Mit geschlossenen Augen mehrmals die Seiten durch die Finger schnurren, dann abrupt anhalten und sich überraschen lassen, welcher Psalm oder Spruch, welche Weisheit oder Geschichte sich ihr auftun mochten. Wie immer hatte sie vorher mehrmals die Bibel kreuz und quer hinter dem Rücken gedreht und gewendet.

Paulus hatte sich ihr offenbart. Mit einem ganz besonderen Brief. Sie wusste um dessen Hintergründe, weil sie ihren Lehrer in Venedig danach gefragt hatte, in der Nacht, in der sie zum ersten Mal ›richtig‹ zusammen gewesen waren. Ihr Lehrer hatte ihr erklärt: »Der Apostel hatte den ersten Brief an die Korinther zwischen 53 und 55 nach Christus in Ephesus geschrieben, um deren Probleme zu lösen, die ihm durch Chloës Leute zugetragen wurden.«

Zwölfmal hatte Lia die erleuchtenden Strophen* gelesen. Sie kannte sie besser als alle anderen. Erst las sie still. Dann laut. Dann nur noch unter Weinen. Die Tränen kamen beim siebten Lesen und hielten noch an, nachdem sie die Bibel mit Zorn ins Eck geworfen hatte.

In ihrem Kopf tobte es – Fantasien der Freude schlugen sich mit lautlosen Worten des Hasses. Sie öffnete das Fenster und suchte mit tiefem Luftholen den Krieg zwischen Visionen und inneren Stimmen wegzuatmen, die heißen Wangen mit dem Druck ihrer kalten Handrücken zu kühlen.

Der Nachtwind streifte ihre Stirn. Sie beruhigte sich allmählich. Sie stützte ihre Hände auf den Sims und sah in die Schatten der Stadt.

---

* 1 Kor 13,4–13

Plötzlich Flügelschlagen und Katzengemaunze. Ein weiches Fell um ihre nackten Arme – Es war keine gute Idee von deinem Vater, dich hierher zu vermitteln. Und es war auch nicht gut, dich älter zu machen, dir einen falschen Nachnamen zu geben und Bozen als deine Heimat zu nennen. Lügen. Lügen. Lügen. Mit Bozen hast du dich gut herausgeredet – ein Glück, dass dir auf deiner Reise hierher einer von der Laubengasse erzählt hat, sonst wärst du schön ins Schwimmen geraten. Fragt sich, wie lange du das Lügengebäude aufrecht halten kannst. Oh, meine Lia, ich ahne Schlimmes. So wie die Zeichen stehen, sieht es nicht gut aus für dein armes Herz. Und auch das Herz deines Herren ist in Gefahr. Doch noch ist es nicht zu spät! Es ist nichts Gefährliches passiert und das muss es auch nicht. Du kannst morgen schon alles wenden und deine Geschicke zurück zum Guten kehren. Du sagst Meister Holl einfach, du willst keine weiteren Lehrstunden mehr und möchtest, dass er Abstand von dir nimmt. Dann ist alles wieder wie vorher.

Marta hatte leicht reden. Was wusste eine Katze schon von menschlicher Liebe? So einfach war das nicht. Nicht mehr. Schon als Lia Meister Holl das erste Mal bei ihrem Vater gesehen hatte, war ein sonderliches Gefühl in ihr wach geworden. Sie hatte es gespürt, ihm aber keine Bedeutung geschenkt – es würde wieder verschwinden, so wie eine Erkältung kommt und wieder verschwindet. Die unerwartete Absage nur kurze Zeit darauf war ihr ein Stich ins Herz gewesen. Die Zusage, ein Aufatmen und erneutes Wachwerden des Gefühls. Es war geblieben, und mit jedem Tag, den sie bei den Holls arbeitete, stärker geworden. An jenem Abend, an dem er ihr in seinem Atelier zu trinken gab und ihr seine Entwürfe zeigte, die sie – über ihres Vaters Ansinnen grübelnd – gar nicht sehen wollte, spürte sie ein Kribbeln im ganzen Körper, so als ob Tausende Ameisen durch sie hindurchwuselten. Das Kribbeln hielt bis zum Schlafengehen an, verschwand über die Nacht und kehrte jedes Mal wieder, wenn Meister Holl in ihre Nähe kam. Als er sie dann zu den Gebäuden mitgenommen und zu ihr wie zu seinesgleichen gesprochen hatte, letztlich sie zum Essen eingeladen, hatte sie große Mühe gehabt, die Beherrschung nicht zu verlieren – zu gerne hätte sie ihn umarmt und geküsst.

Martas warmes Fell spürte sie jetzt am anderen Arm – Meister Holl zählt einundvierzig Jahre. Du bist gerademal dreizehn. Er könnte dein Vater sein.

Diegos Krallen kniffen in ihre Schulter – Könnte, könnte … In Venedig werden Mädchen mit dreizehn verheiratet. Zudem hast du Männer gehabt, die waren zehn, fünfzehn Jahre älter als er. Das Alter tut nichts zur Sache.

Meister Holl ist seit fünf Jahren verheiratet und sie haben fünf Kinder.

Bei deinem Lehrer war es genauso. Euer Verhältnis hat seiner Ehe keinen Abbruch getan. Du warst seine beste und klügste Schülerin, er hat dich mehr unterrichtet als alle anderen. Dass du diese Stunden ›anderweitig‹ gutmachtest, war mehr als nur ein Abkommen.

Du bist ein Haus- und Zimmermädchen. Er ist dein Herr. Du arbeitest für ihn.

Das kannst du genauso weiterhin tun. Das eine muss das andere nicht stören.

Frau Holl hält Großes auf dich. Ihr lest zusammen in der Bibel. Durch dich schreitet ihre Genesung voran, schon bald wird sie wieder ganz gesund sein. Willst du, dass sich das ins Gegenteil kehrt? Willst du Unheil bringen? Das kann deine Absicht nicht sein.

Sollst du dein wahres Herz verleugnen? Willst du weiterhin in einer unendlichen Lüge leben? Seit Jahren schlägst du tagaus tagein immer diese Zeilen des Korintherbriefs auf und liest, was Paulus wie kein zweiter so poetisch niederschrieb. In unzähligen Stunden hast du Venedig von Ost nach West, von Süd nach Nord durchwandert. Du hast in den entlegensten Winkeln nachgespürt. Du hast dich zum Abschaum der Menschheit begeben und hast Gaukler und Fahrende aufgesucht. Du hast nicht davor zurückgeschreckt, der Huren Handwerk zu erlernen, um dich an wohlhabende Männer zu verkaufen. Am Ende deiner großen Unrast hast du dich gar auf ein Verhältnis mit deinem Lehrer eingelassen.

Warum diese gewaltigen Anstrengungen? Weshalb diese übermenschlichen – oder unmenschlichen? – Bemühungen? Was war der Grund für dieses dein unsägliches Tun? Du weißt es. Du weißt es, selbst, wenn du es niemals ausgesprochen hast. Hier und jetzt aber ist die Zeit gekommen, den Schmerz nicht mehr länger zu verkleiden. Ihm gehört die Maske entrissen. Ursache und Antrieb müssen entlarvt, nackt und bloß preisgegeben werden und damit deine Unschuld bewiesen, sollte das letzte Gericht seine Unzulänglichkeit erneut belegen und wirklich danach trachten, dich zu verurteilen. Wer weise ist, erkennt: Du trägst nicht die Schuld. Schuldig gemacht haben sich andere.

Dein Sehnen war der Grund. Dein Sehnen aus tiefstem Herzen nach dem unendlich großen Gefühl. Du hast dich darin verzehrt! Du wolltest endlich *den* Menschen finden, der dich dieses unendlich große Gefühl – das Gefühl der Gefühle – spüren, ja erleben lassen kann. Jetzt ist es eingetreten! Dieser Mensch ist dir begegnet! Hier in dieser Stadt, hergeführt durch deine Bestimmung. Alle Zeichen deuten darauf hin, dass es wahr werden kann. Und jetzt, wo dich dein Leben zu eben diesem Menschen hinführte, jetzt sollst du dein großes Glück zerstören? Noch ehe es wahrhaftig begonnen hat?

Lia konnte Martas und Diegos Worte, die in einem wilden Durcheinander auf sie eingeprasselt waren, nicht mehr ertragen. Sie vertrieb die beiden gewaltvoll, indem sie mit dem flachen Kissen um sich schlug. Sie flüchteten aus dem offenen Fenster krächzend und flügelschlagend, miauend und schwanzwedelnd.

Schluchzend vergrub Lia sich unter der Decke. Wie ein Kind, das sich vor der Dunkelheit verbirgt, lag sie kauernd und wimmernd im Bett.

Es dauerte eine gute Weile, bis sie sich beruhigte. Sie redete sich Mut zu. Beide, sowohl Diego und Marta hatten Recht. Doch auf wen hören? Auf beide? Auf keinen? Sie musste für sich selbst entscheiden, welchen Weg sie einschlagen sollte. Manchmal half es, die Dinge auf einen zukommen zu lassen. Einfach nur mit geschärften Sinnen auf die Zeichen achten und dann handeln. Wenn Gott sie wirklich als einen Engel – warum hieß sie wohl mit richtigem Namen Angelosanto? – auserkoren hatte, dann würde er sie auch mit dem ebenfalls von ihm auserkorenen Mann zusammenbringen, selbst wenn dieser verheiratet war; eine Heirat war menschengemacht, oft aus Berechnung statt aus Liebe – das mochte auch für Elias' und Rosinas gelten. Wie sollte eine Ehe unter solchen Umständen göttlicher Fügung entgegenstehen?

Am Morgen des nächsten Tages gab sich Lia sichtlich bedeckt. Von Rosina nach ihrem Befinden gefragt, gab sie vor, sich nicht gut zu fühlen, es sei wohl der Favonio, der Föhnwind. Tatsächlich ging ihr die ganze Zeit im Kopf umher, wie sie Meister Holl entgegentreten sollte. Er würde sie heute zum Bäckerhaus bestellen, hatte er ihr gestern angekündigt und betont, sie brauche nichts mehr zum Schreiben mitzunehmen, er würde sie einfach nur umherführen und ihr die schönen Seiten der Architektur zeigen. Er habe sich überlegt, bei den letzten beiden Führungen nicht mehr die technischen Details auszuführen. Es sollten nurmehr ihre Sinne sein, die er mit seiner Kunst ansprechen wollte. Fortan wolle er lediglich von ihr wissen, was sie empfinde, wenn sie seine Architektur einfach nur ansehe und auf sich wirken ließe. Zudem wolle er sie vor der Führung mit seinem Mentor Professor Höschel bekannt machen. Dieser sei ein Mann, der wie kein zweiter in allen Dingen des Lebens Bescheid wisse und dahingehende Fragen beantworten könne. Höschel habe ihm schon viel geholfen und vielleicht könne er ja auch ihr helfen, wenn philosophische Fragen sie beschäftigten.

Lia solle um zehn Uhr vor der Bibliothek beim Sankt Anna Gymnasium auf Elias warten. Sie würden dann gemeinsam den Professor besuchen.

Lia zögerte. Natürlich wollte sie Ja sagen. Natürlich wollte sie mit Meister Holl den Professor besuchen und natürlich auch die Bauten besichtigen. Doch sie wusste um die Gefahr, die darin lauerte; denn im Grunde wollte sie mehr. Sie wollte mit ihm allein sein. Sie wollte, dass sie einander berührten, und wenn es nur ein sanftes Streifen ihrer Hände wäre. Das würde schon reichen. Das würde sie genießen. Es stünde aber auch in ihrer Macht, die gegenläufige Richtung einzuschlagen: Ablehnen! Wäre dann dem Zauber ein Ende bereitet? Wäre die Gefahr gebannt und alles würde wieder normal vonstatten gehen? Nein, das war ein naiver Wunschgedanke. Sie war schon zu tief verstrickt – ablehnen würde und konnte sie nicht mehr.

Wenige Minuten vor zehn Uhr stand Lia vor dem Eingang der Bibliothek und wartete auf Meister Holl. Pünktlich erschienen, betrat sie mit ihm respektvoll die ›heiligen Hallen‹, und mit einer Ehrfurcht, die bei jedem überbordenden Bücherregal, das sie passierten, wuchs, begrüßte sie den Gelehrten. Der gab sich überaus höflich und sie kam sich fast wie eine Dame vor. Sie errötete, als Meister Holl den Professor fragte, ob sie ihn konsultieren dürfe, wenn Fragen sie bedrängten, die er nicht beantworten könne, und der Professor dies bejahte.

Als Meister Holl Lia im Bäckerzunfthaus umherführte, spürte er wohl ihre Zurückhaltung. Er gab sich noch charmanter als zuvor und fragte mehrmals nach, ob er sie auch nicht überfordere. Er schlug vor, auf einem Mauervorsprung hinter dem Haus zu verweilen, um in stiller Andacht die Fassade in ihrer ganzen Dominanz auf sich wirken zu lassen. Das wollte sie nicht. Er war irritiert, sie sah es deutlich an seinem Gesicht. Sie wolle das Haus lieber aus der Luft sehen, sagte sie ihm, überhaupt sei ihr nach luftiger Höhe zumute – ob sie nicht nach oben auf den Perlachturm gehen könnten? Es habe ihr so sehr gefallen beim ersten Mal. Er lächelte und sagte, das sei eine sehr gute Idee.

Den Schlüssel aus dem Versteck geholt, auf- und wieder abgeschlossen, schritten sie die engen Treppen nach oben. Er voran. Sie hinterher.

Die letzte und steilste Stiege tat Lia, als wäre sie geschwächt. Sie reichte ihm den Arm, sodass er sie nach oben zog. Sie schloss kurz die Augen und genoss seinen Griff.

Oben auf dem Turm sagte sie nichts. Sie ließ ihn reden und sah ihn nur an. Es konnte nicht mehr lange dauern, bis er spüren musste, was in ihr vorging.

Er verstummte. Sie drehte ihm den Rücken zu und stellte sich an die Brüstung, als wollte sie hinunter sehen. Mit einer Handbewegung nahm sie ihren massigen Haarzopf, legte ihn nach vorn über die Schulter und entbot ihm ihren entblößten Nacken.

Er verstand.

Es durchfuhr sie, als sie seine Lippen auf ihrem Nacken spürte. Sie führte beide Hände nach hinten und suchte die seinen. Er fasste sie. Sie genoss es. Sie genoss den warmen, starken Griff und die Küsse, mit denen er ihren

Hals bedeckte. Sie wusste, es war richtig, was jetzt im Augenblick geschah. Sie wollte diesen Moment nicht missen, sich nicht von seinen Händen lösen. Ihr Atem ging schwerer. Sie wünschte sich kein Ende und doch spürte sie, er musste aufhören – jeder weitere Kuss, jeder weitere sanfte Biss in ihren Hals würde alles nur noch schlimmer machen. Lia, was tat sie nur? Ihr Herz klopfte stärker. Ihr war, als liefe sie einen endlosen Weg bis zur Erschöpfung. Elias löste seine Hände und umgriff ihre Taille. Sie bebte am ganzen Körper. Er musste aufhören.

Sie spürte ihre Sinne schwinden.

Es mussten nur wenige Sekunden vergangen sein, bis sie wieder erwachte. Elias saß auf dem Holzboden, sie in seinen Armen, und streichelte ihre Stirn.

»Du bist ohnmächtig geworden ... Es tut mir leid ... Ich wollte dir nicht zu nahe treten. Ich weiß nicht, was in mich gefahren ist. Du musst mir verzeihen.«

»Das tut nicht Not ... Liebe bedarf keinerlei Verzeihung.«

Elias zog die Hand zurück und stand auf. Lia ließ er auf dem Dielenboden sitzen, den Rücken an die Außenwand des Turmes gelehnt. Elias stand stocksteif und starrte ins Leere. Er rieb sich unaufhörlich den Bart.

»Du hast mich Elias genannt, das darfst du nicht tun!«

»Du hast mich geküsst, das darfst du nicht tun!«

Elias senkte sich zu ihr, er ging auf die Hocke und sah sie an. »Lia, ich weiß nicht, ob du wirklich ein Engel bist. Aber, du bist das schönste Mädchen, das mir je begegnet ist. Und du bist es nicht nur äußerlich. Du weckst Gefühle in mir, die ich so noch nicht kannte. Es ist, als gäbe es eine Art Seelenverwandtschaft zwischen uns.«

»Das ist auch mein Gefühl.«

»Dennoch … was gerade geschehen ist … Es hätte niemals geschehen dürfen!«

»Es ist es aber. Und dafür gibt es einen Grund. Nichts auf der Welt geschieht grundlos. Und die schicksalsträchtigsten Ereignisse haben die triftigsten Gründe.«

»Du sprichst zu weise; als ob du schon viel mehr erfahren hättest, als es für ein Mädchen deines Alters und deines Standes üblich ist. Ich weiß nicht, ob das gut ist.«

»Was soll daran schlecht sein?«

»Gib mir Zeit. Ich muss darüber nachdenken. So sieh es mir nach, sollte ich die nächsten Tage verschlossen sein, du weißt warum.«

Lia nickte. Sie nahm seine Hand und führte sie an ihre Lippen. Er ließ es zu und schloss die Augen.

Schweigend stand Elias auf und ging. Lia blieb noch eine ganze Weile auf dem kalten Holzboden sitzen. Sie wollte weinen. Doch es zeigten sich keine Tränen.

Eine gute Zeit ließ Lia verstreichen, bis sie vom Perlachturm hinabstieg. Sie achtete darauf, dass sie unauffällig den Ort verließ. Obwohl sie zur Metzg musste – Fleisch und Wurst hatte Frau Holl ihr aufgeschrieben –, die nur ein paar Schritte vom Turm entfernt lag, ging sie einmal um den Block. Sie brauchte Abstand von diesem Turm, indem sich etwas zugetragen hatte, was ihre ganze Verfassung durcheinander brachte. Wie sollte sie sich zuhause bei den Holls geben? Wie sollte sie Frau Holl gegenübertreten? Was sagen? Wie Meister Holl – Elias – begegnen? Nichts war mehr wie vorher. Bei jedem Schritt, egal wohin sie ihn setzte, sah sie Elias. Sie würde ihn ab jetzt nur noch so nennen, wenn sie alleine waren, etwas anderes kam nicht infrage. Nicht mehr.

Noch zweimal ging sie um den Block, bis sie sich soweit sah, ohne irgendeinen Anschein von Verstörtheit zu erscheinen.

An der Wursttheke sprach sie eine junge Stimme von hinten an. »Das nenne ich ein Glück, das junge Fräulein Lia hier zu treffen.«

Es war Hieronymus.

»Ich bin kein Fräulein. Fräulein sagt man zu den Adeligen!«

»Für mich bist du noch mehr: eine Prinzessin.«

»Kannst du noch was anderes außer Süßholz zu raspeln?«

»Noch viel mehr ... Ist er da?«

»Wer?«

»Meister Holl. Ich hab keine Lust, mich wieder so von ihm runterputzen zu lassen.«

»Ich bin allein.«

»Was sollte er auch hier? Zum Einkaufen lassen die Herrschaften schicken ... Da gibt es ja Dienstmägde ... oder Stifte ... wie mich. Ich muss immer springen und für die Gesellen das Vesper besorgen.«

»Du bist ein einfacher Lehrbub. Es steht dir nicht an, so abfällig zu reden.«

»Aber du darfst den Meister Holl verteidigen? Du bist doch genauso abhängig von ihm wie ich.«

»Was willst du überhaupt? Soviel ich weiß, sorgt er sich mehr um dich als um andere Lehrlinge.«

»Das hat er mal getan. Ich bin kein kleiner Junge mehr. Nächstes Jahr werde ich siebzehn und habe ausgelernt.«

»Schön für dich. Noch aber bist du Lehrbub und holst wie ich das Essen. Einer muss es ja tun. Und nun geh, die Gesellen haben Hunger!«

»Die können ruhig noch was schaffen. Auf eine Viertelstunde kommt's nicht an.«

»Wenn du meinst … Ich muss trotzdem los, ciao.«

»Warte! Ich komm dich begleiten!«

»Moment mal, du weißt wohl nicht was Anstand heißt, hm? Das kannst du nicht so einfach bestimmen. Du musst mich fragen, ob ich das überhaupt gestatte; vielleicht will ich ja alleine gehen.«

Bei diesen Worten schoss Lia der Gedanke in den Kopf, Hieronymus könnte ein möglicher Ausweg aus ihrer prekären Lage sein. Sie brauchte einen Gefährten an ihrer Seite. Hieronymus schien ihr ein aufrechter Kerl zu sein, der, wenn schon nicht ihrer Bildung, dann doch zumindest ihrem Alter entsprach. Freilich war er noch kein Mann – schon gar keiner wie Elias, der war eine stattliche Erscheinung, immer ordentlich das Haar und der Bart stets akkurat gestutzt, wie ein Edelmann. Und niemand konnte ihm das Wasser reichen. Hieronymus war nur ein Lehrbub, aber er wäre eine Möglichkeit. Vielleicht war es ja auch ein Fingerzeig?

»Darf ich das werte Fräulein Prinzessin fragen, ob Sie

mir gestattet, Sie zu begleiten? Oder mag Sie lieber alleine gehen?«

Lia lächelte.

»Na gut, dann komm halt ein Stück mit. Du kannst mir den Korb tragen.«

Hieronymus redete sehr offen über sich und wollte auch von Lia einiges wissen. Woher sie käme, wie lange sie schon hier wäre und bei den Holls arbeite, wie es ihr dort gefalle, was sie von Meister Holl halte, et cetera et cetera. Er wollte sie direkt bis zur Haustür bringen, doch das lehnte Lia ab. Es könnte nachteilig für sie beide sein, wenn Meister Holl sie zusammen sähe, gab sie ihm Bescheid, was Hieronymus nicht verstehen mochte. Er dachte eher, es sei als ritterlich anzusehen, wenn ein Mann einer Frau die Sachen bis vor die Tür trage.

»Ritterlich an und für sich schon, nur: Erstens hast du noch zu arbeiten und zweitens warten die Gesellen auf ihr Vesper. Du kriegst bestimmt einen Anschiss, wenn du nicht bald aufkreuzt.«

Wenige Häuser vom Ziel entfernt, verabschiedeten sie sich. Hieronymus fragte sie, ob sie wisse, wo das Eichhaus stünde, nur ein paar Gassen entfernt. Als sie das bejahte – sie verschwieg, dass sie das nur wusste, weil Elias es ihr gezeigt hatte – fragte er sie, ob sie sich am Abend nicht dort treffen wollten, dort, wo die Trauerweide ihre langen Äste ins Wasser hing; er müsse ihr etwas sagen, es sei sehr wichtig.

»Wenn es so wichtig ist, sag's doch gleich.«

»Nein. Heute Abend passt es besser. Kommst du?«

Lia presste die Lippen aufeinander. Sie wusste, sie durfte es ihm nicht zu einfach machen.

»Ich weiß nicht, ob das recht ist.«

Hieronymus redete eine gute Weile auf sie ein, bis sie einwilligte.

»Also gut, Hieronymus, um acht Uhr. Bis dahin habe ich bei den Holls alles erledigt. Und sei ja pünktlich!«

Um acht Uhr saß Lia bei Elias im Atelier.

Elias tat, als sei nichts zwischen ihnen passiert. Schon beim Abendessen, das die ganze Familie zusammen einnahm, was schon länger nicht mehr vorgekommen war, hatte er sich auffallend abweisend zu ihr verhalten. Doch bevor er sich ins Atelier begab, hatte er Lia gebeten, ihn um acht Uhr aufzusuchen, es ginge um die Entwürfe des neuen Rathauses.

Selbst im Atelier, wo sie unter sich waren, offenbarte er kein Gefühl der Zuneigung. Es war wie zu Beginn ihrer Anstellung. Lia war irritiert, doch sie zeigte ebenfalls keine Regung – was er konnte, konnte sie schon lange.

»Lia, ich möchte, dass du dir diese Entwürfe ansiehst und mir sagst, welcher dir am besten gefällt, und warum er dir am besten gefällt. Tust du das für mich?«

»Wollt Ihr mich mit dieser Frage beschämen? Was glaubt Ihr, weshalb ich gekommen bin, Meister Holl? Ich weiß zwar nicht, was Ihr Euch davon versprecht, aber natürlich sehe ich sie mir an … wenn es weiter nichts ist.«

Lia bemühte sich, Elias so kalt wie nur möglich zu begegnen. Das bewusste Ihrzen half ihr dabei. Wenn er ihre wahren Gefühle nicht erspürte und auch nicht erwiderte, dann war sie wohl abermals einem großen Irrtum erlegen; einmal war ihr das schon passiert, mit ihrem Lehrer. Sie hatte geglaubt, es sei die große Liebe zwischen ihnen gewesen, doch sie hatte sich getäuscht. Er hatte, wenn er ihr geheimes Verhältnis ansprach, sie öfter mit meine ›Eloisa‹ angeredet und von sich als ›Pietro‹ gesprochen, und ihr, wenn sie nach dem Zusammenhang gefragt hatte, nur oberflächlich geantwortet: »Das war wie wir ein besonderes Liebespaar, im zwölften Jahrhundert. Ich hoffe mir widerfährt nicht das gleiche wie Pietro …«

Ihre Vorwürfe hatte er sich angehört und ihr letztlich mit auf den Weg gegeben: »Eine Enttäuschung, Lia, ist das End' einer Täuschung.«

Elias breitete vier verschiedene Entwürfe aus. Drei davon hatte er ihr bereits gezeigt, ein neuer war dazu gekommen. Sie unterschieden sich nur wenig voneinander, und irgendwie fehlte allen etwas.

»Sie sind nicht heroisch genug, Meister Holl.«

»Damit kann ich nichts anfangen! Sag es genauer!«

»Wüsste ich es genauer, wäre ich der Baumeister und nicht Ihr. Ich kann Euch nur sagen, es fehlt etwas, das die Entwürfe wirklich herausragend sein lässt.«

Lia nahm abwechselnd mal den einen, mal den anderen Entwurf in die Hand. Sie spürte Elias' Nähe. Sie spürte seinen Atem direkt hinter sich. Waren es die Entwürfe, die er mit ihr ansah oder war es ihr bronzefarbener Nacken und ihr schmaler Hals, die ihn aufs Neue betörten? Viel länger würde sie dieses Schmierentheater nicht mehr ertragen können; es kostete sie zu viel Kraft, sich ihm gegenüber so abwehrend zu verhalten. Sie wagte einen erneuten Anlauf und legte den Zopf über ihre Schulter, so, wie sie es oben auf dem Perlachturm getan hatte. Er würde sie wieder küssen, das wusste sie. Sie kannte die Männer. So einmalig Elias auch war, aber auch er trug Begierde in sich und er würde abermals ihren Reizen unterliegen. Den Kopf nach vorne gebeugt, tat sie, als studierte sie ganz genau die Zeichnungen und gab somit noch mehr von ihrem Nacken frei – eine unmissverständliche Geste. Sie wusste, es würde nur noch wenige Augenblicke dauern, was einmal wirkte, würde es auch ein zweites Mal und immer wieder …

Er tat es nicht. Er schritt zurück und neben sie, lehnte sich an den Zeichentisch und stützte die Hände verloren auf die Kante.

»Lia, es tut mir leid.«

»Was, Meister Holl?«

»Sei doch nicht so zu mir! Du weißt genau, was ich meine.«

»Nein, mein Herr, das weiß ich nicht. Sagt es mir.«

Lia starrte wieder auf die Pläne. Elias schritt auf sie zu und ging so weit in die Knie, bis ihre Gesichter auf der gleichen Höhe standen.

»Bitte sieh mich an!«

Lia starrte.

»Lia, bitte! Ich begehre dich!«

Sie löste sich von den Zeichnungen und wandte sich zu ihm, endlich, der Bann war gebrochen.

»Aber ich darf es nicht! Es ist eine Sünde.«

»Seit wann ist Liebe eine Sünde?«

»Herrgott, willst du das nicht verstehen oder begreifst du es wirklich nicht?«

»Es tut mir leid, mein Herr, dass ich nicht so klug und wissend bin wie Ihr, und ich habe nicht auf alles eine Antwort. Vielleicht wäre ich ja dann ein Doktor oder ein Professor. Ich bin aber nur ein Hausmädchen. Aber eines weiß ich, es gibt etwas zwischen Himmel und Erde, das ist stärker als Wissen und Verstehen: Das ist das Herz. Das sind die Gefühle darin. Ich weiß, was ich für Euch empfinde und ich glaube auch zu wissen, was Ihr für mich empfindet. Euer Gesicht, Eure Augen, alles an Euch spricht eine so deutliche Sprache. Ich kann in Euch lesen wie in meiner Bibel. Ich lese das Wohlsein in Euch, wenn Ihr Euch mir öffnet und ich lese den Schmerz, wenn Ihr Euch mir verschließt. Mehr weiß ich nicht und mehr kann ich Euch nicht sagen.«

Sie erhob sich, ging langsam zur Tür und blieb dort stehen.

»Was Eure Entwürfe angeht: Ihr legt immer nur Euer Augenmerk auf die Frontfassaden. Die Seiten scheinen Euch nicht so wichtig. Ich glaube, Ihr müsst ein Rathaus entwerfen, das nach allen Seiten imposant ist! Und Ihr müsst es größer und höher bauen. Dann wird es heroisch.«

Sie fasste den Türriegel.

»Ihr erlaubt mir zu gehen? Es ist spät und ich muss morgen wieder früh raus.«

Elias nickte. Kein Laut verließ die Lippen. Wie steinern stand er am Tisch.

Lia ging nach draußen über den Hof zu ihrer Kammer. Sie setzte ihre Schritte langsamer und hoffte bis zum Schluss, er möge sie zurückrufen. Es blieb still.

Oben auf dem Gang zu ihrer Kammer sah sie, wie sich die Tür von Frau Holls Zimmer schloss.

Wie eine seelenlose Gliederpuppe zog sie sich aus. Ihr Kopf schien leer und doch saß er hart und schwer wie eine Eisenkugel auf ihren Schultern. Ihr ganzer Körper fühlte sich an, als sei er aus Blei gegossen. Alles in ihr war taub und matt. Ihr war elend. Sie hoffte, sie würde ohnmächtig werden und aus dieser Ohnmacht nicht wieder erwachen. Das sollte nicht geschehen. Sie war wohl zu stark. Es blieb ihr nichts, als sich der Nacht hinzugeben; ob sie von Albträumen traktiert würde blieb abzuwarten.

Plötzlich ein Geräusch. Da war etwas. Am Fenster. Und wieder. Als ob jemand mit einem Stöckchen dagegen schlüge. Sie sah genauer und konnte erkennen, wie kleine Kieselchen gegen die grünlichen Scheiben flogen. Sie schritt ans Fenster, öffnete es vorsichtig nur einen Spaltbreit und spitzelte hinaus. Hieronymus stand unten. Er warf die Steinchen und rief mit gedämpfter Stimme ihren Namen hinauf.

Wie sie ihn beobachtete, der unermüdlich Kiesel für Kiesel nach ihrem Fenster warf, wurde ihr bewusst, dort unten stand hoffend ein junger Kerl. Sie hatte eine Verabredung mit ihm getroffen und ihn versetzt. Statt um acht Uhr am Eichhaus zu sein, hatte sie bei Elias gesessen, hatte wiederum ihrerseits gehofft und war enttäuscht worden. Sie hatte ihren möglichen Ausweg aus der prekären Lage, den mutmaßlichen Fingerzeig verschmäht und war selbst verschmäht worden.

Hatte sie einen großen Fehler begangen?

18

»Ja, Herrgott, ja! Ich komme schon!«

Ein penetrantes Klopfen riss mich aus meiner Schaffenswut. Ich saß über meinem fünften Entwurf. Es würde der letzte sein, das wusste ich. Natürlich, ich hatte noch zwölf Tage Zeit für einen sechsten, vielleicht noch einen siebten, aber das war nicht mehr nötig.

Es hatte sich gefügt! Meine Muse hatte mich geküsst – Lia hatte mir den entscheidenden Hinweis gegeben: Ich legte mein Augenmerk immer nur auf die Frontfassaden, hatte sie beanstandet, die Seiten der Gebäude schienen mir nicht wichtig. Sie hatte mir geraten, ich müsste ein Rathaus entwerfen, das nach allen Seiten imposant sei. Und ich müsste es größer und höher bauen. Dann würde es heroisch werden.

Das waren ihre Worte. Sie waren mehr als Gold wert. Ich wusste: Lia war ein Engel. Und ich wusste: Sie war meine Muse.

Natürlich hatte es mich geschmerzt, sie abzuweisen, und zutiefst enttäuscht, sie mein Atelier verlassen zu sehen. Ich wollte sie ja zurückhalten, wollte sie umarmen, herzen und küssen. Doch mir fehlte der Mut. Ich war ein Feigling. Ein erbärmlicher, ängstlicher Hasenfuß. Anders damals mein Vater. Der hatte keine Angst gehabt. Der hatte Rückgrat gezeigt und allen Widerständen getrotzt. Der hatte ein Verhältnis mit der Ehaltin, seiner damaligen Magd, unterhalten. Gut, er hatte Probleme bekommen, aber auch diese hatte er gelöst.

Ich hätte mir gewünscht, diesen magischen, unwiederbringlichen Augenblick mit Lia nicht zerstört und sie nicht fortgeschickt zu haben. Wäre sie doch geblieben – wir hätten höchstes Glück erfahren. Dieses Mädchen, dieser Engel war für die Liebe geschaffen. Das hatte ich von Anfang an geahnt und später auch gespürt, selbst wenn mir nur ein Hauch ihres zauberhaften Körpers zu erheischen vergönnt gewesen war. Wie hatte ich mich gesehnt, nicht nur ihren Hals zu spüren, sondern alle Partien ihrer makellosen Erscheinung, die mir stets nur verhüllt vor die Augen kam.

Da ich dieses Glück mir durch meine lächerliche und beschämende Angst selbst versagt hatte, bestrafte – und belohnte – ich mich mit schöpferischer Arbeit. Kaum war Lia aus der Tür, nahm ich das beste Pergament – was sollte ich mit schäbigem Papier? – und begann zu entwerfen. Augsburgs neues heroisches Rathaus würde einen quadratischen Grundriss bekommen und alle vier Fassaden würden quasi Frontfassaden sein. Es gäbe vier Portale mit vier Risaliten, an jeder Seite eines. Das Dach würde ein Zeltdach, ein im Mittelpunkt zusammenlaufendes Walmdach ohne First werden. Das war wirklich genial. Hatte ich vorige meiner Entwürfe mit diesem Attribut zu unrecht betitelt, gebührte es dem jetzigen und letzten Entwurf tatsächlich.

Mit Verve tunkte ich die Feder ins Tuscheglas und fuhr am Lineal entlang.

Es klopfte zum ungezählten Male.

»Ja, verdammt! Ich komme!«

Mir schien als ob sich jemand jetzt nicht mehr nur mit einem Fingerknöchel Gehör verschaffen wollte, sondern mit der ganzen Faust. Ich sprang auf, um dem Störenfried Bescheid zu stoßen; wer wagte es, den großen Elias Holl, Schöpfer des neuen epochalen Rathauses, so spät noch zu stören?

Ich riss die Tür auf und erschrak. Es war nur ein leichtes Erschrecken, eines, das mit kindlicher Freude einherging.

Lia stand vor mir. Sie hatte sich ein Herz genommen, mir verziehen und war zurückgekehrt.

»Lässt du mich herein?«

»Was für eine Frage? Ja, natürlich! Ja!«

Ich war überglücklich, sie wieder bei mir zu haben. Jetzt konnte ich meinen vorigen Fehler wieder gutmachen. Lia gab mir die einmalige Chance zu beweisen, dass ich kein Feigling war, sondern ein Mann; einer, der Mut besaß und die Gelegenheit beim Schopfe packte. Einer, der nicht nur Untergebene herumkommandieren konnte und Stein auf Stein setzen lassen, sondern einer, der in der Lage war, sich mit einem irdischen Engel auszusöhnen, ihm gar Liebe zu geben.

»Setz dich, Lia, setz dich auf meinen Stuhl. Er ist noch warm von mir. Du frierst. Ich hole dir eine Decke.«

Ich hüllte eine Decke um sie, stand hinter ihr und legte meine Hände auf ihre Schultern. Sie streichelte über meine Handrücken.

Nach einer Weile fragte sie mich: »Willst du mehr von mir?«

Mir stockte der Atem.

»Elias, antworte mir. Willst du mich besitzen? Mit Haut und Haar? Von Kopf bis Fuß?«

Ich wusste, wenn ich nicht in den nächsten Augenblicken etwas erwiderte, könnte das den Schluss bedeuten. Ich mühte mich, etwas zu sagen, und wenn es nur ein törichtes Gestammel wäre, doch meine Lippen schienen wie zugenäht.

Lia half mir. Sie warf, wie sie es bereits schon zweimal getan hatte, ihren schwarzen, schweren Haarzopf nach vorn über die Schulter und entblößte mir ihren Nacken. Und wie schon auf dem Turm geschehen, drang ich mit sanften Bissen in ihre zarte Haut – Pfirsichduft und Rosenblüten.

Lia ergriff den Daumen meiner linken Hand, führte ihn in ihren Mund und umkreiste ihn spielerisch mit der Zunge. Die Kordel ihres Dekolletés geöffnet, befahl sie meinen, von ihrem Speichel benetzten Daumen hinunter zu ihren Brüsten, die sie mich streicheln hieß. Lia warf den Kopf zurück und stöhnte leise. Ihr Genuss schien mir noch größer als der meine. Erneut griff sie meine Hand, führte sie über ihren Bauch und lenkte sie zwischen ihre Schenkel. Ich rieb mit der Hand über ihr Kleid, und spürte die Wölbung ihres Schoßes.

»Knie dich vor mich.«

Ich gehorchte.

Sie raffte ihr Kleid und entblößte ihre nackten Beine. Ich küsste ihre Waden, fuhr mit Lippen und Zunge ihre Schenkel entlang und vergrub mein Gesicht in den Stoff, der ihren weichen Hügel umhüllte. Ich konnte ihre Feuchte spüren. Sie war mir Morgentau und Rausch. Fest hielt sie meinen Kopf in ihren Schenkeln verborgen und drückte mein Gesicht gegen ihre Scham.

»Sie ist ganz dein und dir.«

Lia zog den Stoff beiseite.

Meine Zunge auf süßem Purpur. Lias Keuchen stille Schreie der Lust. Ihr Zittern ein Beben von ekstatischer Kraft.

Sie stieß mich fort. Fasste mich an den Armen. Hieß mich aufzustehen und mich vor sie zu postieren. Ein kurzes Ziehen am Hosenbändel, ein Herunterstreifen der Beinkleider.

Meine Erregung in ihren Händen.

Was ich zuvor bei ihr mit Lippen und Zunge machte, tat sie mir gleich.

Ein Repertoire von kreisenden und zuckenden Bewegungen ausgespielt, hielt sie inne und rutschte mit dem Becken ganz nach vorn auf die Sitzkante.

Sie öffnete die Schenkel und zog mich heran.

»Komm!«

Ich legte ihre Waden auf meine Schultern. Sie stemmte sich mir entgegen.

»Meister Holl!«

Es klopfte.

»Meister Holl!«

Ich erwachte.

»Meister Holl, bitte kommt!«

Es war Lias Stimme und ihr Klopfen, das zum dritten Mal ins eheliche Schlafgemach drang – heute Nacht war seit Wochen die erste Nacht, in der ich mit Rosina wieder das Bett teilte. Doktor Häberlin meinte, sie sei so gesund, dass wir wieder zusammen in Gemeinschaft nächtigen konnten.

»Verdammt, was ist denn los?«, rief ich, stieg aus dem Bett und öffnete die Tür. Lia stand aufgelöst davor.

»Bitte kommt schnell! Ihr müsst mir helfen! Hieronymus bedrängt mich! Er steht unten vor dem Haus und wirft Steinchen gegen mein Fenster. Schickt ihn fort!«

Behände zog ich mir Hose und Hemd drüber und eilte nach unten. Der Lehrling stand im Garten, die Kieselchen in der Hand.

»Hieronymus, du Hundsfott! Was fällt dir ein? Mitten in der Nacht reißt du uns aus dem Schlaf und stellst unserem Dienstmädchen nach?«

»Meister Holl, … es ist nicht, wie Ihr denkt …«

»Lass das dumme Geschwätz! Ich sehe, was ist! Du verlässt auf der Stelle den Grund und lässt das Mädchen in Ruhe! Wir werden uns morgen unterhalten! Und jetzt scher dich weg!«

Hieronymus zog ab wie ein getretener Hund, während ich mit gezügelter Wut ins Haus zurückging. Rosina und Lia standen beide aufgelöst im Gang.

»Die Sache ist vorüber. Wir gehen wieder schlafen!«

Eine gut gemeinte Weisung. Doch meinen eigenen Worten konnten weder Rosina noch ich folgen. Bei Rosina war es die Neugier, der ich ständig mit: »Ich weiß es nicht« entgegentreten musste, denn ich wusste es wirklich nicht; sie wollte wissen, was es mit Hieronymus und Lia auf sich habe, was vorgefallen sei, wie er zu dieser nächtlichen Unruhestiftung käme und so fort.

Was mich nicht schlafen ließ war sowohl der Vorfall mit Hieronymus – was hatte der Lehrling mit meiner Lia, meiner Muse zu schaffen? – als auch das Aufgewühltsein vom nächtlichen Traum und das Erkennen seiner Botschaft: Die Angelegenheit mit Lia war noch nicht ins Reine gebracht; das Gegenteil schien eher der Fall zu sein. Ich musste unbedingt eine Lösung finden. Ich ahnte, dass Lias Bleiben wohl weitere unliebsame Vorfälle nach sich zöge, deren Auswirkung nicht abzuschätzen waren. Am besten für uns alle war es wohl, Lia ein für alle mal fortzuschicken. Gleich morgen. Ohne viele Worte. Die würden nur unnötig Schmerz bereiten. Rosina war wieder gesund. Sie brauchte Lia nicht mehr. Und überdies hatten wir von Anfang an gesagt, nur begrenzte Zeit – die Grenze schien heute Nacht erreicht, im Grunde schon überschritten. Lia säße dann auf der Straße, ja, das wäre bitter. Aber Mädchen wie sie bekämen sofort wieder eine neue Anstellung.

Ich drehte mich mit dem Rücken zu Rosina, suchte ihre Hand und meinen Schlaf. Der ließ sich nicht finden. Gott, wie war ich es leid nicht schlafen zu können. Dieses Hin- und Herpoltern der Gedanken, dieses Herumwälzen im Bett. Hinzu kam, dass Rosina neben mir ihren Platz beanspruchte.

»Nun schlaf doch endlich, Elias!«, bat sie mich.

Wie das klang. Nicht wie eine Bitte, sondern wie ein Befehl. Schlaf lässt sich nicht befehlen. Wenn die Gedanken wie eine feindliche Armee in deinem Kopf umhermarschieren und deinen Frieden stören, dann hat's ein End' mit dem Schlaf. Ich dachte und dachte. An Rosina. An Hieronymus. An das Rathaus. Vor allem aber an Lia, wie sie zu mir spräche: Du willst mir kündigen? Egal, ob ich mir vornahm nur noch an das Rathaus, nur an Rosina, nur an mich und meine glorreiche Zukunft zu denken, sie schob sich immer dazwischen. Du willst mich auf die Straße setzen? Sie war immerzu da. Sie war allgegenwärtig. Sie schwebte vom Himmel herab in goldenem Licht. Wie konnte Hieronymus es wagen? Sie schwebte herab und reichte mir mit einem »Komm, Elias!« ihre warme weiche Hand. Lia, ich begehre dich! Ihr Lächeln, ihr sanftes Gesicht nahm mich gefangen. Ich begehre dich wie ich niemals zuvor eine Frau begehrte. Ein Gefangener war ich, ein kümmerlicher Knecht, eingepfercht in einem seelischen Stall, unfähig, die nur schnurdünnen, hölzernen Gitterstäbe zu durchbrechen und in die Freiheit zu entfliehen. Ich wünschte mir, Lia wäre niemals in mein Leben getreten, doch es war passiert, ich konnte es nicht ungeschehen machen und ich wollte es auch gar nicht. Dennoch musste ich mich von ihr lösen. Hatte ich eine andere Wahl?

Am nächsten Morgen glühte Rosinas Gesicht, sie war schweißnass am ganzen Körper und erbrach sich.

Unverzüglich schickte ich Lia nach dem Doktor.

Häberlin untersuchte Rosina, während Lia und ich auf seine Worte horchten.

»Sie hat einen massiven Rückfall bekommen, Herr Holl.«

»Aber sie war doch wieder gesund.«

»Augenscheinlich doch noch nicht ganz. Und wenn, dann ist die Krankheit wieder zurückgekehrt. Das ist nichts Außergewöhnliches.«

»Geht jetzt alles wieder von vorne los?«

»Euer Weib braucht Ruhe und gute Pflege. Je mehr sie von ersterer hat und je besser zweiteres ist, desto schneller wird sie wieder gesunden. Ihr habt mit Eurem Mädchen das beste Los. Es hat eine Begabung, was das Pflegen anlangt. Haltet sie gut im Hause und Euer trautes Eheweib wird bald wieder auf den Beinen sein.«

»Ich hatte nichts anderes vor. Gutes Personal soll man sich bewahren.«

Doktor Häberlin instruierte Lia und verließ mit mir das Haus. Wir verabschiedeten uns auf der Gasse.

Den Tag verbrachte ich mehr schlecht als recht auf den Baustellen. Ich wälzte an Arbeiten ab, was ich konnte, und auf dem Amt ließ ich mich entschuldigen.

Noch vor dem Abendessen begab ich mich ins Atelier. Lias Frage, ob sie mir das Essen wieder herunterbringen sollte, verneinte ich. Lia begleitete mich ungefragt bis vor die Ateliertür.

»Kann ich irgendetwas helfen? Feuer machen, aufräumen oder putzen?«

»Das ist gut gemeint, aber nicht nötig. Ich habe viel zu arbeiten, da darf ich nicht gestört werden.«

»Ich kann auch nur stillsitzen und einfach nur in dein… in Eurer Nähe sein.«

Nein, Lia, du musst fort von mir. Ich bin zu schwach. Ich könnte dir nicht widerstehen.

»Das ist wenig sinnvoll.«

»Ich könnte Eure neuen Entwürfe ansehen und Euch sagen, was mir gefällt. Ihr wolltet mich doch als Muse.«

Mehr als alles in der Welt. Doch du brächest mir das

Herz. Du hast es mir bereits gestohlen. Mehr darf ich nicht zulassen.

»Du bist es schon gewesen und hast mir viel geholfen. Dafür danke ich dir. Aber jetzt komme ich wieder allein zurecht. Wichtig ist, dass du für Rosina da bist. Also bitte, geh wieder nach oben und kümmere dich um sie.«

Ich erklärte Lia noch einmal eingehend, dass mir nur noch zehn Tage Zeit blieben, um die Konkurrenz zu gewinnen; man habe mich also unbedingt in Ruhe zu lassen.

»Trage nichts an mich heran und behellige mich nicht mit irgendetwas.«

Auf meine Frage, ob sie das verstanden habe, nickte sie ohne Widerworte.

Mir tat es in der Seele weh, so zu Lia und mittelbar auch zu Rosina zu sprechen; letztlich bedeutete mit nichts behelligt zu werden ja auch nichts über ihren Zustand und dessen Entwicklungen, ob ins Gute oder ins Schlechte, zu erfahren. Doch was sollte ich tun? Lia hatte mich zu einer schwächlichen Figur – gläserner Geist und tönerne Glieder – gemacht, die durch sie an einem seelischen Abgrund wandelte; vom jetzigen Zeitpunkt an bis zur Abgabe meines Entwurfes, durfte ich keinen einzigen Gedanken an dieses Engelswesen verschwenden. Ich wusste, wenn ich das weiterhin täte, würde ich mich eben jenem Abgrund Klafter für Klafter, Schuh für Schuh, Zoll für Zoll nähern und schon bald wäre der Zeitpunkt erreicht, hinabzustürzen und mit oder ohne einen genialen Entwurf in meinen flehenden Händen in tiefstem Grunde aufzuschlagen und in lauter wertlose Stücke zu zerspringen.

Jetzt, da Rosina unverhofft einen Rückfall erlitten hatte – ob das mit rechten Dingen zuging? – konnten Rosina und ich Lia nicht entbehren. Das sollte mich nicht davon abhalten, meinen Entschluss zu wahren und sie zu meiden. Dies war mir zu Beginn ihrer Anstellung gelungen und es würde mir wieder gelingen. Ich musste lediglich zu meiner alten Standhaftigkeit finden, das durfte nicht zu schwer sein; und wenn ich es recht betrachtete, kam mir dabei Rosinas Rückfall, so unglücklich er war, gut zupass – gab er mir doch einen triftigen Grund, die letzten beiden Stadtführungen für Lia, auf die ich zuvor noch beharrt hatte, für hinfällig zu erklären. Rosina war längst nicht mehr so krank wie nach der Geburt, doch würde sie Lias Hilfe brauchen; da konnte sie nicht stundenlang für architektonische Exkursionen außer Haus sein.

Tatsächlich fragte mich Lia nach den zwei noch ausstehenden Erkundungen, und es gelang mir mit eben dieser Begründung, einer möglichen tieferen Auseinandersetzung mit ihr aus dem Wege zu gehen. Ich sprach nur wenige Worte, vermied jeden Blickkontakt und mühte mich, meine wahren Empfindungen ihr gegenüber nicht zu offenbaren. Das schien wohl auch im Sinne Lias, die sich unbehelligt gab und bei der ich zum Glück keine Anzeichen von Gram oder Ähnlichem ausmachen konnte.

Ich hatte von Lia die entscheidende Inspiration empfangen – weitere Besichtigungen hätten nichts mehr Tragendes hervorgebracht. Alles was mir jetzt noch blieb, war Lias maßgebenden Rat aufs Papier zu bringen.

Das gestaltete sich schwerer als vermutet. Ich war unfähig zu beantworten, woran es lag. Am Zeitdruck? An

Rosinas Rückfall? An der Präsenz Lias in meinem Haus? An der merklich zunehmenden Angst, Matthias könnte mich doch noch überflügeln?

Vier weitere Tage waren vergangen. Die Tagesgeschäfte hatte ich auf das Notwendigste begrenzt und weiterhin auf meine Poliere Hans, Bernd und Franz übertragen; sie wussten, ich brauchte jetzt alle Zeit der Welt für den Entwurf. Auch mit Hieronymus hatte ich eine ernste Unterredung. Wir verständigten uns, dass er Lia nie wieder in irgendeiner Form zu nahe treten durfte, widrigenfalls ich ihm kündigen würde und er damit seine Zukunft als Geselle selbst zerstört hätte. Einwände seinerseits ließ ich nicht zu.

Es blieben mir noch acht Tage, bis ich dem Kistler die Pläne übergeben musste. In diesen noch übrigen Tagen zeichnete ich ohne Unterlass, von früh morgens bis spät in die Nacht – Skizze für Skizze, Entwurf um Entwurf, Zeichnung nach Zeichnung. Nur, was hatte ich aufs Papier gebracht? Stümperhaften Dreck! Ich schämte mich für mich selbst – wenn Vater meine Zeichnungen sähe … Niemals zuvor hatte ich Minderes erzeugt, selbst zu Lehrzeiten nicht. Mein quadratischer Bau mit dem Zeltdach war reinster Spott; er grinste mir frech und hämisch vom Papier ins Gesicht, lachte mich aus und nannte mich einen fantasielosen Furz. Diese verkappten Kuben mit der aufgestülpten Pyramide taugten vielleicht zu orientalischen Schweineställen, nie und nimmer aber zu epochalen Rathäusern!

Es dauerte wohl fünfzig, unter steigendem Aufruhr zerrissene Skizzen, bis ich allein verstehen wollte, dass die gewählte Dachform vollkommen indiskutabel war. Ein Satteldach mit Sprenggiebel war unabdingbar! So zeichnete ich Kuben mit identischen Sprenggiebeln an jeder Fassade.

Auch diese Entwürfe sahen zum Davonlaufen aus. Ich hielt mir die Hände vors Gesicht und schalt mich selbst den größten Versager aller Zeiten.

Ich dachte an Lia. An unsere Begegnung oben auf dem Perlachturm. Ich dachte daran, wie schön es mit ihr war. Meine Gedanken an sie verbanden sich stets mit den Bildern aus dem Traum, den ich, obwohl ich mich innerlich weigerte, jede Nacht wieder und wieder träumte, selbst wenn es mir niemals vergönnt war, ihn bis zum Höhepunkt zu träumen; stets wachte ich vorher auf.

Das Atelier verließ ich nur noch zum Verrichten der Notdurft. Ich hatte mir vorgenommen, so lange darin zu verweilen, bis ich wenigstens einen einzigen mich vollends befriedigenden Entwurf gefertigt hätte. Ich spürte meinen Magen. Das lange Sitzen mit eingeknicktem Bauch tat mir nicht gut, obwohl ich die Tage über nichts mehr aß – Lia hatte alle Abende mehrmals geklopft und mir Essen auf einen kleinen Schemel vor die Tür gestellt. Zudem hatte sie jedes Mal einen kleinen Strauß Maiglöckchen dazugetan. Ich rührte weder das Essen noch die Blumen an. Auch die Briefe, die sie mir schrieb, las ich nicht. Ich warf sie ungeöffnet ins Ofenfeuer.

Je mehr und je länger ich mich in meinem Atelier verschanzte, umso mehr dachte ich an Lia. Je mehr ich aber an sie dachte, umso mehr schwanden mir die Einfälle.

Ich manövrierte mich regelrecht in eine Entkräftung, gepaart mit Hilflosigkeit, die in eine bizarre Form von geistiger Lähmung mündete – der Engel, den ich zu meiner ganz persönlichen Muse auserwählt hatte, wurde mir zum Gegenteil. Er raubte mir die Schöpferkraft, indem er meine ganze Aufmerksamkeit, meinen Eifer und meine Leidenschaft für sich forderte und mich wie ein geknebelter Sklave an sich band.

Am fünften Tage meiner selbstgewählten Einzelhaft hielt mich nichts mehr. Inzwischen hatte sich ein handbreiter Stapel Skizzen auf der Truhe gestapelt – alle gerademal tauglich zum Anfachen des Ofens.

Ich musste raus aus meinem Gefängnis. Ich brauchte Luft zum Atmen! Luft zum Leben! Ich wollte ausgelassen sein, dem Dämon des Ernstes und der Genialität mit höhnischem Gelächter den nackten Arsch entgegenstrecken, dass er mich am selbigen lecken könne. Alles stand mir frei, alles stand mir offen. Sollte ich von Wirtshaus zu Wirtshaus ziehen, mich besaufen und grölend durch die Gassen torkeln? Oder sollte ich ins Frauenhaus, mir eine, ach was, zwei, drei, gar vier Hurenweiber auf einmal nehmen und die ganze Nacht bis zur Besinnungslosigkeit durchvögeln?

Nichts davon tat ich. Obwohl ich mich in einem eigentümlichen Zustand geistiger Trübnis fühlte, hatte sich in mir ein kleiner Rest Klarheit bewahrt; dieser half, mir die möglichen Folgen ausschweifenden Frönens auszumalen: So sehr ich einen guten Tropfen schätzte, ihn bis zum Umfallen in mich hineingeschüttet, mochte er mich wohl irgendwo in den Stadtgraben fallen lassen, wo ich wie ein Stein unterginge und jämmerlich ersöffe. Und so gerne ich in den oralen Genuss einer feuchtsüßen, gänzlich von allem Kräuselhaar befreiten Scham käme, die Huren im städtischen Frauenhaus mochten mich allesamt mit der Franzosenkrankheit anstecken, die mich sukzessive vor mich hin siechen ließe. Zudem wusste ich aus eigener Erfahrung, dass mich die Natur nicht für stundenlange Liebesexzesse geschaffen hatte – was auch Rosinas stets gezügelter Leidenschaft geschuldet sein mochte. Ich würde also von den Fantasien ablassen und das tun, was mir genehmer war, meiner momentanen Verfassung dienlich und mir immer schon große Freude und auch Ablenkung beschert hatte: Ich würde oben auf dem Perlachturm die Einsamkeit in luftiger Höhe genießen. Seit ich als kleiner Bub das erste Mal mit meinem Vater dort gewesen war, er mir seine Bauten gezeigt hatte und mir prophezeit, dass ich eines Tages ebenfalls solche Gebäude errichten würde, war dies für mich ein magischer Ort gewesen. Es gab einige davon, die ich als solche ausgewählt hatte; zum einen waren das idyllische Plätze an den östlichen Lechauen, die die Maler und Stecher für ihre Stadtveduten aufsuchten, zum anderen stille Plätze wie die Kirche Sankt Anna und die Heilig Kreuz Kirche.

Beim Hinterlegen des Atelierschlüssels unter den flachen Stein neben der Tür stach mir ein neuer Brief Lias ins Auge. Bis dato hatte sie ihre Botschaften auf einfaches gefaltetes Papier niedergeschrieben, doch dieses Mal war es eine kleine Pergamentrolle, mit einer goldenen Kordel zusammengehalten und mit einer roten

Rose versehen. Diesen würde ich nicht verbrennen. Ich steckte ihn ein.

Den Perlachturm bestiegen, schaute ich auf die Stadt hinunter. Ich sah die Häuser und fragte mich, wer in diesem Augenblick unter welchem Dach wohl was anstellen mochte. Dort stand Matthias' Haus und sein Atelier. Saß er jetzt wohl am Zeichentisch, so wie ich die ganzen Tage, und zermarterte sich den Kopf über einen genialen Entwurf? Ließ er sich gerade von seiner Muse küssen? Küsste *er* sie womöglich im Augenblick? Oder tat er gar das ganz Besondere, das, was Lia und ich nur im Traum gemacht hatten?

Mir kam der Gedanke, Matthias in seinem Atelier aufzusuchen. Vielleicht ergäbe sich die Möglichkeit, einen Blick auf seinen Entwurf zu erheischen. Möglicherweise war ihm etwas wirklich Geniales eingefallen; auch ihm lief die Zeit davon, auch er musste Gewaltiges schaffen. Das zu erreichen, würde ich ihm im Grunde meines Herzens nicht vergönnen – eine Art gezügelte Hassliebe verband mich mit ihm seit den letzten Wochen meines Venedigaufenthaltes vor vierzehn Jahren. Es hatte alles gut zwischen uns begonnen. Matthias hatte schon geraume Zeit im Fondaco dei Tedeschi gewohnt, als ich mich im November 1600 mit Garb und elf anderen Kaufleuten dort einquartierte. Während ich mit einer Gruppe zugegen war und das erste Mal in Venedig, war er bereits zum zweiten Mal dort gewesen – beide Male allein. Wir hatten uns beim gemeinsamen Abendessen und anschließenden Plausch kennengelernt. Garb und seine Kaufmannsgesellen waren außer der Venezianischen Huren wegen, die laut seiner Aussage als ›die versiertesten Fellatistinnen im ganzen Welschland‹ galten, nur der Geschäfte halber an den Rialto gekommen; im Gegensatz dazu hatten Matthias und mich die Liebe zur Kunst dorthin geführt. Für Matthias waren es die Fresken in den Kirchen, für mich war es die Architektur. Wir streiften zusammen durch die Lagunenstadt und Matthias erklärte mir die großen Werke. Ich beneidete ihn um sein Wissen und seine Kunstfertigkeit. Zwar war ich Maurermeister und konnte Häuser bauen, doch fühlte ich mich nie als ein richtiger Künstler, so wie Matthias einer war. Und jedes Mal, wenn er mir etwas über die welsche Kunst erzählte, kamen mir Vaters Worte ins Ohr, wir seien als Baumeister nur bessere Handwerker. Die wahre Anerkennung gehöre nicht dem Handwerk, sondern der Kunst. Es gelte zwar die Meinung, das eine ließe sich nicht vom anderen trennen, was auch nicht falsch war, trotzdem fühlte ich mich in Matthias' Beisein stets im Hintertreffen. Das musste er gespürt haben, denn je nach Laune spielte er mir gegenüber seinen Wissensvorsprung und seinen Status aus: »Du panscht Kalk mit Knochenmehl und Rosshaar zusammen für deine Wände, ich mische leuchtende Farben, die meine Figuren zum Strahlen bringen und die Betrachter zum Staunen.«

Die Sticheleien waren nicht der Grund, warum wir im Streit auseinander gingen. Er hatte sich in meine Privatangelegenheiten gemischt und Anton Garb miteinbezogen. Der hatte die gebotene Stirn und den nötigen Einfluss besessen, mir meine Liebelei in Venedig zu versauen und mich zur Abreise genötigt. Ich ritt zurück. Matthias blieb. Gute zwei Jahre sollten ins Land gehen, bis wir uns wieder über den Weg liefen; er siedelte von München nach Augsburg über. Ich hatte inzwischen meine Bestallung zum Stadtwerkmeister erhalten und gehörte dem Großen Rat an. An meiner Stellung kam Matthias nicht vorbei. Er hatte sich zwar anfangs an Joseph Heintz orientiert, doch musste er mich konsultieren, wenn es hieß, Aufträge über Visierungen zu erhalten. Nach außen hin pflegten wir ein kollegiales, fast freundschaftliches Verhältnis, doch ein lauernder Rest Ablehnung blieb bei uns beiden bis zuletzt erhalten.

Ich verwarf den Gedanken Matthias aufzusuchen. Das war töricht. Was sollte ich bei ihm? Er war mein Konkurrent. Konkurrenten besuchten einander nicht. Im Gegenteil, die mieden sich aus verständlichen Gründen. Das war doch die Natur der Konkurrenz, man schottete sich ab, ließ den anderen über seine Entwicklungen im Ungewissen und überraschte ihn mit dem Unerwarteten. Anders hatte es Matthias mit seinem ersten Holzmodell auch nicht getan.

Nein, kein Gedanke mehr an Matthias.

Ich zog Lias Brief aus der Tasche. Ich erwog kurz, ihn doch nicht zu lesen, stattdessen ihn, in unzählige Fetzen zerrissen, durch den Nachtwind über Augsburg hinwegwehen zu lassen. Die Qual der Neugier ließ mich anders handeln. Ich entrollte ihn, um Lias Gedanken zu erfahren.

In feinster Schrift hatte sie niedergeschrieben:

Deus mihi testis est me solum te ipsum in te quaesivisse; te, non tua bona aut divitias, quaesivi. Neque pacta matri-

*monii neque dona a tibi petivi; meas voluptates et meam voluntatem quaerere nolui, sed tibi placere volui ut non ignoras. Etiamsi nomen uxoris appareat sanctior et dignior, erat semper dulcior me amicam et concubinam appellari quam sine offensione puellam appellari. Putavi enim ut quo te plus delectem et superbiae tuae minime noceam, eo magis me a te depressi.**

Der ganze Text war in Latein gehalten. Was bezweckte Lia damit? Ging sie davon aus, dass ich als Stadtwerkmeister des Lateinischen ebenso mächtig war wie die Musterschülerin? Der Gedanke lag nahe. Letztlich hatte sie bei mir im Atelier die vielen Bände der welschen Meister gesehen, die allesamt in Latein verfasst waren. Lia wusste nicht, dass Höschel von den meisten Werken eigens für mich Übersetzungen ins Deutsche angefertigt hatte. Oder aber ahnte sie, dass ich nur einige wenige Vokabeln beherrschte und wollte mich beschämen? Das wäre Grund genug, den Brief doch zu zerreißen. Nein, ich musste wissen, was da geschrieben stand. Mir kam eine bessere Idee. Ich würde Höschel in der Bibliothek aufsuchen und ihn bitten, mir das Schriftstück zu übersetzen.

Höschel war zugegen. Er ließ mich ein und war zum ersten Mal erstaunt über meine Erscheinung – ich muss grässlich ausgesehen haben; noch um viele Deut minder als bei meinem Besuch bei Remboldt, an dem ich ihm die Perlachturmlösung offeriert hatte. Da war ich nur

* Deutsche Übersetzung folgt später im Roman

eine Nacht über drangesessen, jetzt war ich bereits fünf Tage ungewaschen und unrasiert mit leerem Magen auf den Beinen. Ich hatte im Atelier mehr schlecht als recht geschlafen, stank aus dem Mund wie ranziger Käse und meine Kleider mieften nach Ofenruß und kaltem Schweiß. Mein Haar war zerzaust und mein Bart ausgefranst.

Dennoch wies mich Höschel nicht ab. Er gab sich wie stets erfreut über meinen Besuch – Höschel gehörte zu jenen wenigen ausgesuchten Exemplaren der Spezies Mensch, die man niemals bei schlechter Laune antraf und von denen man sich nicht einmal vorstellen konnte, sie wären einem schlecht gesinnt.

Im kleinen Studierzimmer lagen dieses Mal auffallend viele Bücher aufgetürmt. Eine venezianische Karaffe mit Wein, eine mit Wasser und zwei dazugehörige, edle Gläser standen auf dem Tisch, eines, augenscheinlich Höschels, war halb voll, das ihm gegenüberstehende bis auf den letzten Tropfen ausgetrunken.

»Ihr hattet bereits Besuch?«

»Ja, Marx Welser. Erst vor wenigen Minuten ist er gegangen. Er weilte sehr lange hier.«

»Gab es so viel zu besprechen?«

»Wie man es nimmt. Es ging um Existenzielles ...«

»Tut es das nicht immer?«

»Was uns Wesen und unser irdisches Leben anlangt, wohl zwangsläufig. Bei Welser ging es um die Unsicherheit seines weiteren Fortbestehens.«

»Es heißt, mit den Welser'schen Unternehmungen geht es bergab.«

»Ja, es steht schlecht um die Familie. Wenn es mit ihren

Geschäften weiterhin so desaströs läuft, sehe ich die Brüder bald Concursus* anzeigen.«

»So schlecht steht es um sie? Wo sie doch gleich nach den Fuggern kommen.«

»Bei den Fuggern werden sie inoffiziell schon lange als nicht mehr kreditwürdig gesehen, weswegen diese ihnen jedwede Hilfe schon längst verwehrt haben. Welser gibt die Schuld den Spaniern und den Franzmännern, deren Staaten haben monetären Schiffbruch erlitten. Die Welser'schen Unternehmungen haben Außenstände von über Dreihunderttausend Gulden und Gläubigerforderungen von fast Siebenhunderttausend Gulden. Das sind astronomische Summen, die die Familie nicht mehr ausgleichen kann.«

Ich rieb mir den Bart. Das war tragisch für Welser, aber es war sein Leben, nicht meines. Mich trieben andere Dinge um.

»Und die vielen Bücher hier?«

»Alles ausgesuchte Exemplare aus dem ›Ad insigne pinus‹ – Marx Welser war unter anderem hier, um mir den Verlag zu überschreiben. Ich habe mir Zeit für eine Antwort ausbedungen.«

Höschel holte mir ein frisches Glas, schenkte mir voll und sich nach. Wir stießen an.

»Lasst uns über Euch reden, lieber Holl. Was macht der Rathausentwurf. Es ist ja nicht mehr viel Zeit bis zum großen Tag. Alle sprechen schon davon.«

---

* Marx Welser starb am 23. Juno 1614 mit 56 Jahren; da nur eine Woche danach, am 1. Juli 1614, sein Unternehmen Konkurs anmeldete, vermutet man Selbstmord

»Wer sind ›alle‹?«

In meiner Ateliersenklave hatte ich von der Außenwelt nicht mehr viele Eindrücke sammeln können.

»Vom Geheimen über den Kleinen bis zum Großen Rat höre ich täglich allerlei Mutmaßungen.«

»Der große Rat umfasst dreihundert Mitglieder. Ihr wollt doch nicht behaupten, die wüssten alle Bescheid um die Konkurrenz?«

»Nicht alle, aber die meisten. Es geht das Gerücht um, es würden Wetten abgeschlossen darüber, wer den Zuschlag erhält, Ihr oder Kager.«

»Mein Entwurf steht längst. Ich bin nur noch am Ausarbeiten von Details. Es wird ein Rathaus, wie es die Welt noch nicht gesehen hat. Aber ich möchte die Spannung nicht schon vorwegnehmen. Wartet es ab, Ihr werdet begeistert sein. Aber ich komme wegen etwas anderem. Es ist nur eine Kleinigkeit …«

»Was liegt Euch denn auf dem Herzen?«

»Würdet Ihr die Güte haben, mir einen kurzen lateinischen Text ins Deutsche zu übersetzen?«

»Wenn es weiter nichts ist, sehr gerne. Wo habt Ihr ihn?«

Ich zog die Rolle hervor und reichte sie ihm. Höschel löste die Kordel, entrollte das Pergament und übersetzte:

»Gott ist mein Zeuge, dass ich in dir nur dich gesucht habe; dich habe ich gewollt, nicht deine Güter oder Reichtümer. Ich habe von dir keine Eheverträge und keine Geschenke verlangt; nicht meine Wünsche wollte ich erfüllen und mein Vergnügen suchen, sondern dir zu Gefallen sein, das weißt du genau. Und auch wenn der Name Gattin heiliger und würdiger erscheinen mag, viel süßer war es immer für mich, Freundin oder Geliebte genannt zu werden oder, ohne dich beleidigen zu wollen, Dirne. Ich glaubte nämlich, dir umso mehr Freude zu schenken und deinem Stolz am wenigsten zu schaden, je mehr ich mich vor dir erniedrigte.«

Höschel nickte andächtig und sah mich an. Er sagte nichts, aber seine Augen verrieten mir Neugierde. Er erwartete einen Kommentar von mir. Ich widerstand. Ich würde mir nicht die Blöße geben und verraten, dass diese Zeilen von Lia für mich geschrieben waren – der Text war weder namentlich an mich gerichtet noch barg er eine Unterschrift.

Die Dringlichkeit, mit der Höschel mich ansah, wurde mir unerträglich. Ich musste etwas sagen. Höschel kam mir zuvor.

»Holl, wisst Ihr, um was für einen Text es sich hier handelt?«

Ich zuckte mit den Schultern.

»Das ist ein Auszug des zweiten Briefes der Héloïse an ihren Hauslehrer und Geliebten Pierre Abélard, einem nicht unumstrittenen gallischen Theologen aus dem zwölften Jahrhundert … Ich denke, ich vermute richtig, wenn ich annehme, Ihr habt Ihn von Eurem …«

»… von Rosina, ja! Meinem Eheweib. Sie wollte mir wohl damit eine Freude machen.«

»Seid Ihr da sicher?«

»Wie meinen …?«

»Gestern war Euer Hausmädchen bei mir. Wie heißt sie noch gleich?«

»Mein Haus…? Wie sie …? Äh, ja … Lia … Lia heißt sie … Lia Faccini.«

»Eure Lia …«

»Sie ist nicht *meine* Lia.«

»… wie dem auch sei, das Mädchen hat von Eurem Angebot Gebrauch gemacht und mich wegen einer drängenden Frage aufgesucht. Es war die Frage nach eben dieser Heloisa und Petrus Abailardus. Ich habe ihr die Geschichte von den beiden erzählt und ihr auch die gedruckten Kopien des Briefwechsels gezeigt. Sie saß mehrere Stunden daran und hat wohl eben jene Passage gefunden, die es ihr wert war abzuschreiben …«

»Rosina ist immer noch bettlägerig und hatte Lia wohl dazu beauftragt. Weshalb sollte sie es sonst getan haben?«

Höschel, dessen Menschenkenntnis die des Durchschnitts weit überragte, hüllte sich in Schweigen und half mir, mein Gesicht nicht vollends zu verlieren. Ich hatte ihn auf die erbärmlichste und dümmlichste Art und Weise angelogen, er hatte mich ertappt und es dabei bewenden lassen. Das war Schmach genug.

Er stand auf und klopfte mir altväterlich auf die Schulter.

»Holl. Geht jetzt nach Hause, nehmt ein heißes Bad, rasiert Euch und richtet Euch wieder so her, wie man es von Euch gewohnt ist. Ihr seid der Stadtwerkmeister. Es ist niemals an Euch, Euch gehen zu lassen, niemals!«

Ich trank das volle Glas Wein auf ex aus.

»Und, Holl, was immer gerade in Eurem Leben passieren mag, bringt es in Ordnung! Kann ich sonst noch etwas für Euch tun?«

»Nein, danke, Professor. Ihr habt mir sehr geholfen, vielen Dank!«

Ich erhob mich. Mir taumelte im Kopf. Der Wein. Ich hatte tagelang keinen Bissen gehabt. Jetzt spürte ich die Kraft des Tropfens. Ich kam mir frei und unbefangen vor, obwohl meine Gliedmaßen, die mir sonst aufs Wort gehorchten, sich widerspenstig gaben.

Ich schritt aus dem Zimmer unter Aufwendung aller Konzentration und wusste dabei, dass es nur ein linkisches Staksen sein konnte, was meine Beine da aufführten. Was scherte es mich? Ich war ein freier Mann!

Wie ein Feldherr, das Haupt emporgehoben, schritt ich durch die dunklen Gassen. Nur wenige Passanten querten meinen Weg. Nach Hause sollte ich gehen, hatte Höschel mir seinen gutgemeinten Ratschlag erteilt. Das wollte ich tun, aber zuvor wollte ich durch meine Stadt streifen, wollte meine Bauten passieren und wissen, dass ich und nur ich allein sie geschaffen hatte. Bei jedem Schritt spürte ich den Widerhall der Worte in meinen Kopf, die Lia kopiert und Höschel für mich übersetzt hatte. Mochten es Worte einer Fremden, einer Héloïse aus dem zwölften Jahrhundert sein, Lia hatte sie in akribischer und stundenlanger Suche für mich gefunden und in feinster Schrift auf bestes Pergament niedergeschrieben.

Vor der Michaelsgruppe am Portal des Zeughauses blieb ich stehen. Es war beileibe kein Zufall, dass mich genau hier die folgenschwere Erkenntnis einfing – alles hatte sich gefügt; ich *musste* fünf Tage in Klausur gelebt, nichts gegessen, nur gezeichnet, schließlich Höschel aufgesucht und das Glas Wein hinuntergestürzt haben. Letztlich musste ich durch meine Stadt marschiert sein, um hier und jetzt an diesem symbolträchtigen Ort der Erkenntnis, der ich bereits teilhaftig gewesen war, noch einmal teilhaftig zu werden: Lia war ein irdischer Engel. Sie gehörte zu Michaels Schar. Lia liebte mich. Sie hatte den Mut und die Kraft besessen, es mir wieder und wieder zu zeigen, entgegen aller meiner dümmlichen Widerstände. Das Essen, allabendlich mir vor die Tür gestellt, die Maiglöckchen, die Briefe und schließlich ihre letzte große Erklärung auf Pergament für immer und ewig niedergeschrieben, waren die untrüglichen Offenbarungen ihrer großen und einzigen Liebe. Auch ich liebte sie. Mein ganzer Widerstand gegen diese Liebe war lediglich ein erbärmlicher Versuch, nicht zulassen zu wollen, was in meinem Irrglauben nicht sein durfte. Ja, da war ein Eheweib. Ja, da waren Kinder. Ja, ich liebte auch sie. Doch ich liebte sie niemals so wie mein eigenes Leben. Ich liebte sie so wie ich dachte, Liebe müsste sein. Was wusste ich schon? Was wusste ich von der einzigen, der wahren Liebe? Nichts! Nichts wusste ich. Ich konnte mich einreihen in die endlose Phalanx erbarmungsloser Nichtswisser, die unsere Welt bevölkerten und ihren Weg der Ahnungslosigkeit beschritten wie träge Maultiere, vollbepackt mit dem Ballast der Sorgen und Zwänge. Ich war ein Künstler! Künstler mussten wie Künstler denken, fühlen und leben, nicht wie gemeine Handwerker! Ich war ein Künstler, der von einem irdischen Engel geliebt wurde.

Jetzt galt nur noch eines für mich: Sofort nach Hause zu eilen und Lia meine Liebe zu gestehen. Jetzt, da ich meine Zweifel überwunden hatte, war ich bereit, sie als Gottes Geschenk anzunehmen und mit ihr als meiner Muse eine Symbiose einzugehen – Kunst und unsere wahre Liebe vereint, mochten in den nächsten Tagen und Nächten ein nie gekanntes Rathaus hervorbringen, größer, schöner und imposanter noch, wie es den welschen Meistern nie gelingen könnte.

Ein einziger aber unvermeidbarer Kummer blieb: Ich musste mich von Rosina lösen. Nur so konnte ich Lias neue Heimat sein, wie auch sie die meinige. Es würde alles andere als einfach sein, Rosina zu verlassen, das wusste ich. Allein die von ihr verlangte Erklärung, warum ich Lia mit zu den Bauten genommen hatte, kostete mich Kraft. Ich hatte Rosina ja versprochen, ihr die Hintergründe zu offenbaren. Als dies in der ersten Nacht, in der wir wieder zusammen nächtigen durften, auf ihr Bitten hin geschah, hatte sie darüber geschwiegen; doch es war nicht so, als ob dieses Schweigen über die Muse ein Zeichen von bloßem Hinnehmen gewesen wäre. Ihre Tränen darüber, mehr noch das Vermeiden, sich diese von den Wangen zu wischen, waren mir ein deutliches Zeichen. Es tat mir in der Seele weh, sie leiden zu sehen. Ich wusste, ich würde es noch verschlimmern, wenn ich sie tröstend in die Arme nähme. So unterlies ich es und gebot mir, mein eigenes Seelenheil zu schützen, indem ich mich im Bett von ihr abwandte und meinen Schlaf herbeizuzwingen suchte. Das war schlimm gewesen. Doch jetzt war nicht Zeit und Ort, darüber zu sinnieren. Ich durfte nur noch nach vorne schauen im Wissen, dass ich auch das meistern würde.

Nur noch ein Dutzend Gassen bis zuhause.

Beflügelt setzte ich meine Schritte über das glatte, von dunklen Häusern gesäumte Pflaster. Der Wein trieb mich an. Ich hätte singen mögen und tanzen, doch meine Kraft galt dem Vorwärtsschreiten. Mir klopfte das Herz. Ich hielt die Hand auf die Brust und spürte Lias Brief.

Nur noch tausend Schritte.

19

STOCKSTEIF, DIE ARME VERSCHRÄNKT, stand Matthias in seinem Atelier und starrte auf die Sixtinische Madonna.

Garb saß verloren auf der Sitztruhe.

»Ich werde Remboldt nicht einladen! Der wird wieder nur über sich schwafeln und sich bei mir die Wampe vollfressen. Warum sollte ich mir das antun, Garb, nur weil *Ihr* meint, ich müsste ihm meine ›großartigen‹ Rathausentwürfe zeigen?«

Matthias hatte keine großartigen vorzuweisen. Er hatte überhaupt nichts vorzuweisen, was ihm Wert schien, beim Stadtpfleger Eindruck zu schinden.

Matthias war die letzten drei Wochen verbissen an den Illustrationen für Matthäus Rader gesessen. Der Jesuitenprofessor war noch einmal persönlich von München angereist und hatte mit ihm drei gottverdammte Tage lang von morgens bis abends die einhundertundsechzig Motive für seine ›Bavaria Sancta et pia‹ bis zum Erbrechen durchgekaut. Nebenbei hatte er ihm den besten Wein weggetrunken und sich von Ibia kräftig auftischen lassen.

Rader hatte Matthias mehr oder minder genötigt, sich mit den Zeichnungen zu eilen – »Die Qualität Eurer Illustrationen und die Zügigkeit, mit der Ihr sie erstellt«, betonte er mehrmals, »werden über weitere Aufträge und Empfehlungen an Dritte entscheiden …«

Dermaßen von Rader in die Zange genommen, war Matthias, entgegen allen anfänglichen Vorsätzen, Zeit und

Lust abhandengekommen, sich mit dem Rathausentwurf gebührend zu befassen.

Garb saß auf der Sitztruhe in Matthias' Atelier und drängte auf die Einladung. Es sei schon aus politischen Gründen anzuraten. Wenn er Remboldt das Gefühl gebe, er wolle ihn in den Entwicklungsprozess einbinden, sei er ihm geneigt und würde seinen Entwurf nehmen.

»Kager, Eitelkeit ist dem Menschen angeboren. Ein Jeder ist der Bauchpinselei zugeneigt. Ganz besonders die, die in den obersten Positionen die Fäden ziehen; die sind geradezu süchtig danach. Also, was kann man besseres tun, als diesen Umstand für sich zu nutzen?«

Matthias verzog argwöhnisch den Mund.

Garb hielt Ausschau nach etwas Trinkbarem. »Habt Ihr denn keinen guten Tropfen in Eurer Werkstatt? Ich dachte, regelmäßiges Weintrinken gehöre zum Künstlerdasein?«

»Natürlich! Wir können nur im Delirium unseren wahren Genius erwecken, Garb.«

»So schlimm wird's ja auch wieder nicht sein, aber ich dachte, ein guter Schluck ab und an ...?«

Matthias holte eine Flasche, noch von Raders Besuch übrig, aus dem Kammerschrank und schenkte beiden ein.

»Ich hoffe, Ihr seht es mir nach, Garb, dass ich Euch nur Zinnbecher anbieten kann; venezianisches Glas zerbricht zu leicht ...«

»Guter Wein schmeckt auch aus weniger pompösen Gefäßen. Hauptsache der Tropfen hat keinen bitteren Nachgeschmack.« Garb kostete. »Den hat er nicht. So will ich zufrieden sein.«

Matthias stellte den Becher ab, ohne einen Schluck getan zu haben.

»Holl ist töricht und macht das Gegenteil«, redete Garb weiter, »er verwehrt sich gegen jeden äußeren Einfluss. Als Ichmensch, der er ist, will er die Lorbeeren ganz für sich allein. Er scheint immer noch nicht begriffen zu haben, dass das Zauberwort ›Zusammenspiel der Kräfte‹ heißt.«

Garb erzählte, dass er in den letzten Tagen bei den Holls gewesen war. Elias' Frau sei fast wieder gesund. Sie habe ihn in der Stube empfangen. Seine Frage nach der Möglichkeit eines Besuches beim werten Gemahl habe sie verneint – Elias habe sich jedwede Störung verboten; niemand dürfe sein Atelier betreten. Er esse nicht einmal mehr zusammen mit der Familie, sondern ließe sich vom Hausmädchen das Essen vor die Tür stellen.

Garb führte weiter aus, dass man sich im Rat erzähle, Holl sei von einer genialen Schaffenskraft erfüllt; er fertige ein gutes Dutzend Entwürfe pro Tag.

»Die Leute reden gern und viel«, blieb Matthias unbeeindruckt. »Und wenn sie von sich selbst nichts Beachtliches zu erzählen wissen, dann müssen die anderen herhalten. Angenommen, Elias schafft tatsächlich so viele Entwürfe, was allein arbeitstechnisch fragwürdig ist, was sagt das schon? Lasst es zwei Dutzend sein, meinetwegen drei. Es braucht nur einen großartigen Entwurf, einen einzigen, und alle anderen sind hinfällig!«

»Habt Ihr den?«

Matthias setzte ein ironisches Lächeln auf.

»Also nicht. Und Ihr glaubt, der geniale Einfall stellt sich noch ein? Denkt daran, Ihr habt nur noch eine Woche bis zum Termin. Eine Woche! Die ist verdammt schnell um.«

Garb schritt an Matthias' Zeichentisch und nahm erneut die Entwürfe in die Hand. Matthias hatte lediglich zwei Varianten seiner Fassadensynthese gezeichnet und es zugunsten Raders Bildergier dabei bewenden lassen.

»Kager, Eure beiden Entwürfe sind eine sehr solide Arbeit. Natürlich nichts Neues, nichts Herausragendes. Aber wenn wir Remboldt ein bisschen hofieren, wird er Euch den Zuschlag geben.«

»Ach? Was macht Euch da so sicher?«

»Holl wird das Rad auch nicht neu erfinden. Er hat ebenso Vorgaben wie Ihr. Er muss sich an die überlieferte welsche Kunst halten. So werden Eure und seine Entwürfe sich einander nicht viel schenken, das hat man doch schon bei den letzten Präsentationen gesehen. Ergo: Bei zwei ähnlichen Entwürfen gibt man jenem den Zuschlag, dessen Schöpfer mehr Wohlwollen zufällt. Und das könnt Ihr sein. Glaubt mir. Glaubt einem erfahrenen Mann, der das Leben kennt.«

Garbs selbstherrliches Getue und sein altmeisterliches Gerede gingen Matthias gehörig auf den Senkel. Seine Ratschläge taugten einen Dreck. Er hatte ihm auch anempfohlen, Alberthal einzubinden und dessen Hilfe als absolut gewiss herausgestellt – eine todsichere Prognose … Matthias war daraufhin voller Eifer und Zuversicht in einer fünfstündigen Tortur – er war ein Künstler und bei Gott kein Kürassier – mit einem geliehenen Pferd nach Dillingen geritten, um dort alles andere als einen verbündeten Widersacher gegen Elias vorzufinden. Jetzt wollte Garb ihm weismachen, Remboldt setzte beim Rat seinen Entwurf gegen Elias' durch, der Sympathie wegen. Auch das war eine Mär. Während Remboldt sich als Geschichtenerzähler wichtigmachte, bildete sich der Kaufmann ein, der Welt Lehrmeister sein zu müssen und andere, die sehr wohl selbst wussten, wie sie sich drehte, zu unterweisen. Matthias war ihm dazu immer mal wieder vors Visier geraten, nur weil sie einmal darüber gesprochen hatten, den Stadtwerkmeister gemeinsam aus dem Feld zu drängen; letztlich galt es für beide, den Zorn, den Elias damals bei ihnen in Venedig geschürt hatte, endlich zu sühnen.

»Dann ladet Remboldt in Gottes Namen bei mir ein, Garb. Morgen oder übermorgen soll er kommen, sofern er Zeit hat. Mein Weib wird etwas Gutes kochen. Seid Ihr jetzt zufrieden?«

»Freut mich, dass Ihr einsichtig seid, Kager. Und glaubt mir, ein Fehler ist es nicht. Selbst wenn Ihr den Zuschlag nicht bekommen solltet, so bleibt Ihr Remboldt gut im Gedächtnis.«

»Aber Ihr stellt dieses Mal den Wein. Mein Salär ist zu gering, als dass ich jedes Mal den Mundschenk spielen könnte.«

Garb nickte großmütig, trank aus und verabschiedete sich mit einem plumpvertraulichen Schulterklopfen.

Das Atelier wieder ganz für sich, besah Matthias sich seine beiden Entwürfe und schüttelte den Kopf. Herrgott, wie einfallslos! Diese Kreuzungen brachten doch nicht wirklich etwas Epochales hervor. Wie kleingeistig von ihm, auf den Erfolg einer so unbeholfenen Methode zu hoffen. Er hatte sich dem ihm jetzt kindlich anmutenden Wunsch hingegeben, die Synthese zweier ähnlicher Bauten ergebe eine Veredelung; doch was war wirklich daraus entstanden? Was hatte Marx Welser, der von allem im Rat der einzige war, der wahrlich was von Kunst verstand, ihm gesagt? Welser hatte ihn getadelt, er sei mit seinem Entwurf erneut dem alten Muster der Überfrachtung verfallen, wie damals schon beim Loggiaentwurf. Welser ließ sich nicht täuschen, er hatte sein Konzept der Kreuzung aus dem Entwurf herausgelesen. Nur hatte er die Gebäude nicht korrekt zugeordnet – Welser sprach von einer ›entgleisten Vermischung von Stadtmetzg und Siegelhaus‹, tatsächlich aber hatte Matthias die Stadtmetzg mit dem Zeughaus gekreuzt. Aber was machte das schon für einen Unterschied? Welser hatte ihm vorgeworfen, die Fassaden seien viel zu überladen, die Proportionen stimmten nicht und die Ausgewogenheit zwischen Frontfassade und den Seitenfassaden fehle. Man wolle Dominanz nach allen vier Himmelsrichtungen, nicht nur nach der Westseite. Dominanz nach allen vier Himmelsrichtungen … Wo gab es denn so was? Sollte er Welser einen Wasserturm präsentieren? Am besten einen runden, dann hätten sie nicht nur Dominanz nach den vier Himmelsrichtungen, sondern zudem nach allen Zwischen- und Zwischenzwischenrichtungen. Natürlich, was die Kunst der Darstellung anbetraf, hatte Matthias hervorragende Arbeit geleistet. Keiner zeichnete so gekonnt wie er. Aber das war nur das Zeichnen, das Übertragen auf blankes Papier. Das war in dieser speziellen Konkurrenz nur noch zweitrangig, angesichts der Modelle, die für die Zeichnungen sprachen. Allein der Entwurf, zur Schau gebracht durch eine dreidimensionale Anschauungshilfe, zählte, allein dessen Besonderheit.

Matthias wusste nach wie vor, was das Entwerfen anging, konnte er Elias niemals das Wasser reichen, deswegen war er nicht von seinem Plan, Lia zu seiner Verbündeten zu machen, abgekommen. Als sie zum ersten Mal bei ihm in der Tür gestanden und in sein Leben getreten war, hatte ihn bereits eine heimliche Ahnung ergriffen, dass dieses fremde Mädchen ihm einmal zu Diensten sein und ihm in großer Not helfen würde. Er konnte gar nicht anders, als an seinem Plan festzuhalten. Täglich würde er Lia irgendwo in der Stadt finden und bis zum letztmöglichen Zeitpunkt um ihre Hilfe bitten.

Dreimal war er ihr seit dem ersten Ersuchen, zu dem er sie eigens in sein Atelier zitiert und das sie so vehement abgeschlagen hatte, erneut begegnet und hatte diesen Vorsatz wahrgemacht. Jedes Mal hatte sie abgelehnt, wobei es ihm schien, als verlöre ihr Widerstand an Kraft. Beim vierten Mal, er hatte sie am späten Nachmittag hinter dem Geschirrmarkt beim Hafnerberg abgepasst, hatte es den deutlichen Anschein, sie ließe jetzt doch mit sich reden. Das überraschte ihn und weckte seine Neugier.

»Woher rührt dein Sinneswandel, Lia?«

»Menschen ändern sich. Gut möglich, dass ich dir doch noch helfe, jetzt, wo ich es noch kann.«

»Was meinst du?«

»Es gibt Anzeichen dafür, dass ich wohl nicht mehr lange bei den Holls sein werde. Frau Holl hat einmal verlauten lassen, wenn sie wieder gesund sei, solle alles wieder so sein wie früher.«

»Was heißt das schon?«

»Sie will kein Hausmädchen mehr. Sie hat immer schon keines gewollt. Nur weil sie so krank geworden ist, haben die Holls überhaupt eins hergetan.«

»Auch wenn sie wieder gesund ist, braucht sie dich

trotzdem – sie haben jetzt fünf Kinder und es werden mehr werden.«

»Jemanden ›brauchen‹ und jemanden ›wollen‹ ist zweierlei. Ich will etwas anderes als nur gebraucht zu werden.«

»Hm, ich dachte, ihr kämet so gut miteinander aus? Eure gemeinsamen Bibelstunden und die Handarbeiten … Alles, was du mir erzählt hast, das klang doch so heimisch und vertraut.«

»Die Bibelstunden und das Sticken finden zurzeit nicht statt. Frau Holl sagt, sie sei zu geschwächt, dabei hatten wir Stunden miteinander verbracht, als es ihr noch viel schlechter ging. Unsere Unterhaltung ist geschrumpft auf kurze Anweisungen. Manchmal liegt auch nur ein Zettel als stumme Botschaft auf dem Tisch.«

»Rosina war immer schon ein launischer Mensch, wie Elias. Die können sich die Hand reichen. Denen ist der Ruhm zu Kopf gestiegen, allein das wäre schon ein triftiger Grund ihn auszustechen; damit er mal herunterkommt von seinem hohen Ross. Und Rosina? Man weiß gar nicht, wer von den beiden schlimmer ist in seinem Hochmut und in seiner Eitelkeit. Sie drängt ihn immer zur Oberstadt; sie will dort wohnen, wo man die feinen Leute wie die Rehlinger und auch Angehörige der Fugger trifft. Ich sage dir was, Lia, sollten die Holls dich wirklich fortschicken, würde ich dich auf der Stelle anstellen …«

»Das ist sehr anständig von dir.«

»Lia, ich bitte dich! Das ist das Mindeste, was ich für dich tun kann. Allerdings … mein Geld reicht gerade für Ibia und mich. Es sei denn … ich bekäme den Zuschlag.

Dann setzte es ein ordentliches Sümmchen und die Zukunft wäre gesichert … auch die deine.«

»Ich habe dir gesagt, ich kann dir helfen, Vater. Dann werde ich es auch tun! Wenn andere mich und meine Hilfe verschmähen, dann sollst du sie bekommen. Ich weiß jetzt, wo der Schlüssel liegt.«

»Das heißt, du kannst ins Atelier und skizzieren?«

»Nein, das nicht. El… Meister Holl ist Tag und Nacht dort. Er verlässt es nur für die Notdurft. Die Zeit würde niemals für eine Skizze reichen.«

»Aber, er muss doch außer Haus, um sein Tagwerk zu erledigen.«

»Das hat er bis zur Präsentation seinen Polieren übertragen.«

»Was für eine Möglichkeit soll es dann geben?«

»Inzwischen hat er so viele Entwürfe gezeichnet, dass er sich immer nur auf den allerletzten konzentriert.«

»Woher weißt du das?«

»Im Hof ist viel Arbeit und von dort aus kann ich sehen, was er im Atelier macht, wenn er die Fenster offen hat. Auf einer Truhe liegen alle Entwürfe, die er bis jetzt angefertigt hat, das ist ein ganz schön dicker Haufen. Der aktuelle Entwurf und der vorige liegen auf dem Zeichentisch. Mein Plan ist: Wenn er des Abends auf den Abort geht, schleiche ich ins Atelier und nehme den obersten Entwurf vom Stapel. Auf den legt er ja nicht mehr das Augenmerk. Ich bringe ihn dir, du fertigst die Skizze an und ich lege ihn hernach wieder zurück.«

»Der oberste Entwurf vom Stapel wäre quasi der drittletzte, wenn ich dich richtig verstanden habe?«

Lia nickte.

»Du müsstest lediglich zwei richtige Momente abpassen. Den ersten zum Holen, den zweiten zum Zurückbringen.«

Lia nickte abermals.

»Und wenn er doch auf den Stapel schaut?«

»Das tut er nicht. Er zeichnet wie im Fieber. Wenn er einen Entwurf beendet hat, legt er ihn an die Stelle des vorigen und diesen wiederum auf den Stapel, ohne überhaupt hinzusehen. Dann zieht er einen neuen Bogen hervor und beginnt zu zeichnen. Die letzten Tage hat er das nur so gemacht.«

»Und er zeichnet immer neue Entwürfe? Das ist doch nicht möglich.«

»Doch. Er kann es. Was ich erspähen konnte, sind sie alle verschieden. Und sie werden immer besser.«

Das war die große Chance. Und Lia würde sie für ihn wahrnehmen. Es war der einzige Weg, sich gegen Elias' stadtwerkmeisterliche Allmacht behaupten zu können. Es war auch die letzte Möglichkeit, die damalige Schmach, die Elias ihm zugefügt hatte, endlich angemessen zu sühnen. Da die versuchten Allianzen – van Cron und Alberthal, letztlich auch Garb – sich als Luftschlösser entpuppten, blieb ihm nur noch das Bündnis zwischen Lia und ihm. Lias Einschleusen in die Ketzerfamilie hatte sich doch gelohnt.

»Lia, dein Plan ist fabelhaft!«

»Wir müssen ihn gleich heute Nacht ausführen.«

»Hand drauf!«

Matthias reichte Lia die Hand wie einem Rosshändler. »Auf ein gutes Gelingen!«

»Ja, Vater, auf ein gutes Gelingen! Und auf uns!«

20

»24, … 87, … 102, …«

Keine tausend Schritte hatte ich gezählt bis nach Hause. Ich war bereits bei »111« beim Hof angekommen. Das hatte nicht daran gelegen, dass ich mich verschätzt hätte, ich kannte die Strecke wie keine zweite, zudem hatte ich schon aus Berufsgründen einen überdurchschnittlichen Sinn für das Abschätzen von Längen und Entfernungen. Es war auch nicht, dass ich im Drang, Lia möglichst schnell zu erreichen, imstande gewesen wäre, die Schritte zehnmal weiter zu setzen als üblich. Es war einzig, weil ich die Zahlen immer wieder vergaß. Vor lauter Gedanken daran, wie ich Lia die Botschaft unterbreiten sollte, welche Worte gebrauchen, war es mir unmöglich, meine Konzentration auf das Zählen zu halten. Gab es überhaupt Worte, die die Gefühle, die mich durchpulsten, annähernd fassen mochten? Auch wenn ich Höschels Übersetzung von Ovids ›Ars amatoria‹ gelesen hatte: Ich war kein Poet. Ich war Architekt. Meine Kunst und meine Liebe drückten sich bis dato in Bauwerken aus, nicht in geflügelten Worten.

Ich strebte zur Haustür, um nach oben in die Stube zu eilen, Lia aus dem Schlaf zu holen und ihr meine Liebe zu gestehen, notfalls nur gestammelt, auf dem Boden kniend vor ihrer Bettstatt.

Ein Blick zum Atelier genügte, um mein Vorhaben abrupt abzubrechen – die Tür stand offen, wo ich sicher wusste, dass ich sie verschlossen hatte, den Schlüssel gut unterm Stein versteckt. Ein Einbrecher? Im Atelier hatte ich nichts von großem Wert; das Geld war auf der Bank deponiert, Rosinas Schmuck gut verwahrt im Schlafgemach. Doch in Zeiten wie den unsrigen gab es manchen, der sich mit wenig Beute zufriedengab. Ich wartete und sah nach einem Stock, den ich dem Dreisten über den Schädel ziehen könnte. Nicht fündig geworden, musste ich ihn eben mit einem Fausthieb zu Boden bringen. Ob mir das gelänge? Wie lange hatte ich meine Fäuste schon nicht mehr eingesetzt? Das letzte Mal vor dreizehn Jahren, als ich Garb im Hinterhof des Fondaco niederstreckte. Er hatte mir meine Liebelei mit der damaligen Herbergstochter streitig gemacht; das konnte ich niemals hinnehmen.

Ich schlich mich zur Tür, den Atem ruhig gehalten, sah den Dieb und erkannte Lia. Ich erschrak. Dieses Mal war es kein leichtes Erschrecken, das mit kindlicher Freude einherging, dieses Mal war es kein Traum. Unwillkürlich schlug ich mir die Hand vor den Mund. Ich hätte aufschreien mögen, doch kein Ton wollte mir entweichen. Ich hätte zu ihr hinstürzen mögen, doch die Angst durchfuhr mich, meine tönernen Glieder könnten zerbrechen.

Es gelang mir, mich hinter der Tür zu verbergen und die Diebin mit weinenden Augen weiter zu beobachten. Nur wenige Schritte von mir entfernt sah ich, wie sie einen meiner Entwürfe zusammenrollte.

Das Pergament unter ihren Umhang gesteckt, zur Tür geeilt – ich schnell hinter einen Strauch – die Tür zugesperrt und den Schlüssel unter den Stein gelegt, hastete die diebische Lia aus dem Hof auf die Straße.

Ich folgte ihr.

Im Nachtdunkel lief sie die Bäckergasse entlang, bog an der Kreuzmühle rechts ab, passierte das Gablinger Bad und den Hundsgraben, ließ das Rathaus hinter sich, querte Bürgergasse und Schwalbeneck, passierte schließlich den Dom und betrat einen Hof in einer Gasse hinter dem Frauentor.

Ich kannte diese Gasse. Ich kannte auch das Haus, auf welches Lia zustrebte – dort lag Kagers Atelier.

Lia trat ein. Die Tür fiel hinter ihr ins Schloss. Ich schlich mich heran und presste mein Auge an einen Spalt, durch den ich alles beobachten konnte. Matthias schenkte sich gerade einen Becher Wein ein, als Lia auf ihn zutrat.

»Und? Hast du ihn?«

»Ja, es war ganz einfach. El… Holl war gar nicht da.«

Lia schlug die Kapuze des Umhangs nach hinten, zog die Pergamentrolle hervor und reichte sie Matthias. Der nahm den Entwurf, hastete damit an den von zwei Kandelabern hell erleuchteten Tisch, und breitete ihn mit fahrigen Bewegungen aus, als ginge es um sein Leben. Erst als der Entwurf plan und still vor ihm lag, kehrte Ruhe in ihm ein.

Schweigend studierte er mein Werk.

Nach einer stillen Weile meldete sich Lia, auf der Truhe Platz genommen. »Du wolltest ihn doch abskizzieren.«

Matthias schwieg, komplett versunken in die Zeichnung. Er murmelte etwas. Ich glaubte Worte wie »der Hund«, »genial«, »Pyramide« und »die Dominanz« zu vernehmen.

»Vater, hörst du mich nicht?«

Wie hatte sie Matthias genannt?

»Sei still!«

»Wir haben nicht ewig Zeit!«

»Sei still, hab ich gesagt! Ich muss mich konzentrieren.«

Matthias griff den Weinbecher und trank ihn in einem Zug aus, den Kopf in den Nacken werfend.

»Vater! Fertige die Skizze!«

Also doch.

»Halt den Mund, Lia! Und schenk mir ein!«

Matthias hielt ihr den Becher nach hinten, ohne sich von der Zeichnung abzuwenden.

Lia verschränkte die Arme. »Gar nichts tu ich! Du hast eh schon zu viel intus. Und jetzt sieh zu, dass du die Skizze machst! Der Bogen muss zurück!«

»Hetz mich nicht!«

»Ich will sauber wieder aus der verdammten Sache raus, hörst du? Je eher der Entwurf wieder oben auf dem Stapel liegt, umso besser. Dann ist mein Dienst getan. Und alles andere liegt bei dir!«

»Ja, ja … nur gleich wieder raus aus dem Dreck, in den man sich reingeritten hat. Du bist wie deine Mutter!«

»Mutter ist tot! Und du bist angetrunken. Ich hasse angetrunkene Männer! Sie sind widerlich!«

Matthias sah jetzt vom Tisch auf und drehte sich zu ihr. »Vorlautes Weib!«

»Vorlaut sind kleine Kinder. Ich sage, was ich denke!«

»Ganz die Mama … Hauptsache bockbeinig! Celina war keinen Deut besser. Das liegt den Angelosantos wohl im Blut.«

Mir stockte der Atem – Lia war Celinas Tochter und Matthias ihr Vater! Von wegen Lia Faccini. Von wegen Bozen. Eine verdammte, eine zum Himmel stinkende Lüge! Mit zwei lumpigen Sätzen aufgedeckt! Noch dazu vom Lügner selbst.

»Dann fangen wir mal mit der Skizze an.« Matthias schob die Ärmel über die Ellbogen …

»Wurde auch Zeit!«

… legte einen Bogen Papier über meinen Entwurf und zeichnete ihn eins zu eins ab. Lia zog ihren Umhang aus und setzte sich auf die Truhe. Sie nahm einen Apfel aus der Obstschale und beäugte ihn von allen Seiten, statt ihn zu essen, während Matthias mit Feder und Lineal hantierte.

So schlossen sich also die Kreise. Kreise der Unaufrichtigkeit und der Lügen. Ich stand an der Tür wie ein Verlorener und beobachtete, wie mein Konkurrent meinen Entwurf zu kopieren suchte. Auf der Truhe neben dem Kopisten saß ein Mädchen – wer war es?

Es war die Komplizin, die hoffte, ›sauber‹ aus diesem Drecksspiel herauszukommen. Wie kam man ›sauber‹ aus einer Jauchegrube heraus, in die man sich bis über beide Arme – sollte ich sagen, bis über beide Flügel? – hat hineinstoßen lassen, von einem schäbigen Maler, einem verruchten Plagiator?

Es war der Engel, der gar keiner war, oder wenn, dann ein gefallener, der mit seinen vom Pech der Lüge schwarzen Schwingen nicht mehr fliegen, sondern nur noch fallen konnte in eben jenen Abgrund, an dessen steilen Klippen ich bislang gewandelt war.

Es war der Bastard einer berechnenden, wortbrüchigen Herbergsschwester und einem intriganten Pinselquäler.

Es war der Spion, als Dienstmädchen mir ins Haus gebracht von einem betrügerischen Intriganten, zuvor von ihm geschult und eingewiesen – daher rührten Lias Wissen und ihre Ideen; alles von Matthias eingetrichtert, dann von ihr eingeübt und letztlich mir vorgegaukelt. Ich war einer perfiden Intrige Opfer geworden. Was für eine Schmach. Was für eine Schande.

Ich zitterte. In mir wogte ein Durcheinander von Mitleid und Hass – Mitleid mit dem armen Architekten, der für alle nur das Beste wollte und nun dastand als geschundenes Wesen; Hass gegen die beiden Menschen, die mich schamlos ausgenutzt und verraten hatten. Wie konnten sie mir das antun? Diese Verräter. Dort saßen sie, nur anderthalb Klafter von mir entfernt, geschützt durch eine Brettertür. Geschützt? Ein paar Bretter und zwei Angeln, ein Schutz vor einem Stadtwerkmeister, dessen Rathausentwurf von einem popanzigen Farbenkleckser gerade eben kopiert werden sollte? Ich schnaubte. Stärker und stärker. Ich blähte mich geradezu auf. Der Zorn schoss mir in die Glieder. Ein Stück zurückgeschritten, trat ich mit einem gewaltvollen Tritt und einem lauten Schrei die Tür aus den Angeln. Ein Krachen und Bersten.

Ich stand im Raum. Der Atem Wut und Galle. Die Fäuste geballt. Lia schreckte auf, Matthias schnellte vom Stuhl empor, ergriff ihn und hielt ihn mir entgegen mit ausgestreckten Armen.

»Keinen Schritt näher! Hörst du? Sonst schlag ich dir damit den Schädel zu Brei!«

»Nur zu, feige Drecksau! Dann fährst du nicht nur wegen Amtstäuschung ein! Matthias Kager, der fromme Katholik, des Betrugs und der Anstiftung überführt: Lässt meinen Entwurf von einem Hausmädchen stehlen, kopiert ihn und gibt ihn dann dem Rat als den seinigen aus. Gottverdammter Verräter!«

Ich machte einen Schritt auf ihn zu.

»Bleib, hab ich gesagt!«

»Ein dreckiger Lügner bist du! Ein abscheulicher Vater … gibt seine leibliche Tochter als Nichte aus und missbraucht sie als Spionin … die eigene Tochter! Das bringt dich nicht nur vors weltliche Gericht, das büßt du auch vor der Kirche – Kinder zeugen, um sie für Verbrechen zu missbrauchen. Das Wort ›Vater‹ ist durch dich in den Schmutz getreten.«

»Ich bin nicht ihr Vater!«

Ich hielt inne. Was Matthias da gerade behauptete, schlug dem Fass die Krone mitten ins Gesicht. Der vorgehaltene Stuhl konnte mich nicht halten; ich schlug ihn ihm mit dem Fuß aus den Händen und stürzte mich auf ihn.

»Du Dreckslügner! Was hab ich denn vorher gehört? Wie hat Lia dich vorhin genannt? Wem sollte sie denn nachschlagen, he?«

Ich warf Matthias zu Boden und setzte mich auf ihn. Meine Schenkel lagen auf seinen Armen. Er war hilflos, der Lügenmaler.

Ich schlug ihn mit der rechten Hand ins Gesicht.

»Wer war 1597 in Venedig, drei Jahre vor mir?«

Ich ohrfeigte ihn mit der linken.

»Wer hat dort im Fondaco gewohnt und der Herbergstochter nachgestellt?«

»Lia ist keine sechzehn!«

Ich ohrfeigte ihn rechts und links.

Lia ging dazwischen. »Elias, hör auf! Lass ihn in Frieden!«

»Du lügst, wenn du den Mund aufmachst! Du hast sie vor sechzehn Jahren gezeugt!«

»Habe ich nicht!«

»Verdammt, du Drecksau! Hör auf, das alles abzustreiten!«

Ich ohrfeigte ihn noch einmal und traf die Lippe. Sie platzte auf. Blut rann Matthias das Kinn entlang.

»Du hast Celina ein Kind gemacht und sie im Stich gelassen! Du bist ein verlogener, dreckiger Rabenvater!«

»Nein! Verdammt! Nein! Lia ist dreizehn! Sie wurde 1601 geboren. Lia, sag ihm, dass es wahr ist!«

Ich sah Lia an.

»Ja, es stimmt!«

»Ihr verschworenes Gesindel! Ihr lügt! Beide miteinander!«

Meine Kräfte schwanden. Wie lange sollte ich das noch aushalten? Matthias bäumte sich auf. Es gelang ihm, mich von ihm wegzustoßen, sich auf mich zu werfen und mich festzuhalten.

»Elias! Ich sag's dir: Du bist der Rabenvater! Du allein! Du hast Celina geschwängert! Lia ist deine Tochter!«

»Das ist eine dreckige Lüge! Sie ging mit dir zusammen, als ich Venedig verließ.«

»Nein! Ich habe sie nie besessen! Nie, hörst du, nie! Sie

wollte mich nicht. Sie wollte außer dir niemanden mehr … und das allein war deine Schuld!«

»Ich habe mich nicht schuldig gemacht!«

»Hast du wohl! Erst hast du ihr die Liebe versprochen und dann bist du abgehauen … So ist's gewesen und nicht anders!«

»Ich musste gehen – meine Verträge in Augsburg. Garb drohte mich in die Fronfeste zu bringen, wenn ich im Februar nicht die Bauten weitertriebe. Und du? Warum die Lügen um Lia? Falscher Name, falsches Alter? Die Nichte aus Bozen?«

»Denk dir deinen Teil dazu.«

Ich bäumte mich auf, stieß Matthias zur Seite und kam zum Stehen. »Ich ertrage es nicht mehr! Dieses Atelier ist eine Lügenhölle!«

Ich musste hier raus. Ich drohte zu ersticken in diesem Dampf aus Verrat und Täuschung.

Am Türstock blieb ich stehen, drehte mich um und wandte mich zu Lia, die dort stand, kreidebleich und stumm.

»Dich, Lia, will ich nicht mehr sehen!«

Ich hastete die Gassen entlang und suchte nach einem dunklen Eck, wo ich mich verstecken konnte, wo niemand mich mehr sähe in meinem Elend, wo niemand mich fände; sich am besten bei den Ratten verkriechen – so fühlte ich mich, elend wie ein hungernder Ratz. Was sollte ich tun? Es war alles verloren. Alles. Der Engel war gefallen. Die Muse gestürzt. Der Freund endgültig zum wahren Feind geworden. Das Eheweib krank und verbittert. Der Architekt kein Künstler. Vielleicht war er ja nie einer gewesen? Vielleicht hatte sich der Stadtwerkmeister immer nur etwas vorgemacht und sein Vater Recht behalten? Nein, Vater hatte nicht immer Recht gehabt, der hatte sogar Unrecht gesprochen und getan, im Handwerk wie im Leben: Mit seiner Magd, der Ehaltin, hatte er ein Verhältnis gehabt, das war wohl wahr. Es war zwar kein Ehebruch, denn Vater war bereits ein Jahr verwitwet gewesen. Dennoch bekam er eine Anzeige und wurde sogar inhaftiert. Allein seines Status' wegen haben sie ihn schnell wieder freigelassen. Vaters Unrechtes war nicht das Verhältnis eines Witwers mit einer ledigen Magd gewesen, es war, ihr die Ehe zu versprechen, nur um seine fleischliche Gier zu befriedigen. Zum Glück war ich bei Lia standhaft geblieben. Standhaft zu sein, hatte ich auch Mechthild geraten. Bei ihr hatte man ja gesehen, wohin es führte, wenn man ihrer verlustig wurde. Sie hatte gestohlen, ich hatte sie fortgeschickt. Lia war ebenfalls nicht standhaft geblieben …

Mich drängte es, zu heulen wie ein kleines Kind. Aber mehr als feucht wollten meine Augen nicht werden – war das ein Zeichen von Stärke oder von Schwäche? War ich stark, weil ich mich nicht vom Gefühl der Trauer verzehren ließ oder hatte ich die Kraft zum Weinen verloren? Schneller schritt ich durch die Gassen. Ich ging so hastig, als ob ich dem Tod davonmarschieren wollte.

Der Tod. War der gar Lösung und Ausweg? Das Ende aller Lügen? Der Perlachturm wäre eine gute Möglichkeit – besteigen und hinabstürzen. Ein lautloser Tod. Ein schneller Tod. Und aller Sorgen und Nöte behoben. Es war nicht mehr weit bis dorthin.

Ich bestieg ihn nicht. Ich mied ihn und schlug die entgegengesetzte Richtung ein. Kreuz und quer lief ich die Gassen entlang und suchte nach immer noch dunkleren, noch engeren Häuserspalten, in die ich mich zwängen wollte, am besten dort stecken bleiben und verhungern.

Ich fand keine, die mir schmal genug erschien.

Ich hätte ebenso gut in den Lech gehen können. Der Tod im Wasser, sagte man, sei nur den Mutigen genehm. Was immer das heißen sollte. Mut und Freitod war eine eigentümliche Sache. Man brauchte Mut, um ihn zu begehen, doch vorher musste er einen zum Leben verlassen haben.

Sollte ich mich für diesen Weg entschieden haben, so würde man morgen nach mir fragen und am gleichen Tag suchen. Heute Nacht schon würde Rosina Nägel beißend in der Stube umherwandern. Remboldt und Kumpane würden sich ebenfalls sorgen; doch ihre Sorge würde eine andere sein – nicht mir würde sie gelten, sondern einzig dem neuen Rathaus. Das würde gebaut werden, ob mit oder ohne den Stadtwerkmeister … man hätte ja Kager. Und so schlösse sich erneut der Lügenkreis. Der Lügner obsiegte und bekäme den Lohn, der Belogene läge darnieder, Weib und Kinder klagend.

Nein, das durfte nicht sein! Niemals! So wahr ich Elias Holl hieß. Es brauchte auch nicht zu sein! Es gab einen, der es in der Hand hatte, das Unheil abzuwenden! Nicht Gott. Nicht Luzifer. Ich. Ich allein. Mir war die Macht gegeben, zu entscheiden, ob ich kläglich scheitern wollte und untergehen oder den Feind niederringen. Noch war nichts verloren. Noch hatte ich das Heft nicht aus der

Hand gegeben. Sollte der Schmierhansl doch meinen Entwurf kopieren! Ich würde einen neuen gestalten. Einen letzten. Einen besten! Einen, der alle vorangegangen nichtig machte! Nur so durfte es sein! Nur so wäre mir der Sieg beschert. Dazu brauchte ich keine engelhafte Muse, kein Trugbild, dem ich unterläge, willenlos und untergeben. Ich war meine eigene Muse. Mein eigener Schöpfergott.

Als dieser schritt ich nach Hause. Ich nahm den kürzesten Weg. Jeder Irrgang schien mir Sünde. Die Zeit war mir der Meister; sie trieb mich an und würde es weiterhin tun, bis der letzte Strich gezeichnet wäre.

Das Atelier fand ich so vor, wie ich es verlassen hatte – der drittletzte Entwurf fehlte, aber das sollte mich keinen Gedanken mehr kosten. Ich entzündete alle Kerzen, nahm einen frischen Bogen Zeichenpapier und begann.

Die ersten Dutzend Striche gezeichnet, betrat mein Weib überraschend das Atelier.

»Rosina, es ist mitten in der Nacht! Wieso schläfst du nicht?«

»Wo ist Lia?«

»Nicht mehr da. Ich habe sie weggeschickt.«

»Du hast was?«

Rosina sah mich ungläubig an … der Meister entledigte sich seiner Muse?

»Lia und Matthias stecken unter einer Decke. Sie hat mich verraten! Sie hat sich Zutritt zum Atelier verschafft und ihm meinen Entwurf gegeben. Er hat ihn kopiert, um ihn dann als den seinigen auszugeben.«

Ich erzählte Rosina nur Stückwerk der Geschichte – die Zeit drängte und jetzt war beileibe nicht der Moment und der Ort, ihr alles genau zu schildern; zudem gab es Dinge, die zu erfahren ihrer Gesundheit und ihrem Gemüt abträglich sein mochten.

»Matthias darf den Auftrag nicht bekommen! Ich muss einen neuen gestalten und habe für nichts anderes Zeit!«

Sie solle sich keine Sorgen machen, alles würde gut werden, wog ich sie in Sicherheit und bat sie wieder ins Bett zu gehen … sie brauche ihren Schlaf, noch sei sie nicht gesund.

»Rosina, mein Herz, in ein paar Tagen ist alles durchgestanden. Vertrau mir.«

Wir gaben uns einen Kuss. Rosina wünschte mir Glück und ging.

Ich zeichnete, bis der Morgen graute.

~

Rosina hatte nicht geruht. Was Elias ihr in dieser Nacht erzählt hatte, lies sie kein Auge schließen. Natürlich hatte sie längst bemerkt, dass er sich seit Lias Anstellung verändert hatte. Es waren wohl wenige Männer in Rosinas Leben gewesen, aber so gut kannte sie deren Natur, um zu wissen, was in ihren Köpfen vorging, wenn hübsche Mädchen nahten. Rosina hatte viel auf Lia gehalten. Sie war ein fleißiges und aufmerksames Mädchen. Sie war sogar belesen und für ein Dienstmädchen im Grunde zu gescheit. Anfangs hatte Rosina sogar geglaubt, Lia sei vom Himmel gekommen, doch das war im Fieber gedacht. Jetzt aber wusste sie, dass ihr Gespür sie nicht getäuscht hatte – Lia war eine Gefahr für ihren Mann und damit für ihre Ehe. Gefahren sollte man weder herausfordern noch geringschätzen, sie gehörten gebannt. Elias war ein guter Mann. Das wusste sie und sie liebte ihn. Sie wusste auch, dass er sie liebte. Wenn er es auch nie über die Lippen brachte – er war eben ein Architekt und kein Dichter. Fünf Kinder hatten sie miteinander und es sollten noch mehr werden. Er konnte und durfte ihre Ehe nicht aufs Spiel setzen, nur wegen eines Dienstmädchens – jetzt lag es an ihr, Entscheidendes zu tun.

Als der Morgen hereinbrach, zog sie sich an und ging hinunter ins Atelier, um nach Elias zu sehen. Steinschwer und schlafend lag er über seinem Entwurf. Rosina nickte zufrieden, legte eine Decke um ihn, warf einen der Lederköcher um die Schulter und ging aus dem Haus. Sie lenkte ihre Schritte die Bäckergasse entlang, bog an der Kreuzmühle rechts ab und passierte den Hundsgraben. Hinter dem Rathaus querte sie die Bürgergasse und das Schwalbeneck, strebte am Dom vorbei und trat vor ein Haus in einer Gasse hinter dem Frauentor.

Am Eingang gab es eine Ziehklingel, jedoch keine Tür. Stattdessen hing eine schwere Wolldecke vom Türsturz herab.

»Wer stört so früh?«, rief Kager nach dem dritten Läuten heraus.

»Ich bin es, Rosina Holl. Darf ich eintreten?«

Es dauerte nur wenige Sekunden, bis Kager in der Tür stand, den ›Vorhang‹ beiseitegeschoben, im Arbeitshemd, ein Stück Stoff an der Lippe.

»Frau Holl, was führt Euch zu mir, zu so früher Stunde?«

»Ich will nicht viel Worte machen, es geht um Lia.«

»Was ist mit ihr?«

»Sie muss fort!«

»Fort? Wer will das und weshalb?«

»Mein Mann hat mir erzählt, was gestern Nacht hier passiert ist. Ich weiß alles.«

»Was heißt bei Euch ›alles‹?«

»Genügend, um zu wissen, dass Eure Nichte eine Verräterin ist.«

»Verrat ist ein großes Wort. Wie sollte ein Hausmädchen eine Verräterin sein, und wem gegenüber sollte sie etwas verraten?«

»Kager! Stellt Ihr Euch dumm oder versteht Ihr wirklich nicht? Ich sagte es bereits: Ich weiß, was vorgefallen ist! Lia ist eine Einbrecherin und Diebin. Sie hat meinem Mann den Entwurf gestohlen.«

Rosina schritt an Kagers Tisch, und verglich die beiden Zeichnungen, die ausgebreitet nebeneinanderlagen.

»Ich sehe, Ihr wart klug genug, sichtbare Änderungen vorzunehmen. Es wäre ja auch der Torheit Gipfel, wenn Ihr einen identischen Entwurf anbötet.«

Rosina rollte beide Bögen zu einer Rolle zusammen.

»Was tut Ihr da?«

»Ich hole zurück, was Elias' ist.«

»Nur eine Zeichnung gehört ihm, die andere ist mir!«

»Euer ›Entwurf‹ wurde aus dem seinigen geboren. Das genügt, um ihn Euch zu nehmen. Hindert mich daran und Ihr reitet Euch nur noch mehr hinein.«

Die Rolle in den Köcher gesteckt und umgehängt, nahm

sie einen neuen Anlauf: »Lia muss weg! Raus aus Augsburg. Schickt sie wieder zurück nach Bozen.«

Kager fuhr sich durchs Haar. Er stöhnte. »Das kann ich nicht tun! Ich kann ein junges, unerfahrenes Mädchen nicht einfach abschieben. Das wäre wider die katholische Nächstenliebe. Aber davon wisst Ihr Lutheraner nicht allzu viel.«

»Das reicht jetzt! Haltet Ihr mich für eine Idiotin? Ihr habt Euch strafbar gemacht und kommt mir jetzt mit christlicher Nächstenliebe? Ich sage es zum letzten Mal: Schickt Lia fort! Und unterlasst Eure gespielte Fürsorge … von wegen unerfahrenem Mädchen. Lia ist kein kleines Kind mehr. Sie ist allein nach Augsburg gekommen, sie findet auch allein wieder zurück.«

»Was, wenn sie bleibt?«

»Mein Gott, Kager! Das wisst Ihr doch selbst. Wenn sie bleibt, habt Ihr morgen Mittag Wachmänner der Strafherren* hier. Was für Euch und Lia folgt, könnt Ihr Euch selbst ausmalen.«

»Wenn ich sie fortschicke?«

»Wenn Lia verschwindet, bin ich bereit, kein Wort mehr über die Sache zu verlieren. Und was noch viel wichtiger ist: Ich werde Elias davon abhalten, Anzeige gegen Euch zu erstatten. Die Sache bleibt auf sich beruhen, Ihr kommt mit heiler Haut davon. Was Besseres kann Euch nicht widerfahren.«

Kager raufte sich den Bart. Er stöhnte abermals.

»Hand drauf, Frau Holl?«

---

* Die Strafherren waren in der Frühen Neuzeit ein selbständiges Organ der Rechtspflege in Augsburg

Kager hielt Rosina den ausgestreckten Arm entgegen.

»Ich bin das Weib eines Architekten und kein Holzhändler, aber gut, Hand drauf!«

Rosina schlug ein.

~

Es war spät in der Nacht und ich war verzweifelt.

Als ich gegen Nachmittag an meinem Zeichentisch aufgewacht war, hatte Rosina mir zwar ein Essen auf die Truhe gestellt und einen Zettel dazu:

Mein Liebster!
Alles wird gut.
Zeichne den Entwurf deines Lebens.
Deine dich liebende Rosina

Doch ich hatte keine Inspiration. Den restlichen Tag hatte ich versucht, neue Wege zu beschreiten, doch immer wieder stieß ich an die Grenzen, die mir die Regeln der Architektur auferlegten. Wie ein Sträfling in der Fronfeste, hatschte ich im Atelier umher und hoffte um Eingebung. Die wollte sich nicht einstellen. Immer wieder las ich Rosinas kurze Botschaft und konnte nicht verhindern, an Lias letzte Nachricht, das lateinische Héloïse-Zitat, zu denken. Schlimmer noch hatte ich ihr Gesicht gestern Nacht bei Matthias in Erinnerung. So hatte ich sie noch nie gesehen, bleich, wie mit Kalk gepudert, die Lippen blaue Tintenstriche, und ihre Augen ... es waren nicht ihre Augen, sonst mit Liebe erfüllt – ihre

Augen waren leer gewesen und stierten ins Nirgendwo. Warum hatte sie mich verraten? Weshalb sich auf diese böse Machenschaft eingelassen? Was hatte ich ihr angetan? Ich dachte, sie liebte mich; wenngleich ich nichts über ihre wahren Gefühle wusste. Doch ich glaubte, wenigstens eine Ahnung von ihren Empfindungen zu haben. Natürlich, die Liebe war mannigfaltig und niemand konnte von seinem liebenden Gegenüber gänzlich erfassen, ob dessen Liebe gleich der eigenen war. Ich wusste wohl, dass Rosina mich liebte, und ich wusste, dass ich sie liebte. Auch Lia hatte meine Liebe gehört, auch wenn ich nicht imstande war, sagen zu können, was diese Liebe ausmachte. Diese Liebe war sonderbar und einzigartig und … Herrgott! Schon wieder sinnierte ich. Ich sollte zeichnen, nicht sinnieren! Und wenn, dann nur über eines: den einen, den genialen Entwurf.

Ich nahm mir den Stoß auf der Truhe vor. Alle Zeichnungen hatte ich durchnummeriert. Insgesamt waren es zweiundachtzig Entwürfe, die ich mit steigender Qualität angefertigt hatte. Der schlechteste war der erste. Der fehlte. Noch einmal sah ich den Stapel durch, es mochte angehen, dass ich ihn in Gedanken irgendwo dazwischen gesteckt hatte. Ich fand ihn nicht. Ab Entwurf Nummer Zwei waren lückenlos alle vorhanden. Es gab dafür nur eine Antwort: Es war der Entwurf, den Lia Matthias gebracht hatte. Sie hatte ihm bewusst meinen schlechtesten Entwurf gegeben, den stümperhaften Zeltdachentwurf, den ich lange schon verworfen hatte. Ich verstand: Lia hatte mich nicht verraten! Sie hatte es nicht getan! Lia hatte sich im Grunde gegen Matthias und für mich entschieden. Ich hatte Lia Unrecht getan. Ich hatte sie verstoßen.

Als mich diese bittere Erkenntnis erfasste, spürte ich, wie Traurigkeit mich einnahm. Ich vermisste Lia plötzlich. Ich ging nach oben ins Haus. Rosina schlief. Leise betrat ich Lias leere Kammer. Wenn ich sie schon nicht leibhaftig bei mir haben konnte, so wollte ich wenigstens einen Hauch von ihr zu spüren bekommen. Das Bett war ordentlich gemacht, wie immer. Auf dem Nachttisch lag ihre Bibel. Ich setzte mich aufs Bett und nahm sie zur Hand. Die Initialen *L.A.* bekamen eine neue Bedeutung, ich wusste jetzt, dass es nicht die Initialen eines Vorbesitzers waren. Die Schrift, in der sie geschrieben waren, war die gleiche wie auf dem Pergament. Ich schämte mich dafür, ihr anfangs nicht zugetraut zu haben, sie könnte die alleinige Besitzerin sein. Im Gleichzug wuchs in mir der Verdacht, dass Matthias die Wahrheit gesagt haben könnte, allein ich wollte es nicht glauben. Ich suchte nach Beweisen. In der Kleidertruhe hatte Lia ihre wenigen Habseligkeiten fein säuberlich aufbewahrt: Vier Kleider, drei mehrfarbig aus Barchent und eines ganz aus schwarzer Seide, mit Goldstickerei um den Ausschnitt; ein Festkleid, das ihrem niederen Stand gar nicht entsprach. Daneben lagen drei Holzperlenketten und ein Armreif aus Leder. Mehr war nicht zu finden. Ich durchsuchte den Reisebeutel und fand ganz unten im Saum in einem Geheimtäschchen ein flaches Döschen aus Palisanderholz. Als ich das Döschen öffnete, war es wie eine Offenbarung – das Döschen barg einen ganz besonderen Fingerring. Ich erkannte ihn sofort wieder. Er war aus zwei verschiedenfarbigen Goldarten geschmiedet und mit einem eingesetzten kleinen Rubin versehen. Die Innenseite hatte ich vom Goldschmied, bei dem ich ihn damals in Venedig anfertigen ließ, mit den Buchstaben *C* und *E* gravieren lassen, sie standen für *Celina* und *Elias*. Den Ring zwischen Daumen und Zeigefinger drehend, kamen mir unweigerlich die Tränen.

»Elias, was tust du in Lias Kammer?«

Rosina war ins Zimmer getreten und sah mich weinen. Ich zeigte ihr den Ring und wusste, jetzt war der Augenblick gekommen. Jetzt war es an der Zeit, ihr jenen Teil meiner Vergangenheit zu offenbaren, den ich ihr immer verschwiegen hatte.

»Dieser Ring gehört Celina. Celina Angelosanto, Lias Mutter. Sie war die Tochter der Herbergseltern im Fondaco dei Tedeschi. Celina war damals, obwohl schon achtzehn Jahre alt, immer noch nicht vermählt. Arbeitsam und ausnehmend hübsch, hätte Celina jeden haben können – die Auswahl im Fondaco an wohlhabenden Männern war enorm. Und es mangelte ihr nicht an Offerten, die ihr ein besseres Leben versprachen, als in einem welschen Gästehaus für Alemannen zu arbeiten. Doch keiner der Bewerber wollte ihr gefallen; sie mochte sie nicht, die arroganten Mercanti, für die nur Geld und Geschäfte zählten, und die meinten, sich damit alles kaufen zu können. Ihre Mutter hatte Verständnis, ihr Vater tadelte sie: ›Man beißt nicht die Hand, die einen füttert!‹ Von Matthias und mir – zwei Männern, der eine der Freskenkunst verschrieben, der andere der Baukunst –, hatte sie eine viel höhere Meinung. Letztlich war es der Maurermeister aus Augsburg, auf den sie sich eingelassen hat. Das bedeutete mir einen Triumpf! Nicht nur gegenüber allen Abgewiegelten, sondern vor allem über den eingebildeten Kunstmaler aus dem kleinen München – endlich konnte ich es Matthias zurückzahlen, der seit meiner Ankunft unablässig versuchte, mich bei Celina schlecht zu machen; der immer seine Freskenkunst herausstellte und die Architektur herabminderte. Sogar, dass ich Protestant war, hat er gegen mich verwendet. Dieser mein Triumph jedoch sollte nicht lange währen – Matthias steckte Garb mein Verhältnis mit Celina. Garb hat mich damals mitgenommen und meiner damaligen Frau Maria versprochen, ein Auge auf mich zu haben – ich war ja zuvor noch nie im Welschland gewesen. Es waren nicht das Verantwortungsgefühl oder das Pflichtbewusstsein Garbs, die ihn dazu veranlassten, mich zu denunzieren; er hatte es selbst auf Celina abgesehen und ihr eindeutige Angebote gemacht. Doch so eine war sie nicht. ›Scher dich zu den Puttini am Zattere!‹, so hat sie ihn fortgejagt. Weder Matthias noch Garb wollten die Abfuhr recht billigen. Garb verriet Celina, dass ich verheiratet war und bereits Kinder hatte, zudem, dass ich an Bauverträge gebunden war und wieder zurück nach Augsburg musste. Nachdem Celina mich verstieß, weil ich ihr meine Augsburger Verhältnisse verschwiegen hatte, war sie wohl mit Matthias zusammengegangen, obwohl sie mir gegenüber immer beteuert hatte, dass sie sich niemals mit ihm einlassen würde.«

Rosina schwieg.

Auch ich sagte kein weiteres Wort. Ich wusste nicht,

wie ich mich jetzt fühlen sollte. Gut, weil ich den Mut besessen hatte, Rosina zu beichten, oder schlecht, weil nun meine Schattenseite offen lag; nackt und bloß saß ich jetzt neben meinem Weib. Ich langte nach ihrer Hand, doch sie zog sie zurück.

Rosina erhob sich und ging ans Fenster. Es schien als sähe sie hinaus, doch ihre Augen standen still.

»Wenn Celinas Beteuerungen stimmten«, fragte sie mich, »dann weißt du, was das hieße?«

Ich nickte.

Rosina rieb sich Hände und Gesicht, als ob es sie fror. An ihren blassen Wangen rannen Tränen herab.

»Gibt es irgendwelche Hinweise, dass das Mädchen tatsächlich deine Tochter ist?«

Ich schüttelte den Kopf.

»Das heißt, es kann es sein, aber auch nicht?«

Ich nickte.

»Und du hattest dich mit dieser Celina eingelassen, obwohl du mit Maria verheiratet gewesen warst?«

»Maria habe ich niemals wirklich geliebt. Es war ein Wunsch meines Vaters. Noch am Sterbebett hat er mich gedrängt.«

»Du weißt, dass du gesündigt hast?«

Ich nickte wieder nur. Ich hatte nicht mehr die Kraft alles mit Worten zu erwidern. Ich wusste, mich damals mit Celina einzulassen war ein großer Fehler gewesen, womöglich der größte meines Lebens. Doch ich hatte ihn nun einmal begangen. Jetzt hatte ich ihn meinem Weib gestanden. Es gab nichts reinzuwaschen, ich wusste, dass ich schuldig war. Es gab keine Abbitte.

»Du wirst mich jetzt verachten, Rosina. Auch wenn ich nicht dich betrogen habe.«

Rosina stand still.

Erst nach einer Weile brach sie das Schweigen.

»Nein, Elias, ich verachte dich nicht. Aber ich muss eines wissen. Und du musst ehrlich sein. Sag mir, wie du zu mir stehst.«

»Rosina, *dich* liebe ich. Du bist mein Weib.«

Mehr wusste ich nicht zu sagen. Mehr konnte ich nicht sagen. Der Worte waren so viel gesprochen.

Ich fiel vor Rosina auf die Knie.

Ich nahm ihre Hand und küsste sie.

Sie ließ es geschehen.

ω

»Marta! Diego! So wartet doch auf mich!«

Wie konnte es angehen, dass die beiden so rasch vorwärtskamen? Die Ballen aller vier Tatzen blutig geschürft, die rechte Hinterpfote gebrochen, hinkte Marta wie eine Kriegsversehrte übers Pflaster.

Diego flog nicht. Er hüpfte nebenher. Das Gefieder, sonst blausilbern schimmernd, war matt und zerfranst, seine linke Schwinge hing leblos herab, die Flügelspitzen streiften den Straßendreck. Dennoch eilten die beiden so schnell durch die verwaisten Gassen abseits der lebhaften Märkte, dass Lia Mühe hatte, ihnen zu folgen, die Beine bleischwer, der Atem gehechelt.

»Du stellst sie auf schlüpfrigen Grund, du stürzt sie in Täuschung und Trug. Sie werden plötzlich zunichte, werden dahingerafft und nehmen ein schreckliches Ende, wie ein Traum, der beim Erwachen verblasst, dessen Bild man vergisst, wenn man aufsteht. Mein Herz war verbittert, mir bohrte der Schmerz in den Nieren; ich war töricht und ohne Verstand, war wie ein Stück Vieh vor dir. Ich aber bleibe immer bei dir, du hältst mich an meiner Rechten. Du leitest mich nach deinem Ratschluss und nimmst mich am Ende auf in Herrlichkeit. Was habe ich im Himmel außer dir? Neben dir erfreut mich nichts auf der Erde. Auch wenn mein Leib und mein Herz verschmachten, Gott ist der

Fels meines Herzens und mein Anteil auf ewig. Ja, wer dir fern ist, geht zugrunde; du vernichtest alle, die dich treulos verlassen. Ich aber – Gott nahe zu sein ist mein Glück. Ich setze auf Gott, den Herrn, mein Vertrauen. Ich will all deine Taten verkünden.«

Wieder und wieder zitierte Lia den Psalm.* Er war ihr Rosenkranz und Begleiter zugleich auf ihrem Weg davon. Ihre Kleider, ihren Schmuck, selbst ihre Bibel hatte sie zurückgelassen. Matthias hatte ihr von ihrem Vorsatz, das Holl'sche Haus noch einmal aufzusuchen, abgeraten. Sie habe ja selbst den tobenden Elias erlebt und wie er sie verstoßen hatte, und auch Rosinas Worte habe sie wohl vernommen, verborgen hinter der Tür. Matthias hatte ihr ein Bündel mit Proviant geschnürt und ihr das Geld für die Rückreise nach Venedig gegeben. Er habe nicht gewollt, dass es so ausgehe, hatte er ihr beteuert, aber er könne nichts mehr daran ändern. Sie sollten beide froh sein und Gott danken, dass es so glimpflich endete. Lia hatte darauf nur stumm genickt – ihre Kraft hatte sie vollkommen unverhofft verlassen; wo sie sonst getobt hätte und auf ihn eingeschlagen, ihn einen Verbrecher und Betrüger nennend, stand sie leblos, dem Schicksal ergeben. Die einzige Geste der Ablehnung, die sie noch imstande war zu zeigen, war, dass sie ihm ihre Hand verwehrte, als er ihr die seinige zum Abschied entgegenstreckte. Gerademal zur Tür hatte er sie gebracht, weiter nicht.

»Du kennst den Weg. Ich muss mich an die Arbeit machen – die Ratssitzung naht.«

---

* Psalm 73,18–28

Lia hatte Matthias' Ratschlag beherzigt und war nicht mehr in die Bäckergasse gegangen, obwohl sie für Elias und Rosina noch ein Geschenk gehabt hätte – einen ihrer liebsten Bibeltexte, von ihr fein säuberlich und liebevoll auf Pergament geschrieben.

Marta verlangsamte ihr Tempo, ließ Lia aufschließen und sah humpelnd zu ihr hoch: Du wirst wiederkehren können und du wirst wiederkehren dürfen, zu deinem Vater. Du hast einen Vater! Und es ist nicht derjenige, der sich anfangs dafür ausgegeben hat. Dieser ist ein Betrüger. Er hat dich belogen und ausgenutzt!

Auch Diego verlangsamte seine Hüpfschritte und reckte den Schnabel nach ihr: Von Anfang an bist du das Herzstück seiner Intrige gewesen. Du, die nichts weiter wollte, als im Leben ankommen. Die sich nach nichts weiter sehnte als nach einem guten Zuhause. Nach einer richtigen Familie. Mit Geschwistern. Bei den Holls hast du das gehabt, selbst wenn du dort als Hausmädchen galtest.

Deine Liebe zu Elias jedoch war zu groß. Zu groß für die Liebe zu einem verheirateten Mann. Sie hätte die Ehe und das Eheweib zerstört.

Sie war auch zu groß für die Liebe zu einem Vater. Sie hätte dich und wohl auch ihn in dir zerstört.

Hätte Matthias von Anfang an die Wahrheit gesagt, hätte man den Anfängen wehren können und alles hätte sich ins Gute gefügt. So fügte es sich ins Gegenteil – aber vergiss nicht: Nichts ist nur schwarz und nichts ist nur weiß; in jedem steckt etwas vom anderen.

Es war nicht mehr weit bis zum Roten Tor und doch kam es Lia vor, als seien es viele Meilen bis zur dortigen

Station. Dort trafen die Reisewagen ein, die, von Bozen und von Venedig kommend, die Via Claudia entlang fuhren. Lia glaubte sich vor Wochen hier am Ziel angelangt. Doch diese Stadt sollte sich nicht als ihr Endziel zeigen, sondern wieder nur als eine Etappe auf ihrem langen Weg. Wohin sollte er führen? Nach Bozen? Würde sie dort aussteigen, hätte sie sogar noch etwas vom Fahrgeld über. Nach Venedig? Sollte sie wieder zurück in den Fondaco gehen? Dort kannte sie alles. Dort würde man sie sofort wieder als Dienstmädchen nehmen. War dort ihr Zuhause? War dort ihre Familie? Die dortigen Kaufleute waren keine Familie. Sie kamen und gingen. Es waren Heimatlose in ihren Herzen. Zu denen hatte sie noch nie gewollt und würde es auch in Zukunft nicht. Lia dachte an Elias. Auch an Rosina. Einerlei, worauf sie ihre Blicke richtete, sie sah immerzu Orte und Begebenheiten mit ihnen. Sie sah die Stube und das Atelier, ihre Kammer und Holls Schlafgemach, selbst das Treppenhaus mit der Christusfigur erschien vor ihrem inneren Auge. Sie sah die Bibelstunden, die sie gemeinsam mit ihrer ›Stiefmutter‹ abhielt. Sie sah sich die Kinder zu Bett bringen. Und immer wieder sah sie die großen Bauwerke, die ihr Geliebter erschaffen hatte; sie sah sie von hoch oben vom Perlachturm und sie spürte dabei Elias' Küsse in ihrem Nacken.

Lia rieb sich nicht mehr die Tränen von den Wangen – manchmal war es besser, das Leben durch einen Schleier zu sehen.

Das Rote Tor nahte.

Lia sah unweit mehrere Wagen stehen. Die Lenker standen auf den Pritschen und verluden das Gepäck der Reisenden. Sollte sie umkehren? Noch könnte sie es. Umkehren und reden. Im Gespräch konnte man alles klären. Missverständnisse ausräumen. Frieden schaffen. Sie könnte auch umkehren, nur um den Bibeltext niederzulegen und ihre Sachen zu holen: die Bibel, Mutters Ring, der nun ihrer war, das schwarze Kleid mit der Goldstickerei. Sie könnte sich hübsch machen für die Reise.

›Dich will ich nicht mehr sehen!‹, hatte Elias – oder sollte sie Vater sagen? – gebrüllt und sie mit hasserfüllten Augen angesehen. Dabei hatte er so schöne Augen. Sie waren grau, wie die ihrigen. Lia hatte Elias' Augen. Das musste er von Anfang an gemerkt haben; und eine innere Stimme ihn gemahnt, sich nicht auf diese Augen einzulassen, weshalb er stets ihren direkten Blick gemieden hatte. Ein Gefühl, tief verborgen in seinem Inneren, musste ihm gesagt haben, dass sich in ihren Augen seine Seele spiegelte. Er war ein Teil von ihr und sie war ein Teil von ihm, nicht nur in den Buchstaben ihrer Namen.

Nur noch wenige Klafter trennten sie von der Abfahrtsstelle. Diego und Marta wurden immer langsamer. Lia sah zu ihnen hinunter. Diego war stehen geblieben.

Diego, was ist? Wieso gehst du nicht weiter?

Diego krächzte. Er versuchte seine Flügel auszubreiten. Sein verzweifelter Versuch zu fliegen, misslang kläglich. Er riss den Schnabel weit auf, um Lia noch etwas mit auf den Weg zu geben, doch es entwich ihm kein Laut. Lia sah, wie seine schwarzen Augen mit einem Mal stumpf und grau wurden. Diego senkte den Kopf, fiel zur Seite und blieb regungslos liegen.

Nein, Diego, nein!

Lia stürzte in die Hocke und las ihn auf. Er rührte sich nicht mehr.

Diego! Sag doch was! Bitte! Diego!

Diego lag in Lias zitternden Händen. Sachte näherte sie sich mit dem Ohr dem leblosen Körper und suchte seinen Herzschlag zu spüren. Da war nichts. Mit dem Handballen verwischte sie eine Träne auf seinem stumpfen Gefieder.

Diego! Bleib! Bleib bei mir! Ich brauch dich doch!

Sie fuhr mit dem Finger über Schwingen und Bauch, und spürte, wie sich mit jedem Strich die Federn aufzulösen begannen. Sie erschrak und zog die Hand zurück.

Diego zerfiel zu Asche und Staub. Der rann durch ihre Finger, wurde von einer Bö ergriffen und wirbelte durch die Luft ins Nichts. Einen Moment lang starrte Lia in den Himmel.

Diego war nicht mehr.

Weinend hielt Lia Ausschau nach Marta. Sie musste noch da sein! Marta würde sie nicht auch noch im Stich lassen, niemals, jetzt wo sie keinen mehr hatte.

Marta war schon einige Klafter weiter. Sie hinkte zu einem Wassernapf, an einem Haus nahe der Wagenstelle. Lia eilte ihr hinterher. Sie sah, wie Marta mit jedem verkümmerten Schritt magerer wurde. Ihr kleiner Katzenkörper schrumpfte, ihr Fell wurde stumpf, struppig und so dünn, dass die Knochen hervortraten.

Wasser!, miaute Marta, Wasser! Ich verbrenne! Lia hob das magere Häuflein auf, rannte zum Napf und hielt ihr das Köpfchen zum Trinken. Marta leckte den Topf zur Gänze leer, es waren nur wenige Tropfen.

Wasser!, miaute sie wieder. Lia, bring mich zum Wasser.

Lia sah sich um, sie suchte nach einem Eimer, einem Trog, einer Tränke. Nichts war da. Nichts fand sie.

Nein, Lia, nicht hier. Dort. Bring mich zum Stadtgraben.

Aber, Marta, hier sind nur Mauern.

Wir müssen über die Brücke, Lia. Raus aus der Stadt, drüben die Böschung hinunter.

Lia rannte, Marta schützend gegen die Brust gehalten, über die Brücke. Martas Augenlider zuckten.

Nein, Marta! Nicht die Augen schließen! Lass sie offen! Wir sind gleich drüben. Gleich am Wasser, hörst du?

Martas Lider flirrten.

Sterbe nicht! Ich flehe dich an. Marta, bitte! Bitte sterbe nicht!

Martas Augen wurden plötzlich groß.

Aber Lia, Engel wie wir kommen und gehen, wir sterben nicht.

Marta schloss die Augen.

Ein Lächeln blieb auf ihrem Gesicht.

22

»Das ist in vier Stunden!«

Ich hatte Mühe an mich zu halten. Der Bote, vom Kleinen Rat geschickt, teilte Rosina und mir mit, dass die Präsentation der Entwürfe kurzfristig auf den heutigen Tag um zehn Uhr vorverlegt wurde. Grund und Anlass sei der unerwartete Besuch keines Geringeren als Herzog Maximilian von Bayern. Dieser habe von dem geschätzten Jesuiten und Professor Matthäus Rader von der anberaumten Präsentation erfahren.

»Da seine erlauchte Exzellenz sich nur heute auf der Durchreise nach Ingolstadt befindet, will sie die Gelegenheit nutzen,um der Präsentation beizuwohnen. Sie verspricht sich davon neue Inspiration. Der Kleine Rat zeigt sich hoch erfreut über diese Gunst und wird alles tun, um dem Herzog eine herausragende Präsentation zu bieten.«

»Ich kann den Anforderungen nicht entsprechen. Ich habe kein Modell.«

»Auch Meister Kager kann keines vorweisen.«

»Ich dachte, es sei bereits gebaut.«

»Eine irrige Annahme, Meister Holl.«

Ah, ja. Ich verstand … Garb, der Hund!

»Da Ihr wie Kager durch den überraschenden Besuch des Herzogs der Bauzeit für die Modelle beraubt seid, verfahren wir nach altem Usus, dem Präsentieren einer stattlichen Visierung.«

Als der Bote wieder gegangen war, schlug ich mir die Hände vors Gesicht. »Vier Stunden für den epochalen Entwurf, der meinen Sieg erringen soll? Das ist unmöglich! Ich brauche mindestens noch den ganzen Tag für den Abschluss.«

»Nein, mein Liebling, es ist nicht unmöglich. Ich weiß, dass es dir gelingen kann.«

Rosina stand vor mir und legte ihre Hände auf meine Schultern.

»Aber Rosina, du verstehst nicht …«

»Doch, ich verstehe wohl. Ich habe dich schon immer verstanden, Elias, mein Liebster. Nimm deine ganze Kraft und Liebe: Und zeichne! Du hast so viele Entwürfe schon gemacht. Nimm den besten und vervollständige ihn! Ich weiß, du kannst etwas ganz Großes schaffen!«

Rosina umarmte mich. Wir küssten uns.

»Jetzt geh«, trieb sie mich an, »du hast noch vier Stunden! Ich bete für dich.«

Ich eilte ins Atelier und tat wie Rosina mir geraten – ich wählte den gelungensten der letzten drei Entwürfe und sann auf das ›ganz Große‹, wie es Rosina genannt hatte.

Wohl eine gute Stunde war vergangen. Der Entwurf lag nach wie vor auf dem Tisch ohne das ganz Große, das Heroische. Ich grübelte. Es musste doch etwas geben! Etwas Herausragendes! Etwas, noch nie Gesehenes.

Ich stöhnte und raufte mir die Haare. Mir wollte nichts einfallen. Die Ellbogen aufgestützt, lehnte ich über meinem Entwurf, der Verzweiflung ergebener Knecht.

»Liebling?«

Rosina trat unvermittelt ein. »Ich weiß, ich störe dich, doch ich muss dir etwas sagen. Es ist sehr wichtig!«

Ich richtete mich auf und sah sie an. Rosina trat auf mich zu und nahm meine Hände.

»Elias, ich war in der Kirche und habe zu Jesus Christus, unserem Herrn gebetet. Das Gebet hat mir das Herz geöffnet und ich möchte dir sagen: Wenn wir wahre Christen im Namen Jesu sind, verstoßen wir nicht, sondern nehmen an. Wir dürfen nicht auseinanderbringen was zusammengehört. Wenn Lia deine Tochter ist, so will ich sie auch als die meine annehmen. Heißen wir unser Findelkind willkommen!«

Mir drückte das Wasser in die Augen. Ich vergrub das Gesicht in meine Hände. Rosina beugte sich nieder und suchte meine Umarmung. Mehr als ein zitterndes »Ich liebe dich« brachte ich in meiner Freude nicht hervor. Nicht Überschwang war es, sondern Ergriffenheit, die mich bewegte. Rosinas Liebe hatte mich zu Lias wahrem Vater gemacht und ich spürte, dass ich sie als solcher lieben konnte. Nicht Geliebte, nicht Muse sollte sie sein. Einzig meine Tochter.

Rosina verließ mein Atelier. Ich hatte noch zwei Stunden. Das erste Viertel davon beschäftigten mich einzig Rosinas Worte. Wieder und wieder hallten sie in mir nach. Ich war nicht fähig, die Feder zu führen, meine Hand zitterte zu sehr.

Plötzlich die Eingebung. ›Nimm deine ganze Kraft und Liebe!‹, das waren Rosinas Worte. Das allein zählte: Die Kraft durch die Liebe. Die Kraft in der Liebe. Viel zu lange und viel zu viel hatte ich den Verstand regieren lassen und war bei meinen Entwürfen verhaftet in Doktrinen, Dogmen und Traditionen. Aber das war nicht das Wichtigste. Das ließ nicht das Künstlerherz schlagen, eher brachte dieses es zum Schweigen.

Das Herz. Das Herz war das wichtigste.

Ich wusste jetzt, was meinem Rathaus fehlte: Herz. Ich wusste auch, wie ich dieses Herz ausdrücken und gleichzeitig das Heroische damit herausstellen konnte.

Ich platzierte auf meinem Dachkreuzentwurf an den Ecken der Altane langgestreckte Pyramiden mit goldenen Kugeln und setzte meinen besten Entwurf nicht nur eine Krone aufs Haupt, sondern zwei: Zwei achteckige Türme mit welscher Haube fügte ich in die Nord- und Südfassade ein! Türme! Das gab es bislang nur bei Kirchen oder Schlössern. Hier wurden sie einem Rathaus zuteil! Die Türme waren das ganz Große! Und dieses ganz Große erwuchs nicht aus der Idee des Heroischen, sondern war entstanden aus der neu erwachten Vaterliebe als auch aus der neu entdeckten Liebe zu meiner Rosina. Es waren zwei Lieben, die mein Herz durchströmten und diese zwei Lieben sollten durch diese zwei Türme sichtbar werden. Für jeden. Für ewig.

Kurz nach zehn Uhr betrat ich abgehetzt das Rathaus. Versunken in meine Gedanken, aufgewühlt von meinen Gefühlen, hatte ich die Zeit vergessen – mein Entwurf, vor allem die Liebe, die er nun barg, überstrahlten meinen Sinn für Raum und Zeit.

Rosina hatte mich angetrieben, den letzten Strich zu ziehen; ich dürfe nicht unzeitig erscheinen. Meine Jacke und den Köcher in der Hand, hatte sie mich mit einem Kuss verabschiedet.

Im Trubel, den der Herzog mit seinem Gefolge veranstaltete, fiel mein Zuspätkommen nicht auf. Man hatte entschieden, den großen Saal zur Präsentation zu nehmen, aus Platz- und aus administrativen Gründen. Ein Tross von brabbelnden und sabbelnden Leuten schob sich durch die Gänge. Ich stand abseits und beobachtete die groteske Szenerie. Zuerst in Begeisterung und Frohsinn gewogen, stieg plötzlich Abneigung in mir hervor gegen all diese dickbäuchigen und vollbärtigen Menschen, hierhergekommen, um über meinen grandiosen Entwurf der Liebe zu befinden. Sie würden die tiefe Botschaft Jesu Christi, die er enthielt, nicht verstehen mit ihren herausgeputzten, aber hohlen Köpfen und ihren verarmten Herzen. Mit ihren begrenzten, nicht von künstlerischem Sinn geleiteten Urteilsvermögen konnten sie nur die architektonische Oberfläche bewerten, obwohl diese schon als solche herausragend war. Trotzdem bestand Gefahr, dass sie gerade deswegen meinen Entwurf ablehnten. Es wäre nicht das erste Mal, das Dummheit und Verblendung des Künstlers Fallbeil sein sollte.

Das wollte ich mir nicht antun. Das würde ich mir nicht antun! Mir wurde bewusst, dass ich etwas viel Wichtigeres zu erledigen hatte. Das musste jetzt geschehen!

Ich suchte Matthias. Er würde hier irgendwo stecken und all den wichtigpickenden Hennen der Gockel sein wollen.

Ich fand ihn an einer Fensternische stehend, wo er sich gestikulierend mit Garb unterhielt. Ein kurzes »Verzeihung!« in das Gespräch gespuckt, zog ich ihn am Ärmel weg.

»Wo ist meine Tochter?«

Matthias sah mich irritiert an und zuckte mit den Schultern.

»Wo meine Tochter ist, will ich wissen!«

»Deine Tochter? Bist du toll? Was geht mich deine Tochter an? Wir haben hier andere Sorgen.«

»Du vielleicht. Ich nicht! Also, wo ist Lia?«

»Sag mal, verstehst du nicht? Wir sind hier im Rathaus! Der Herzog ist da! Und du fragst nach etwas vollkommen Unbedeutendem!«

»Verdammt! Wo ist sie?«

»Ich weiß es nicht! *Du* hast sie verstoßen. Geh und such sie. Wirst sie schon irgendwo finden!«

»Das werde ich! Verlass dich drauf!«

Ich eilte zu Marx Welser, erklärte ihm mit kurzen Worten und wohl unzureichend die dringliche Lage. An seine christlichen Werte appellierend, bat ich ihn, mich in dieser Notlage zu vertreten – Marx Welser war tatsächlich der einzige, der die nötigen Fähigkeiten dazu besaß. Ich erklärte ihm in wenigen eiligen Sätzen den Hintergrund meiner ausgefallenen und gewagten Zwei-Türme-Dachkreuz-Architektur und bat ihn, diese den Anwesenden gebührend zu präsentieren. Er entgegnete mir, dass ich mit größter Wahrscheinlichkeit Gefahr liefe, mit dieser außergewöhnlichen Handlung den Zorn des Rates und des Herzoges auf mich zu ziehen. Besser wäre es gewesen, mich von vornherein als sterbenskrank entschuldigen und vertreten zu lassen. Jetzt, da ich bereits als von allen als zugegen wahrgenommen wurde, stünde das einer mir wohlwollenden Bewertung augenscheinlich entgegen. Er aber habe den Ernst der Lage erkannt, zudem immer schon so große Stücke auf mich gehalten, dass er mir diesen Dienst erweise. Abschließend zog er mich heran und flüsterte: »Holl, ich habe nichts mehr zu verlieren und werde auch nicht mehr lange hier weilen. Mit dieser Tat mache ich einen Fehler von vielen, vor allem von denen, die wir in Klein-Venedig begangen haben, wieder wett. Und nun springt und sucht Euer Mädchen!«

Ich bedankte mich tausend Mal und stürzte aus dem Saal.

Draußen vor dem Rathaus rannte ich in Richtung Rotes Tor – eine Ahnung leitete mich: Lia, nicht um unsren verheißungsvollen Sinneswandel wissend, würde wieder zurück nach Venedig fahren. Wohin sonst? Die Reisewagen nach dem Süden fuhren normalerweise zweimal am Tag, um vier Uhr in der Früh und abends um sechs. Ich hoffte, dass Lia nicht den frühen Wagen genommen hatte.

Als ich an der Station ankam, standen zwei leere Reisewagen dort. Es konnten nur die für die späte Fahrt sein. Gepäck oder Fahrgäste waren keine da. Nur vereinzelte Passanten sah ich, Bauern und Händler, die das Tor passierten, stadtein- und stadtauswärts gehend. Ich hielt Ausschau nach Lia, konnte sie aber nirgends erblicken.

Zum Haus des Stationsaufsehers geeilt, fragte ich ihn, ob sich im Fahrbuch eine Lia Angelosanto als Fahrgast nach Venedig eingetragen habe.

Er sah nach und verneinte.

»Ein welsches Mädchen, sagtet Ihr?
»Ja, Lia Angelosanto heißt sie!«

»Der Name sagt mir nichts. Mit einem auffallend langen schwarzen Haarzopf?«

»Ja, verdammt! Ja!«

Er verstummte einen Moment und presste die Lippen zusammen. »Kommt mit.«

Wir gingen aus dem Stationshaus, einige Klafter hinüber zu den Stallungen. Er deute mit dem Kinn auf eine Holzkarre, auf dem etwas Zugedecktes lag.

Er hob die Decke an.

Ich zuckte zusammen.

»Heute Morgen aus dem Stadtgraben gefischt«, sagte er. »Sie hatte nur ein kleines Proviantbündel, etwas Geld und ein Pergament dabei.«

Meine Tränen zu verbergen gelang mir nur wenige Augenblicke. Ich hatte an einem einzigen Tag eine Tochter gewonnen und sie verloren.

Nachdem ich eine Weile stumm neben der Karre auf der Erde gesessen hatte, erhob ich mich und wollte zurück in Richtung Stadt. Der Stationsaufseher hielt mich zurück. Er wollte wissen, was ich mit dem toten Mädchen zu tun hatte. Ich fasste mich kurz, versicherte ihm mein Wiederkommen, um alles zu regeln, wollte jetzt aber nur fort. Er gab mir das Pergament mit, es enthielt einen Bibelspruch und war an Rosina und mich gerichtet.

Ich überlegte, welcher Ort für die nächsten Stunden der Trauer meine Heimat sein konnte. Das Rathaus war es bestimmt nicht. Ich entschied mich für mein Atelier. Dort würde ich zur Ruhe kommen können.

Eine gute Weile saß ich stumm an meinem Zeichentisch. Ich rührte nichts an. Trank keinen Schluck Wein, keinen Schluck Wasser.

»Elias!« rief Rosina von draußen. »Elias, wo bist du?«

Ich wollte antworten, doch fand ich nicht die Kraft dazu.

Rosina stürzte ins Atelier. Ihr Gesicht und ihre Augen strahlten. »Du hast gewonnen! Dein Entwurf! Die beiden Türme! Du hast gewonnen!«

Wie sie mich gramgebeugt am Tisch sah, war ihre Stimmung verflogen. Abrupt blieb sie stehen.

Ich hatte gewonnen.

Ja.

Ich hatte aber auch verloren.

Epilog

Heute ist Ewigkeitssonntag. Rosina und ich stehen an Lias Grab. Wir halten einander die Hände.

Schneeflocken schweben herab.

»Weißt du eigentlich, obwohl es unzählige sind, ist jede einzelne von ihnen ein Mysterium der Natur. Ein Wunderwerk der Geometrie und unendlicher Vielfalt.«

Rosina lächelt.

Ich blinzel in den milchweißen Himmel. Eine Flocke schwebt direkt auf meine Wimpern. Ich erkenne einen sechseckigen Stern. So nah vor meinem Auge erscheint er riesengroß. Er ist von solcher Pracht, wie ich ihn wohl meinen Lebtag nicht am Reißbrett zu konstruieren vermag.

Rosina entzündet eine Kerze und stellt sie auf den Grabstein. Wir haben ihn vom Steinmetz gravieren lassen:

Hier ruht in Frieden unser Engel Lia Angelosanto
1601–1614

Darunter ihr Bibelspruch, den sie uns gewidmet hatte:

Die Liebe erträgt alles, glaubt alles, hofft alles, hält allem stand. Die Liebe hört niemals auf.
Prophetisches Reden hat ein Ende, Zungenrede verstummt, Erkenntnis vergeht.
Für jetzt bleiben Glaube, Hoffnung, Liebe, diese drei; doch am größten unter ihnen ist die Liebe.

Nachwort und Dank

Elias Holl, geboren am 28. Februar 1573 und gestorben am 6. Januar 1664 in Augsburg, beginge im Jahr 2013 seinen 440. Geburtstag. Er gehört nach Expertenmeinung zu den bedeutenden europäischen Architekten seiner Epoche.

Die von Historikern bemängelte dürftige Quellenlage zu seinem persönlichen Leben und damit zu seiner Psychologie gab mir den nötigen Spielraum zur Fiktion. Historische Romane bedürfen naturgemäß der Historie, um ihrem Anspruch gerecht zu werden. Nach dem Motto ›The story is king‹ liegt für mich als Romancier das Augenmerk natürlich auf einer interessanten, im besten Fall nachhaltigen Geschichte. So erachte ich es im Sinne unseres – der Romanautoren – Privilegs, der viel gepriesenen künstlerischen Freiheit, als statthaft, die Historie der Fiktion mit Kalkül unterzuordnen, vor allem, wenn, wie bei Elias Holl, die Biographie des Protagonisten dahingehend nicht viel hergibt. Dieses Postulat erscheint mir wichtig für denjenigen Leser, der diese Priorität umkehren und bei der Beurteilung dieses Romans den Anspruch auf Authentizität erheben möchte – Historische Romane, der Belletristik zugehörig, sind in der Regel keine Sach- und schon gar keine Fachbücher –, was sowohl die Beziehung zwischen Elias Holl und Matthias Kager, die fiktive Konkurrenz um die Vergabe des Neubaus, das Mädchen Lia und natürlich den historischen Hintergrund der beiden Rathaustürme betrifft. Ansonsten sind die Örtlichkeiten, wie damalige existierende Straßen, Märkte und Wirtshäuser, sowie historische Personen und deren Daten und Beziehungen recherchiert und dementsprechend korrekt wiedergegeben.

Für die direkte und indirekte Hilfe an diesem Werk möchte ich mich an dieser Stelle bedanken: Bei meinem literarischen Mentor Peter Renz, Publizist, Romancier und Dozent, für den Dramaturgie-Nachhol-Crashkurs im Café mit einer Lektion über die Struktur der klassischen und modernen Tragödie. Bei Werner Bischler, Autor und Dozent für Augsburger Stadtgeschichte, für sein beherztes Engagement im Sinne einer Stadtführung und dem Beschaffen und Überlassen wichtiger Unterlagen zum historischen Background. Bei meiner guten Freundin Ilona aus Roma für die italienische Übersetzung der beiden Eingangszitate. Bei meinem Bruder Harro für das zweite Eingangszitat aus einem Brief von 1998, das ich nun der Figur der Lia in den Mund gelegt habe. Bei Ronald, humanistischer Lateiner aus Augsburg, für die Rückübersetzung der deutschen Fassung des Héloïse-Textes ins Neulateinische. Und last but not least bei René Stein, meinem Lektor, für sein Engagement und die gute Zusammenarbeit, und Claudia Senghaas, Programmleiterin des Gmeiner-Verlags, für die Beipflichtung für dieses ambitionierte Werk.

Axel Gora, im Dezember 2011

AXEL GORA

Das Duell d. Astronomen

321 Seiten, Paperback.
ISBN 978-3-8392-1138-0.

WETTLAUF GEGEN DIE ZEIT Im Jahre 1618 wird Darius Degenhardt, Doktor der Astronomie an der Universität zu Frankfurt an der Oder und Verfechter des neuen kopernikanischen Weltbilds, zur Bewerbung als Hofastronom beim Kurfürst Johann Sigismund von Brandenburg geladen. Im kurfürstlichen Schloss zu Cölln-Berlin trifft Darius auf einen Konkurrenten: den eitlen und konservativen Astronomen Corvin van Cron, der ebenfalls um die Stelle wirbt. Zwischen den beiden Männern, die die Aufgabe erhalten, innerhalb von 30 Tagen die Bahn eines kurz zuvor entdeckten Kometen zu berechnen, entbrennt ein erbitterter Kampf um das Amt und um die Liebe einer Frau …

PETER HERELD

Die Braut d. Silberfinders

271 Seiten, Paperback.
ISBN 978-3-8392-1260-8.

DER SILBERBERG Unweit von Hildesheim, im Jahr 1234. Auf ihrer Reise nach Cölln machen der Araber Osman und sein Freund Robert der Schmale in einem Gasthof halt. Hier treffen sie auf Adara, eine rothaarige Schönheit. Robert ist sofort von ihr verzaubert, und es kommt zu einer Liebesnacht mit weitreichenden Folgen: Am nächsten Morgen fehlt nicht nur von Adara jede Spur, sondern auch vom Geld der beiden Freunde, selbst Roberts Pferd hat die Schöne mitgehen lassen. Völlig mittellos beschließen die beiden Freunde, der Diebin zu folgen. Die Spur führt in die Kaiserpfalzstadt Goslar …

Wir machen's spannend

Alle Gmeiner-Autoren und ihre Romane auf einen Blick

GARDENER, EVA B.: Lebenshunger **GEISLER, KURT**: Friesenschnee • Bädersterben **GERWIEN, MICHAEL**: Isarbrodeln • Alpengrollen **GIBERT, MATTHIAS P.**: Menschenopfer • Zeitbombe • Rechtsdruck • Schmuddelkinder • Bullenhitze • Eiszeit • Zirkusluft • Kammerflimmern • Nervenflattern **GOLDAMMER, FRANK**: Abstauber **GÖRLICH,HARALD**: Kellerkind und Kaiserkrone **GORA, AXEL**: Die Versuchung des Elias • Das Duell der Astronomen **GRAF, EDI**: Bombenspiel • Leopardenjagd • Elefantengold • Löwenriss • Nashornfieber **GUDE, CHRISTIAN**: Kontrollverlust • Homunculus • Binärcode • Mosquito **HÄHNER, MARGIT**: Spielball der Götter **HAENNI, STEFAN**: Scherbenhaufen • Brahmsrösi • Narrentod **HAUG, GUNTER**: Gössenjagd • Hüttenzauber • Tauberschwarz • Höllenfahrt • Sturmwarnung • Riffhaie • Tiefenrausch **HEIM, UTA-MARIA**: Feierabend • Totenkuss • Wespennest • Das Rattenprinzip • Totschweigen • Dreckskind **HENSCHEL, REGINE C.**: Fünf sind keiner zu viel **HERELD, PETER**: Die Braut des Silberfinders • Das Geheimnis des Goldmachers **HOHLFELD, KERSTIN**: Glückskekssommer **HUNOLD-REIME, SIGRID**: Die Pension am Deich • Janssenhaus • Schattenmorellen • Frühstückspension **IMBSWEILER, MARCUS**: Schlossblick • Die Erstürmung des Himmels • Butenschön • Altstadtfest • Schlussakt • Bergfriedhof **JOSWIG, VOLKMAR / MELLE, HENNING VON**: Stahlhart **KARNANI, FRITJOF**: Notlandung • Turnaround • Takeover **KAST-RIEDLINGER, ANNETTE**: Liebling, ich kann auch anders **KEISER, GABRIELE**: Engelskraut • Gartenschläfer • Apollofalter **KEISER, GABRIELE / POLIFKA, WOLFGANG**: Puppenjäger **KELLER, STEFAN**: Totenkarneval • Kölner Kreuzigung **KINSKOFER, LOTTE / BAHR, ANKE**: Hermann für Frau Mann **KLAUSNER, UWE**: Engel der Rache •Kennedy-Syndrom • Bernstein-Connection • Die Bräute des Satans • Odessa-Komplott • Pilger des Zorns • Walhalla-Code • Die Kiliansverschwörung • Die Pforten der Hölle **KLEWE, SABINE**: Die schwarzseidene Dame • Blutsonne • Wintermärchen • Kinderspiel • Schattenriss **KLIKOVITS, PETRA M.**: Vollmondstrand **KLUGMANN, NORBERT**: Die Adler von Lübeck • Die Tochter des Salzhändlers • Schlüsselgewalt • Rebenblut **KOBJOLKE, JULIANE**: Tausche Brautschuh gegen Flossen **KÖSTERING, BERND**: Goetheglut • Goetheruh **KOHL, ERWIN**: Flatline • Grabtanz • Zugzwang **KOPPITZ, RAINER C.**: Machtrausch **KRAMER, VERONIKA**: Todesgeheimnis • Rachesommer **KREUZER, FRANZ**: Waldsterben **KRONECK, ULRIKE**: Das Frauenkomplott **KRONENBERG, SUSANNE**: Kunstgriff • Rheingrund • Weinrache • Kultopfer • Flammenpferd **KRUG, MICHAEL**: Bahnhofsmission **KRUSE, MARGIT**: Eisaugen **KURELLA, FRANK**: Der Kodex des Bösen • Das Pergament des Todes **LADNAR, ULRIKE**: Wiener Herzblut **LASCAUX, PAUL**: Mordswein • Gnadenbrot • Feuerwasser • Wursthimmel • Salztränen **LEBEK, HANS**: Todesschläger **LEHMKUHL, KURT**: Kardinalspoker • Dreiländermord • Nürburghölle • Raffgier **LEIMBACH, ALIDA**: Wintergruft **LEIX, BERND**: Fächergrün • Fächertraum • Waldstadt • Hackschnitzel • Zuckerblut • Bucheckern **LETSCHE, JULIAN**: Auf der Walz **LICHT, EMILIA**: Hotel Blaues Wunder **LIEBSCH, SONJA / MESTROVIC, NIVES**: Muttertier @n Rabenmutter **LIFKA, RICHARD**: Sonnenkönig **LOIBELSBERGER, GERHARD**: Mord und Brand • Reigen des Todes • Die

Wir machen's spannend